ZHONGGUO XIAOSHUO
100 QIANG

中国小说100强（1978—2022）

石化岛

杨少衡 著

北京联合出版公司
Beijing United Publishing Co.,Ltd.

图书在版编目（CIP）数据

石化岛 / 杨少衡著. -- 北京 ：北京联合出版公司，2023.9
（中国小说100强）
ISBN 978-7-5596-7070-0

Ⅰ.①石… Ⅱ.①杨… Ⅲ.①长篇小说－中国－当代 Ⅳ.①I247.5

中国国家版本馆CIP数据核字(2023)第118014号

石化岛

作　　者： 杨少衡
出 品 人： 赵红仕
出版监制： 张晓冬　范晓潮
责任编辑： 李艳芬
特约编辑： 和庚方　张　颖
封面设计： 武　一

北京联合出版公司出版
（北京市西城区德外大街83号楼9层　100088）
北京兴星伟业印刷有限公司印刷　新华书店经销
字数243千字　650毫米×920毫米　1/16　26.5印张
2023年9月第1版　2023年9月第1次印刷
ISBN 978-7-5596-7070-0
定价：78.00元

版权所有，侵权必究
未经书面许可，不得以任何方式转载、复制、翻印本书部分或全部内容。
本书若有质量问题，请与本公司图书销售中心联系调换。
电话：010-65868687

中国小说100强（1978—2022）丛书

编委会

丛书总策划

  张　明　著名出版人
  张　英　资深媒体人

编委主任

  吴义勤　中国作协副主席
      中国小说学会会长

编　委

  吴义勤　中国作协副主席、中国小说学会会长
  宗仁发　《作家》杂志主编
  谢有顺　中山大学教授、中国小说学会副会长
  顾建平　《小说选刊》副主编
  张　英　资深媒体人
  文　欢　作家、出版人

总　序

"中国小说 100 强"（1978—2022）是资深出版人张明先生和腾讯读书知名记者张英先生共同策划发起的一套大型文学丛书。他们邀请我和宗仁发、谢有顺、顾建平、文欢一起组成编委会，并特邀徐晨亮参与，经过认真研讨和多轮投票最终评定了 100 人的入选小说家目录。由于编委们大多都是长期在中国文学现场与中国文学一路同行的一线编辑、出版家、评论家和文学记者，可以说都是最专业的文学读者，因此，本套书对专业性的追求是理所当然的，编委们的个人趣味、审美爱好虽有不同，但对作家和文学本身的尊重、对小说艺术的尊重、对文学史和阅读史的尊重，决定了丛书编选的原则、方向和基本逻辑。

从文学史的角度来说，1978 年以后开启的新时期文学是中国当代文学的黄金时代，不仅涌现了一批至今享誉世界的优秀作家，而且创造了许多脍炙人口的文学经典，并某种程度上改写了 20 世纪中国文学史的版图。而在中国新时期文学的经典家族中，小说和小说家无疑是艺术成就最高、影响力最大的部分。"中国小说100强"（1978—2022）就是试图将这个时期的具有经典性的小说家和中国小说的经典之作完整、系统地筛选和呈现出来，并以此构成对新时期文学史的某种回顾与重读、观察与评判。呈现在读者面前的这套丛书是对1978—2022年间中国当代小说发展历程的一次全面、系统的整体性回顾与检阅，是中国当代文学经典化的重要成果，从特定的角度集中展示了中国新时期文学在小说创作方面的巨大成就。需要说明的是，与1978—2022年新时期文学繁荣兴盛的局面相比，100位作家和100本书还远远不能涵盖中国当代小说的全貌，很多堪称经典的小说也许因为各种原因并未能进入。莫言、苏童、余华等作家本来都在编委投票评定的名单里，但因为他们已与某些出版社签下了专有出版合同，不允许其他出版社另出小说集，因而只能因不可抗原因而割爱，遗珠之憾实难避免，而且文学的审美本身也是多元的，我们的判断、评价、选择也许与有些读者的认知和判断是冲突的，但我们绝无把自己的标准强加于别人的意思。我们呈现的只是我们观察中国这个时期当代小说的一个角度、一种标准，我们坚持文学性、学术性、专业性、民间性，注重作家个体的生活体验、叙事能力和艺术功力，我们突破代际局限，老、中、青小说家都平等对待，王蒙、冯骥才、梁晓声、铁凝、阿来等名家名作蔚为大观，徐则臣、阿乙、弋舟、鲁敏、林森等新人新作也是目不暇接，我们特别关注文学的新生力量，尤其是近10年作品多次获国家大奖、市场人气爆棚的新生代小说家，我们禀持包容、开放、多元的审美立场，无论是专注用现实题材传达个人迥异驳杂人生经验、用心用情书写和表现时代精神的现实主义作家，还是执着于艺术探索和个体风格的实验性作家，在丛书里都是一视同仁。我们坚信我们是忠实于自己的艺术理想、艺术原则和艺术良心的，但我们并不认为自己的角度和标准是唯一的，我们期待并尊重各种各样的观察角度和文学判断。

当然，编选和出版"中国小说100强"（1978—2022）这套大型丛书，除了上述对文学史、小说史成就的整体呈现这一追求之外，我们还有更深远、更宏大的学术目标，那就是全力推进中国当代文学"经典化"的历程和"全民阅读·书香中国"建设。

从1949年发端的中国当代文学已经有了70多年的发展历程，但对这70多年文学的评价一直存在巨大的分歧，"极端的否定"与"极端的肯定"常常让我们看不到当代文学的真相。有人认为中国当代文学达到了前所未有的高度和水平。王蒙先生在法兰克福书展上就说：中国当代文学现在是有史以来最繁荣的时期。余秋雨、刘再复甚至认为中国当代文学的成就远远超过了现代文学。也有人极端否定中国当代文学，认为中国当代文学都是垃圾。他们认为现代文学要远远超过当代文学，中国当代文学连与现代文学比较的资格都没有。比如说，相对于鲁（迅）、郭（沫若）、茅（盾）、巴（金）、老（舍）、曹（禺）这样大师级的人物，中国当代作家都是渺小的侏儒，根本不能相提并论，两者比较就是对大师的亵渎。应该说 与对中国当代文学的肯定之声相比，对当代文学的否定和轻视显然更成气候、更为普遍也更有市场。尽管否定者各自的角度和出发点不同，但中国当代作家、作品与中外文学大师、文学经典之间不可比拟的巨大距离却是唱衰中国当代文学者的主要论据。这种判断通常沿着两个逻辑展开：一是对中外文学大师精神价值、道德价值和人格价值的夸大与拔高，对文学大师的不证自明的宗教化、神性化的崇拜。二是对文学经典的神秘化、神圣化、绝对化、空洞化的理解与阐释。在此，我们看到了一个非常有趣的悖论：当谈论经典作家和文学大师时我们总是仰视而崇拜，他们的局限我们要么视而不见要么宽容原谅，但当我们谈论身边作家和身边作品时，我们总是专注于其弱点和局限，反而对其优点视而不见。问题还不在于这种姿态本身的厚此薄彼与伦理偏见，而是这种姿态背后所蕴含的"当代虚无主义"。这种"虚无主义"的最大后果就是对当代作家作品"经典化"的阻滞，对当代文学经典化历程的阻隔与拖延。一方面，我们视当下作家作品为"无物",拒绝对其进行"经典化"的工作,另一方面又以早就完全"经典化"了的大师和经典来作为贬低当下泥沙俱下的文学现实的依据。这种不在同一个层面上的比较,不仅毫无意义,而且只能使得文学评价上的不公正以及各种偏激的怪论愈演愈烈。

其实,说中国当代文学如何不堪或如何优秀都没有说服力。关键是要进行"经典化"的工作,只有"经典化"的工作完成了才有可能比较客观地对当代的作家作品形成文学史的判断。对当代的"经典化"不是对过往经典、大师的否定,也不是对当代文学唱赞歌,而是要建立一个既立足文学史又与时俱进并与当代文学发展同步的认识评价体系和筛选体系。当然,我们也要承认,"经典化"问题是一个非常复杂的问题,并不是凭热情和冲动一下子就能完成的,但我们至少应该完成认识论上的"转变"并真正启动这样一个"过程"。

现在媒体上流行一些对于中国当代文学经典化冷嘲热讽的稀奇古怪的言论,其核心一是否定中国当代文学有经典、有大师,其二是否定批评界、学术界有关"经典化"的主张,认为在一个无经典的时代,"经典"是怎么"化"也"化"不出来的,"经典化"是一个实实在在的"伪命题"。其实,对于文学,每个人有不同的判断、不同的理解这很正常,每一种观点也都值得尊重。但是,在"经典"和"经典化"这个问题上,我却不能不说,上述观点存在对"经典"和"经典化"的双重误解,因而具有严重的误导性和危害性。

首先,就"经典"而言,否定中国当代文学早就不是什么新鲜事,对当代文学的虚无主义态度在很多人那里早已根深蒂固。我不想争论这背后的是与非,也不想分析这种观点背后的社会基础与人性基础。我只想指出,这种观点单从学理层面上看就已陷入了三个巨大误区:

第一个误区,是对经典的神圣化和神秘化的误区。很多人把经典想象为一个绝对的、神圣的、遥远的文学存在,觉得文学经典就是一个绝对的、乌托邦化的、十全十美的、所有人都喜欢的东西。这其实是为了阻隔当代文学和"经典"这个词发生关系。因为经典既然是绝对的、神圣的、乌托邦的、十全十美的,那我们今天哪一部作品会有这样的特性呢?如果回顾一下人类文学史,有这样特性的作品好像也没有。事实上,没有一部作品可以十全十美,也没有一部作品能让所有人喜欢。在这个问题上,我们应该明确的是,"经典"不是十全十美、无可挑剔的代名词,在人类文学史上似乎并不存在毫无缺点并能被任何人所认同的"经典"。因此,对每一个时代来说,"经典"并不是指那些高不可攀的神圣的、神秘的存在,只不过是那些比较优秀、能被比较多的人喜爱的作品而已。从这个意义上说,当今中国文坛谈论"经典"时那种神圣化、莫测高深的乌托邦姿态,不过是遮蔽和否定当代文学的一种不自觉的方式,他们假定了一种遥远、神秘、绝对、完美的"经典形象",并以对此一本正经的信仰、崇拜和无限拔高,建立了一整套关于中国当代文学的伦理话语体系与道德话语体系,从而充满正义感地宣判着中国当代文学的死刑。

　　第二个误区,是经典会自动呈现的误区。很多人会说,是金子总是会发光的。但对文学来说,文学经典的产生有着特殊性,即,它不是一个"标签",它一定是在阅读的意义上才会产生意义和价值的,也只有在阅读的意义上才能够实现价值,没有被阅读的作品没有被发现的作品就没有价值,就不会发光。而且经典的价值本身也不是固定不变的。如果一个作品的价值一开始就是固定不变的,那这个作品的价值就一定是有限的。经典一定会在不同的时代面对不同的读者呈现出完全不同的价值。这也是所谓文学永恒性的来源。也就是说,文学的永恒性不是指它的某一个意义、某一个价值的永恒,而是指它具有意义、价值的永恒再生性,它可以不断地延伸价值,可以不断地被创造、不断地被发现,这才是经典价值的根本。所以说,经典不但不会自动呈现,而且一定要在读者的阅读或者阐释、评价中才会呈现其价值。

第三个误区，是经典命名权的误区。很多人把经典的命名视为一种特殊权力。这有两个层面的问题：一，是现代人还是后代人具有命名权；二，是权威还是普通人具有命名权。说一个时代的作品是经典，是当代人说了算还是后代人说了算？从理论上来说当然是后代人说了算。我们宁愿把一切交给时间。但是，时间本身是不可信的，它不是客观的，是意识形态化的。某种意义上，时间确会消除文学的很多污染包括意识形态的污染，时间会让我们更清楚地看清模糊的、被掩盖的真相，但是时间同时也会使文学的现场感和鲜活性受到磨损与侵蚀，甚至时间本身也难逃意识形态的污染。此外，如果把一切交给时间，还有一个前提，那就是对后代的读者要有足够的信任，要相信他们能够完成对我们这个时代文学的经典化使命。但我们对后代的读者，其实是没有信心的。我们今天已经陷入了严重的阅读危机，我们怎么能寄希望后代人有更大的阅读热情呢？幻想后代的人用考古的方式对我们这个时代的文学进行经典命名，这现实吗？我不相信后人对我们身处时代"考古"式的阐释会比我们亲历的"经验"更可靠，也不相信，后人对我们身处时代文学的理解会比我们亲历者更准确。我觉得，一部被后代命名为"经典"的作品，在它所处的时代也一定会是被认可为"经典"的作品，我不相信，在当代默默无闻的作品在后代会被"考古"挖掘为"经典"。也许有人会举张爱玲、钱钟书、沈从文的例子，但我要说的是，他们的文学价值早在他们生活的时代就已被认可了，只不过很长时间由于意识形态的原因我们的文学史不谈及他们罢了。此外，在经典命名的问题上，我们还要回答的是当代作家究竟为谁写作的问题。当代作家是为同代人写作还是为后代人写作？幻想同代人不阅读、不接受的作品后代人会接受，这本身就是非常乌托邦的。更何况，当代作家所表现的经验以及对世界的认识，是当代人更能理解还是后代人更能理解？当然是当代人更能理解当代作家所表达的生活和经验，更能够产生共鸣。因此，从这个角度来说，当代人对一个时代经典的命名显然比后代人更重要。第二个层面，就是普通人、普通读者和权威的关系。理论上，我们都相信文学权威对一个时代文学经典命名的重要性，权威当然更有价值。但我们又不能够迷信文学权威。如果把一个时代文学经典的命名权仅仅交给几个权威，那也是非常危险的。这个危险表现在什么地方呢？就是几个人的错误会放大为整个时代的错误，几个人的偏见会放大为整个时代的偏见。我们有很多这样的文学史教训。在这个问题上，我们既要相信权威又不能迷信权威，我们要追求文学经典评价的民主化、民主性。对一个时代文学的判断应该是全体阅读者共同参与的民主化的过程，各种文学声音都应该能够有效地发出。这个时代的文学阅读，最理想的状态应该是一种互补性的阅读。为什么叫"互补性的阅读"？因为一个批评家再敬业，再劳动模范，一个人也读不过来所有的作品。举个例子：现在我们一年有5000部以上的长篇小说，一个批评家如果很敬业，每天在家读二十四小时，他能读多少部？一天读一部，一年也只能读三百部。但他一个人读不完，不等于我们整个时代的读者都读不完。这就需要互补性阅读。所有的读者互补性地读完所有作品。在所有作品都被阅读过的情况下，所有的声音都能发出来的情况下，各种声音的碰撞、妥协、对话，就会形成对这个时代文学比较客观、科学的判断。因此，文学的经典不是由某一个"权威"命名的，而是由一个时代所有的阅读者共同命名的，可以说，每一个阅读者都是一个命名者，他都有对经典进行命名的使命、责任和"权力"。而作为一个文学研究者或一个文学出版者，参与当代文学的进程，参与当代文学经典的筛选、淘洗和确立过程，更是一种义不容辞的责任和使命。说到底，"经典"是主观的，"经典"的确立是一个持续不断的"过程"，"经典"的价值是逐步呈现的，对于一部经典作品来说，它的当代认可、当代评价是不可或缺的。尽管这种认可和评价也许有偏颇，但是没有这种认可和评价，它就无法从浩如烟海的文本世界中突围而出，它就会永久地被埋没。从这个意义上说，在当代任何一部能够被阅读、谈论的文本都是幸运的，这是它变成"经典"的必要洗礼和必然路径。

总之，我们所提倡的"经典化"不是要简单地呈现一种结果，不是要简单地对一个时代的文学作品排座次，不是要武断地指出某部作品是"经典"，某部作品不是"经典"，不是要颁发一个"谁是经典"的荣誉证书，而是要进入一个发现文学价值、感受文学价值、呈现文学价值的过程。所谓"经典化"的"化"实际上就是文学价值影响人的精神生活的过程，就是通过文学阅读发现和呈现文学价值的过程。可以说，文学的经典化过程，既是一个历史化的过程，更是一个当代化的过程。文学的经典化时时刻刻都在进行着，它需要当代人的积极参与和实践。因此，哪怕你是一个对当代文学的虚无主义者，你可以不承认当代文学有经典，但只要你还承认有文学，你还需要和相信文学，还承认当代文学对人的精神生活具有影响力，你就不应该否定当代文学经典化的重要性。没有这个"经典化"，当代文学就不会进入和影响当代人的生活，就失去了存在的意义。每一个人，哪怕你是权威，你也不能以自己的好恶剥夺他人阅读文学和享受文学的权利。

从这个意义上说，当代文学的经典化当然是一个真命题而不是一个伪命题。在一个资讯泛滥的时代，给读者以经典的指引是文学界、出版界共同的责任，而这也是我们编辑出版这套书的意义所在。

最后，感谢张明和张英先生为本套书付出的辛劳，感谢北京立丰天文化传播有限公司、北京金圣典文化有限公司的资金支持，感谢全体编委和北京联合出版公司各位编辑，感谢所有对本套丛书的出版给予大力支持的作家和他们的家人。

是为序。

吴义勤
2022 年冬于北京

目 录
Contents

上部　闪火____1

中部　灰烬____141

下部　浴焰____273

尾声____407

上部　闪火

1

出事时欧阳带着林正兴在油品码头，主人一方陪同者是肖琴，巨力乙烯技术二部工程师。有一艘油轮停泊于码头，巨无霸，船首漆有"AML"三个字母。肖琴称该轮为阿玛拉号，挂利比里亚国旗，运载石脑油于本码头卸下。巨力油品码头卸载工艺先进，油品从船上导入码头输送管道，直接输入储罐里。整个过程由中控室控制，现场操作人员极少。油品码头呈横卧U字型，作业区域大。码头上视野开阔，前眺海湾，后望巨力石化，都是大气象，所以刘小姐喜欢把领导请到这里看。巨力乙烯试生产所需物料装了几十个储罐，储罐区的巨型储罐多已满载。

肖琴语速平稳，表情冷静，介绍情况点到为止，废话不多。她三十出头，个子不高，身材苗条，着企业工装，胸口别着工牌。讲话时偶尔抬手顶一顶眼镜，属习惯性动作。不像厂里那些男工程师风里雨里督促施工，晒得黑不溜秋，肖琴皮肤白，脸上身上收拾得很清楚，凹凸有致可耐细看，只要她愿意，可充工装模特到T台上去走猫步。大企业管理到位，即使是到码头走一圈，也需着制服，戴安全帽。客人不例外，欧阳他俩各一顶头盔，挂一块参访牌，是肖为他们事先准备的。

"刘小姐也得挂牌。"肖琴解释，"她的工号是N0-1。"

欧阳问："你们给省长大人编第几？S-1？"

她表示那么大的领导戴安全帽就可以了。

欧阳对林正兴问："小林有指望吗？"

肖琴不禁一笑："欧阳助理可能有机会。"

人笑起来表情总是比较生动，不再是那种不卑不亢拒人于千里之外的感觉。

欧阳调侃："我知道自己很牛，虽然这种时候要谦虚。"

"轰隆！"

爆炸突然发生，一声巨响，震耳欲聋。码头似乎摇晃了一下，瞬间又复归平稳。

欧阳一愣，眨眨眼睛，发现站在对面的肖琴眼睛鼻子嘴巴几乎扭成一团，一张白净脸面全是恐惧。欧阳赶紧转身扭头。

他们站位不同。爆炸发生时，欧阳与林正兴面对海面背向厂区，肖琴与他们相对，脸朝着厂区。因此在第一时间里欧阳听到的只是声响，她却直接看到了爆炸腾起的气浪。待欧阳转过身，就见前方厂区偏南方向，有一团巨大的黑烟直冲天际，一道火柱从排空烟囱高高喷出。

欧阳"啊"了一声："出事了。"

他看到身边林正兴的脸已经煞白。林入职不久，年轻，发型是韩式风格，打扮像休闲小报影星图片栏里的小鲜肉。

欧阳问肖琴:"像是哪个部位?装置区?"

肖琴张了张嘴:"看,看不出来。"

巨响黑烟火柱,景象很吓人,肯定出了什么事,严重程度暂时不明。化工企业出事可不得了,有时候一颗火星就足以引发连锁爆炸,造成毁灭性灾难。即便最初着火点远在装置区那边,一旦扩散,码头这里也有可能被迅速波及。此刻码头正在卸泊,整条管道里全是可燃物。如果发生极端情况,爆炸祸及储罐区,引燃传输中的油品,管道烧起来,码头就成了火海。

"赶紧走。"欧阳说。

肖琴的尼桑车在码头另一侧划线停车位,刚才她用那辆车把他们送来,此刻得赶紧上那辆车。三个人拔腿往停车区飞跑,逃命一般。刚跑到半途,便听厂区那边又是"轰隆"一响,肖琴的脚忽然一绊,一个趔趄朝水泥地面栽去,幸好一旁欧阳眼疾手快一把抓住她的胳膊,让她把身子稳住。

她停下,喘气,发抖。欧阳让她不要紧张,以爆炸声响判断,强度比刚才要低一点,不是越炸越凶。

"是,是……"

欧阳一伸手:"车钥匙给我。"

她下意识去摸口袋,然后说:"我没事。"

林正兴一脚高一脚低从后边赶到,一屁股坐在地上喘气,眼睛直愣愣朝上,一直看着厂区上空那团迅速扩散的黑云,一张脸有如葵花朝阳,看起来吓得不轻。

欧阳一把将他拖起来:"快跟上。"

他们开步前冲,眨眼间赶到轿车旁。肖琴打开车门。欧阳问了一句:"肖工没问题吧?"她没吭声,抬身坐到驾驶位上。欧阳拉开后排车门，把林正兴推上车，再跑到另一侧，坐到前排右侧副驾位上。

"走。"他对肖琴说，声音很平静，"逃命。"

轿车发动，"呼"地冲出去，顺码头一侧的通道往前急奔。

"停！"欧阳摆手，"左边。"

肖琴一愣："出口在右。"

欧阳指着左前方厂区上空那团黑烟："去那里。"

"什么？"

"现场。"

"危险！"

"听我的。"

此刻逃命要紧，毕竟一个人只有一条命，谁都怕死，欧阳尤其怕。但是命得保，事也得干，这不矛盾。欧阳号称双弦开发区理工第一牛，今天上午有幸给派到巨力乙烯，平日不来诸事都好，一朝光临就碰上爆炸。现在撒腿跑说不过去，不怕领导批评，却怕损坏自身形象。必须先去现场走一圈，看看到底发生了什么。要是不凑巧到处都炸起来，那时再想办法逃命。

"还得劳驾肖工。"他说。

肖琴手发抖，紧紧踩着刹车。欧阳询问是不是需要换一下，他来开车？肖琴没有吭声，方向一打，左转直奔厂区那团黑烟。

今天上午欧阳、林正兴二人前来巨力乙烯，其任务原本与工程技术无关，用欧阳自己的调侃，纯属隔靴搔痒，当木头人而已，所谓"木头人"指的是呆立于侧基本无事可干。今天双弦岛有一件大事：省长光临视察，地方官员高度紧张。双弦岛正在兴建大型石化基地，巨力乙烯是启动项目、龙头企业，已经率先完成基建、安装，进入试生产，因之成为省长本次视察重点。几天里，开发区管委会几个领导不下十次到巨力乙烯协调安排，开玩笑说，只差沿厂区视察路线铺条红地毯，再围上两道铁丝网。欧阳供职于双弦经济技术开发总公司总工办，他们公司与管委会处于同一幢办公大楼，承担管委会行政功能外的企业职能，很大程度上二位一体，总工办同时要处理管委会的许多技术事务。迎接省长光临当然不归技术部门为主负责，但是技术人员也得配合大局。为确保视察成功，开发区领导临时决定加码，要求总工办负责人于今天上午提前到巨力乙烯厂区，守在现场等候省长一行到达，其任务好比交通警察提前守在要道口一般，不负责鼓掌招手欢迎领导，只负责保证该路口通畅。为什么要总工办而不是其他部门到巨力乙烯？想必因为这家企业技术含量大。其实领导们也清楚，迎接省长视察这种事并没有太多技术需求，无须知道哪个化学方程式。相关接待细节早已反复研究，由接待小组具体落实，加派技术人员去蹲守没多少事干，基本属于摆设。欧阳是总工程师助理，原本算不上部门正经负责人，不凑巧总工程师钟世茂因癌症手术，在省城医院住院，副总工程师又迟迟没有配备，欧阳助理只好勉为其难，充任部门临时负责人，亲自到巨力当木头人。

　　根据接待方案，省长一行视察巨力的重点部位是总部大楼、中控室和油品码头。在前往码头途中，视察线路于生产区域绕个圈，途经乙烯装置和储罐区，都只是走马观花，不下车。目前生产区域各设备还在调试中，人员和设施比较杂，且那些管道储罐反应塔什么的只有内行能明白，在其他人眼中除了很长很圆很大，没什么意思，绕个圈看几眼也就罢了。码头不一样，有海有浪有轮船，还有海鸟飞来飞去，想看什么有什么，比较不那么单调，因此确定为主场。巨力集团的董事长刘小姐在陪同省长视察厂区后，将于码头处具体介绍情况，现场布置了展板、茶水台、扩音设备等。欧阳与林正兴主要责任部位确定在码头，他们必须提前到位，守在海边吃海风，哪怕什么事都没有，只能看手机打发时间，也须寸步不离，待到领导视察圆满结束才可离开。欧阳对这份木头人差事没太看好，省长那么大的领导，无论如何他够不着，奉命在场实没有什么存在感。主人一方对欧阳助理的光荣任务也没太看重，只派肖琴为他们拿头盔胸牌，肖琴虽然长相宜人，毕竟只是一般技术人员。欧阳他们到位时间最早，码头上还冷清，现场展板、扩音等设施均已布置妥当，主要接待、迎客人员还待陆续就位。

不料碰上了爆炸。仅那个震耳欲聋大得吓人的声响，不说百年一遇千载难逢，至少是骇人听闻。石化企业爆炸事故有极大不确定性，有时候极其危险，欧阳心知肚明，却不能只知道逃命。他奉命到本厂蹲守，这里如果平安无事，那就不会有谁关心他，该欧阳似乎并不存在。一旦出事便不一样了，转眼间一定会有人想起，要向他查问究竟，他得负责把情况搞清楚，且必须快。作为技术人员，比起在码头上吃海风当木头人，他更愿意干这种事，虽然巨响和黑烟足以让所有人胆战心寒。

几分钟后，尼桑车冲到储罐区，被拦阻于途。

欧阳注意到巨力乙烯应急反应相当快，爆炸发生没几分钟，道路上的隔离桩已经摆上。几个保安人员站在路旁指挥，所有车辆必须绕行，不允许进入前方区域。

欧阳跳下车了解情况："是什么位置爆炸？"

他们不清楚，只知道出事了，他们奉命把守相关路口，禁止无关人员进入。

欧阳取出工作证，声明自己是开发总公司总工助理，不是无关人员，此刻必须进入现场。他还指了指车上的肖琴，肖是本厂工程师，要陪送他们到现场。保安人员应当认识她，她可以为他证明。

这时恰有一队员工匆匆从路旁跑过。肖琴从车上跳下来，朝其中一人大喊："李班长！是哪里爆炸？"

跑在队伍前边的李班长大声回应："加氢裂化管线。"

"有伤亡吗？"

"不知道。"

欧阳说："咱们要迟到了，快。"

保安坚持阻拦："队长交代了，任何车辆不能进去。"

欧阳决定弃车。他对巨力乙烯生产区地形有所了解，加氢裂化装置位于生产区域东侧，从这个道口前去不算远。

"肖工，还得麻烦你。"欧阳说。

他请肖琴领他们步行前往现场。前边还有若干路口，可能都已经封锁，没有肖琴领着，他们过不去。既然今天厂方安排肖琴陪同，只好请她继续带路。领到位就行，随后肖琴可以即行离开。

他们匆匆前进，抄近路穿过罐区，罐区与装置区之间有一堵钢筋混凝土防火隔离墙相阻。肖琴领着他们沿一架铁梯攀过防火墙，快步跑向装置区事故现场。越靠近，呜呜不息的警笛声越发显得尖锐，烟气味则越发浓烈呛人。

欧阳判断："应当是气密性试验氢气试压事故。"

肖琴惊讶："你怎么知道？"

"我料事如神。"欧阳自嘲，"你们的气密性试验已经进行了两周吧？"

肖琴称具体情况她不是太了解，该事项由技术一部处理，黄副总负责。

"知道他们做过氮气吗？"

"应当有。从水压开始，都按照工艺规定。"

7

"没有发现问题吗？"

"听说有一些漏点，及时做了处理。总的情况正常。"

"现在炸了。"欧阳说，"希望人没事。"

快步中寥寥几句，已经没时间细谈，现场到达。

发生爆炸的位置在加氢裂化装置外围管道处，距离地面有十米左右，那里有大片管道保温棉和铝皮被炸开脱落，看得到裸露出的管道损伤，到处焦黑，燃烧痕迹明显。一旁连通两级操作平台的两段"之"字形铁扶梯于爆炸高温中扭曲变形，软垂有如面条，旁边的支架也被炸得七零八落，触目惊心。依然有明火和团团黑烟在管道与装置间的若干位置不时腾起，另一侧高高的排空火柱顶端火焰则已经减弱，不再有长长火舌伴着呼呼声响吐向天空，管线里的氢气似已有效排空。满地金属、物体碎片中，一眼看去，没有死伤人员趴倒于地，到目前为止似乎还属万幸。但是气味刺鼻，浓烟滚滚，景象不祥，让人感觉随时可能"轰隆"再来一炸。

有十数应急处理人员在满地杂乱间拼命奔忙。现场指挥者手持小型扩音器，站在出事装置附近大声吼叫："打开！打开！快！"

是戴建，欧阳一眼认了出来。安全帽下一副大黑框眼镜，口气不容置疑，在爆炸现场依然如在办公大楼那般气派十足。救援人员在他指挥下紧张启动应急消防设施，与迅速赶到现场的几部厂属消防车一起喷水灭火。

约一小时前，欧阳在总部大楼楼下门厅跟戴建打过照面，当时肖琴领他们从楼上技术二部下来，刚出电梯就碰上戴建。他要上楼去办公室，身边跟着个人跟他说事。看到戴建时肖琴赶紧止步，毕恭毕敬招呼"戴总"，把欧阳介绍给戴建。戴建拿眼睛瞅瞅欧阳，面无表情。欧阳笑笑说："戴总真是酷。"

通常情况下这时应该握握手，但是戴没伸手，也没吭声，欧阳也就客随主便。肖琴向戴建报告，说欧阳助理等两位是来配合完成省长视察事项。戴建又看了欧阳一眼，忽然问一句："你是那个北大的？"

欧阳自嘲："我记不得了。"

戴建是总经理，厂子实际负责人。此人身材高大，却瘦，像根电线杆子，四十来岁，美籍华人，麻省理工化学博士，有骄人的从业经历，被巨力集团聘来担任乙烯厂老总，此前曾在广东一家台资化工企业当过老总。戴建懂行，管理有一套，但是目中无人，跟任何人相处都像是屈尊俯就，只对老板刘小姐例外。欧阳跟戴建早就打过交道，戴建曾到总工办找总工程师钟世茂商谈试生产若干技术事务，整个讨论过程欧阳都在场。后来欧阳还曾奉命到巨力乙烯找戴建联系核实若干技术资料，两人彼此认识，无须肖琴介绍。只是欧阳感觉戴建似乎不屑于表示认识，因此无妨跟着装。

双方交错而过。戴建走进电梯，身边那个人抓紧时间向戴报告情况。电梯门关上之前，不经意间有几句对话飘进欧阳耳朵里。

"准备升到10Mpa。"

"嗯？"

"哦，是12。"

现在想来，他们谈的可能正是加氢裂化装置的氢气试压。欧阳之所以判断爆炸是气密性检查事故，也是因为记起偶然听到的这几句对话。开发区总工办处理的技术事务更多的属于宏观范围，欧阳的专业也不是化工工艺，他只是读过若干技术文献，知道巨力乙烯试生产主要流程与步骤，记得该加氢裂化装置正常工作压力为15Mpa，也就是15兆帕，每平方厘米150公斤力。如果戴建他们谈到的确实是气密性试验，那么今天的事故表明尚未达到正常工作压力就爆了。原因可能

9

出在装置，也可能出在操作。

现场抢救人员喷水灭火，欧阳抬头看装置上空的烟雾。突然有一股火苗从近处一个管道弯口猛烈腾起，只听"砰"的一下，某处金属迸裂，欧阳感觉前方有一个尖锐声响呼啸而来。他本能地一侧头，顿时耳畔生风，紧接着身后"当"地传出一个脆响。回身去看，只见后边钢管防护铝皮上现出一个茶杯口大的凹坑，位置有齐耳高。

那时"扑通"一声，站在欧阳身边的林正兴跌倒于地。

他没事，是吓坏了。砸中管道的是一个被迸裂甩脱的金属小部件，螺帽，有如子弹头一般飞过来，如果欧阳没有侧一下头，恐怕已经给砸得脑浆飞迸。这颗螺帽其实就是死亡，刚与欧阳擦肩而过。

欧阳把林正兴拽起来："没事了。"

这时就听戴建在前边大叫："切断阀！检查！"

一旁有一个人跟着吼叫："13号位小郑，上去！"

所谓"13号位"恰在欧阳近侧。只见一个身着工作服的年轻人转身朝扶梯跑去，抓着扶梯往上攀，这个扶梯是垂直的。可能由于紧张，加上害怕，年轻人只爬上两级，忽然踩脱脚，而后松脱手，整个儿从扶梯上掉下来，摔在地上痛叫。

事情就发生在欧阳面前，他不暇思索，立刻跑过去拉那个年轻人。年轻人抱着右膝盖在地上翻滚。

"痛死了！"年轻人叫唤，"帮帮我。"

他指着上边平台，请欧阳帮助他检查一下。那上边只有一个阀门，很好认。按理说不会有问题，只要仪表风没断，阀门应当已经自动切断了。

欧阳即抬头往上看，肖琴一把抓住他的胳膊，喊了声："不行！危险！"

她跟着欧阳他们进入现场，没有离开。为什么她不让欧阳去检查阀门？因为到处是烟和火，万一再碰上燃爆，人没给炸飞也会烧个通红有如生烫活虾，那就是大事故，她有责任的。另外一个原因是权限。化工企业上岗必须有上岗证，哪怕最基础的操作工也需要经过培训才能领证上岗，不同岗位要求各不相同，正常情况下，操作人员不能混岗。欧阳不是本企业人员，当然也没有操作工的上岗证，虽然贵为工程师、总工助理，却没有资格去动那个阀门。

　　不料欧阳不听劝阻。或许不劝还好，一劝阻效果相反，似乎他是害怕了。

　　欧阳问肖琴："刚才我是不是差点完蛋？"

　　"非常危险！"

　　他抬手指着上边平台："我会在那里呜呼哀哉？"

　　"不能上去！"

　　"我最怕死。"他说，"我还有一本消防证。"

　　此刻属于非正常情况。发生事故了，外界救援人员可以进入现场处置灾害。没有谁有权以非本单位人员为由，禁止消防队员去检查某个阀门。

　　欧阳抓着扶手往上，眨眼间就爬到平台。他找到那个切断阀，这个阀应当是控制氢气进入管线，由系统自动控制的。欧阳注意到该阀门完好，并未在爆炸中受损，从仪表数据上看，供气已经有效切断。

　　欧阳从平台上攀下。落地时已经有几个人跑了过来。有一个人在大声质问："谁允许他们进来的！"

　　是戴建。

　　欧阳没理他，扭头对肖琴说："切断阀正常。"

　　戴建大叫："郝队长过来！"

一个四十岁左右的汉子跑了过来，着保安制服，是本厂保安队长。戴建指着欧阳对郝队长下令："把他们带出去。"

欧阳不慌不忙，即强调："戴总，我们是管委会派来的。"

戴建不理："郝队长，敢放无关人员进来，开除。"

欧阳说："这里没有无关人员。"

"听到没有！"戴建大喝。

郝队长大叫："小张小纪，快过来！"

几个保安一拥而上。

恰在其时，欧阳口袋里传出手机铃声，他赶紧掏出，一看屏幕却是陈福泉。欧阳立刻接听电话，同时伸出一只手制止逼上前的保安："停！重要电话。"

陈福泉在电话里骂："什么停不停的，你说个啥？"

欧阳不解释，只问："陈主任有什么指示？"

戴建在一旁摆手，郝队长示意手下保安先不动手。

陈福泉在电话里问："你就是那个欧阳？他们说你在巨力？"

"是。"

"那里怎么回事？正月十五放花灯，爆竹一个接一个？"

"是加氢装置外围管线发生爆炸。"

"死人了吗？"

"目前知道有一个伤员，是爬扶梯时掉下来的。"

陈福泉命令欧阳立刻到现场把事情搞清楚，特别是人员伤亡确切情况。欧阳报告说："我已经在现场满地找人。这里的保安正要把我拖出去。"

"什么！"

"戴总在这里，陈主任跟他说吧。"

欧阳把手机递给戴建："陈福泉主任要跟你说话。"

戴建接过手机，当即按停止键，关闭通话，随手把手机丢还给欧阳。

"各就各位。"他大喝道，"全力灭火！"

大家散开去。郝队长抬手示意怎么处置欧阳，戴建不吭声，只管走开。只走出两步，他忽然又扭过头来，手指着欧阳。

"别说多牛。"他说，"告诉你，不是爆炸，是闪火。"

他没再吆喝把无关人员赶出去，也不宣布允许欧阳待在现场，让郝队长看着办。郝队长试图劝告欧阳自行离开，欧阳笑笑，把两手并拢往前一伸："我等着呢，你该去弄副手铐，至少拿条绳子来。"

"帮帮忙，兄弟。"郝队长说，"知道你厉害，别为难我们当手下的。"

他知道欧阳是什么人，他很佩服，刚才看到欧阳忽然蹿上那个架子，真是捏了把汗。不怕死，敢那么上，确实不简单。他不想得罪欧阳，但是他更不敢得罪顶头上司。如果欧阳执意不走，那么请原地不动，在这里看着就行了，不要往戴建那边凑，不要去抢水龙，更不要再爬高爬低。要是不小心出了事，哪怕扭一下脚，他都承受不起。

"肖工，请帮我们劝劝。"郝队长说。

没等肖琴说话，欧阳的手机又响了，还是陈福泉。

"你那个破手机怎么啦！"陈福泉大骂，"死了吗？"

欧阳称他的手机死不了。刚才是戴建把电话挂了。

"饿死鬼搞什么名堂？打电话不接，叫名字不应。让他跟我说。"

欧阳说明戴建离开了，正在前边指挥灭火。

"他那个火有完没完？"

以欧阳观察，虽然事故原因不明，现场处置还是及时的。氢气供应已经切断，排空火势已经减弱，明火基本扑灭。目前烟气主要来自

13

受损部件燃烧残余以及管线中的气体残余。如果没有更多意外，估计事故不会扩大，不会再炸了。但是事情刚出，一片狼藉，清理起来不会快，有的现场还需要保护，留待事故调查，不能马上清理。

陈福泉当即开骂："早不来晚不来，真会挑时候！"

他命令欧阳立刻去找戴建，他要跟戴建说话。省长眼看就要到了，这个时候还怎么办？难道让省长去现场帮戴建放焰火，拉消防水龙吗？他妈的！

欧阳说："不用找。现在他不听电话。"

"搞不定你还牛？我要你干什么？"

"不要也罢。"欧阳回答。

他挂了电话，回头看看肖琴。

"肖工，现在得怎么办？"他问。

他把情况告诉肖琴。陈福泉是双弦开发区管委会主任，老大。在听到开发区地盘内的巨大声响，看到巨力乙烯上空的火焰和烟雾之后，陈必须立刻掌握情况，搞清楚这里到底发生了什么。如果不是省长马上就要进岛视察，陈肯定已经赶到现场。此刻必须让陈福泉与戴建取得联系，事关接下来怎么视察，刻不容缓。从巨力乙烯一方而言，事故发生之后，有责任主动向开发区管理部门报告情况。如果说爆炸之初厂方得赶紧做现场处置，无法立刻报告，眼下不能再拖延了，否则会有严重后果。

"请肖工立刻带我去见戴总。"欧阳说。

肖琴一张俏脸苦下来，满面乌云。

"我知道肖工很为难，郝队长估计也一样。"欧阳说。

戴建已经明确发令要把欧阳赶出现场，或许此刻这里的情形不想让所谓"无关人员"多了解。在戴建收回成命之前，肖琴和郝队长作为巨力员工，都得服从戴建命令，不敢听任欧阳自由行动，这个可以理解。说实话，欧阳本人也不想去见戴建。他不怕戴建，因为戴建管不着他，哪怕管得着他也不怕，他只是不喜欢戴建那个模样，在他欧阳面前牛个啥呢？欧阳已经勘察过现场，看到这里发生了什么，现在准备拜拜，离开，不让郝队长为难。但是他得请肖琴给戴建传个话，或者转交一张字条吧。这张字条必须保证送达，如果不送达，日后肯定有麻烦。如果送达了而戴建无动于衷，那么是戴自己的事情，肖琴没有责任，他欧阳本人也一样。

"你看可以吧？"欧阳问。

肖琴张着嘴，不敢应承。

欧阳不多说，从口袋里取出笔，问林正兴身上可有纸。林正兴翻口袋，找到了一张折成小块的白纸头，像是超市里打印的售货小票，一面空白，另一面密密麻麻打着一行行小字。欧阳抓过那张纸头，在空白那一面匆匆写了一行字："陈福泉主任即将陪同省长到事故现场视察，听戴总科普闪火。请速电话联系确定。"

他把纸条交给肖琴，没等对方答应，即掉头走开。

林正兴匆匆跟上，忐忑不已："欧阳助理，这可以吗？"

"不管他。"欧阳说。

2

陈福泉终于接到了戴建的电话。

"陈主任上午好吧？古摸令？"戴建非常沉着，没事人一样，居然还能调侃。

陈福泉反问:"你说古不古?"

"我看不太古。"

戴建建议立刻调整省长视察方案,不能进入厂区。事故虽然不大,但场面巨乱无比,清理需要时间,此刻请省长视察有如看陈主任自己打脸。

"戴总的脸没感觉,还是那么漂亮?"

戴建称自己这张脸安然无恙。这种事他见过,没什么大不了的。干企业总会碰上各种意外,小意思。

"你那声'轰隆'地震似的,吓死人。小意思?"

"没有地震,只是闪火。"

戴建告诉陈福泉,所谓"闪火"业内通常称之"闪燃",即一闪即灭的燃烧。他本人倾向称"闪火",比较通俗。今天事故的直接表现是氢气从管线泄漏,由静电触发在管线外发生剧烈氧化,于瞬间产生大量光和热。

"不是还在烧吗?"

戴建称闪火本身一闪即灭,但是闪火中受损装置上的一些可燃物质被点着,所以有余火和浓烟,属次生灾害。目前明火已全部扑灭。

"总之不是爆炸?"

爆炸要严重得多。本次事故响声大火焰高,但是人员安然无恙,如果发生的是爆炸,那就不是遍地破烂,是遍地死伤了。今天情况大略是这样的:加氢装置现场有十来个当班人员,所在位置邻近事故管线。试压过程中发现氢气泄漏,现场人员于第一时间尝试控制,未果,按规定立刻从专门路线撤退,随即发生闪火。因为撤退及时,没有人员伤亡。事后救援中一个操作工不慎摔伤膝盖,这个可以不计在内。

"这个说法有点意思。"陈福泉语词粗鲁尖锐,表达极度不满,"要我说戴总不如管它叫'屁火',听起来不过就像放个屁一样。"

"化工辞典没有那个词条,也欠文雅。"戴建不动声色,"还是'闪火''闪燃'这样的提法比较恰当。"

"不管什么火,都是非常非常不应该。"陈福泉质问,"巨力乙烯怎么能出这样的事?双弦开发区绝对不允许出这样的事情!"

戴建表示同意。哪怕损失不大,这种事故也不应该出现在巨力乙烯,特别是在他管理之下。但是它出现了,现实有时确实不尽如人意。有一个情况他必须特别加以强调:本次闪火发生部位处于加氢装置外围管线,装置本身并未受到大的破坏,因此这几声轰隆几阵火光无损企业试生产。当然企业不会因此掉以轻心,这件事他肯定不会放过,事故原因一定要搞清楚,损坏的管线也需迅速修复,这是接下来要做的事情。眼下也就是今天上午,关键还在于早上好,美国人叫"古摸令"。省长视察怎么办才好?他感觉首先必须确保视察正常进行,这对企业很重要,对开发区想必也很重要。其次视察必须避开事故区域,原定的路线必须调整,毕竟事故现场处理不及,看上去感觉不好。戴建已经把这两个意思报告给董事长刘小姐,她完全赞同,要戴建直接与陈福泉协商。刘小姐还说:"听陈主任安排,也有办法。"

陈福泉说:"现在还有什么办法?请戴总赶紧打扫战场,让省长去听你'闪火'。"

戴建并不在意:"如果陈主任真是这么打算,我们配合。"

陈福泉问:"你们天空那道黑烟,戴总还打算挂多久?"

戴建称氢气燃烧有个特点,只要不继续提供原料,烧完就结束。出事后,现场管线及时置换氮气吹扫,外围燃烧余烬马上也将清理干净,只要一阵风,天空中的黑烟就会跟着消散。氢气燃烧的产物是水,与氢气本身都很干净。灭火行动中所有的消防水全部导入事故消防池，没有外泄。这条管线还在试压，里面没有物料，整个事故没有造成物料泄漏，不会有污染问题，尽可放心。

"真的那么放心？"陈福泉问，"为什么对我的人那么客气？"

"不是要封锁消息，是要保证安全。"戴建说，"你那个欧阳挺自以为是。"

"他是我派去的。"

"其实我们一直也都在听陈主任调遣。"

"我一连给你十个电话，怎么没有一个调遣得到？"

戴建表示道歉。他在现场不用手机。实话说，在把事故压下之前，顾不上联络。如果他忙着打电话，听任闪火酿成重大事故，想必陈福泉此刻更会坐立不安。巨力乙烯是双弦开发区龙头企业，启动项目，落户以来一直得到管委会关心重视，陈福泉一再为他们企业排忧解难，他们企业当然也希望少出乱子，少给管委会不必要的麻烦。

"听起来我还得谢谢戴总。"

"是实话。"

"我准备让他们敲锣打鼓送感谢信去。"

陈福泉收了电话。没工夫多谈了，必须马上处理迫在眉睫之事。

那时陈福泉一行守在双弦大桥桥头，开发区的门户处。双弦是一座岛屿，与大陆隔着一片浅海，最窄处仅两公里，以往依靠轮渡建立交通。开发区成立后迅速投建双弦大桥，其建成提供了一条便捷通道，可以从高速公路联结线直接上桥进岛，大量建设、生产物资得以快速进出。双弦大桥通车后，岛北部大桥头成为进出要冲，重要人物接待基本都从那里开始。今天上午，陈福泉带着几个人提前近到位，在大桥头收费口外等待，在那里听到了爆炸声。

现在能怎么办？所谓赶得早不如赶得巧，如果这一事故发生在平时，或许不会造成过于严重影响，恰发生在省长视察前夕，事故便成了危机，如果处置不当，其影响有可能成倍放大，后果会是灾难性的。说要领省长去听戴建讲解"闪火"当然只是气话，那绝对不行。如果让省长一行进入事故现场，一地狼藉会有极大视觉冲击，那就不是视察企业，是视察事故了。加之明火刚灭，现场状况未必完全稳定，谁能确保不会忽然"轰隆"再来一炸，钢的铝的杂碎满天飞舞往人的头上身上砸？万一真的发生了，岂不是将省长及陪同的各级领导置于危险境地？这种情况下，能否临时调整视察安排，干脆取消巨力乙烯内容？不行。视察双弦不能不到巨力。这家厂子身份为外资，其控股集团是世界五百强，龙头与启动地位摆在那里。加之还有一个特殊情况：厂子落户双弦，当年的招商谈判由常务副省长亲自主持，那位主持者便是眼下的省长钱丙坤。本次双弦视察方案曾几上几下，内容数次调整，每一次都少不了巨力乙烯，视察方案由省政府秘书长签字核准之前，一定亦曾报省长本人过目，因此难以临时改变，哪怕一丁点细节调整都必须有充足的理由。刚刚发生的事故当然可以作为理由提出，但是只要一说出来，视察企业可能被取消，事故会立刻引发高度关注，对企业和开发区都非常不好，陈福泉特别不愿意看到这种局面。而不提及这一事故亦不可能，它发生在省长到来前夕，爆炸声那般响亮，外界很快就会沸沸扬扬，转眼间也会传到上级领导那里，如果没有及时报告，日后肯定追究为刻意隐瞒，问题很严重。因此去也不是不去也不是，说也不是不说也不是。时间如此紧迫，陈福泉能有什么办法？

陈福泉站在桥头紧张思忖，掏出手机给留守于管委会楼内的胡亮副主任打了一个电话，命令他立刻进行紧急动员，整座办公大楼除留下少量值班人员，所有干部职工全部出动，立刻赶到双弦新城做准备，省长一行头一站先到那里。

胡亮提醒："不是先到巨力乙烯吗？"

"倒过来。先看新城，再看企业。"陈福泉说。

陈福泉说得斩钉截铁。事实上他哪有调整省长视察方案的权限？这时已经顾不上考虑这个，只能先斩后奏。他接连打出几个电话，火速安排变动。

然后一辆中巴车远远从大桥那头驶来，钱丙坤省长一行到达，比预定时间稍晚一点。陪同省长前来视察的有省直几个重要部门负责官员，有本市的市委书记与市长，他们都坐在同一辆中巴车上。

陈福泉情不自禁回望双弦岛上空，发觉天上那片烟雾果然如戴建预言已经消散，几乎看不出来了。

中巴车停在路旁，车门打开，陈福泉上了车。这属于礼节性环节，让当地官员与车上领导见一面，就此开始在本地的视察。

省长钱丙坤坐在第一排左侧位。市委书记吴华坐在省长身边，指着陈福泉，介绍他是现任开发区管委会主任。

省长指示："现在不谈情况，直接去点上看吧。"

陈福泉说："好的，欢迎省长光临。"

他看到省政府秘书长郑克明坐在省长后排位子，即招呼："郑秘书长，有一个新情况需要先向您汇报一下。"

"说吧。"

"我的车在前边开道，想请秘书长一起开道，顺便报告。可以吗？"

这个要求比较特别，郑克明表情有点意外。

"这样不耽误时间。省长的时间宝贵。"陈福泉解释。

郑克明心知必有特殊情况，经省长同意，起身下中巴，上了开道轿车。而后轿车在前，中巴车随后，一前一后朝岛内驶去。

陈福泉报告了巨力乙烯厂区刚刚发生的事故，称根据已知情况，事故并不严重，没有人员伤亡，也没有造成污染。但是现场还在清理，需要一点时间，请求将视察计划做点小变动，把后边的议程提到前头，先到双弦新城，再看巨力。

郑克明很警觉："这企业还能看吗？"

"抓紧处理，没有问题。"

"主要是影响，会怎么样？"

郑克明担心外界看法。企业刚出事，省长一头撞进去不是很尴尬吗？本来是要表示关心鼓励支持，现在还能怎么说？对事故可以视而不见，或者轻描淡写吗？

"可以两方面强调，既肯定这家企业的地位与重要性，也要求汲取教训，加强整改，确保安全试产。"陈福泉建议。

"事故到底怎么回事？"

陈福泉告诉他，事故具体原因还待调查。企业报告主要是氢气泄漏引起燃烧，他们管那叫"闪火"。不是爆炸，不属重大事故。由于这个突发情况，不得不请求调整视察方案。关键时刻出这样的事，说来很不应该，企业有责任，管委会也有责任。对此他要做深刻检讨，同时也保证要把今天的视察安排好，万无一失。

此刻能怎么办？省长是否视察巨力，郑克明还要斟酌，或许得直接向省长请示。可以确定的是此刻确实不能一头撞进去，因此只能同意陈福泉临时更改方案，先看双弦新城，这才有时间考虑接下来如何处置。

"有什么新情况必须随时向我报告。"郑克明要求。

"明白。"

十几分钟后，他们到达双弦新城。这里一幢一幢有三十几座高楼排列成行，堪称壮观，新城中心有商务区，有一个大广场，此刻广场上锣鼓喧天，一个大型民俗活动节正在热闹开场。场地上数支舞龙舞狮队在各自位置表演，吸引大批观众围观，气氛相当热烈。视察团走进广场时，群众分列两旁，用力鼓掌表示欢迎，省长很高兴，满面笑容。

陈福泉报告称，新城广场每个周末都有文化活动，满足周边居民文化需求，这是当地居民美好新生活的一个重要方面。"美好新生活"是本开发区一个动员口号，陈福泉天天讲，月月讲，每会必讲。此刻双弦岛遍地工地，到处尘土飞扬，未来美好生活的雏形却已经在尘土中展现，双弦新城和广场文化活动就是其中两个闪亮表现。

人群中有一位老者，服装整洁，须发尽白，看上去很显眼。陈福泉向省长介绍，老者原是双弦岭下村养殖户主，今年已经八十，搬进新城后，每天到广场晒太阳，每周末到广场看热闹。省长拉着老者的手，问他日子过得怎么样。老者连称"很好，很好，感谢领导"。省长问老者什么名字，老者用土话称自己叫"沃克"，省长听得纳闷，陈福泉在一旁介绍，说自己曾跟这位老人家开玩笑，将他叫成"倭寇"，其实人家跟鬼子无关，"沃克"的意思就是"蚝壳"，也就是牡蛎壳。

省长大笑："好。沃克，很好。"

一旁围观的人们拿起手机啪啪拍照，随队摄像师和记者们更是围着忙活，不亦乐乎，众人其乐融融。

郑克明对陈福泉悄声道："这个点安排不错。"

陈福泉表示，由于时间临时调整，不免有所忙乱，请领导原谅。

如果不是陈福泉紧急下令管委会人员倾巢而出，赶到这里安排

"美好生活",此刻哪有这种景象。广场上每周周末确实都有一些文化活动,基本都是小打小闹,自发为多,今天这种热闹,实是为了欢迎省长视察而精心安排的,只不过原本作为余兴节目点缀,要待接近中午,省长视察完巨力等重大项目后才顺便一看,放松一下身心。不料"闪火"了,余兴一变而为开场,临时排演成一出重头戏。陈福泉希望广场上的老头和跳来跳去的龙和狮子能够拖住省长,时间尽可能长一点,这才方便做下一步安排。

某种程度上说,对开发区而言,双弦新城之重要性并不亚于巨力乙烯,确实值得省长前来视察。双弦岛在成为开发区之前是一个海岛乡镇,有三万余乡民,主要以种植业和滩涂养殖业为生。省政府批准设立双弦经济技术开发区,确定为省级重点开发区,而后又升格为国家级,以建立大型石化基地为主方向,岛内的土地、滩涂以及村庄全部进入开发规划,地要征,房要拆,村要搬,人都往哪里去?按照规划,岛西北部开辟为生活区,双弦新城就在这个区域兴建,岛上居民将全部迁入新城。双弦新城的设计与建设非常有特色,极具现代感,其高楼、街道和商业服务设施让人感觉可比东部沿海大城市的中心区域。目前新城已基本建成,入住已达万余人口,主体是两部分:开发区企业人员和搬迁安置户,搬迁户为多。如人们调侃,"蚝壳"们在虾池里洗过泥脚,直接进城搬进三十层楼里。作为开发区建设征地、搬迁与安置的一大工程,双弦新城有很多内容可供视察调研,并非只有那阵锣鼓热闹。

陪同省长之际,陈福泉跑进跑出,抓紧时间处理后续事项。他向市委书记吴华紧急报告了情况。吴是顶头上司,视察方案调整,本该先经他同意再与郑克明相商,问题是没时间了,陈福泉只能越过市领导,先抓住有决定权的郑克明,把视察方案调整过来。然后他必须赶紧把情况报告吴华，要是把顶头上司一直撇在一边，陈福泉就是自己找死了。幸而吴华不计较，他让陈福泉直接与郑克明沟通，要求务必把接下来的事项安排好。这不用他多说，陈福泉不时偷偷闪到一旁接听电话，发布指令，干的就这个事。他把手机调成振动模式，从进入新城开始，那手机便在他的裤口袋里振动不止，没完没了。

一个紧急情况是巨力乙烯厂门口开始有人聚集。主要是厂区附近村庄里的居民。那些村庄虽然都确定搬迁，有不少家庭已经迁入新城，却也还有不少人暂留在村里，有村民，还有租房打工人员。"闪火"中的巨响冲击力相当大，村庄里有不少房屋玻璃被震碎，甚至有吊顶被震塌下来。有村民声称在震动中受了伤，财产也受到损害，因此要到巨力乙烯讨说法。村民中有传言称今天将有大领导到巨力视察，一些对以往搬迁补偿标准有意见者闻讯，也赶到厂门外聚集，准备找机会向领导反映问题。

陈福泉直接给杜聪打了电话，杜是双弦公安分局副局长，目前主持工作。陈要求杜立即加强警力到巨力乙烯厂门外维持秩序，疏导人员。而后又命令胡亮率队从新城赶往巨力乙烯现场处置，要求把厂区附近村庄的村两委叫到现场，劝走本村村民。务必在最短时间内把聚集人员清走。

"我会要求戴建立刻派人下村察看损失情况，拍照做记录，作为日后赔偿依据。"陈福泉说，"尽量把村民引回村里，不要待在厂门外生事。"

然后陈福泉找郑克明确定巨力乙烯的视察安排。他报告说，根据厂方最新情况，"闪火"现场还在清理中，一时半会还弄不干净。省长视察巨力的具体路线可能还得调整，不能如原计划那样绕行厂区。

陈福泉提出了自己考虑的办法，郑克明却有保留，询问道："或者还是算了？改看其他企业怎么样？"

双弦开发区内还有几家大型石化项目在建设之中，但是只有巨力乙烯基本建成，可看性当然是巨力第一。为了迎接省长视察，企业董事长刘小姐专程从英国飞来，因此陈福泉觉得还是让省长一往为好。郑克明询问能否把刘小姐请到开发区管委会，让省长在会议室接见，双方就在管委会里谈？陈福泉承认也是一个办法，只是省长难得一来，如果不能让他亲眼看一看这家企业眼下的情况，怎么说都感觉遗憾。陈福泉估计省长自己恐怕也想去看一看。

郑克明问："有把握吗？"

陈福泉说："我们一定确保成功。"

郑克明直接去请示省长。他几步上前挨近省长，一边陪着走，一边在省长耳畔低语。走在后头的陈福泉听不清他们的谈话，只是估计郑克明一定会提到"闪火"和担心，然后才会提到陈福泉的安排。陈福泉注意到省长沉默片刻，跟郑克明说了句话。

郑克明退下来，叫住陈福泉道："你去安排吧。"

没多废话。陈福泉立刻跑到一旁打电话。

十几分钟后，一行人来到了双弦岛西侧轮渡码头，已经有一艘交通艇停在码头边。

轮渡码头是一个旧码头，双弦大桥建成之前，岛上与大陆间的交通都靠这个码头，大桥建成后，大量物资通过大桥进出，轮渡码头也没有闲置，准备开辟为旅游码头，发展一个新产业。今天这个码头成了陈福泉的应急选择。

有一排人站在码头上迎候省长，巨力乙烯董事长刘小姐穿件风衣，戴着一副墨镜，风姿绰约站在最前头。

刘小姐堪称石化界传奇人物，出生于新加坡，目前居住在英国。

刘氏家族是东南亚金融巨头，刘小姐本人却从事实业，从开塑料厂进入石化行业，眼下身兼几家大型石化企业董事长，企业分布于东亚、北欧和美国，有上游企业也有下游企业。刘小姐大名刘佩珊，大家闺秀，气度不凡，四十来岁，单身贵族，喜欢人们称她"刘小姐"。数年前，刘小姐率一个团队到中国，于山东、江苏沿海考察投资环境，返程时在北京偶遇钱丙坤，钱当时是本省常务副省长，正带着本市和省发改委等部门负责官员在首都为双弦开发区争取相关批文。得知刘小姐情况后，钱丙坤盛情相邀，力劝她改变行程，自己亲自当向导，领着刘小姐一行从北京直奔双弦考察，最终促成巨力乙烯落户。陈福泉本人是几年前才调到双弦任职的，对当年那些旧事却也了如指掌，因此才会推断省长也想去巨力乙烯看一看。

在发生"闪火"事故，以及该企业大门外发生人员聚集情况后，视察巨力只能另辟蹊径。刘小姐断言："陈主任有办法。"真是一点不错。陈主任的办法就是不走陆路走水路，改坐车为坐船。陈福泉紧急征调船务集团一条最好的交通船，提前守候于码头，省长一行从轮渡码头上船，交通船即沿双弦岛内弦也就是西侧海湾往南开行，驶出十几分钟，远远就能看到巨力乙烯的厂区。顺厂区沿海岸绕行，一直到双弦岛最南端，折转向北，这沿线都是巨力的地盘，一路可看装置区、罐区和油品码头。然后交通船沿外弦也就是东侧海湾上溯，完成厂区视察。

从轮渡码头登船之后，刘小姐自然而然成了主场人物。她跟钱丙坤省长是老熟人，相逢于双弦，两人都很高兴。交通船一启动，刘小姐便指着岸边的厂区建筑一一介绍，如数家珍。陈福泉悄然引退，跑到后边忙他的事。

此刻"闪火"只剩灰烬，巨力乙烯大门口的聚集基本清除，只剩个把看热闹的，但是新麻烦接踵而至：有自称媒体记者的人赶到厂门口，要求进厂采访。据相关部门报告，"闪火"事故发生后仅三分钟，就有人把图片和消息发到网上，引发广泛关注。目前企业以事故还在处理中，需要确保安全为由，禁止外界人员入厂。媒体在企业得不到消息，转而追问开发区管委会，管委会宣教公关部电话铃声此起彼伏，都是来讨说法的。胡亮向陈福泉报告说：还有不少媒体记者正在途中，估计很快就将聚集双弦。

陈福泉骂："一个'屁火'也这么热闹？"

"巨力乙烯啊，那不一样。"胡亮回答。

巨力乙烯项目从落地起便备受关注。这家企业产能大，其建成投产意味着双弦岛一举跻身大型石化基地行列，也意味着东亚乙烯供应格局为之改变。巨力还拟在乙烯成功后兴建炼化一体化项目，往石化产业上游拓展，未来不可限量。如此巨头，其发展引人注目，其事故更引人注目。粗鲁点说，巨力放个屁都比别人巨大，何论闪火。

陈福泉指示："媒体事情要赶在前边，不要被动了。"

他命胡亮立刻召集媒体通气会，抢先把消息发布出去，把调子定下来。事故情况让巨力乙烯提供，无论"闪火""屁火"，让戴建自己去说。管委会方面要强调几条，包括立刻组织事故调查，确保生产安全和环境保护等。

"要不要等省长视察结束，陈主任亲自参加。"

陈福泉决定不等。现在得抓紧，先声夺人。等网络上媒体上"轰隆轰隆"到处爆炸再来讲闪火，那谁要听谁还信？赶紧让那个名堂先闪出去。

"你要特别强调，无论怎么'闪'，全体人员安全，进去是活的，出来还是活着，一个死的都没有，这是要点。"陈福泉交代。

27

"明白。"

"人最重要，死了人就不美好了，咱们最看重这个。"陈福泉说。

胡亮手脚麻利，立刻落实。几分钟后他又来了电话，称通气会消息已经发布出去，十一点在文化中心小会场举行。已经有二十几名媒体记者、通讯员报名参加，还有更多记者可能加入。但是戴建不能与会，说是现场处置无法脱身。戴派了他们厂的技术总监、副总经理周平和来通报情况。

"也行。"陈福泉说，"有专业背景说来才像。"

"可是可是。"胡亮忽然支支吾吾起来。

他有点发悚，因为他本人行政出身，并无化工背景。讲一讲美好新生活什么的还可以，万一有媒体人员向他提些技术问题或者干脆抛出个圈套，出丑不要紧，说错话就坏事了。毕竟通气会以管委会名义召开，企业的说法只代表企业，管委会怎么看？有什么态度？怎么说？只怕搞砸了。

胡亮的担心有一定道理。陈福泉忽然想起一个人。

"那个什么欧阳？欧阳彬，总工办那个助理。"陈福泉说，"把他叫上。"

"顶用吗？"

"技术上肯定没问题，事故发生后他就到了现场，也算目击者。以他的身份，应急回答些技术问题也合适。"

胡亮有所保留："那小子我知道，好像有点牛？"

"那是修理不够。"

陈福泉命胡亮通知欧阳回管委会，估计欧阳现在应当还在巨力那边晃荡。省长一行改为乘船视察，布点蹲守的人可以先撤回来。让欧阳直接到会议中心吧，胡亮要先跟他谈一下，提前修理，严肃点，就说是陈主任交代的。要强调服从领导,服从大局,该说的说,不该说的不说,还得会随机应变。

"现在的关键不在于鞭炮放了多大,在于试生产。"陈福泉说,"这个是大局,必须确保。"

几分钟后,胡亮匆匆打来一个电话,称欧阳彬拒绝回来参加新闻通气会,理由是没有把握。事故原因还需要调查,技术部门不能说不负责的话。

陈福泉开口就骂:"胡副,你是干什么吃的?"

胡亮顿时支支吾吾。

陈福泉说,胡亮吃过的米比那什么欧阳少吗?身为领导,怎么拿个嘴上没毛的小子没办法?马上派个人,派部车去,把那小子押回来。问问还想干不想?不愿干请便,直接扔海里去得了。

那时候交通船正贴着海岸航行,沿岸矗立着巨力乙烯高高低低的管道、装置,连绵成片,浩浩荡荡,有如一座茂密的钢铁森林,在阳光照耀下闪闪发亮。天空中的黑烟消失殆尽,厂区上空一片晴朗,那声爆炸已经有如幻觉。

3

事情发生于昨日上午,九时五十分时"货柜"到达高速收费口。当时陶本南穿一件收费站员工制服,站在收费亭外,看着它远远驶近。

"注意!听我命令!"他低喝了一声。

身边人员迅速散开,各就各位。

"货柜"是陶本南定的暗号，那是一辆白色比亚迪小车，它比预定时间稍晚几分钟到达。双弦高速口通常开放四个收费通道，其中一个是"ETC"通道。为了配合行动，高速收费站暂时关闭了两个人工收费口，因此所有不走"ETC"的车都只能在一个收费口上排队。根据一小时前报来的情况，"货柜"上高速时走的是取卡通道，因此断定它必须在收费口处排队缴费，这是行动的最佳时机。

恰当交通繁忙时段，收费口眨眼间涌来十几辆车，"货柜"排在一辆卡车之前，一辆黑色普桑则插在"货柜"之前。这辆普桑是自己人，跟踪者，里边有两个警察，着便衣，一路尾随"货柜"从市区到这里。按照原定方案，普桑在"货柜"驶离高速路主道，进入辅道时设法超车，冲到"货柜"前方，在收费口处形成有效阻挡，防止对方在最后关头铤而走险舍命冲关。本次行动中，高速收费口是关键部位，陶本南把主力放在这里，事前做了周密安排，前方人员都换上收费站员工制服以为掩护，同时尽量减少活动以防引起注意。对方有可能提前在这附近安排眼线，如果察觉情况不妙，立刻会把消息紧急传递出去，导致行动功败垂成。

"货柜"悄然不觉，已经排队入瓮，无路可逃，只待最后截击。这是本次行动最后，也是最危险的一环。

陶本南站在收费亭边，脸朝上打了个哈欠，似乎是换岗收费员打算离开去睡一觉。他看到黑色普桑驶到收费亭，"货柜"紧紧跟在后边，左前窗玻璃正缓缓下降，后边那辆卡车亦步亦趋。猛然间陶本南大喝"上！"，自己一个箭步冲上前，左手往前一伸，按住敞开的驾驶室左前窗窗沿。

"不要动！"他大喝，"我们是警察。"

坐在驾驶座上的男子顿时脸色发白，呆若木鸡，显然看到陶本南右手持枪。几乎就在同时，分别藏在近处的几个干警几乎一起扑到车旁，个个持有手枪。

陶本南喝道："下车！"

"什，什么？"

"开门！"

眨眼间门被拉开，车上人鱼贯而出，下车集中到收费亭边。一共四人，三男一女，都是一脸惊吓。而后前边普桑车门打开，一个便衣干警下车跑过来上了"货柜"驾驶座，掌握本车机动权。一会儿工夫，普桑在前，"货柜"尾随，一前一后离开收费口。陶本南带着其他干警押着四个人步行，穿过收费口向右，从员工通道进入收费站办公楼。他们到达时，普桑和"货柜"两辆轿车已经在楼前停好。

整个行动干净利落，几分钟拿下，完美完成计划，没有发生意外，但是陶本南的心跳却骤然加速：怎么才四人？不是应该五个吗？

当时顾不得其他，陶本南命大家各自抓紧，该干嘛干嘛去，于是大家分头忙活。干警小刘带一组人员负责处理"货柜"，他们放出了预先藏在办公楼临时客房里的"乌蹄"，那是一只缉毒犬，它围着"货柜"打转，显得相当兴奋。陶本南带着两个干警负责"货柜"的四位乘客，这个活需要一点政策水平。

四个乘客已经经过检查，确认都没有携带枪支或刀具。陶本南跟他们讲了几句话，让大家不要慌，也不要害怕。把大家请下车，包括安全检查，都是以防万一，避免坏人可能给大家造成的伤害。双弦公安分局缉毒大队正在进行一次缉毒行动，希望得到大家配合。现在需要分别了解一下情况，只要如实说明就可以了，不需要占用太多时间。

然后先易后难，女士优先，再另两位乘客。三个人分别提供了他们的身份证、手机号、居住地和旅行原因，经判断均属实。他们都是

"货柜"的本次乘客，彼此互不相识，与"货柜"驾驶员毫无瓜葛，是临时通过拼车平台汇集于"货柜"，从市区前往双弦岛。这一趟旅行需要他们各自付款四十元，目前旅费尚未支付，按照惯例是送到位了才交钱。三位乘客身上和他们携带的行李都没有发现违禁物品，没有凶器，也未见毒品。

最后查问驾驶员。驾驶员姓李，三十五岁，市区人，无固定职业。他反复解释只是偶尔跑一趟，跑拼车路程长耗油多，加上竞争厉害，真是赚不了钱。陶本南告诉他今天不查营运，是缉毒。司机连连摆手，称知道毒品是无底洞，千万不能碰，他跟那东西一点关系都没有。

"把今天的事都告诉我，不要隐瞒。"陶本南说。

驾驶员支支吾吾，陶本南再次说明："不要有顾虑。我们是缉毒警，不管营运。"

通常情况下，驾驶员确实很可能是无辜的，只因拼车拉客涉嫌非法营运，怕受追究才一味隐瞒掩饰。必须先打消这一顾忌，才能争取他无保留与缉毒警察合作。双弦岛与市区距离八十余公里，早年间两地交通靠长途班车解决，其线路途经县城通往市区，每天上下午各一个班次。双弦开发区兴建之后，随着一批大型项目落地和大批人员进入，交通需求迅速扩大，高速公路联结线和双弦大桥因之兴建，每天有十数个班次的长途客车穿行其间，出租车和网约车也非常活跃。拼车是近年两地间适应需求而兴起的一种交通方式，市区和双弦有人分别建了几个平台，也就是几个联络处理中心安排来往客源，各自公布联络电话，手头都掌握着若干加盟司机。这些司机的车都是社会车辆，与出租车有别的是它们并没有运营许可，因此拼车平台及其加盟司机不时会被监管部门取缔。只因社会需求旺盛，总会春风吹又生，有需要的顾客总是可以找到联络号码，通过电话叫车，由平台帮助联络司机。顾客可以包车，也可以拼车。包车上门接、送到点，比打的便利，价钱差不多，而拼车则要拼满一车四个客人才走，每人付四分之一车费，比包车省得多，且同样有上门接、送到点的便利，却因为客人各自的接送位置不同而要多费许多时间。目前这些拼车平台及加盟司机处于监管灰色地带，容易为图谋不轨者利用，例如借以运输毒品。

李姓司机本次出车大体经过是：第一个客人是那位女子，她打拼车电话，接人地点在市宾馆大门外，目的地是双弦新城。平台把这一单交给李司机，李出车到宾馆接了人，途中一直等待新的拼车客，等了二十几分钟没有报单。那女的坐在副驾驶位上着急，运气来了：接连三个客人电话到达，位置在市区不同角落。驾驶员一边开车一边电话联系，费了近一个钟头，三个客人一一拉上。

"是三个吗？"陶本南追问。

"后头三个男的，连前头这女的一共四个。拼车嘛，不满员开了亏本。"

"怎么少了一个？"

原来有一个男子中途下了车，地点是成丰休息区。拼车通常不走高速，因为高速收费，走高速的话要多收三十元通行费，平均每人近八元，除非顾客愿意多支付。当天"货柜"走了高速，是因为最后上车的客人承诺由他出高速费用。但是这个人在中途出了状况：他声称肚子疼、头昏，受不了，得在洗手间处理一下，再到休息区歇一歇。于是就在成丰休息区下了车，下车前把车费和高速费交齐了。

陶本南心里非常恼火。高速公路途中下客比较少见，却不能不防，这个情况为什么没有及时发现？跟踪的那两个警察怎么疏忽了？跟到休息区，看"货柜"上的乘客下车进了洗手间，以为就是解个手，没注意从洗手间出来时少了一个？

经与其他乘客核对，司机所供属实。确实有一个客人在成丰休息区下了车，该乘客上车时空着手，带着一个手机，抓着一个小包，没有其他行李。这个人大约四十岁年纪，很瘦，脸黄，皮包骨头，一路打哈欠，精神很差。

显然他就是阿仁，本次行动的主要目标之一。他已经跑了。或许人家并不像表面上那么没精神，他在打哈欠之余不乏细心观察，结果观察到了某疑似跟踪车辆，于是当机立断，借跟踪者疏忽之机紧急逃逸。

检查"货柜"的那组人员完成任务，查获一个可疑物品。该物品是一只牛皮纸盒，模样普通，像是常见的快递盒，盒子上缠着胶带纸。

这盒子是托寄品。托寄者打电话给平台，平台转给李司机，李在市区环城路一家快餐店门外接了这个盒，托寄者预先付了款，嘱咐将盒子送双弦新城北新路一号店。类似拼车平台除了提供旅客拼车服务，也办理寄送物品。有需要的顾客可以打电话交代平台，由平台安排司机带货，通常货到付款，也可交货时预付。这种托寄比快递收费要高，却更快捷，特别适合急送生鲜物品。具体操作中，交寄人以及接收人都可以临时请人代办，自己隐身其后，因此这一送货渠道有可能被利用传送毒品。从"货柜"本次拼车过程分析，送毒人员阿仁在联络平台拼车之际，让人同时联系送货，由于人、货接点处于相邻街区，可断定平台将把两单派给同一部车，因此实现了人货同行又貌似分离。如果此行发生问题，送货人可辩称并无携带违禁货物。如果一路安全，人、货同车到达后，将由阿仁送达预定地点，交给双弦这边的接头人。

此刻阿仁跑了，但是东西还在。

当着驾驶员的面，陶本南命手下干警把快递盒打开。小刘找来一支文具剪刀，顺盒子的盖口割开胶带，把里边的物品取了出来：两个白色透明塑料袋，袋里满满的全是细碎的白色结晶物体，拿手掂掂，一袋大约有五百克也就是斤把重。

驾驶员的脸刷地白了："哎呀，这啥呀！"

陶本南命将东西放回快递盒、暂扣。驾驶员和车辆必须先到双弦分局，接受进一步取证。几位乘客属不知情者，可允许离开。

大家分头上车，陶本南把小刘拉到一旁问了几句。

"怎么找到的？"

小刘称快递盒塞在车后行李厢里，没有特殊伪装。

"乌蹄怎么表现？"

乌蹄状态不佳。起初很兴奋，围着"货柜"转了两圈就没劲儿了。对快递盒也没表现出特别兴奋。

陶本南骂了一句："妈的。"

他的手机响铃，是杜聪副局长，本局目前主持工作的当家人。杜聪原本一直分管缉毒，本次行动原本也是他亲自指挥，只因为省长等领导将于明日视察双弦岛，沿途及各参观点都需要警力配合，杜聪得去安排那个，缉毒行动只能交由陶本南具体指挥，陶是副大队长，目前缉毒大队没有其他领导，由陶负责。杜聪看来放心不下，于百忙中还要查问行动情况。

陶本南简要报告，电话里不可以多说，只讲没抓到人，有一个快递盒比较可疑。

"赶紧回来。"杜聪说。

十几分钟后，一行人回到分局大楼，直接去了四楼会议室，杜聪已经坐在长条会议桌旁主位上，拉着一张脸，脸色阴沉。

"打开。"他说。

小刘赶紧打开查获的快递盒，拿出两个塑料袋放在会议桌上。杜聪一看到那两袋东西,两道眉毛当即拧成一条粗黑线,脸色更显发黑。

这个人不光是领导,他还是老手,一个行家。

"什么他妈的鬼东西。"杜聪当众开骂,"打开。"

塑料袋封口被打开,杜聪从袋里抓出一小块晶体看了看,放在鼻子上一嗅,当着睽睽众目直接塞进嘴里,然后"呸"一口吐在地上,眼睛直盯着陶本南。

"这是什么?蓝皮?"杜聪瞪眼问。

陶本南摇摇头。

"使尽吃奶力气,弄半天就这个?"

陶本南无言以对。

杜聪脾气大,一句话都不多说,拂袖而去。站起身他还不解恨,右掌使劲儿一扫,把两个塑料袋一起从会议桌扫到地下。顿时满地狼藉,已经打开的那个塑料袋里的东西倾倒于地,撒得到处都是。

众干警呆若木鸡。杜聪甩手走出了会议室。

陶本南没有资格拂袖而去,残局还得由他收拾。

"去找个扫把。"他吩咐,"先把地板打扫干净。"

小刘请示:"东西怎么办?"

陶本南命将地上的物品装回塑料袋,按规定提交鉴定,以确定是否有问题。

收拾地板时,陶本南拿手指从桌角沾了一点碎末,悄悄把指头放进嘴里。

甜的。确认无误。不是冰毒,更不是"蓝皮",货真味实,它就是冰糖。这个结果其实早在陶本南猜测中。在收费站办公楼看到快递盒那时他就心存疑问,因为没有任何异味从快递盒里渗出,里边装的就像两瓶矿泉水。如果是毒品,哪怕塑料袋包装再好,肯定会有一点气味外泄，那气味带有刺激性。缉毒犬乌蹄不兴奋是有原因的。

但是这两袋冰糖依然可以列为可疑物品。冰糖有多稀罕？如今哪个超市里没有？哪个正常人会如此不厌其烦，通过拼车托寄，用一个快递盒把两袋冰糖从市区送到双弦岛，并为此支付一笔超过冰糖价格的运费？除非他是个神经病。毫无疑问，"货柜"里的这一盒冰糖并非出自疯人院，它别有来头，肯定与毒品有关系，否则不会与中途逃开的阿仁同处一车，共赴双弦。很大可能它是一个替代品，模拟冰毒，它被托寄于一辆拼车中从市区到双弦，实际是一次毒品运送的模拟，或称预演。如果它顺利送达，下一个快递盒里装的东西就不是冰糖而是冰毒。或许还有另一种可能：相关毒贩在其秘密链条里发现某个不确定因素，他们需要检测内部是否藏有卧底，哪一个是警方线人，于是他们制造了一次虚假运送，让一盒冰糖充当探测物，只要警方动手，便知是谁走漏。如果情况如此，那么本次缉毒行动不仅不成功，且属上当，被人家拖进坑里，其损失难以估量。无论是否如此，本分局缉毒大队民警在副大队长陶本南指挥下发起化装行动，在收费站突袭"货柜"，如临大敌，煞有介事，现在看来有如一场闹剧且完全失败。两包冰糖即便不是阿仁们对缉毒警察的有意戏弄，实际上也使本次行动特别是其指挥官陶本南沦为笑柄。

这个责任陶本南难以全部承担，他只是运气不好，没赶准时间。如果行动确定在另外的时间点上，杜聪将直接指挥，那么即便快递盒里只有几张沾着鼻涕的卫生纸，那也怪不到陶本南头上，用不着杜聪发怒。杜聪当然比陶本南更老道，如果换他亲自上，或许"货柜"车开入成丰休息区消息传过来时，杜聪会有所警觉，命跟踪人员注意是否有乘客去洗手间不出来，那样的话阿仁就跑不了，但是依然不能做到人赃俱获，因为"货柜"里没有半克冰毒，这个事实无法改变。本次行动的失误应当是在源头上，那就是线人的情报："阿仁将于明日上午携货前往双弦。"这个情报是怎么得到的？线人是谁？别说陶本南不清楚，杜聪本人也未必知道，因为信息从市局缉毒支队传递下来，对阿仁的监控也由市局实施。从现有情况分析，线人估计还比较外围，无法提供核心情报。本分局缉毒大队本次行动是根据上级的命令展开，试图在人赃俱获之后，迫使阿仁交代上下线，从而挖出联系市区与双弦的地下贩毒网络。在行动失败之后，这个意图已告落空。

两包冰糖也不是毫无用处只配一扫于地，毕竟冰糖炖梨可治咳嗽，其来历亦可深究：是谁在市区环城路那家快餐店托寄了这一快递箱？托寄者是阿仁、快餐店老板，或者只是一个到那里吃盒饭的？他用自己的手机向拼车平台叫车收货，或者是用快餐店里的座机？快递盒指定的送达点双弦新城北新路一号店又是什么背景？老板自己是收货人，或者只是代收者？谁将以什么方式来取走这一盒东西？从这些方面深挖下去，依然有可能找到一些相关者或线索，从而继续追寻市区与双弦间的地下贩毒网络。

陶本南为自己打气，事到如今，没有其他办法。行动失败，听凭杜聪发怒，只能一声不响，该做什么还得继续做。明知是两袋冰糖，却不能拿去冲糖水，必须送鉴定部门确认。司机的笔录还要做清楚，文字资料必须留下。行动中存在的失误必须细致追究，吸取经验教训，以免日后再犯。相关情况须以专报方式送分局领导和市局缉毒支队，该专报必须先报杜聪过目认可。这些都是事务性事项，最重要的还在于考虑接下来的突破方向，找出新线索并穷追不舍。

隔日上午，省长一行隆重光临双弦，全岛热烈相迎，警察个个不亦乐乎。八点来钟，巨力乙烯适时"轰隆"一声巨响，以示热情洋溢之际，陶本南接到一个电话：双合镇龙虎歌厅发现一具尸体，死者疑为双弦开发区吸毒人员。信息来自赵班。

赵班问陶本南："听说你们抓了一辆车？"

陶本南说："说不出口。老哥别见笑。"

赵班眼下是县局副局长兼缉毒大队大队长，从县城赶到双合镇办案。双合是该县一个沿海大镇，距双弦岛只有十几公里路程。陶本南与赵班关系不一般，十年前，陶本南从省警官学校毕业，考入公安部门，第一站就到了双弦镇派出所，赵班当时是副所长，他要了陶本南做搭档，成了陶从警的第一个师傅。当年开发区还没成立，双弦镇为县辖，与双合镇相当。几年后双弦划出来成立经济技术开发区，行政独立，升格，与原属县平起平坐，成了兄弟单位，双弦镇派出所随之升格为经济技术开发区公安分局，直属市局，也与县局平起平坐了。赵班于开发区成立前升任双合镇派出所长，离开双弦岛，陶本南则一直待在双弦，两人从同事变成了兄弟单位同行。彼此都经历过几个岗位，眼下都干缉毒，由于以往的经历，互相关系不错，联系很多。

赵班消息灵通，陶本南指挥的行动不过才十几小时，他就已经听说。他给陶本南打电话，除了表示关心，更多的还在于商量协作。一个双弦吸毒人员死于双合镇，根据属地管辖原则，案子归赵班他们办理，但是办案中涉及死者的调查取证诸多事项，还是需要户籍地公安部门配合。按照对等方式，赵班应当找杜聪接洽，赵班却直接找陶本南，因为彼此关系好。

陶本南说："老哥放心，需要做什么，我全力。"

"咱们兄弟没说的。"

"还不都跟你老哥学嘛。"

"你老弟其实最不简单。"赵班问，"黑脸怎么样？白一点没有？"

陶本南说黑脸更黑了。不光黑脸，其他人也一样黑。都是太阳晒的。

"你那里太阳大，好事儿。"赵班笑。

这些话只有他们自己明白。黑脸是谁？那就是杜聪，他总是阴着一张脸。赵班跟杜聪同过事，杜聪绰号"黑脸"就是当年赵私下赠送。所谓太阳大，指的是双弦这里热闹，钱多人多，各类案子随之增多，特别是毒品案从无到有正在漫延，形势很严峻。

赵班这个案子有一条人命，死在歌厅包房里。死者身份不明，歌厅小哥称其外号"双弦佬"，人瘦瘾大，是常客，初步认定是来自双弦的吸毒者。双合与双弦相邻，是个大镇，历史上还曾是县城所在地，镇区气派，人口多，吃喝玩乐场所多，双弦人喜欢过桥跑到双合找乐，乐坏了一命呜呼，不算特别奇怪。此刻赵班需要搞清楚死者确切身份，请陶本南帮助摸一下底，看看近日失踪人口记录什么的以及已掌握的吸毒人员名录。还有指纹可供比对。

"年纪很轻，大约二十五六。"赵班说。

"这种人不少。"陶本南问，"身上有特殊记号吗？"

"左手有残疾。第五指最上关节缺失，可能是被切断的。"

这就容易多了。

赵班告诉陶本南，死者死因初步断定是吸毒过量猝死。以目前所知情况，年轻人不是初涉毒人员，按说应当懂点厉害，不至于搞得太过，不会一不小心就把小命玩没了。因此怀疑可能是老毒鬼遇上新辣妹，碰上了不熟悉的货。类似底层吸毒人员接触的多是杂七杂八的片啊粉啊，全属不良商家制造，李鬼，免不了坑蒙拐骗，无不掺有大量杂质，当然纯度较低，毒劲儿也小一点，好比假老鼠药吃不死人，哪怕灌一肚子。但是万一不小心碰上真的李逵，纯度上等的真货，同样大小，力度数倍，一过瘾就过了量，身体差一点的，扛不住就挂了。

陶本南"哎"了一声:"老赵,你这个死人让我参观一下可好?"

"你喜欢?"

陶本南嘿嘿:"我还是喜欢活的。"

赵班很干脆,满口答应,让陶本南赶紧来,趁死者还没拉去冰库上冻,想怎么看就怎么看,脑门肚脐屁眼一律开放。

陶本南即给杜聪挂电话,杜聪没有接。此刻杜应当是在省长进岛的开道警车上,这种时候实顾不上陶本南。当天上午警力需要大,缉毒警基本也都给派到现场帮助维持秩序,只有陶本南留在分局大楼,写关于昨日行动情况的呈报材料。陶本南没再打电话,改发短信,向杜聪报告双合镇发现一条线索,他赶去了解情况,待返回后再详细汇报。而后陶本南叫上值班干警小刘,开一辆警车匆匆上路。

不到半小时,他们到了案发现场。赵班在歌厅大堂里跟陶本南握手,称冰柜车已经到了,他让收尸的稍等,待陶本南参观过才放尸走人。

"老哥真关照。"陶本南道谢。

他们去了那间包房。包房位于角落,房间不大,靠墙一圈人造革沙发,沙发前几张茶几,茶几上乱七八糟堆着啤酒瓶、西瓜皮和瓜子壳,还有几个水果盆,丢着吃剩的西瓜片。沙发前方有一块空地,铺着地毯,对面墙上挂着一个大屏幕,下边矮台上摆着点歌设备。房间没有窗户,关上灯一片漆黑,有一股淡淡的霉味从地毯、沙发和墙纸上渗出来,如果不是墙边空调鼓风抽湿,只怕味道熏得死人。

现场处于保护状态,包括角落里的死者。死者蜷缩斜倚在沙发弯角处,垂着脑袋顶住沙发靠背。他穿一件黑色T袖,长裤,脚上是一双皮凉鞋。

陶本南蹲在沙发边观察死者,小刘拿相机拍了几张照片,再取了指纹。

死者死于昨晚午夜。根据已经掌握的情况，当时有五个人待在这间包房，三男二女，三个男子是客人，两个女子是歌厅陪伴人员。他们大约晚上九点半进来，到凌晨三点离开，一哄而散，跑得精光。歌厅清扫女工打开包间门准备做卫生，意外发现墙角沙发上还倒着一个，叫了不应，拿手一推，才发觉人已经死了。出了人命，歌厅老板只能报警，于是警察就介入了。先是刑警过来，检查现场时在地上发现一个小塑料袋，里边还有一些粉末状物，怀疑是毒品，因此通知缉毒大队，案子转由缉毒警为主查办，由赵班指挥。

陶本南问："物证还在吗？"

赵班给他看了那个塑料小袋，里边已经没有东西，但是气味还有。拿起来对着灯光看，袋子里还沾有一点粉末状物。不是纯白色，淡淡的似乎略微偏蓝。

陶本南问："蓝皮？"

赵班摇摇头。

这个问题只有检测部门才能确定。

陶本南告诉赵班，昨日上午他带人在高速路口查的那辆车上有两包东西，纯白色碎晶体，一点气味都没有，狗都不理，已经送检测了。他心里有点数，估计就是两袋冰糖。现在看来，赵班这个小塑料袋尽管已经空了，估计还比较靠谱。如果真是蓝皮，赵老哥可要忙个屁滚尿流。

"你的人死了，让我屁滚尿流。"赵班调侃。

陶本南让赵班放心，双弦分局缉毒大队一定全力配合。回头他马上安排洗印死者头部照片，布置干警下去穿村走巷，让人们辨认。如果死者确实是双弦居民，不出二十四小时，一定会有人把他认出来。

这时陶本南的手机响了。

是杜聪。

"去双合干什么？"黑脸查问。

陶本南还是那句话："有一个线索。"

"赶紧回来。"杜聪命令，"那什么安达里亚，怎么搞的？"

4

新闻通气会举行时，纪惠在现场。

她不是记者，从不给媒体写稿，没有任何人邀请她出席，她进入会场完全是不请自来，纯属混入。

那天上午，她在家里接到欧阳一个电话，商量时间更改。他们原定下午见面谈话，现在恐怕不行，欧阳请纪惠另外安排时间。

纪惠提醒："不同时段收费不一样。"

"我知道，纪老师尽管开发票。"

"哦，你有钱，我想起来了。"

有一句话到了纪惠嘴边："其实不必另约，就拜拜吧。"差一点说出去时她把舌头咬住了。然后她改口答应另外排时间，顺便问一句："这回又是什么要事？让蚊子咬了？"

是意外情况。巨力那边出了点事，"轰隆"，一塌糊涂，还好没有人员伤亡。这种事一出总是让人很忙。此刻管委会要开新闻通气会，指定欧阳到场，因为需要技术花瓶，就像开工剪彩典礼上的礼仪小姐。

"听起来你重要了。"

"我牛啊,总是这么重要。"

不由得纪惠笑。欧阳也笑,承认其实一点也不重要。花瓶不值钱,除非古董。

寥寥几句,彼此没多说。放下手机后纪惠便开始后悔。刚才机会多好,为什么又改口了?应当直截了当,告诉他无须费心另约,到此为止就可以了。电话里通知有多难?难道当面说更容易吗?

现在只能当面说了。纪惠丢下手机,继续看书。

老爸回来了,颤颤地走到沙发上坐下,模样有些疲倦。

纪惠问:"输多少?"

老爸说:"没打。"

老爸每天上午到老人活动中心搓麻将,号称赌博,输赢以一两元计,含金量很低,主要是老村友聚一起打发时间。眼下不干这个他们还干些啥?通常老爸要一直赌到中午才回家吃饭,今天似乎回家早了,还好纪惠已经做好咸饭焖在锅里。问一下才知道,原来今天麻将桌歇业,不让赌,为什么呢?省长来视察,怕领导看到老头们二五一十数钱。刚好广场上舞龙舞狮,让大家都去凑热闹。

"省长笑眯眯,没架子。"老爸感慨,"不如镇政府一个小股长。"

纪惠不禁发笑:"他跟你笑眯眯了?"

"当然,问我名字呢。"

于是就讲了"沃克"那些事,纪惠听得哈哈。

"爸,你还真了不得。"

"几十年村长能白当吗?"老爸问,"阿弟还没回来?"

老爸想去老宅看看。今天上午厂子那边爆炸,听说满村子全是玻璃碴,还有破房子震垮。不知道自家老宅怎么样了。

"一声'轰隆'怪可怕。"纪惠说,"我听到了。"

老爸对老宅放心不下，纪惠劝他别操心，都已经征用补偿了，别指望碎玻璃还有人赔。老爸却不同意："房子还没拆，钥匙还在手里，那算谁的？"

纪惠问："厂子那边怎么样？炸坏什么了？"

老爸不清楚，没听说。村里满地玻璃，厂里还能好吗？

当天上午纪惠还有一个约谈，时间是十一点。她告诉父亲自己得到工作室去做点准备，中午回家会比较晚，时间到了父亲只管自己吃饭，不要等她。

"帮我叫阿弟。"老爸交代，"让他赶紧回家。"

"他能靠得住？我找个时间送你回村看看得了。"纪惠说。

纪惠匆匆换衣服，随手把桌上的工作牌一抓，带子套上脖子，拎起小包出门。她上了电梯，看着电梯显示屏从三十层降到一层。出门后步行，没用车，因为工作室所在的社区活动中心大楼也在生活服务区，相距不远。绕过街心花园，中心大楼就在前边。途中，纪惠注意到一旁会议大楼门外热闹得很，有车辆穿梭。人们接二连三匆匆忙忙从台阶往上走，要不扛着大炮，要不抱着机枪，也就是些照相摄像机器。

她记起欧阳那个电话，这一定是那个新闻通气会。看看手表，时间还早，她突然决定去看一看，所谓赶得早不如赶得巧，既然碰上了，不妨听听"轰隆"里除了碎玻璃还有些啥。会场上还有个花瓶可供欣赏，为什么不？

她跟着那些人走上台阶，进门一看有数了：通气会在左边圆形会议室，因为走廊上摆着桌子，有几个人正在那里签字报到。

纪惠从报到桌边走过，一个工作人员招呼她："请先签到。"

纪惠笑笑，抬手指了指挂在胸口处的工作牌，也不说话，径直往门里走。这时恰好有人拉着工作人员问事，人家一时顾不过来，容纪惠大摇大摆混进了会场。纪惠戴的那个工作牌是工作室用的，与媒体毫不搭界，不过乍一看总让人想起一些电视记者挂在胸前晃荡的牌牌。

她找了个不显眼的后排位置坐下，从小包里掏出笔记本和笔放在桌上，做媒体从业人员状。她前边位子上已经坐了二三十个来参会的。几乎在她坐定之际，台子上一行人鱼贯而出，通气会宣告开始。

她看到欧阳叨陪末座，摆在主席台最靠左位子，看来该位置适合摆放花瓶。主位是管委会副主任胡亮，此人常在本区电视新闻里露脸。发布消息者是巨力乙烯副总周平和，其通报里术语很多，纪惠听到了一个词叫"闪火"，原来"轰隆"亦可如此称呼，听来感觉新鲜。她注意到坐在边上的欧阳始终心不在焉，低着头，眼睛看着桌子，像是根本没在听。主席台的桌面外沿有一块短档，无法看到短档后边桌面上有些啥，纪惠百分之百确定，欧阳肯定是在看手机。她是不是得从这里拍张照片，用微信传给欧阳实时自我欣赏？这念头立刻被她自己否决：别这么玩，会翻船的，危险。到此为止。

半年多前，一个星期天，他们坐一辆大巴出岛，去旗山玩，一行有三十多人。旗山有一个漂流基地，依托于一条溪流，地形起落间，溪流时徐时缓，几个地段落差相当大，水流湍急，漂流其间很刺激。那天去玩的都是年轻人，由开发区青联组织，人员来自双弦岛各个方面。纪惠直到上了大巴才感觉自己可能是上当了，因为今天郊游的参加者显得奇怪，里边张三李四男的女的好几个熟人，共同特点都是打单，王老五和剩女。如此看来本次漂流有点像是水上相亲了。纪老师坠落到混入这种活动里了？还不如干脆报名《非诚勿扰》，直接去电视节目里配对。当时也没有办法，只能怪自己事先没问清楚。或许也是出于担心她这样的人会本能地抗拒，活动主办者有意不挑明事由，只管把人哄上车。现在已经上了贼船，只好跟着贼走。

他们到了漂流基地，每人领到一件救生衣，听救生员大声宣讲逃生要领，然后就下了船。所谓的漂流船其实就是充气橡皮艇，一艇两人，一前一后，各持一桨，有环把桨维系于皮艇上。大家排队下艇，主办者在码头边安排座次，原则是男女搭配，谁跟谁不要求对上眼，只凭运气。轮到纪惠时，由于排在她身后的两位都是女士，主办者乱点鸳鸯，从后排人群中随意拽出一个王老五，这就配对成功。

分配给纪惠的就是欧阳，纪惠知道他。学校曾邀请开发公司总工办派技术人员到校给师生科普化工事故防范知识，来的就是欧阳，典型的理工男，很自以为是。讲起来一套一套的，技术术语很多，幸而英文单词还算少。

上船时欧阳倒没太理工，只问："纪老师漂过没有？"

"没有。"

"不要怕。有我。"

就是这种派头。

他们出发。纪惠坐船头位置，欧阳坐船尾，通常那个位置掌握控制权。启漂很惊险，先声夺人。他们上船处是静水区域，那一片水面其实是小水库，靠一条水坝拦水成湖，启漂后要从泄洪道往下冲，泄洪道很陡，皮艇贴着石坡顺水快速下滑，下边潭口有几块礁石阻挡，得巧妙绕过，角度稍微错失，皮艇翻个底朝天，漂流者就得落水。

他们闯过去了。皮艇冲到潭底，绕过礁石时差点倾覆，纪惠死死抓着扶手，没掉到水里，只是大半身子浸到潭中，顿时浑身湿淋淋。欧阳也一样，满头满脸是水，皮艇几乎没入水中，转眼却又滑出了水面。

"很好。"欧阳说，"继续。"

纪惠警告:"小心。"

他们在下一个险段翻了船。那边也是陡坡、礁石,还有一股侧面来水,因而便有漩涡。纪惠在船前看到漩涡,一边划桨躲避,一边大叫,要欧阳往左划。不料人家不听,奋力向右,快速前冲的皮艇给漩涡一卷,在水面上转了半圈,即给甩出水面,底朝天落下。两个漂流者一起给抛入水中,纪惠只觉得整个人沉下去,水挺深,脚踩不到底。她伸胳膊拼命划水,眨眼间浮出水面。她呛了口水,大声咳嗽,忽然看见一支长竹竿从岸边伸了过来。

是救生员施救。这段漂流水路沿岸救生安排周密,每一险段都有救生员值班,有人落水时,岸边救生员会把竹竿伸过来相助,落水者拽住竹竿,可以让救生员拉到岸边休息,翻倒的皮艇也会给拉到岸边,供重新启程。

纪惠伸出手,刚要去抓竹竿,忽觉身子被拽住了。扭头一看却是欧阳,他用右手从脖子后边揪紧纪惠的救生衣,左手使劲儿往前划。前边是他们的皮艇,倒扣在水面上,一起一落顺水下漂。

纪惠大叫:"放开我!"

欧阳紧抓不放,他让纪惠别紧张,不要乱动。声音平静,不慌不忙。

欧阳抓住皮艇,使劲儿翻顶,皮艇终于被他掀翻复位。然后他把纪惠往皮艇上推,帮助她爬上船头,自己再湿漉漉从另一侧爬上了船尾。

纪惠坐在船头,手里抓着船桨一动不动看着欧阳。

"纪老师怎么啦?"欧阳问。

纪惠说,她想着是不是该一桨把欧阳打下水去。

欧阳笑笑:"我可怕死。"

纪惠把桨划到水里。

从那天起他们算是彼此认识，或者说他们结识于那次翻船。从那时到现在，已经有一年多时间过去了，此刻欧阳坐在台子上低头无语充当"花瓶"，看上去像是人畜无害，纪惠心里却丝丝缕缕，总是有那种感觉：很刺激，有危险，小心翻船。

这个新闻通气会安排得很紧凑，十几分钟时间，巨力乙烯的周副总即通报完毕。场上一阵骚动，与会媒体人士争相举手，有问题要问。主持人胡亮说，今天是第一次通气，由于事故刚刚发生，调查还待进行，暂时还难以提供更多，待有进一步情况再举行新的通气会告知。胡亮的话似乎在表示通气会到此为止。没待他正式宣布，下边就有一个人站起来大声询问："请问是不允许提问，也不准备回答问题吗？"

胡亮在上边眨了眨眼睛。可能是担心这两个问题成为新闻标题吧，他同意安排现场提问，但需控制好时间。

于是一个又一个问题被提了出来，主要集中于细节。什么叫作"闪火"？事故原因有没有一个初步看法？果真没有人员死亡？没有空气和水污染？事故对试生产有何影响？等等。胡亮把所有技术问题都指定给周平和答复，他自己则一再强调管委会非常重视，将组织力量深入开展事故调查，督促各方，确保巨力乙烯试生产顺利进行。

"请特别注意一点：事件中没有人员伤亡，一个都没有。"他说。

忽然有个记者站起来，提了一个表面平和，内里刁钻的问题，指定请欧阳总工助理答复。该记者说，巨力乙烯的技术部门认为本次事故为"闪火"，或称"闪燃"，开发区技术部门是否认同？这是企业一方的意见，或者是企业与管理部门共同的看法？

胡亮明确道："目前是企业提出的。我们还要组织调查。"

"作为技术部门负责人，欧阳助理认同吗？"提问者咬住不放。

胡亮拿手一指，让欧阳回答。欧阳看了提问者一眼，脸上毫无表情，低下头把嘴巴对准面前的话筒，口吻平静，回答了四个字："无可奉告。"

场上顿时鸦雀无声，众人无不吃惊。

提问者穷追不舍："欧阳助理是否不认同企业这个说法，只是不便说？"

欧阳还是那个表情，平静回答："无可奉告。"

"作为技术部门负责人，本身又是专业人员，欧阳助理就只有这四个字？"

"是的。无可奉告。"

那时有人笑，场上气氛顿显热烈。

胡亮赶紧宣布："散会。"

媒体人员似乎意犹未尽，没有谁急着起身，主席台上的人眨眼间却已经走空。

纪惠离开会场，匆匆前往工作室。她的工作室在服务中心二楼，外表装潢很普通，钉着一面很普通的标牌："上弦月心理辅导室"。

她在工作室外给欧阳打了个电话："欧阳同学都好吧？"

他回答："我看见你了。坐在后排。"

"刚好路过，好奇，进去听了听。没听明白什么，除了无可奉告。"

"好玩吗？"

"想跟欧阳同学约个时间。"纪惠问，"明天中午十二点，有空吗？"

"纪老师不吃饭吗？"

"叫盒饭。"纪惠说，"我请。"

纪惠这一段杂事多，明天上午她也有课，大约十二点可以赶到工作室。如果欧阳时间上不冲突，就这个点如何？

"行。"

第二天中午，欧阳到达工作室时，纪惠已经换好衣服，是一件白衬衫，胸口印有本工作室的图标，她的工牌挂在胸前，桌上放着两盒快餐。

"咱们开始。"她把一盒快餐推给欧阳，随手按一下计时器。

欧阳调侃："吃饭时间也卖钱。"

他们边吃边谈，所谓"辅导"。纪惠从"无可奉告"开始，让欧阳说说自己的问题是什么。欧阳不回答，反问："纪老师到新闻通气会做什么？观察患者？"

"你不赞成他们的说法，但是又不被允许表达自己真实看法，所以无可奉告？"

他还是不回答："有趣吗？"

"考虑了后果没有？"

"用你们的专业术语怎么说？"

"不计后果是一种表现，或者说是症状。"纪惠说，"冲动控制障碍，生活经历导致的性格人格方面的问题。"

"躁狂症早期症状。"欧阳问，"有什么药方？跑跑步？设法转移注意力？"

纪惠两眼紧盯着欧阳："需要吗？"

欧阳笑笑："纪老师心明如镜。"

以纪惠观察，欧阳从不鲁莽。即便"无可奉告"，表情也非常冷静，他对后果非常清楚，不是不计后果。这并不意味他没有心理问题，只表明藏得更深。

"我说过，你心里有一个阴影，黑洞洞一大块。"纪惠说。

"听起来很恐怖。"欧阳转移话题，"我记得纪老师并不总穿这件工作服。"

纪惠问:"让你感觉不好吗?"

这衣服让人联想起医生的白大褂,有一种身份和控制权暗示。

"或者换一下,让你穿?"纪惠问。

"可以吗?"

"现在身份已经变了,白大褂在你身上了。"

他问:"纪老师的问题是什么?"

他的意思是:纪惠探究欧阳的问题是什么,那么她自己的问题呢?

她承认:"我的问题有点复杂。"

"是不是感到心情矛盾?"

"会吗?"

"有一句话在纪老师心里,想说又不知道怎么说。是吗?"

"怎么会有这种感觉?"

"因为你穿了这身衣服。"

纪惠说:"现在游戏结束。白大褂又回来了。"

"这么着急?"

"要开处方了。"

纪惠拿笔,取过一张备忘录纸片,在上边写了几行字,递给了欧阳。她写的是一个人的名字,还有电话号码。她告诉欧阳,纸片上的这个人是她老师,市医院的主任医师,权威人士,女性。作为真正的专业人员,她可以给欧阳开处方,解决他的问题。

欧阳问:"纪老师到此为止,不管了?"

"很遗憾。是的。"

盒饭吃完了,纪惠起身把两个饭盒拾起来,拿出门丢在楼梯口垃圾桶里。回身时她的手机"嘀"响了一声,打开看看是个微信红包,五百元，欧阳所发。

纪惠点了拒收，把钱退回。然后才推开门走进工作室。

欧阳坐在桌边看着手机。

"为什么不？"他问。

纪惠说目前还是模拟，包括收费，图个高兴。等水平真的达到了，她立马在桌上放一把刀，专宰欧阳这种客。

"说得我心驰神往。"欧阳说。

他拿手机给纪惠看一条消息，标题很醒目：《"闪火"？——"无可奉告"》

"昨天开始，网上到处都是。"他自嘲，"第一牛名扬天下。"

"感觉有些奇怪。"纪惠问，"是不是不打算干了？"

欧阳感叹："咱们怎么会坐到这张桌子两边。因为智商。"

他曾经跟纪惠说过，他在双弦已经待了三年多，感觉似乎到了离开的时候，再待下去没什么意思了。之所以一直没有最后下决心，因为这里也有些让人难以割舍，例如一种名叫"多尼"的野花令人很喜欢。

"原来只记住一种野花。"

当然还有美丽聪慧的纪老师。一起翻过船，一起逃过婚，屡屡交流探讨，感觉特别美好。但是现在确实该走了，正考虑怎么跟纪老师挥泪告别，恰好纪老师也开出处方，到此为止，这就圆满了。

纪惠问："打算去哪里？"

有几个选择，比较倾向于争取再去英国，继续努力学习，天天向上。

"还搞量子化学？"

"准备去拿诺贝尔奖。"

欧阳调侃称自己本来是为那个奖而生的，不是什么总工助理，弼马温。

他的手机忽然振铃。他看了一眼屏幕，笑笑，把手机递给纪惠看。显示的名字是陈福泉。

"陈主任兴师问罪。"他说。

他按了接听键，还打开麦克风。陈福泉的怒斥声立刻轰响于纪惠的工作室。

"欧阳彬！你躲到哪里去了！"

欧阳回答："你谁啊？"

"我陈福泉！"

"谁啊？谁？"

对方勃然大怒："装什么傻！"

欧阳当即把电话挂断。抬起头看了纪惠一眼。纪惠目光灼灼，正紧盯着他。

他告诉纪惠，自昨日巨力乙烯"轰隆"以来，陈福泉忙得不可开交，居然百忙中不忘欧阳，已经让办公室通知两回，要欧阳去面见他。欧阳暂时不打算去听他教诲，主要担心时间耽误，会与纪惠失约。没想到陈福泉会直接打电话找他，像是恨不得把他立刻撕碎。其实何必那么火大？陈福泉应当给他记功才对。

"你不妨指望他给你戴一朵大野花。"纪惠说。

欧阳笑："说得我心里发痒。"

早几天欧阳已经把办公室里的个人物品收拾清楚，也把一封辞职报告打印出来放在抽屉里。已经打算去交报告了，恰好碰上省长要来视察，整个管委会忙于应对。本来这种时候正好给领导找麻烦，只是看他们一个个紧张不已，屁滚尿流也挺难受，算了，还是等事情过了再去相辞，不料一停留就碰上了巨力乙烯事故。这个事故可称"闪火"吗？欧阳不予置评，最真切的感觉就是危险。

"纪老师看这里，"他指着自己的脑门问，"这什么气象？"

纪惠调侃："印堂发亮气象。"

欧阳说了事故现场从他耳畔飞过的螺帽。如果他没偏开脑袋，该螺帽就不是擦肩而过，而是正中印堂。那就跟纪老师不告而别，辞职报告白写了，诺贝尔奖也失之交臂，他将成为本次"闪火"事件的唯一死者，就此进入双弦开发区历史记载。如此留名美好吗？他一向最怕死，一个人只有一次生命，一旦失去便无可挽回，说没有就没有了。生命最为人看重，实际上它很脆弱，轻得像一股烟。

"比烟还是重一点。"纪惠道，"听说有 21 克。"

"那个数据不可信。"欧阳说，"伪科学。"

他知道那个数据。一百多年前有个人把若干将死之人放在秤上试验，秤得人死亡瞬间重量减轻 21 克，因此认为灵魂就那么重。还有人以此为名拍了部电影《21 克》。其实那个数据并不可靠，公布后饱受质疑。

"欧阳同学不服，第一牛一条命不可能那么轻。"纪惠嘲讽。

欧阳自嘲："至少得 22 克吧。"

他表示无论命有多重，死亡擦肩而过的切身感受很强烈，"无可奉告"属有感而发。

"你把领导气坏了，赶紧去争诺贝尔奖吧。"纪惠说，"只担心你还走不掉。"

"能叫警察把我扣起来吗？"

外边有人敲门。纪惠喊了一声："进来。"

工作室的门只是虚掩着，有两个人推门进屋，竟是两个警察，一胖一瘦。乍一看警察驾到，屋里两人不约而同互相看了一眼，彼此都有些吃惊，怎么说曹操曹操就到？

人家找的却不是欧阳，是纪惠。

"请问是纪老师吗？"瘦警察是领头的，开口发问。

纪惠说："我是。"

瘦警察看了欧阳一眼："请问这位是？"

欧阳说："我叫她纪老师。"

警察满腹狐疑，因为年龄似乎不搭。

"打扰了。可以先回避一下吗？"警察问。

没等欧阳表示，纪惠即质疑："需要吗？"

警察坚持请无关人员回避，因为涉及特殊事项。

欧阳站起身："那么我告辞了。"

纪惠也站起来，伸手跟欧阳握握，笑了笑："怎么样？就此别过？"

欧阳也笑："我会想你的。"

纪惠调侃："谢谢，我感觉好多了。"

欧阳拉开门走了。

纪惠问警察："有什么事需要我帮助？"

警察没有片刻耽搁，直奔主题。瘦警察拿出一张照片请纪惠辨认。照片里有一个年轻人，一张苍白的脸，没有表情，双目紧闭，样子很可怕。

纪惠只看一眼便失声叫唤："这是谁？阿弟？"

"请再仔细看看。"

纪惠大叫："他怎么啦，出什么事了！"

"确认是你弟弟？"

"告诉我怎么回事！"

警察说，照片中的这位年轻男子于昨天凌晨死于双合镇。

纪惠目瞪口呆，愣了好一会儿，忽然放声大哭。

警察说："请冷静。"

工作室门"砰"地推开，欧阳跑进屋来。原来他并没有离开，出门后一直守在外头，听到纪惠痛哭即推门返回。

"怎么回事？"他问。

瘦警察看了欧阳一眼："你跟她什么关系？"

"告诉我是什么情况。"

"朋友吗？"

"差不多。"

"那么请你一起配合。"

警察把那张照片给欧阳看。欧阳摇头表示不认识。警察告诉他，照片中这个年轻人死于双合镇，有人认出死者像是纪惠的弟弟，警察因此找到这里。眼下需要让亲属去确认身份，警察知道纪惠的父亲年迈，不便惊动，只能请纪惠去。看来纪惠反应很强烈，难以接受。出于办案需要，还是得请她走一趟，欧阳能否陪同她去？

欧阳说："可以。"

"时间比较急，请马上动身。"警察要求。

欧阳走过去，对纪惠说了一句："纪老师不要哭早了，也许不是呢。"

这话听来别扭，纪惠身子一怔。可是停不住，还是痛哭。

欧阳也不多劝，俯下身，把一支胳膊伸到纪惠腋下，一使劲儿把她从椅子上托起来。纪惠低着头，一边抹眼泪抽泣，一边断断续续说话，她让欧阳走，称自己没事，有警察在呢，不麻烦他了。

"不说那个。"欧阳道。

他们离开工作室，楼下停着一辆警车，他们上了那车。

警车开得飞快，赶到那边县医院只用了四十多分钟。

纪惠见到尸体后差点昏倒。

确实是她唯一的弟弟。小名阿弟，大名纪志刚。今年 27 岁。被太平间冰柜冻成一具僵尸的阿弟瘦骨嶙峋，惨不忍睹。

警察让纪惠在一份辨认记录上签字。纪惠一边哭一边发抖，抓不住笔写不成字。警察转身拿来一个印盒，让纪惠盖了手印。

"还有些情况需要向亲属了解。"警察说。

欧阳说："不急。"

他提议先送纪惠回家休息。突然丧弟，免不了异常震惊，痛苦难言。等她情绪稍微缓解再问不迟。

警察互相看看，似乎感觉为难。

"她现在一脑子鼻涕眼泪，想配合也有心无力。"欧阳强调。

警察终于同意了。

返程路上，纪惠什么话都说不出来，一路只是低着头，掩脸哭泣。中途身旁忽然手机铃响，跟她一起坐在后排的欧阳动了动身子，纪惠这才猛然意识到自己挨着他，右手紧紧抓着他的左手掌。

她赶紧把手放开。

"节哀。"欧阳说，"深呼吸。"

"为什么该我呢？"

她泪眼模糊，无法接受。这一切都是真的吗？欧阳说生命很脆弱，轻得像烟，她弟弟就躺进太平间，果真"说没有就没有了"。欧阳本人终究好好的，最多是一颗螺帽擦肩而过，反是她自己真的碰上了死亡。什么"最怕死"？欧阳就是个乌鸦嘴！

欧阳说："纪老师，深呼吸。"

他拿出电话，铃声已经持续了好一会儿。

"小林吗？什么事？"他问。

小林声调急切，语音透出手机听筒。他告诉欧阳，陈福泉刚召开紧急会议，他被叫去列席。管委会决定成立联合事故调查组，让欧阳参加，担任技术小组负责人。陈命他通知欧阳，要求今晚八时到巨力乙烯办公大楼，参加首次联席会议。

欧阳听电话，一声不吭。

"欧阳助理！"对方在电话里叫唤，"听到了吗？"

欧阳还是不说话，侧头看了纪惠一眼。纪惠睁着一双茫然泪眼，也看着他。

5

首次联席会议阵容强大，管委会所有领导、中层官员悉数到场，陈福泉亲自坐镇。

欧阳本不应该出现在这个会场。在公然表示"无可奉告"之后，事情已经无可挽回，偌大双弦岛很难有他的立足之地了。陈福泉没有立刻下手收拾欧阳，反让他参加事故调查，似乎还是委以重任，让欧阳始料不及。或许陈福泉通知欧阳去谈话，以及直接给他挂电话，都是为了跟他谈这个安排，不是兴师问罪？欧阳心里当然也清楚，已经发生的就是发生了，它不会眨眼间烟消云散。既然决定离开，所谓"技术小组负责人"于他已经没有意义，此刻选择权在自己手上，无须听命于他人。

但是欧阳决意到场，听陈主任发表重要讲话。陈在会上反复强调两个内容，一是本次省长视察非常成功，对双弦开发区高度肯定，二是省长对巨力乙烯本次事故非常重视，事故调查刻不容缓。陈的语调里有一种气恼，也传递出焦虑。会议时间不长，相关事项一二三四安排，陈福泉即宣布散会。

"欧阳彬留下。"他说。

会议室只剩他们两人。陈福泉不说话，盯着欧阳看，眼神尖锐。欧阳也不说话，打开笔记本，从里边拿出一张纸递给陈福泉。陈福泉看也不看，随手推到一边。

"迟了。"他说。

他可能以为欧阳是害怕，后悔了，谨呈一份检讨，具名悔过。

欧阳说明："是辞职报告。请陈主任支持。"

陈福泉眼神里闪过一丝惊讶，抬手拿起桌上那张纸，看了一眼。

"另谋高就啊。"他点点头，"同意。"

他说，别人姓一个字，欧阳有两个字，果然比别人麻烦，凭那几个"无可奉告"已经足够被除名。但是现在还不行，得在事故调查完成之后才能办。到时候哪怕欧阳赖着不走，陈福泉也会照着脚后跟把欧阳踢出双弦岛，这里的美好新生活没欧阳的份。在此之前该干嘛还得干嘛，技术小组负责人没有其他人选，非欧阳莫属。

"你不是北大毕业，留英博士吗？听说很尖端，量子化学什么的。现在让大家看看你是真货还是冒牌货。"他说。

"我是冒牌货。"

"听说还是'双弦理工第一牛人'。那是别人封的，还是自己吹的？"

"当然是自己吹。"

"这一套我不吃。"陈福泉警告，"事情是你惹的，自己拉的屎自已擦。"

"是我把那些管道炸了。"欧阳嘲讽,"还需要费劲儿调查吗?"

"谁跟你一起干的?"陈福泉说,"去给我查清楚。"

后来想来,陈福泉如此行事有其理由。这个时候如果让欧阳辞职走人,外界肯定会有议论,甚至会怀疑意在掩盖事故真相。该事故已被广泛报道,各媒体使用的语汇多有不同,包括事故的命名,大多用通气会说法"闪火",有的则用"闪燃",有的干脆以"闪爆"或"爆炸"称之。这些差异可能与欧阳表现出来的怀疑有关联。"闪火"肯定不是欧阳点燃,引发质疑倒确实与欧阳有关。这种情况下让欧阳去负责技术小组,有利于提高调查的公正性和可信度,问题只在于欧阳本人将如何选择。

他决定参与,于第二天上午随大队人马进入巨力乙烯。陈福泉与胡亮两人亲自率组到位以示重视。主人一方在巨力乙烯大楼会议室向调查组报告情况,出场的是戴建,还有企业各相关人员,包括肖琴。

戴建保证巨力所有部门全力配合调查组工作,需要什么提供什么,绝不会有任何保留。他只有一个请求:抓紧时间,企业讲究效率,时间就是效益。

"陈主任跟我们其实都在一条船上。"他说。

陈福泉问:"戴总造条什么贼船?泰山坦克?"

"泰坦尼克沉到海底,巨力乙烯和双弦开发区如日中天。陈主任同意吧?"

陈福泉说:"无可奉告。"

大家都笑。欧阳一声不吭。

欧阳其实只是技术小组名义负责人,相关问题还得听顾工的。顾工叫顾重,是省化工研究院的高级工程师,曾参加过多起化工企业事

61

故调查，在这方面很有经验，他被请来参加本次调查，身份是顾问。调查组由开发区管委会派出，调查组下设技术分析小组，必须由开发区技术部门负责人担纲，因此要由欧阳挂名。欧阳虽然牌子硬，很牛，却没在企业干过，缺乏直接经验，这就需要顾重，顾才是本调查组的头牌专家。

戴建主动跟欧阳打招呼，提起一件事：事故发生当时，欧阳刚离开，戴建当众把厂保安队长开除，原因是没有严格执行命令，放欧阳等人进入事故区域，在戴建下令驱逐后又没有及时把欧阳拖出现场。但是昨日陈福泉打电话给戴建，宣布调查组即将进场，他立刻向陈福泉要求让欧阳参加调查，即便陈福泉已经把欧阳开除，也请收回成命，哪怕临时聘为顾问，进厂协助工作。

"欧阳助理临危不乱，头脑缜密可用。"他说。

欧阳问："戴总看过电影《21克》吗？"

"我从不看电影。"

"我有22克，所以最怕死。"欧阳说，"跟戴总的一颗螺帽擦肩而过，差一点就变成个鬼。所以我自愿前来捉鬼。"

所谓"捉鬼"是陈福泉的说法，这位领导出自基层，颇有个性语汇，他把事故原因比喻成"鬼"，事故调查组要从一地破烂中找出原因，就好比钟馗捉鬼。这个鬼可能藏在什么地方？欧阳想听听戴建高见。戴是化工前辈，在中外多家大型企业干过多年，见多识广，此刻除了"闪火"，戴对事故原因一定也有自己的判断与推测。

戴建不绕弯子，直截了当告诉欧阳："问题可能出在焊接、氢脆这些方面。"

技术小组紧急查阅相关档案资料，亦传唤需要的人员到场质询。经查，出事管道的所有焊接部位都有详细记载，施工过程包括焊工班组、人员、时间，每一个环节都一清二楚，从点焊到焊接完成后的焊点拍照、加温除氢全程有监理签字确认。所有焊接部位都经过检测部门检测合格，记录保存完整。至少在资料记载上没有破绽。

顾重说："氢脆需要注意。"

数年前顾重担纲调查过外地一起化工事故，那起事故最终确定为管材氢脆所致，他觉得巨力乙烯这次事故有很大相似。所谓氢脆指溶于钢中的氢聚合为氢分子，造成应力集中，超过钢的强度极限，在钢内部形成细小的裂纹。通常情况下，材料外形迅速过渡区域会发生应力集中，容易产生氢脆，因此处于爆炸或称"闪火"中心区域的E104A管程入口弯头成为关注重点。事故中，该弯头及周边管道已被炸飞，调查人员必须如调查失事飞机一般，搜集所有残体进行观察分析，从而推测判断。由于相关残体都已严重受损，越靠近中心区域损伤越严重，要从部件损伤中区别哪些属于爆炸与摔砸所致，哪些则是导致爆炸的氢脆裂纹已经相当困难，几天里，从相关部件残体中发现的若干损伤均被排除，因不够典型，难以确认。

欧阳提出："或者换一个思路，分析一下其他可能？"

顾重不吭声。

顾重是头号权威专家，欧阳充其量只是挂名负责，专业背景与经验比之顾重都属难望项背，这种时候跟着顾走最妥当，即便最后走不通，由顾重提出新方向也会更好一些。但是欧阳"比别人麻烦"，别人姓张姓李一笔可以写完，他不一样，复姓欧阳，两个字，非得多上一笔。如果只会像其他人那样行事，他就不是他了。

事实上欧阳已经有所怀疑，目标是该入口弯头的一个法兰。这个法兰在爆炸中受损严重，被炸缺了一块。残件主体已经找到，炸缺的部分却无处寻找，临时库房的残件堆里没有，现场也没有。

欧阳说:"它会像鸟一样飞上天,也会像鸟一样落下地。"

他拿出一张纸,套用若干公式算出几个数据,画了一张所谓"藏宝图"。也就是在一张现场平面图上画出一个扇面,确定最远距离,命人在那个扇面区域仔细寻找,特别要注意那里一个水塔。两个技术人员拿着那张图去了现场,两小时后他们回来了。

"神了。"他们说,"真的在那里。"

那个残件给爆炸扔到水塔边,落在一个闸门下。

欧阳并不在意:"画藏宝图用不上化学,懂点数学和力学就可以了。"

这是一个高压法兰。所谓法兰即管子与管子之间相互连接的零件,上有孔眼,用螺栓紧固,之间用衬垫密封。欧阳查的这个法兰在被炸飞之前,曾于气密性试验记录里出现过两次。所谓气密性试验即以气体为加压介质的致密性试验,目的在于检查和解决压力容器泄漏。通常加氢装置气密性试验先用氮气试压,氮气比较稳定,不易和其他物质发生反应,试压比较安全。氮气试压通常只能试到 6 或 8 兆帕,由于氮分子量比氢大,氢渗透力大于氮,加氢裂化装置后阶段气密性试验必须改用氢气,试到规定的压力上限。在整个气密性试验过程中要一遍遍检查是否发生泄漏,根据不同情况采取相应措施堵漏,直到不再泄露才能进入下一阶段试验。巨力乙烯这一套加氢装置气密性试验相当规范,试验中发现的漏点和处理情况都有详细记载。欧阳查阅记录时,注意到那个高压法兰氮气试压 6 兆帕时发现泄漏,做了处理。后来在氢气试压中再报发现漏点,经过处理再次正常。

欧阳详细了解两次查漏及处理情况,请肖琴帮助找人。肖琴是联络员,由厂方派出,负责配合调查,提供帮助。肖琴所在科室原本不负责这块事务,她直接找戴建毛遂自荐,以她是最早到达现场的技术人员之一为由，提出想参加事故调查。她对欧阳说，其实她是看到名单里有欧阳才打定主意。

"记得那一天欧阳助理真危险。"她说。

欧阳自嘲："所以耿耿于怀，想拿这个法兰捉鬼。"

鬼是否就藏在这个高压法兰里？肖琴提出疑问："从记录上看，这个法兰第二次泄漏处理后，在接下来的 10 兆帕氢气试压时没再发现泄漏。"

欧阳说："它那口气憋住了，也许下一口没憋住。"

"可能吗？"

"合理怀疑。"

欧阳给秦文川发一个短信，问他是否有时间，能否视频。有事请教。几分钟后秦直接发起，与欧阳在笔记本电脑上见了面。

秦文川是欧阳的同学，两人在北大一个学生宿舍里住了四年。秦是山东人，本科毕业后进了中石化旗下一家化工企业搞技术，目前人在以色列，公派学习。这个时点是秦文川那边的清晨，彼此老同学老朋友，欧阳顾不着跟他多寒暄，直奔主题。秦文川在化工企业从业多年，直接经验多，欧阳跟他探讨巨力乙烯事故。他问了几个情况，认为那个法兰绝对应该注意。问题有可能出在法兰本身，也可能出在法兰的焊接。

欧阳轻易不找人，今天找上来，秦文川特别当回事。他让欧阳稍等会儿，就在电脑上实时拎出一个大家伙，是个老外，汉斯，瑞典人，在斯德哥尔摩。汉斯是秦文川在美国认识的，参与研究过数起著名化工企业事故，堪称专家，人很热心。秦文川把汉斯拉进视频圈里，让欧阳与他直接交谈。汉斯不懂中文，三人改用英文，叽哩咕噜开国际电视会议。欧阳自嘲，比较起来，他这个所谓"闪火"事故相当于一个指甲盖大,居然惊动了国外大牌专家,这就是"杀鸡用牛刀"了。

汉斯提供了很好的建议,他还随手发来一些案例资料供参考。

肖琴很快找来了操作班的一个工长。工长是个年轻人,大专生,已经有数年从业经历,曾经被送到巨力集团在欧洲的一家大型乙烯企业培训过。那个管道法兰两次泄漏都是这位工长发现并处置的,全部细节都记在他的脑子里。

欧阳了解泄漏发现经过,他告诉欧阳:"老办法,胶带肥皂水。"

漏点查找通常是用气密带也就是胶带将法兰封住,在胶带上扎个小孔,涂上肥皂水,一旦气体泄漏,胶带上会有气泡。该法兰两次出问题都是这样发现的。第一次发现泄漏时,考虑可能是螺丝松动,待降压后全部紧固,再试压,没发现泄漏,以为问题解决了。不料氢气试压时再次发现问题。考虑到是再次发生,担心法兰有问题,经工程师同意将其拆开,发现钢质环垫变形,于是更换了环垫,问题解决了。

"为什么环垫会变形?"

工长称有多种可能,加工时没处理好,运输时野蛮装卸,安装时过于粗暴,都有可能造成损伤。这个法兰虽然重复发现问题,但是第二次泄漏并处理后再试已经正常,应当没有大问题。

"后来事故就发生在它这儿,法兰炸飞了。"欧阳说。

这个高压法兰最终在事故中炸飞,记录中的两次泄漏便需要经受怀疑。或许除了环垫变形,这个法兰还存在其他隐患?

欧阳跟顾重交换意见,顾还是一声不吭,显然并不认同。

那天晚间,调查组开汇报分析会,陈福泉亲自出席。陈虽然并不挂名组长,对调查却无比重视,重要分析会基本到场。除了事故原因,他对调查进度最为上心,恨不得分分钟内拿出一个结果。

那晚陈福泉很生气,因为几路人马无一报喜。有一组人员刚从南京赶回来,他们负责核查焊接环节。事故发生管段的安装由沈阳一家工程安装公司中标,该企业属央企,国字号。调查组上门,没有收获:项目实际转包给了另一家关系企业,该企业总部在南京。调查人员赶到南京,对方提供了一些资料,却都是已经掌握的,没有更多的发现。陈福泉一听又是沈阳又是南京,终白跑一趟,脸一下子就黑了。接下来另一组人员汇报了残体损伤检测情况,主攻氢脆裂纹。陈福泉一听依然是证据不充分,当场就拍了桌子。

"我该怎么向省长报告?"他训斥,"我们就是一帮饭桶?"

他拿欧阳当靶子,问欧阳技术小组负责人是怎么当的?当年在大学里又是怎么学的?都学到哪里去了?听说读的还是北大?莫非根本没去教室上过课,一天到晚捧着教科书跟女生谈恋爱,尽在什么有名的湖边转来转去?

欧阳说:"那叫未名湖。"

"看起来你还有可奉告?"

欧阳说:"我觉得有一个法兰要注意。"

他说了情况。陈福泉不感兴趣:"说半天还是一团雾。"

陈福泉让欧阳不要节外生枝,必须抓住重点。焊缝或者氢脆,他这样的外行听起来也感觉技术含量高一点。法兰算个啥?听起来就不像有鬼。

欧阳说:"谁的感觉都不算,事实才算。"

陈福泉立刻盯住他:"什么叫事实?"

欧阳不说话,此刻与陈福泉探讨技术事项毫无意义。不料陈福泉却不轻易放过,当场警告说,参加事故调查的所有人员都是要承担责任的,小组负责人更是责任重大,敷衍塞责不行,自以为是也不行,只要对调查工作产生不利影响,必痛加处置,直至以渎职追究。不要以为大不了一拍屁股走人，到时候看谁走得了，哪怕到了机场，也要从舷梯上抓回来。

欧阳的手机振动，他看了一眼屏幕，却是纪惠。会议期间不便接听，欧阳按了拒接键，心里却"扑通"一跳，有一个异样感觉。自陪同认尸之后，纪惠再也没跟他联系过，他也没有给纪惠打电话，因为话都说了，就此别过。

陈福泉宣布散会，怒气冲冲起身离去。大家加班工作，欧阳回到库房技术小组工作场地，那里东一堆西一堆散放着一地废铜烂铁，都是所收集的与事故相关的损坏部件，供研究分析。进门后，欧阳走到一旁给纪惠回了电话。

纪惠问："听说你没走，去调查组了？"

"是。刚才组里开会。"

"还以为你已经远在天边。"

欧阳报称曾想给她打个电话，又感觉刚碰上那种事情，她可能不喜欢别人打扰。

纪惠沉默片刻，告诉欧阳，她弟弟尸体已经火化，尸体被解剖过，确定死因是吸毒过量。警察问了她半天，把跟她家有关的人员打听个遍。包括欧阳，因为曾经陪她去认过尸，警察也要她讲清楚，恨不得立刻抓出一个毒贩子。

"我担保你清白。"她说，"即使你干过什么坏事，我也一概不知。我告诉他们你可能远走高飞了，有兴趣的话，请他们买张机票去英国听你介绍。"

"他们没找我。"欧阳说，"可能经费比较紧张。"

纪惠觉得自己欠欧阳一句感谢。那一天要不是欧阳陪着，她哪里走得进太平间，想来不能不感念。当时她好像还说了几句不好听的，没太得罪欧阳吧?

"有吗?我不记得了。"

"你有大量,不像我小心眼。"

纪惠给欧阳打电话是有一件事情。她问欧阳,是否认识一个郝山春?欧阳摇头,他不认识。纪惠说:"其实你知道他,原本在巨力乙烯当保安队长。"

欧阳当即"啊"了一声:"听说他给戴建开涂了。"

纪惠并不认识郝山春,人家却知道她,还知道她是欧阳的"辅导员"。郝山春拜托纪惠一个远房宗亲找上门,请纪惠给欧阳打一个招呼,他有事相求。具体事情他会找欧阳直接说。

"听说是因为你,他把工作丢了。"纪惠说。

欧阳说:"我是罪魁祸首。"

"不要把问题都归咎自己。"

"感谢辅导。"欧阳笑笑,"纪老师都好吧?"

"还行。"

"调整一下情绪,想点高兴的事。就像你常跟我说的。"

"谢谢。"

欧阳说,至少在事故调查完成之前,他还会留在双弦。很怀念以往与纪老师的交谈,有机会的话可以继续谈谈吗?

纪惠没有答应:"再说吧。"

第二天早晨,欧阳起床,绕巨力乙烯厂区外墙跑步,有两个人在路旁把他拦住。

竟是郝山春,身边跟着一个年轻人。年轻人着保安服,郝山春则是便衣。

郝山春说:"欧阳助理帮帮我。"

郝山春是四川人，在巨力乙烯已经当了几年保安队长，手下一批队员都是他带出来的。由于长年在外，老婆已经跟他离婚，孩子归了老婆，他被开除后无家可归。他不愿这么灰溜溜离开双弦，想请欧阳帮助说情，让戴建同意他返回保安队，即便不当队长，有一口饭吃跟弟兄们在一起就可以。为什么请欧阳出面？因为他被开除与欧阳进入事故现场有关。其实他很冤枉，欧阳是开发区总工办的助理，必须得尊重，哪里可以强行驱逐？如果欧阳能够帮着担一点责任，说明事故那天郝山春曾反复劝阻，欧阳没有听从，执意进入。那样的话，账不会都算到郝山春头上，戴建有可能松口。

欧阳说："只怕反而不好。"

"不会不会，戴总可是服你。"

欧阳答应试试。说一说不是什么大不了的事，而且也是事实。纪惠专门打过电话，他愿意出面说明。

"谁让你去找纪惠的？"欧阳特地了解。

竟是肖琴。郝山春找肖琴，求她请欧阳相助。肖琴说她跟欧阳并不熟悉，那天只是奉命领路。她建议郝山春设法求助纪惠，那一定有用。

"哇。"欧阳惊讶，"肖工不声不响，原来是个高人。"

当天下午，欧阳带着林正兴去巨力乙烯办公大楼查一份技术档案，在电梯里意外与戴建相逢。戴建主动问了欧阳一句："怎么会盯上那个法兰？"

"戴总认为不对？"

"你们陈主任认为不对。"戴建说，"你还不如无可奉告。"

欧阳说："我只服从事实。"

欧阳抓住机会跟戴建谈了郝山春，如他所称，只谈事实。那天的事实是欧阳执意进入现场，郝山春没有权力阻拦，因此并无过错。

戴建脸色变了，骂道："该死。居然敢去找你。"

其反应之强烈出乎意料。欧阳曾担心可能适得其反，郝山春连说不会，现在却是这个结果，事情到了这个份上显然已回天无力。

当天最大的意外却是陈福泉。

时近午夜，欧阳还在桌边看资料，房门突然被砰砰敲响。欧阳起身开门，打门的竟是管委会司机小许。他开的是管委会一号车，那辆车由陈福泉使用。

"陈主任让我来接你。"小许说，"马上走。"

调查组在巨力乙烯厂区内辟有工作场所，调查本部设于厂区附近，全体人员吃住都在本部，欧阳与林正兴在同个房间。小许到来时，已经上床睡觉的林正兴被弄醒了。

"欧阳助理，要不要我一起去？"林正兴问。

小许说："陈主任说了，其他人不要。"

欧阳匆匆上路。到管委会也就七八公里路程，午夜车辆少，道路特别通畅，不多会儿就到了。远远的，只见管委会大楼上上下下只有几个房间还亮着灯，其中包括主任办公室。陈福泉是工作狂，半夜三更待在办公室是惯例，管委会大楼内外，私下里常有人拿"半夜鸡叫"调侃，称其为双弦一景。

欧阳进门时，陈福泉的办公桌前围着几个人，均是管委会相关部门头头脑脑，陈本人在训话，"半夜鸡叫"。看到欧阳进门，陈福泉即住嘴，摆手，命大家走人。

"我要跟年轻人算一笔老账。"他声称。

屋里只剩他们俩，陈福泉说："把你那个什么法兰给我说清楚点。"

他的表情有点奇怪：仰脸朝上看天花板，像是在欣赏那个 LED 吸顶灯。虽然不看欧阳，却在仔细倾听，一字不漏，倾听中似乎又在想着什么。

欧阳把昨日会上谈的情况又重复了一遍。

"怎么还是这些?"陈福泉不满意,"一句都不多?"

"暂时没有新的情况。"

陈福泉不说话,眼睛看着天花板,思忖许久。

"我来问你几个事。"他终于开了口。

首先问的是事故性质。不管叫爆炸也好、闪火也好,巨力乙烯本次事故怎么定性?是特别重大安全事故、重大安全事故或者一般安全事故?

欧阳承认:"我管技术事务,安全事故怎么界定我不熟悉。"

"告诉你,什么都不是。"陈福泉说。

安全事故是有标准的,并不是按照声音大小,浓烟高低而论。按照现行规定,最低等级的安全事故即一般事故,指造成3人以下死亡,或10人以下重伤,或者1000万元以下直接经济损失的事故。如果那一天欧阳在事故现场被螺帽击中,一命呜呼,成为本次事故唯一死者,凭这么一条人命,应当可以挤入一般安全事故之内。但是欧阳鬼使神差晃了下脑袋,没有变成鬼,反而跑到事故调查组捉鬼来了。所以本次事故恐怕连最低安全事故级别都够不上。

欧阳张张嘴想说话,陈福泉一摆手不让他说。

"就是这么回事。"他说。

按照现行规定,未造成人员伤亡的一般事故,县级人民政府可以委托事故发生单位组织事故调查组进行调查。因此即使把这次事故提升到一般事故等级,球也可以踢给巨力乙烯,让人家自己去对付。事故等级如此之低,何必多管闲事?为什么杀鸡却用牛刀,管委会直接派调查组,大张旗鼓进驻?这是因为事故发生得不是时候,也不是地方。所谓不是时候指的是巨力乙烯获准进入试生产,同时省长恰光临双弦岛视察,这时候一声爆炸真是堪比欢迎国宾礼炮21响,无论死了人没有。所谓不是地方指的是它发生在双弦。在巨力乙烯。要是换一个地方,这一声"轰隆"只不过比一个屁响些,在这里却不一样。双弦正在建设一个未来的巨型石化基地,无论在东亚在全球都格外引人注目。巨力乙烯是石化基地的启动项目,眼看着就要鸣笛启航。眼下这里的所有动静都备受关注,任何事情都会给放置于放大镜下。因而事故一出,到处声音,记者们找不到一具尸体,"无可奉告"也成了新闻。这种情况下,管委会必须特别重视事故的调查处理,对上对下对内对外才交代得了。调查更多的是一种姿态,表明管委会的高度重视。说到底,类似企业都把安全生产视为生命线,出问题后,该查什么人家都会去查,该做什么人家都会去做,只会多做不会少做,无论调查组确定的事故原因是什么,都一样做。因此不必纠缠于究竟是氢脆鬼还是法兰鬼,关键只在言之成理。

"我准备考虑你的说法。"陈福泉道。

"它不只是一个说法。"欧阳强调。

"对我来说都一样。"陈福泉即厉声警告,"记住还有账没跟你算,不要翘尾巴。"

6

欧阳与她算个啥?纪惠自己也不知道。

回想起来,旗山漂流碰巧上了同一条船,他们才算有所接触。一

73

起翻船落水不算特别美好的记忆，上岸后擦干头发换好衣服各自走人，从此两不相欠，大概率就是这样。纪惠感觉欧阳其实也是这么觉得。漂流之后他们没有任何联系。

再次见面很突然，在一个月后，社区服务中心大楼，纪惠的上弦月工作室。那一天下班时间到了，纪惠走出工作室，用力一拉带上房门，刚要离开，却见前边楼梯口走出一个人，竟是欧阳。

他也很吃惊："是你？纪老师？"

"欧阳助理找谁？"她问。

他没回答，指了指纪惠刚关上的房门："纪老师来这里办事？"

纪惠也没回答，只问："有事吗？"

"医生在里边？"

他一定是把纪惠当作寻找帮助的患者。纪惠没吭声，即从口袋里掏出钥匙，打开锁，走进门去。

"请进。"她问，"有什么需要帮助的？"

他明白了，大笑："有眼不识泰山。"

纪惠告诉他，这是她的工作室，她是双弦中学语文教师，心理咨询师是兼职。

那时候已经过了下班时间，纪惠可以谢绝来访，请他另约时间再来。但是她还是把欧阳让进门来，主要是因为感觉意外。刚才一眼见到，她心里忽然一跳，以为是曾经一起翻船落水的这位理工男打听到她的底细，跑过来想见。几句话一说，原来自作多情了，人家并不知道她在这里，并非特意朝拜，只是找上门意外相逢。有意思的是他怎么会需要这个工作室？莫非也有些心理问题？

欧阳解释只是偶然路过，看到社区服务中心的指示牌上标明有个"上弦月"心理辅导工作室，感觉有点新奇，跑上来看一看，不料竟与纪惠相逢。

"你没大问题，放心。"纪惠笑笑道。

"怎么说？"

行内有个评估因子叫"主动就医"。凡是愿意主动找心理咨询师说事者，更多的属于一般心理问题。精神病患者是另一种情况，一般不主动就医。

"我不是来咨询的。"欧阳说明。

"是吗？不是主动就医？"

他反应足够灵敏，当即识破："别把我绕进去。我不是神经病。"

纪惠笑："那你来干什么？"

欧阳称只是好奇。为什么有人要把自己的工作室叫作"上弦月"？是不是有潜台词？记得早年间看过一部好莱坞影片，里边有个杀人狂魔是个神经病，通常在上弦月时候出来杀人，他的疯狂跟月亮有关系，好比月亮引力牵动海洋潮汐。

纪惠问："这是反唇相讥？立马反击？"

他笑："看我多么小肚鸡肠。"

纪惠也笑："开个小玩笑，让你放松一点。"

"很好，我放松多了。"

"现在可以告诉我，你的问题是什么？"

"算是开始了？"

纪惠说，现代社会节奏快，压力大，一些人产生这样那样的心理问题不奇怪，只要正视它，做好自我调适，及早寻求帮助，问题可以解决，至少可以缓解。欧阳来到上弦月只是好奇吗？可能真如他所说，也可能另有原因，至少在潜意识里感觉到有需要，所以才情不自禁走上楼来。如果坐在辅导师椅子上的不是她，是一个陌生人，欧阳可能

75

就不会有顾忌，愿意把自己的问题谈出来。只因为彼此坐过一条漂流船，算是认识，于是就感觉到一种无形压力，想说的就吞回去了。其实不必要。

欧阳点头："很专业。"

他问纪惠他得怎么配合才对？是不是应当"凝视"，盯着纪惠的眼睛，穷盯不舍？他很乐意，纪惠不会害怕吧？

纪惠不动声色："我们管它叫'凝视技术'，要聚精会神，专注。我放松坐好，表情平和，凝视你，保持跟你的目光接触，传达欢迎和开放态度，给你安全感。你呢，看着我，集中注意力，表示信任，这样有助于进入交流。"

他笑笑："行，就这么来。"

"显然你看过一些教程，你肯定不是像我一样想干这个，只是想通过学习解决自己的问题。你一定是遇到一些问题了。"

"我有点好奇。纪老师怎么会想当心理咨询师？"

"那是我的问题。咱们现在谈你的问题。"

"纪老师的咨询收费高吗？"

"以小时计费，相当高，但是你肯定付得起。"

"现在是不是已经进入计费阶段？"

"从你进门就开始了。"

欧阳笑："这有点像是强买强卖。"

"怪你自己。愿者上钩。"

两人一起大笑。

纪惠给了欧阳一张名片，是她在本工作室的名片，上边有她的联系方式和轮班时间。纪惠本业是中学老师，兼做心理咨询，只在没课的时候到工作室接访，每周有若干时间。这个工作室还有另几位咨询师，为首的一位姓林，林老师，市医院心理疾病科的主任，这个工作室是她一手创办的，其他几位包括纪惠都是她的学生。林老师本人工作很忙，一般两周才能来一次，主要是指导纪惠他们工作。为什么把工作室叫作"上弦月"？并不像欧阳所疑意在诱发精神病，只因为建在双弦岛上，双弦岛左右两侧海湾都是弧形，像月相中的弦月，因此分称上弦与下弦。林老师觉得叫上弦好，因为那是在生长，向上。希望到此求助者也都能那样。

"我像是已经成了纪医生的病人，或者患者？"

"我不算医生。还是叫我纪老师吧，我本来就是当老师的。如果有忌讳，咱们可以管这叫作'辅导'，我是'辅导员'，你是'欧阳同学'。"

欧阳连连点头："这就好，这就好。"

纪惠当场发笑："不要装。"

欧阳也笑："纪老师太聪明，骗不了。"

他摆手，称不打扰了。刚才纪老师已经关门出去，该是下班了，难得又为他浪费了这么多时间。日后有需要再约吧。

"时间有代价。"纪惠说。

她抬手指了指桌上的计时器让欧阳看。本次交谈三十一分钟。按照通行规则，不满一小时一律按一小时计费。

"这买卖不太公平。"欧阳评价。

纪惠跟他握手，请他先离开，她本人还需要为这次咨询做个笔记，工作规范要求。她估计这是第一次，也是最后一次。欧阳被拔了一根毛，感觉不公平，但是不失风度，镇定自若，并未痛不欲生。请记住教训，拜拜吧。

欧阳道："我会到消费者协会投诉。"

77

是威胁吗？当然是开玩笑，这人其实很大气，并不小肚鸡肠。

临走前，欧阳指了指窗台，问："那是什么花？"

阳台上有支矮花瓶，里边插着花，一根枝条，茂密绿叶间有三朵花，两红一白，都很显眼，绿叶颜色很深，花瓣鲜艳，花蕊是密密麻麻一丛黄色细点。

纪惠扭头看一眼，回答说："多尼。"

多尼是本地一种野花，灌木类。早些年间漫山遍野到处都是，现在少见了。今天早上纪惠去市场买菜，一位卖花的同村大婶送了这枝给她，她带到了工作室。这种花在野外山坡上长得好，放在花瓶里用水养不行，撑不了几天就蔫，可惜。

"挺漂亮。"

纪惠笑笑："土里巴唧的。"

"怎么是两种颜色？"欧阳问，"天然的吗？"

这种花就是这样，刚开是白色的，慢慢就变成了红色。

"就跟纪老师一样。"欧阳调侃。

一周之后，欧阳给她打了个电话，提前预约时间。

纪惠问："准备谈你的问题了？"

"我该有什么问题？"

"没有就不需要来。"

"那么有一点吧。"

"欢迎。我会提供帮助。"

放下电话，纪惠心里竟有一丝兴奋，或称欣慰。她认为这位欧阳一定有些心理问题，只是藏得很深。人都有探秘情结，纪惠也不例外，她情不自禁有点好奇，有如对方对她的兼职身份好奇一般。但是情况不仅于此。偶然相逢，彼此交谈，像是心理咨询，更像斗嘴，竟让纪惠印象深刻。欧阳很聪明，反应快，思维敏捷。跟他交谈让纪惠感觉愉悦，或许因为智力相当，或许还有其他。但是她心里另有一个声音：小心，别陷进去。她总是想起彼此的初次相逢：漂流，一起给甩出皮艇，在急流水潭里拼命扑腾，湿漉漉变成两只落汤鸡。感觉怎么样？很刺激，很恐怖，不想再遇。

到了约定时间，欧阳来了。从此以后不再是偶然相逢，"为什么是上弦月"，却也不像常规心理咨询，纪惠给这种方式定名为"辅导"。彼此间有时谈得很轻松，有时比较困难。纪惠发现让欧阳接触问题不容易，这个人心里肯定有些事情，如他说"我最怕死"。为什么呢？即便是自嘲，背后一定有其根源。显然他在寻求化解，否则不需要一次次主动相约前来付费交谈。仅仅从表象看，问题之存在很明显：他已经三十大几，背景与形象无不优秀，显得成熟，却未成家，独自漂荡于世有如本地人称的"无主家神"，也就是野鬼，这便显得不正常。他来找纪惠，不排除有借以接触的动机，或许他觉得用其他方式接触有可能碰钉子，"接受辅导"则顺理成章，双方都没有压力。即使如此，他的基本问题和求助需要依然存在，只是一旦话题触及，他会本能地顽强抵制，迅速将焦点转移。这个人不缺乏这方面的机敏，他会王顾左右言他，装蒜或者就是打哈哈，把倾诉的机会一脚踢开。纪惠感觉其问题可能与家庭和经历有关。他的家境似乎不错，省城有大房子，家里有好车，只是父母均已过世。他从不谈父母是干什么的，对他有什么影响，唯一一次似有触及，是谈遗传。他想了解心理辅导师是否必须掌握求助者家庭病史，纪惠称通常需要，因为心理疾病往往有遗传因素。欧阳即反驳，举若干权威文献为例，指出该问题说法不一，有的资料认为精神病有一定的遗传概率，有的则说绝大多数精神心理疾病不会遗传。纪惠了解他对这一问题感兴趣的原因，他不做正面回答,调侃称可以百分之百确定,有朝一日他决定成家,结婚生子,无论生的是儿子,还是女儿,都无须为此烦恼。

他也不谈自己为何来到双弦岛。以其专业背景,似乎可以有更好的选择,进入北上广深一线大城市找个高薪职位应当不困难,至少可以回省城就业,无须独自落脚这个满眼工地和尘土,尚待开发还称荒僻,"美好新生活"似还遥远的海岛。

"这里的工作跟你研究的课题距离大吧?"纪惠问他。

"天壤之别。"他形容。

他的专业量子化学是理论化学的一个分支学科,用量子力学的基本原理和方法研究化学问题,是基础科学。而此间总工办的大量工作其实就是打杂,当然也更接地气。

"怎么会从天上到地下?"

他喜欢解题,喜欢挑战智力的那些东西,基础研究很对他胃口,是他自己选的,日后可能还会去搞那个。他到双弦就业出于个人原因,也有偶然因素。毕竟鸟飞得再高,总也得落到地上找食物。

"双弦岛的鸟食比较多吗?"

他开玩笑:"除了鸟食,还有纪老师。"

"纪老师属于哪种食物?"

他表示纪惠不是食物。人落到一个地方,也不只是为了寻找食物。

"那么你还要寻找什么?"

"这是个好问题。"

由于疑问种种,纪惠"辅导"的焦点始终如一:"谈谈你的问题。"他的应对策略通常是直接把球踢回来:"纪老师呢?为什么?"纪惠的问题不需要他来提问,但是有些情况无妨坦诚而言,例如她是本地人,双弦岭下村土生土长,普通农家女等等。

"听说你父亲当过村长？"

"本质上是种地的。后来搞养殖，就在海边。"纪惠说。

纪惠母亲也是本村人，父母婚后多年不育，连省城医院都去过。因为总没孩子，父母死心了，把一个远房侄儿要来当养子，养到上小学了，意外落水身亡。悲痛之际，母亲忽然有了，然后就生了她，那时候她父亲都四十多了。本地乡村重男轻女，她却因来之不易，从小得父母宠爱。她五岁时，父母有了第二个孩子，是个男的，弟弟，全家人欣喜若狂。弟弟从小跟着她玩，很乖，听大姐的话，姐弟感情很好。她高中在县一中就读，当时双弦还归县管，她在那里成绩数一数二。可惜以本县教育资源与质量，再顶尖的学生，考北大清华都是奢望，目标只能是其他一流大学。如果她生在市里，或者省城，很可能就是另外一番光景。高考时她发挥正常，分数还行，被华东师大录取，在上海读了四年书。有机会保研，她放弃了，因为父亲年纪大，母亲身体不好，加上弟弟有些情况，她不放心，回乡当了中学老师。回乡工作不久，她母亲因癌症过世，父亲和弟弟便归她照料。她在学校工作很适应，领导同事评价都不错，但是自己总会怅然若失。看着学校里那些年长的女老师，忙碌于批改作业、柴米油盐、家事、丈夫和孩子，渐渐被各种不如意变得满腹怨气，烦躁刻薄，想象这就是几年后的自己，感觉很不是滋味，那不是她想要的。因此她想要改变。

"同样的原因，你身边的同伴一个一个把自己嫁了，你却不能接受。"欧阳说。

"别自作聪明。"她警告，"哪壶不开提哪壶。"

她的困难是没有太多选择，因为身居底层，无依无靠，只能自己努力。后来因为处理班上学生的心理问题，她遇上了林老师，忽然意识到做心理咨询有点意思，能够帮助别人，自己有成就感，收入也多得多。于是就拿业余时间去学习、考资格，这于她不难，学习和考试历来都是她的强项。只是越学进去越感觉不容易，心理咨询内容非常广，也非常深，她还只是刚入门，需要学习的东西还非常多。

"其实你是在找一种存在感。"欧阳评论。

他认为纪惠出生成长于双弦，这座岛屿于她原本熟悉而亲切，眼下却已经面目全非，渔村变成了工地，网箱变成了管道和反应塔，外乡客蜂拥而至，反客为主，原住民住进高楼，不知所措。人找不到存在感，会焦灼、烦闷，产生各种心理问题。其中一些人会去找心理医生，另一些人则干脆自己去当心理医生，例如纪惠。

纪惠问："我们的存在感被谁拿走了？你们。"

欧阳让纪惠无须太情绪化。眼下人们的生活就是这样，它在变化，关键是变得更糟糕，还是更美好。渔村成为石化基地，带来更多可能与选择，人们终究可以因此受益，陈福泉总是挂在嘴上的"美好新生活"确实有现实性，不能只当是宣传。例如纪惠有望得到另一种存在感和成就感，这就是美好。

"欧阳同学又把自己当成了辅导老师。"

欧阳自称喜欢班门弄斧，争取抵扣一点咨询费。

纪惠向他索要超标准的最高级别咨询费，通常林主任才能挣那么多，纪惠还不够格，但是她就要最高，一分不少，愿者上钩。欧阳没有二话，一律照付。实际上他一分未交，因为纪惠永远拒收。纪惠称吊高价有成就感，看着就高兴，数钱数到睡不着。但是不能真的收，一旦欧阳举报她乱收费，宰客，她的职业生涯便有了污点。没让欧阳放血岂非白干？花费的时间和精力都浪费了。她认为不会，通过对欧阳的"辅导"，她接触了一个相对特别的案例，在此之前，她更多的是给一些中学生做心理咨询，减轻他们对考试的恐惧，那其实跟当班主任差不多。如果想在专业上发展，她更需要研究成年人心理问题，因此欧阳填补了一个空白，其实是在为她提供演练机会。

随着交流增多，了解渐深，纪惠心里的不安也日渐增加。他们这算啥呢？未婚男女谈恋爱吗？当然不是。纪惠在大学期间曾经有过男友，是同班同学，毕业后因为返乡工作分手，过程很痛苦。欧阳应当也会有这方面的经历。他独自来到一个陌生地方，可能有些情感方面，包括生理方面的需要。或许他喜欢有个模样可人的女孩做伴，一起玩。他本可以找一个来历不平常，条件相当的女孩交往，例如物理学博士、留美海归那种。问题是双弦不是北上广深，也不是省城，那类女孩不多。他只能退而求其次，本地姑娘纪惠才荣幸入其法眼，承担起他的"辅导"任务，该任务显然具有阶段性和临时性。欧阳在交谈中曾流露倦意，似在考虑离开，没准哪天一起吃份盒饭，转眼筷子一丢就会宣布"拜拜"。纪惠如果身不由己陷进去，时候到了后果只能自己承受。因此她得为自己划一条红线，作为底线，不可逾越。过了这条线可能便是深潭，水下有漩涡，船到那里会倾覆，人会落水，身陷没顶，那不是纪惠愿意经受的。

然后就遇上"逃婚"，事出偶然。

那一天纪惠坐动车去省城听课。有一位心理专家从北京来，是业内权威人士，在省城图书馆开一场讲座，纪惠专程去当粉丝。动车途经省城火车站，只停三分钟。纪惠坐的是2车厢，听到广播通知时赶紧收拾东西，提前到车门口准备下车，在那里突然看到欧阳：他背着个双肩包从相邻的3车厢那头往这边走，在同一个车门下车。两人相视，一时都笑。

"巧啊。"欧阳问，"出差吗？"

纪惠讲了听课事项。

"纪老师就是好学上进。"欧阳说。

"你呢？没正经事？"纪惠问。

欧阳称今天真是没正经事。有一个高中同学结婚，又发帖子又打电话，盛情难却就来了。想看看这个新娘长得漂亮否。

"难道还有另一个？"

该同学是二婚，五年前已经结过一次，不到半年就离了。

"瞧，你可比人家落后多了。"纪惠批评。

"说得我很没面子。"欧阳自嘲。

他忽然提议纪惠跟他一起赴宴。喜宴一定请了不少老同学，省城这里习俗，凡到场者都得现场掏钱，登记上交，估计同学们都会拖家带口，往死里吃，这才对得起交出去的礼金。他只身一个赴宴岂不是吃大亏？带上纪惠一起吃可以多回点本。另外就是同学们多已婚配，像他这种钻石王老五属于凤毛麟角，一见面大家肯定都要表示关心，这个介绍那个牵线，很无趣，很没面子。如果有个陌生美女跟他一起赴宴，一下子就把媒婆嘴封住，也把所有人镇住了，那真是挣了大面子。纪惠反正也得吃饭不是？吃喜宴还不花钱，不外就是这张脸临时出借一回，何乐不为？

纪惠说："我有那么好骗？"

"又不是骗上床。"

"谁知道呢。"

"看来我很恐怖？"

纪惠看看欧阳，对方表情夸张，做狰狞状。她不由得笑。

"去。"

纪惠很少到省城，这里几乎没有熟人，当晚没什么事，去酒店也就是吃饭、看书、睡，因此不妨赴宴。这里边当然也有一重因素是欧阳。她与欧阳属于"有些交往"类型,"辅导员"与"欧阳同学"相处不算特别多,却还愉快。总觉得欧阳看似爽朗,其实总裹着一层防护,会本能地回避一些什么,不让人触碰,或称"谢绝辅导",让她感到意外,有时忍不住要予敲打,试探对方反应。说到底人家怎么着是人家的事,与她无关,她自己未尝不是严加防护,却依然免不了好奇。因此跟他一起去喝喜酒没什么大不了,听听他和他的老同学都讲些什么也属有趣。

于是就去了。在酒店大厅见了新郎新娘和双方家长,新郎显得疲惫,跟欧阳握手,眼睛却看着纪惠。站在一旁的新娘浓妆艳抹,长相一般。走到喜宴厅,果然如欧阳所介绍,厅外摆着两张桌子,各有一个牌,分别写有"男方""女方",桌边各有人负责收礼金并登记,某人八百某人一千,一五一十记录在案。欧阳属男方客人,他们同学来了十多人,不少拖家带口,聚了三桌之多,这些人没有一个是纪惠认识的。她注意到其中有几位当她面挺客气,转过身就偷偷跟欧阳做鬼脸,表情很丰富。那时她不禁问自己今天这个玩笑是不是开得有点大。

欧阳低声问:"纪老师像是不太自在?"

她也低声回答:"如坐针毡。"

"咱们走。"

婚宴的特点是拖,请柬上写了六点,往往要后拖一小时才正式开始,客人们陆续到来,围着酒桌聊天,等着上菜,很无聊。欧阳说,钱交了,人露面了,还挣了脸,任务完成,咱们跑吧。他是真的那么善解人意,或者只想把她带走?不知道。

纪惠记得那时候天下小雨,细细的,似有若无。他们都没打伞,身上也不湿,心情很好,有点像小时候逃学,挺刺激。他们悄悄走出婚宴厅,在走廊上碰头时,欧阳笑称是"携手逃婚"。她当即纠正:"两回事。"

问题是他们都没吃东西,必须先充饥,所谓"饮食男女",先饮食,然后才男女。欧阳说前边那条街后边有一个吃处,大排档,还不错。他请客。

她说:"AA 吧。"

"纪老师真好,总想着替我省钱。"

她说:"我想着怎么宰才狠。"

于是去了那个大排档。欧阳领路,她跟在后边。

那个大排档还真是不错。他们在那里要了梅菜扣肉,海蛎紫菜砂锅,老萝卜炖大肠,干煎刀鱼,还有大骨头海带汤,一人一碗米饭,都是家常菜,味道却好。菜是欧阳点的,这家大排档历史悠久,当年读高中时欧阳就经常跑来吃,有时还带一帮同学。

"婚宴上那几桌人都来过。"他说。

"AA 吗?"

"我请。"

"你有钱。"

钱不算什么,主要还是学习牛逼。从初中起"欧阳学霸"便名闻远近,特别擅长解题,什么样的难题都难不倒,越难越来劲儿,校内校外粉丝无数,经常有男女同学拿着各种难题追他,他总是不吝赐教,一直罩着他们。无须分学霸、学渣,他的作业谁都可以抄,完全分享,无所谓,因为他号称"大才",永远第一。

"你是在你的粉丝里找存在感,你享受那种自以为是的感觉。"纪惠说。

"因为我总是正确。"

"所以才有双弦理工第一牛人,这么了得一个欧阳助理。"

"还是'总工',很大很大。"

"乡下人说,大得像磨盘。"

欧阳"扑哧"一笑,纪惠也笑,居然都非常开心,笑得几乎岔气。

"其实就是个弼马温。"欧阳说。

"怪玉皇大帝有眼无珠,不知道孙悟空厉害。"纪惠补充。

"十个玉皇大帝绑在一起,比不上一个纪老师心明眼亮。"

"当然更比不上欧阳助理自己。"

"我该谦虚一下吧?"

其实他没打算谦虚。所谓"第一牛"怎么来?是开发区一帮小师弟师妹叫出名的。起初因为他的牌子很牛:出生成长在省城,上的是全省最好的中学,高考全省理科第二,比总分状元只差两分。北大毕业后留校读研究生,拿了硕士去英国曼彻斯特大学读博,毕业后留在那里做博士后,研究量子化学课题,然后"海归"。这些牌号其实还属次要,主要因为到双弦后,各种技术事务,凡是找到他,没有他对付不了的,所以才被那帮技术控加冕成"第一牛人"。该说法有时会伤及他人。应当说他原本专业很高端,也很偏,在双弦遇到的技术问题,于他基本都是新问题,能够对付下来,有赖于他的学习与解题能力,不说是天生的,至少是从小训练出来的。

"我相信。"纪惠调侃,"连我都得提防你抢饭碗。"

不知是有意使坏,或者仅仅是兴之所至,菜刚上来,欧阳就要酒,要的是小二,红星二锅头。欧阳解释,他在北大读书时喜欢上这个酒,够劲儿,假的少。

纪惠即板起脸:"到底想干啥?"

"酒钱算我的。"欧阳说明,"不是逃婚吗?我欠纪老师一杯喜酒。"

于是就喝。纪惠有些酒量,她还讲卫生,大排档吃海鲜,白酒有助消毒。纪惠总是把握得住,从来没醉过。但是那天不知道是对酒不适应,或者是过于放松,感觉喝得头晕,有些"嗨"了。

欧阳也喝得满脸通红,睁着两只眼睛盯着纪惠看。

纪惠质问:"看什么?"

"艳若桃花。纪老师越发漂亮。"

他想起了那种花,多尼,感觉纪惠就是多尼。很鲜艳,很漂亮。没喝酒的时候是白的,喝了酒就变红了。

纪惠笑笑:"居心不良了?"

"酒精啊。"

"酒壮色胆?"

欧阳摇头:"不好听。"

他拿手比画,指着街道方向,大着舌头邀请。此刻酒足饭饱,是不是到哪里活动一下?或者去寓所看看?距此不远,打个的,十分钟可到。没有其他人,就他,偌大房子,孤单一个。

"你的豪宅?"

"老爸老妈遗产。"

"去干嘛?"

"都行。有吃有喝,看个片。"

"还有一张床?"

"红木大床。两米宽。"

纪惠不说话,站起身离开大排档。跨出大门时,她感觉脚步飘浮,有一种不真实感。欧阳从后边跟上,伸手扶着她。两人站在路边等车,身子挨着,很自然。只一会儿,一辆出租车开过来,欧阳抬手一招,出租车迅速停到他们身边。

"走吧？"欧阳问。

纪惠看了欧阳一眼，感觉他的脸在浮动，晃过来晃过去，像风中的一张纸。她想也没想便伸出手去，在他脸上轻轻摸了一下。

"不是纸。"她嘟哝。

欧阳没说话，也伸手摸了一下她的脸。

"多尼。"

两人都笑，再摸，咯咯咯，很好玩。而后欧阳住手，扶着纪惠走过去，拉开出租车后排车门，让纪惠坐上。纪惠一上车就抓车门，"砰"地用力关上。

"走。"她对司机说。

司机吃惊："那个呢？"

"他嗨着呢。"

出租车驶离。纪惠朝窗外看了一眼。欧阳站在路边还在嗨，边笑边招手。

纪惠到了酒店，进房间倒头便睡。清晨醒来，她发觉自己和衣躺在床上，房间里的灯全开着。好一阵，她才记起站在路边招手发笑的欧阳。

她赶紧从床上坐起，极力回想昨晚的所有细节。过程有的清晰，有的已经模糊，包括分手前的暧昧。她问自己这是怎么回事？她怎么会呢？酒精是一个原因，可能还因为环境变了，被人注视的压力减轻了，所以比较松弛。省城这里很陌生，周边没有谁认识她，只有欧阳。昨晚她拉上车门，把欧阳拒之车外时似乎并没怎么想，下意识地就那么一拽。欧阳被放了鸽子，好像也没太明白，站在路边还在"嗨"，招手，挺高兴。以此看不像刻意想干坏事，只是随性而为，包括喝得有点大。无论是否如此，清晨醒来时纪惠只觉得后怕。太危险，只差一点。

她查看手机,发觉有欧阳的短信,时间是半夜,只有两个字:"抱歉。"

那时他一定是酒醒了,在他的豪宅,两米宽那张红木大床上。或许直到那时他才意识到自己被放了鸽子,多少有些功败垂成作案未遂的挫败感?难得他站得高看得远,没表现出愤怒,仅从两言短信看,人家着眼于未来。

她给他回了三个字:"不客气。"

意思很含糊。

一个人清醒时候的主意,与酒精作用下的行为往往相背,后一种状态下流露出来的,或者更接近潜意识甚至本性?欧阳这种男子其实挺讨女孩喜欢,至少不让纪惠讨厌,跟他相处交谈总是很愉快,因此保持平衡不容易,陷进去要容易得多,一不小心,"哧溜"就掉下去了。"逃婚"当晚,如果一起坐上出租车,相拥去了欧阳的房子,会发生什么真是很难说,极大可能就此陷落,与欧阳一起入水。可能会很"嗨",很快活,就像他们脚步飘浮,互相触摸一样。然后呢?该发生的都发生了,清晨在床上醒来,互相看一眼,心里忽然一跳:"完了。"欲罢不能。

她感觉到危险,从未有过那么强烈。继续下去,事情肯定会发生,不在昨晚,不在今晚,那就在明晚。她思来想去,决意到此为止,画上句号。

她给欧阳开了处方,介绍他找真正的心理医生就诊,以此结束他们之间的"辅导",就此别过。恰好欧阳自己决意辞职,又卷入了"无可奉告",事情至此基本了结。不料突然来了两个警察,情况再起变化。

事实上,即使发生了那些事,即使欧阳没有离开双弦岛,滞留于事故调查组，纪惠依然可以坚持结束。但是她主动给欧阳打了电话，原因是纪亚勇领着郝山春找上门来。纪亚勇大名纪英勇，人称小纪，比纪惠小几岁，是同村同宗远房族亲，在巨力乙烯当保安，是郝的手下。小纪跟纪惠的弟弟从小玩在一块，两人是发小。小纪家曾遭过难，纪惠对他心怀同情，特别是一看到他就想起刚过世的弟弟，他的事纪惠不能不管。纪惠也感到自己欠欧阳一点情，人家自愿陪同她去认过尸，她当时光知道哭，一句道谢都没有，出于丧弟之痛还怪欧阳乌鸦嘴，想来很不应该。于是她找了欧阳，电话中该说的说了，该谢的谢了，该回应的却不予回应。欧阳提出找机会"继续"，她只能"再说"。她愿意吗？愿意，她高兴吗？当然。在这个人身边她能一直把握得住吗？未必，特别是丧弟之痛中特别脆弱。那么就彻底陷进去最终无果难以自拔？

那天是周日，学校不上课，纪惠有一个约谈，上午十点在工作室，来访者是一位学生家长，职业是超市收银员。她和她儿子都是纪惠的病人，单亲家庭，问题很多，母子俩性格都非常内向。纪惠提前到达工作室，时间不到九点，从这个时点到十点本是她的学习时间，她却看不下书，一味发呆。末了她起身出门，开出自己的车朝海边驶去。

她把车开到村里，在村头停下，坐在驾驶室里，透过车窗看村庄。村庄已经基本废弃，一些失修的土房子已经倾倒，但是侧面有一座三层红砖楼看上去还完好如初，只是屋顶上的瓦片有所破损。那座小楼原本是她的家，她出生在里边的一个房间，那里的每一个角落都留着她与弟弟嬉戏、玩耍的记忆。此刻旧迹还在，活蹦乱跳的弟弟却已成一坛骨灰，埋进岛外的一座公墓里。

她闭上眼睛，眼泪又像泉水一样涌出，止都止不住。

许久，她知道自己该走了，伸手拉安全带时，眼光忽然落到路旁小土堆上。小土堆杂草丛生，有一小丛灌木在杂草包围下探出几根枝条，很单薄，叶片稀疏。

是多尼。

纪惠放下安全带，推门下车。她从工具箱找出一根螺丝刀，挖出那株多尼，用一个塑料袋把根部包好，放进后备箱，拿张湿纸巾把手擦干净。这时忽然有一个声音从侧后方传来，语调熟悉，距离稍远，听不清楚在说些什么。她扭头看了一眼，竟是欧阳，与肖琴一起从路旁四层小楼里走出来。那座楼是旧时的村委会，人们管它叫"村部"，它还是纪惠父亲在任时盖的，离纪惠家不远。

纪惠非常吃惊。怎么会是他们俩？他们不在各自的地方待着，一起跑到那座空楼里干什么？难道眨眼间成双成对了？

纪惠不声不响坐回驾驶室，把车窗玻璃升上去关紧，挡住视线，让人不能从外头看到车里是谁，也听不到车里的声响。而后她从小包里掏出手机，拨通欧阳的电话。

透过后窗，她看到欧阳伸手到裤口袋里取出手机，看一眼，然后接听。

"是你啊，都好吧？"手机里传出他的声音。他没像往常一样称呼她"纪老师"，可能是不想让站在身旁的肖琴察觉。

纪惠问："你在哪里？"

他自嘲："还在做春梦呢。"

"那么幸福？"

"来分享吗？"

纪惠在心里骂了一句："该死。"

她告诉欧阳，上午十点她有时间，可以到工作室谈谈。

欧阳"啊"了一声，有几秒钟的停顿。几天前他自己主动提出

"继续谈谈"，纪惠没有答应，此刻忽然主动相约，显然他感觉意外。

"没有预约其他同学吗？"他问。

"原本有。可以改。"

她看到欧阳举着手机抬眼四望，好一会儿。

"这个时间我去不了。"

"得接着睡？"

"有事。"

"天大的事？"

"破事。"

"那行，做你的春梦，忙你的破事。"

纪惠挂断电话。

她看到欧阳把手机放回口袋，向肖琴摆摆手，继续交谈。几分钟后他们骑上路旁一辆自行车离开，欧阳骑车，肖琴侧身跳上后架。他们往海滨方向去，前方远远可见巨力乙烯厂区的大门。

纪惠发动汽车，穿过空空荡荡的村子，从另一侧折上公路，返回双弦新城。

半小时后欧阳来了电话。那时纪惠坐在工作室的办公桌后边看书，手机铃响时她看了一眼屏幕，注意到是欧阳。她没有接，让铃声自动结束。而后她把手机关成静音。几分钟后电话又来了，这一次悄然无声，只有屏幕显示来电人姓名，纪惠还是不接。

然后预约人按时到达。单身母亲，超市收银员，坐在纪惠面前，眼睛凝视纪惠，表情痛苦，反复述说自己的烦恼。她的儿子正处于叛逆期，她对这个孩子的所有艰难付出被一次比一次更让她伤心的叛逆变得一钱不值。

纪惠劝导："无论遇到什么，你可以相信所做的一切都是值得的。"

门被轻轻敲响:"笃,笃。"

"请进。"纪惠说。

推开门,有一个人探进头来。是欧阳。

"怎么忽然跑来了?"纪惠看着他,眯了下眼。

欧阳没说话,举起手做了个听手机状,表示自己曾打过电话。

"对不起,我现在有约。"纪惠指了指面前那位单身母亲。

欧阳一摊手表示无奈。而后他把门带上。

纪惠立刻就后悔了。其后的辅导中,纪惠面带微笑凝视对方,倾听哭诉,表现得非常专业,其实她什么都听不进去,满脑子都是欧阳探进门的那个脑袋。她感到自己太过分了,她跟人家算啥呢?本来什么都不是。她哪有权利吃醋?电话不接,人不见,醋成这个样子,这是她吗?

其后的辅导相当弱,听得多,说的少,要么辞不达意,要么颠三倒四。幸好对方专注于自己的痛心与倾诉,没太在意辅导师的表现。好不容易把时间熬过去,纪惠安慰对方几句,站起身把她送到门外。打开门时她往门外大厅看了一眼,那儿有一排折叠椅,是访客的休息、等待区。此刻空空如也,一个人影都没有,欧阳根本没在那里等候。早在预料中,纪惠心里还是感觉失落。

她转身回屋,刚要关上门,旁边忽然响起一个声音:"纪老师。"

竟是欧阳。

她不禁抬手捂住胸口:"吓死我了。"

"眼光都是直的。"他批评,"就在你门边,目中无人。"

她笑笑,拿手揉眼睛。这是假动作,否则眼泪要下来的。

欧阳告诉纪惠,今天上午原本有一个碰头会,陈福泉亲自召集,任何人不得请假。巧得很,陈突然有事,通知会议延后,因此他就跑过来了。

"从管委会跑过来？"纪惠问。

"巨力乙烯。都在那边。"

纪惠这才想起来，欧阳是进了事故调查组。

"上午我打电话，你是在巨力做春梦？"她问。

其实没有春梦，只有破事。也不在厂里，调查组本部设岭下村旧村部四层小楼，挨着厂子，吃住睡都在村部。

"这样啊。有几个女孩一起吃住睡？"

他笑笑："一个。"

"我吃醋了。"

纪惠调侃，不动声色，貌似闲聊。闲聊中彼此在各自位子上坐好，纪惠面带微笑："行了，把你的问题告诉我。"

一如既往，好像没有"逃婚"，没有"就此别过"，一切照旧。

欧阳说，那天分手后没再相见，心里总感觉不安，想来看一看她。现在觉得可以放心，纪惠足够坚强。人生总会遇到不如意，有时候就像天塌了一样，碰上了就得顶住，咬紧牙关。这方面他有体会，需要的话可以一起聊聊。

"谢谢。"纪惠说，"咱们还是谈你的问题。"

欧阳不是早该远走高飞了吗？为什么止步不前？是不是因为巨力乙烯这场事故，以及对事故的调查让他忽然有了一种存在感？事故中差点命中的那颗螺帽，擦肩而过的死亡唤起强烈生命意识，还有应激反应。这场事故险些夺走他的生命，不能轻易放过它，是这种潜意识吗？

"说我公报私仇呢。"欧阳开玩笑。

无论是不是，欧阳的问题不会因此就消失，往昔的阴影还会在当

95

下事件里浮现。如果有一场大火烧过，有一些东西会被烧毁，却不会消失得一干二净，它们会留下灰烬。如果再有一阵大风吹来，灰烬会被吹得无影无踪，但是它们还在，只是藏到了看不见的地方。生活中的某一场大火毁灭了最珍重的某些东西，那就会化成心里的阴影。灰烬藏在那块阴影里，平时悄然无语，却可能一朝死灰复燃。

"这是'老军医'问症第一招。"欧阳嘲讽，"'你有病，病很重'。"

"接下来是'可以治，要花钱'。"纪惠说，"试试不要紧紧捂住，把它说出来，你可能会感觉好些。"

一如既往，谈到这里欧阳肯定会绕开，纪惠早已无计可施。

"听起来像是女巫捉鬼。"欧阳说，"咱们不如就来探讨捉鬼。"

所谓"捉鬼"是一个游戏，游戏的主题不是到哪个阴影里找灰烬，是把藏在某个隐秘位置的鬼抓出来。鬼藏在什么地方呢？有 A、B 两个选项。大家都选了 A，却有一个人选 B，所有人都说他不对。后来情况突然改变，B 开始占了上风，大家都去找证据证明选 B 正确，这个人却一直在找破绽，一一质疑那些证据。他怎么会这样？

"往轻里说，强迫症。重一点就是精神分裂。"纪惠说。

"'你有病，病很重'。"

纪惠笑："那个自以为是的人肯定是你。"

欧阳也笑："可见我跟纪老师一样坚强。"

他的手机铃响。欧阳一撇嘴表示道歉，随即接听电话。电话里传出的是一个女声。通话也就几分钟，欧阳放下手机。

"对不起，我得赶紧走。"他说。

"急事？"

他还是那句话："破事。"跟一堆破烂有关。据报，调查组首席专家从破烂中发现重要证据。陈福泉得知情况，即将亲自到现场听汇报，通知所有相关人员立刻到场。

纪惠问:"发现 A 还是 B？"

欧阳略一愣，即回答:"B。"

"这不很好吗？证明你对。"

欧阳没吭声，停会儿才回答:"符合事实才对。"

"给你打电话的是肖琴吧？"

欧阳惊讶:"听力这么强大？"

纪惠说，肖琴还有她丈夫都是她高中同学，彼此熟悉。

7

双弦经济技术开发区在得到批准升格为国家级前，先以省级开发区规格存在，省政府批文有案可查，为当年的十二月二十八日下达，这个时间可视为本开发区成立时间，至今已近七年。通常情况下"七"不太被当回事，"八"就比较让人待见，到明年年底，双弦开发区成立便满八周年。如今小屁孩过生日都要买礼物搞派对弄得一家老小不亦乐乎，一大开发区八年庆生是否该早做谋划。定一块蛋糕？这是一个问题。

眼下这种事不太好办，原因是上级规定严控周年庆典活动，那是条高压线，碰不得。变通办法当然也有，例如开个小型座谈会，在本地媒体上发点消息，多少弄点动静，这个不犯规。问题是这么小打小闹算个啥？有什么意思？不搞则已，要搞就得有个样子才好。但是为什么非在明年做？所谓五年一小庆十年一大庆，逢五逢十做一下则可，逢七没有必要,逢八也未见必须,所谓"美好新生活"难道非八不至?陈福泉并非热衷过生日的小孩,他调到双弦任职时,开发区已过五周年,而后六周七周,陈福泉都无动于衷,根本不在意那个日子,直到眼下才突然双眼圆睁,要早做谋划,为明年做八,情有独钟。其实再过两年也就逢十,那时再来庆典无疑比眼下更合适。

陈福泉却说:"十是十,八是八,明年必须庆祝。"

他是准备公然触碰高压线吗?不是,高压线旁边有变压器,不让举办周年庆典,并不等于禁止开展文化活动,只要项目合适,经过批准,该热闹还可以热闹。

因此就有了"双弦文化节"构想,首届。

这个文化节拟于双弦经济技术开发区成立八周年之际举办,节庆项目有众多经济内容,均以"文化"包装之。以"文化"为名是一种时尚,并非本区独创,各地类似活动基本如出一辙。但是"双弦文化节"无疑是陈福泉一大手笔,特别在其时间点的选择上,陈别出心裁,让大家非常疑惑。

一般而言,既然文化节包含庆祝开发区成立八周年意味,那么办节时间应当与开发区成立时间基本吻合,也就是在放在年底为宜。陈福泉反对,认为年底事情多,天气也冷,不如早一点。早到什么时候为好?陈福泉定了个时间:九月八日,九八久发,大家哈哈。问题是那时开发区满打满算也只有七岁半多一点,未满八岁,岂不是提前庆生过于着急?陈福泉认为不算着急,因为省政府批文是年底下达,此前开发区已经先期开工了。当年有所谓边报批边建设之说,双弦开发区确实早在此前一年就开始规划,由市、县两级政府筹资进行初步建设,包括整修道路、海岸堤坝和一些地段的三通一平。问题是这段时间只是预备期,无法成为开发区正式投建标志,而且也难以以哪个工程开工为准，否则开发区就不是八周年，不知道要算多少年了。陈福泉不在乎这些质疑，他在资料中发现了一条记载：那年九月初，有一家施工单位为了填平岛西南一条小湾岔，在海边石山搞了一次爆破，事先通知本市新闻单位记者前往，有如观摩军事演习。第二天本市日报发表了爆破现场照片，冠名为"一声巨响，双弦岛建设拉开了大幕"。陈福泉拿到那份旧报纸，喜出望外，用力一拍说："就是它了。"

时间便确定下来，其过程是先决定于九月庆祝，然后才论证本开发区怎的产于九月。好比一个小孩不以落地为生，而以在母亲肚子里首踢一脚为准，这种见解似乎只有陈福泉认可。他为何如此偏爱，年份要八，月份要九？这是个疑问。

此刻离陈福泉预定的庆生日期还有相当一段时间，通常情况下，没有谁会过早谋划类似事项，世事多变，谁也不知道时间未到会有什么先到。陈福泉却有自己见解，总是高瞻远瞩，有如双弦岛还到处尘土，他就总说美好生活。开发区八周庆生在陈福泉催促下开始筹划，有一个策划小组奉命研究方案。时下地方办节各有套路，力争花样翻新，但是万变不离其宗，少不了搞一场开幕式，排一台庆祝晚会，安排若干剪彩和洽谈、签约，需要的话加一场"论坛"，大体这么几项。陈福泉却感觉不满意，认为如此操作流于一般。本届双弦文化节将留在历史记载里，因为它是第一届，首开先河。但是不仅于此，第一届或者第二届其实没那么重要，好比小孩子是一年级或者二年级就那么回事。关键之处在于它是双弦的文化节，而双弦即将崛起于东亚。这一座岛屿已经从几个渔村发展为一个大工地，很快就将成为一座石化岛，巨型化工城，能源基地，一座各业并进全面发展生活美好的新城，几十年之后可能就是一个临海大都市，有如深圳、香港、新加坡。首届双弦文化节应当展现已有成果和远大前景，必须要有亮点，而且不只一个。

那一天陈福泉与筹划小组讨论方案，有一个电话来了，打电话者为林泰，常务副市长。林泰问陈福泉在哪里，陈报称在管委会会议室开会。林泰让陈福泉停几分钟，先回办公室一下，此刻有个人正在那里恭候。

"蔡平原，还记得吧？"林泰问。

"那家伙怎么啦？"

"找到我这里，我让他直接去跟你说。"林泰道。

"明白。"

"喂，注意点。"

"明白。明白。"

陈福泉下楼去主任办公室，果然有一个人站在门外，正是蔡平原，手提一只大公文包，西装革履，满面红光。

"妈的。"陈福泉张嘴就骂，"蔡总这是干什么？搬出林副市长压我？"

蔡哈哈："是让你好说话。"

蔡平原比陈福泉小几岁，十多年前他俩曾在市区一个乡镇共过事，而后分道扬镳。此刻蔡是省城一家开发公司老总，找陈福泉有事相帮，请出林泰打电话，是为了让陈福泉可以理直气壮说是上级领导交代。蔡平原上门相求得有个见面礼，都装在那个大公文包里。进了办公室，回身关好门，没待陈福泉发问，他便把大公文包放到办公桌上，打开，里边满满一包，一扎一扎，钞票。

"三十万。"他拍拍公文包，"入股了。"

"入什么股？"陈福泉问。

"福泉股。"

陈福泉问:"蔡老板身上带着啥?录音机还是针孔摄像机?"

"不需要。咱们谁跟谁啊?"

陈福泉指着那些钱:"我有这么贵?值三十万?"

蔡平原笑着举手,在空中比画:"事成了,后边加个0。"

"拿上这些0,走。"

蔡平原哈哈大笑。

原来他那个包里塞了一包旧报纸,只有表面几捆是钞票,加起来没几个钱。这个见面礼只是闹着玩,如今情况已经不像当年,即使要送钱,也不能这么土,拎一袋钞票进办公室,那怎么可以。真要送也得拐几道弯,加几个技术手段,让人根本摸不着路径,这才安全。蔡平原跟陈福泉不玩这个,没打算给陈福泉送,因为知道陈福泉不稀罕。这么多年过去,陈福泉还是一点没变,这样做官很好,没有危险,但是未必有前途。想要前途没有人相帮不行,蔡平原可以出一点力,那个见面礼比钱好。

"原来蔡老板是学雷锋来帮我做好事。"陈福泉嘲讽。

蔡平原还准备为双弦开发区建设助一臂之力。他已经派人过来悄悄考察过,打算在双弦搞一个大项目,开发高档住宅小区,包括商业和娱乐服务场所。他看中了一块地,拿这块地必须仰仗陈福泉大力支持。这块地在双弦岛牛背山西面,小山包周边。

陈福泉惊讶:"难道是鬼子岭?"

"对。就是它。"

陈福泉哈哈:"原来蔡老板的高档住宅小区是住鬼的。"

"不开玩笑,到时候会是高档新城。"

那块地周边是一片乱坟岗,本地人管野鬼叫"鬼仔",也就是鬼子。陈福泉称这件事不好办,因为该地块归属很复杂。蔡平原说,正因为复杂才需要陈福泉干预，有时候越特殊的地块越有牟利空间。

"老实告诉我，这项目是你自己干吗？"陈福泉追问。

蔡平原承认前台出面是他，他后头还有人。合伙人很有来头。

陈福泉感叹："你这种老板就像乌鸦，哪里死人哪里有。"

陈福泉让蔡平原先到宾馆住下，他会安排管委会招商办的人与蔡接洽，具体协商，另外中午一起吃顿饭，即算接待，也可叙旧。此刻不能多谈，他还要开会。

"你先忙。"蔡平原说，"咱们再谈。"

陈福泉把蔡平原打发走，回到会场，刚要继续发表高见，电话又来了。是胡亮从巨力乙烯打来，称顾工有重要发现。

陈福泉当机立断，立刻赶赴巨力乙烯，此刻事故调查是头等大事，必须确保迅速突破。文化节的事择时再议。

顾重的发现位于上法兰密封槽。这个合金钢质法兰的密封槽已经在爆炸中严重变形。顾重仔细检查残存构件，包括通过欧阳"藏宝图"找到的那个残缺体，发现密封槽内有几个微小凸台，混杂于纵横交错的损坏痕迹里，没有足够经验者很难察觉、分辨。顾重通过与周边其他破损比较，断定这几个细微凸台不是事故中冲撞所致，在事故前即已存在，成为隐患，压力一上去就顶不住，导致严重泄漏并燃爆，本次"闪火"事故的罪魁祸首应当就是它。

陈福泉说："很好。"

他表扬，称顾重为事故调查立了头功。陈福泉还指着站在一旁的欧阳说，这个人只能算二功，虽然最先提出法兰怀疑的是欧阳，但是欧阳把这个破法兰上下摸了无数遍，只差拿舌头去舔干净，终究看不出什么凸台，哪怕是个秃头也没摸着。

欧阳感觉这些凸台与其他伤痕表现确有不同，值得怀疑。

"这就可以了。"陈福泉说。

"还有几个问题。"欧阳却不松口。

他坚持必须准确无误。应当搞清楚凸台是怎么出现的,是什么对密封槽造成这种损伤?

顾重说:"很大可能是环垫。"

这个法兰在气密性试验中曾经因泄漏更换过环垫。前后两个环垫都被找到。根据损伤情况分析,前一个环垫原本有划痕或损伤,所以在气密性试验过程中出现泄漏,紧固处理后,垫圈压偏将密封槽压出凸台。而后虽然环垫更换了,凸台还在,成为隐患,压力一上去就顶不住了。

"几个凸台是否足以迅速造成严重后果?"欧阳继续质疑。

顾重说:"有过先例,完全可能。"

"是不是还应该有更充分证据?"

陈福泉说:"无论还要什么鬼怪,统统要你去给我找。"

欧阳只是想确切无误,万无一失。这种事绝对不能搞错。

"这个我赞赏。"

陈福泉决定再给欧阳两天时间,两天之后,如果没有更多发现,那么就不再纠缠不休,按顾重的意见拍板定案。

陈福泉离开。他的车在巨力乙烯厂区大门被保安拦下。

"陈主任,戴总请您先留一步。"

只一会儿工夫,一辆"奔驰"从厂办公大楼那边匆匆开来,停在厂门边。戴建和肖琴一前一后下了车。

"戴总看起来很'嗨皮'?"陈福泉问。

戴建回答:"陈主任'嗨皮',我就'嗨皮'。"

"事情没个结果,可以快乐吗?"

"陈主任这么重视，快了。"

戴建得到肖琴报告，知道陈福泉到了巨力。调查组是管委会派的，厂方负责配合，不便多介入，戴还是希望抓住机会跟陈福泉做点沟通。

陈福泉点头："我觉得很有必要。"

"陈主任好像马上要去北京？"

"后天出发。"陈福泉问，"戴总去吗？"

戴建不去。陈福泉去北京是参与争取巨力炼化一体化批文，虽然项目同属巨力集团，却是另一个团队的业务，非戴建所管。再说眼下他也无法抽身。

"我看也是。"陈福泉说，"办好你的事最要紧。"

戴建请陈福泉去他办公室，陈福泉提议不如到码头去吹吹风。于是他们上车去了油品码头。下车走到码头岸边，只他们两人，其他随员留在另一侧，没跟来，方便个别谈话。此刻码头空荡荡的，没有油轮卸货。

戴建说："自从事故发生，这里一下子冷清了。"

陈福泉说："怪你们自己。"

"陈主任还准备拖到什么时候？"

"该牛年马月，就等牛和马。"

戴建哈哈："没问题，我们奉陪。"

陈福泉问："那个什么法兰凸台，戴总怎么看？"

"有点意思。"

"不对吗？"

"我没说不对。"

"如果不对会怎么样？"

戴建认为不会有任何影响。调查是针对既有事故，既有事故里的问题，并不表明同样存在于其他地方。如果事故原因不在那个法兰，并不意味巨力乙烯几百上千个法兰都没有问题。同样的，如果证明问题出于那个法兰，也不意味着只需要注意法兰即可，其他问题一笔勾销。

陈福泉冷笑："这么说没必要调查了？"

"必须有个交代，只是应当尽快。"

"你主张草草了事，然后再来'轰隆'一下？"

"不会。"

戴建称，受事故伤害最大的是企业本身，比起管理部门，企业当然更希望防止事故。他本人从来都把安全放在首位，这方面他有过教训。可惜由于种种原因，事故很难完全避免，宇宙飞船也曾出过事，对企业来说，风险总是存在，重要的是把它置于可控范围内。本次闪火事故其实也属可控，不外是因为特殊原因而扩大了影响，弄得陈福泉不能不直接过问。作为企业老总，戴建不能坐等调查组有何说法，这一段时间里，事故损坏的设备已经全部拆除更换，针对可能出现的问题加足了保险系数，重启条件已经具备。戴建还安排了一场彻底检查，把所有关键环节翻查个遍，对可能出现的风险进行防控，这或许可以看作本次事故的一个积极效应。眼下他很有信心，也有把握。敢说一句：不会再有那种事了。

陈福泉说："记住你说的话。"

"现在关键在陈主任。"

在发生事故并接受调查之后，巨力乙烯的试生产进程已经暂停，必须等调查组拿出结果，企业做出整改，相关管理部门批准后才可重启。事故的一大后果是导致试生产延时，如果延时过长，对企业和开发区都很不好，应当想办法避免。企业需要为此做出努力，也需要管理部门形成共识，全力支持。

"我感觉陈主任其实所见略同。"戴建说。

陈福泉问："根据现在的情况，给戴总一个新的时间：明年九月之前，试生产全面完成，投入正式生产，做得到吗？"

戴建很敏感，即追问："为什么要在九月之前？"

陈福泉含糊道："有个大日子。"

"十月不是日子更大？"

"不说那个，告诉我有把握吗？"

"本来一点问题都没有。"

"不说本来，说现在，在这些事之后。"

"可以做到。前提是管理方尽快完成事故调查，全力支持整改与重启报批。"

"那么说定了？"

"没有异议。"

陈福泉这才发笑："跟戴总说话非得这么吃力吗？"

戴建反问："陈主任跟顾工说话不费劲儿吧？"

"也有点。"

陈福泉告诉戴建，前几天他请顾重到办公室，谈了半宿才把顾的想法扭过来，同意把法兰作为重点来搞。有时候专业内行难免死脑筋，行外人反有直觉，明白哪个方向更可以突破。

戴建开玩笑说，陈福泉何必盯住那个法兰？不如直接盯住天上的太阳。那样的话，一定也会有人拿出证据，表明事故时太阳黑子爆炸，磁场异常，所以引发闪火。

陈福泉调侃称还有更好的办法：直接说那不是什么闪火，那就是闹鬼。还需要派什么调查组？赶紧烧香叩头，请和尚道士得了。

于是"哈哈"。

陈福泉离开巨力乙烯，返回管委会，时已近中午。

他先去了办公室，关上门，坐在办公桌后边思忖好一会儿，给市委书记吴华打了个电话。吴在办公室里。

"你有什么情况？"吴华问。

陈福泉简要汇报了巨力乙烯事故调查情况。称事故原因基本明朗，企业的自查与整改也已经全面展开，推进顺利。

"很好。"吴华指示，"报告出来后要直接报送省长。"

"明白。"

这个电话主要却不是报告事故调查，陈福泉另有居心。

他向吴华汇报称，省长视察双弦岛时，曾亲自到双弦新城广场看表演，与民同乐。指示说只有一个广场不够，还应当建设公园，提供相应活动场所，满足群众的文化娱乐需要，让"沃克"们有地方锻炼、休闲、放松。当时吴华要求陈福泉落实省长指示，尽快拿出一个方案。开发区管委会就此认真讨论，有了一个初步打算。

"很好。"吴华说，"这个事要抓。"

陈福泉报称拟在双弦岛建设总体规划基础上，将若干远景计划提前实施，于岛西北生活区外围新建一座"双弦文华公园"。包括绿地、水面、广场、步道、儿童乐园，其他相应设施和民间文化活动场所。总体方案和具体项目目前正在考虑，他要求管委会相关部门迅速推进，争取尽快投建，明年九月之前落成。

吴华没太注意陈福泉提到的时间点，只是肯定："你们动作很快。"

陈福泉请求吴华指示，吴提出选址要注意，不要离生活区太远，让群众方便一点。陈福泉表示倾向于一个地点，能符合吴的要求：双弦岛西北牛背山西侧有一片山地，背山面海，环境不错，离双弦新城也近，在总体规划里属于预留生活用地。

"吴书记还记得那个区域吗？"陈福泉问。

省长视察那天，一行人坐交通艇绕行双弦时曾经经过，当时省长指着岸边一片山地，说那里植被不错，要好好保护。记得当时吴华站在省长身边。

"好像有点印象。"吴华说。

陈福泉考虑就在那个位置建公园。也有人提出那片山地具有开发潜力，可以高价出售给开发商。比较一下，大家还是觉得公众利益更重要。

"这样考虑对。"吴华肯定。

"明白。明白。"

中午，陈福泉在管委会食堂请蔡平原吃饭。招商办主任原打算安排到外边酒楼，蔡虽是陈福泉旧交，毕竟是客商来谈项目，可以按标准接待。陈福泉把接待地点改在单位食堂，主要考虑安全，少麻烦。管委会食堂有雅间，说话也方便。蔡平原其人神通广大，这一次前来还有林泰打电话，陈福泉当然得认真对待。

吃饭间，陈福泉把蔡平原拉到一旁说了事情。

"你得另找地点。鬼子岭不行。"陈福泉说。

蔡平原很干脆："别来这一套，尽管开价。"

"天价地价都没用，已经有主了。"

"我有那么傻吗？没搞清楚我能来？"

陈福泉问蔡平原从哪里搞清楚？在双弦问谁才算数？除了陈福泉还有第二个？

蔡平原面带嘲笑："那么是真的？告诉我给谁拿走了？"

陈福泉把手朝天花板一指。

"上面领导啊？"蔡平原故作惊讶状，"莫非是林副市长？"

林泰副市长很够意思，除了替蔡平原打电话，没再帮别人说。但是这件事牵涉其他领导，比林泰大。还有省里领导，肯定比蔡平原能搬出来的要大。因此不要在领导间生事，不要给林泰找麻烦，也不要给省领导找麻烦。

　　"拿没影的事吓唬人。我还不知道你吗？"蔡平原根本不相信。

　　陈福泉告诉他，彼此老关系了，所以才私下通个气。前些日子有个大领导到双弦视察，事情从那时就开始了。那是个多大的官？事情是怎么弄出来的？蔡平原可以自己去打听。总之晚来一步，不要打那个主意了。

　　"这里面肯定有鬼。"蔡平原依旧不信。

　　"鬼子岭当然有鬼。"陈福泉回答。

　　接下来的饭局很沉闷，蔡平原刚上桌时谈笑风生，不停地拿在省城跟谁谁一块钓鱼一块打网球炫耀，那些个谁谁非富即贵，不是老板便是公子，听起来都如雷贯耳。此刻他忽然没了心情，吃着吃着就走神。陈福泉估计他是翻来覆去在盘算那些个"0"，此番前来，他的公文包里真钱不多，心里的"0"一定不会少。现在玄乎了，陈福泉一口咬定那块地不行，那些"0"有望全数泡汤。

　　饭局结束，轮到蔡平原把陈福泉拉到一旁说话。陈福泉摆摆手，让其他人都走，雅座里只剩下他和蔡平原两人。

　　"你一定有你的难处。"蔡平原说，"但是总得说清楚点，是哪个人手这么长？"

　　陈福泉说，他见过的手最长的要算蔡平原。

　　蔡平原把手往天花板一指询问："要那块地干啥？别墅？豪宅？哪一家？"

　　"那倒不是。不挣钱，做公益。"

"骗鬼嘛。"

陈福泉说，如果不是公益，谁还抢得过蔡平原？

"狗屁！鬼子岭，鬼公益？"

陈福泉承认还真是鬼公益。双弦岛眼下有一个双弦新城，除了蔡平原想接着再开发，还有人也想来盖房子。所有这些房子都是给谁住的？人住。大楼、公寓、别墅，房子越盖越大，生活越来越美好。但是人有地方住，鬼呢？鬼没有地方住情况很严重，它们无处可去就只好跟人挤在一起，跑到人的家中，钻到人的心里，于是就到处闹鬼，人心不宁。必须给鬼找个地方住，让它们从人心里钻出来，离开双弦新城，集中到鬼子岭去过它们的美好生活，人和鬼各自美好，相安无事。这就是公益。

"哄鬼。"

"你等着看。"

蔡平原猜测："难道是做公墓？"

"差不多吧。"

蔡平原当即开骂。脑袋进水了吗？那么好的一块宝地不给他开发，拿去埋骨灰盒，活见鬼！即便埋骨灰有暴利，不怕那钱全是晦气？

陈福泉立刻改口，说蔡平原误会了，搞的不是公墓，是另外的类型，公园。

"公园？鬼子岭公园？"

尽管提供给鬼住，公园名也得起好，不能显得没文化，否则人不满意，鬼也不高兴。这个公园拟命名为"双弦文华公园"，文华实际上就是文化。

蔡平原忍不住哈哈，又好气又好笑："老天爷！"

陈福泉真真假假，虚虚实实，跟蔡平原周旋了一个中午。蔡平原始终不相信陈福泉的说法，认定他在糊弄人，甚至有可能是有意以退为进，抬高要价。蔡平原使出浑身解数劝说，陈福泉就是不松口。陈福泉的底线非常明确，鬼子岭绝不让蔡平原染指。事实上向吴华报告之后，陈福泉已经截断了自己的退路。他知道蔡平原后边有人，一定是省上有身份者，否则林泰不会出面为蔡平原打电话。要抵挡蔡平原和他后边的人，只有抬出吴华，还有省长，但是也只能含糊而言，略做暗示，点到为止，因为两位领导其实很无辜，是被陈福泉拿一个电话硬扯进来。还好没有谁敢去跟这么大的官当面对质，查实是否确有其事，过程如何，而且吴华确实已在电话里表态赞同，这就够了。省长视察时的确曾谈起过公园，属于随口说说，他自己未必还记得，但是陈福泉把那些话捡起来重用，在抵挡蔡平原的同时也抵押了自己，此事已属必行。

分手时蔡平原道："咱们再说。"

陈福泉回答："这块地不用再说。"

"骗得了鬼，骗不了我。"蔡平原也不松口。

"那么只好走着瞧。"

两天后，陈福泉动身前往北京。这趟公差时间比较长，预计要四天。启程之前，陈福泉记起给欧阳的两天之限，他给胡亮打了个电话。胡亮报告说，欧阳带着几个人磨了两天，又是查资料，又是拿构件照X光，弄到现在，没有查到足以推翻顾重意见的证据。但是年轻人还不放手。

"告诉他够了，停下。"陈福泉下令。

陈福泉要求胡亮立刻形成调查报告，文本要传到北京让他过目。他从北京返回双弦后要立刻召开主任会听取调查组汇报，然后正式上报。

"我们会抓紧。"胡亮保证。

陈福泉踏上北行路程。

此行重点是巨力炼化一体化项目。所谓炼化一体化就是将原油提炼成成品油，并将提炼过程中产生的轻油也就是石脑油再加工成其他化工产品。巨力乙烯以石油脑为原料，与炼油相比属于下游，之所以从乙烯做起，是出于市场和布局等多种因素。目前巨力乙烯所需原料石脑油要靠海运。如能在双弦岛投建炼化一体化项目，乙烯原料可实现就地取材，其他众多石化项目亦可随之跟进，无论对巨力集团，或者双弦石化基地产业链的形成均意义重大。因此从巨力乙烯奠基建设起，巨力集团即把投建双弦炼化一体化项目作为下一步目标，开始与各方洽商，此期间由于国际市场变化而几经起落，去年项目终于正式签约，紧锣密鼓进入筹备。省长视察期间，巨力集团董事长刘小姐向省长提出该项目报批方面遇到的一些问题，请求得到帮助。省长指令省、市有关部门和双弦开发区全力支持。陈福泉此次到北京，便是参加工作组前往相关国家部委汇报，争取支持。除巨力炼化一体化，还有几个拟落地双弦的大型石化下游项目也要争取，因而工作组阵容强大，由省政府分管副省长王诠率领，成员包括省直相关厅局领导、本市分管副市长林泰和陈福泉。刘小姐带一个团队到京参与相关洽商。由于王诠在中央党校学习，根据他的日程安排，决定各路人马分头到京，再集中开展工作，预定需要三个工作日，陈福泉提前一天，先期到达处理相关公务。

这一天陈福泉另有要事，其核心内容只有两个字：喝酒。

陈福泉自带酒水，从自家储物柜里翻出三瓶飞天茅台，年份都在十年以上，打包放进行李箱，通过随机托运送达首都机场。也不知道是不是这几瓶酒招惹的麻烦，上午十点起飞的航班，因为流量管制，一拖到下午两点才飞，到达北京时又欣逢晚高峰，到处堵得乱七八糟。

时间紧迫，陈福泉连酒店都不去，拖着行李箱和那几瓶酒打车前往预定饭馆，直接坐入酒桌。

他介绍了摆到桌上的茅台酒，承认该酒来路不正，是当年在市区当领导时人家送的，具体是哪个人，为了什么事，他帮了人家没有一概忘记了，唯一记得的只是此酒并非自己付钱购买。所谓来路不正指这个，而非假酒。

"那么这是腐败酒。"座中一人批评。

"酒倒是好酒，不腐不败。"

"陈主任自己呢？腐败吗？"

陈福泉承认自己有些腐败，因为私藏若干此类酒品。除此之外，他的腐败还表现在从不收钱也从不送钱，从无二奶也从无小秘，令很多人感觉不解。坦率说，他对自己的腐败行为很痛心，但又不敢把酒拎到纪委去，只怕解释不清。因此只能自行整改，也就是拿腐败酒，办正经事。例如今晚请李老师喝酒。

于是众人哈哈。

李老师是今天的主宾，直问陈福泉是否腐败的那位。此人其貌不扬，个子瘦小，眼光尖锐，大约五十多岁，身份为某高校教授，地位却不在教育而在媒体，行内赫赫有名，是个写手，或称"撰稿"，所撰都是"大片"。所谓大片不是指好莱坞大制作电影，而是大型政论片，即反映重大主题，在国家级主流媒体播放，引发广泛关注的那类政论性专题片。这种片子不好弄，没有大气魄，大思维，大笔力和独到眼光做不来。李老师是行内公认高手。

陈福泉盯住李老师有些日子了，他想把这位仁兄请来为双弦开发区做个大片，在中央电视台隆重播出。这个心愿很美好，却显得脱离实际。李老师这种人动辄上天入地，全球视野，家国情怀，至少也得

113

拿京津冀一体化、长三角珠三角说事，相比而言双弦岛小如草芥，放不进他眼里。但是陈福泉偏要知难而上，他发现李老师曾经为家乡写过东西，那也是个小地方。既然有此先例，便有争取余地，双弦虽不是李氏故土，却有大前景，特别是眼下还有一个陈福泉。所谓功夫不负有心人，陈福泉动用各方关系，终于找到恰当路径，把李老师请到酒桌上，事先讲好不谈业务，只交朋友，谨表一个大片李迷的崇高敬意。李老师不是党政领导干部，稿酬重金和茅台酒于他都不构成问题，恰好又是性情中人，对饮酒有所偏好，于是欣然而至。

当晚人不多，除陈李二人，另有三位作陪，分别是牵线者及相关人，其中两位年轻女子。陈福泉把三瓶酒一次性打开分包，他和李各包一瓶，另三位合包一瓶。李老师一听就笑，表扬："陈主任爽快。"

陈福泉表示自己只有小半瓶的量，但是今晚必须舍命相陪，目的是让李老师留有印象，以后才好哄骗，拖上贼船。

如事前所约，当晚只交朋友，不谈业务。陈福泉一上桌就喝开了，然后便上头了，接着便忘乎所以，大着舌头跟李老师讲大话。李老师那时也喝大了，两人彼此拽着袖子比画，开始称兄道弟。陈福泉最终喝光了自己那瓶酒，随即不省人事。他不知道自己是怎么给送到酒店的，第二天清晨醒来，才发觉吐得满床满地都是，酸臭满屋，他竟满心欢喜，愉悦之情溢于言表。

他记起醉酒之前最后那小半瓶是"吹"掉的，也就是嘴对瓶口一气喝光。为什么这么猛？因为李老师也醉了，指着那酒瓶表态，如果陈福泉一口灌下，他就答应到双弦岛走一趟。李老师醉中无戏言，他会认账的，先看后写，一步步就上了贼船。

陈福泉曾宣布，开发区成立八周年之际所办的双弦文化节要有几大亮点，现在均已浮出水面，竟有四项：第一是巨力乙烯正式投产，第二是巨力炼化动工开建,第三是双弦文华公园,第四就是大片。此刻当然还不能说早,四大亮点还都有待点亮,每一方面还都有重大不确定因素。

那一天,欧阳直接打电话到北京找陈福泉,越级报告,表达一个个人意见。

"胡副要我直接跟您说。"他说明。

"不要说,按胡副意见办。"陈福泉毫不含糊。

"这是不负责。"

陈福泉当即喝斥:"再敢不听,重重处分。"

陈福泉挂了电话。

当晚,王诠于本省驻京办召开工作组碰头会,陈福泉于会议期间跑到场外,接了胡亮一个告急电话:欧阳坚持其观点,认为法兰问题还需论证,不能匆忙结论。事故调查应当根据事实,不能依照领导意思。因此他拒绝在报告上签字。

"还签什么字?"陈福泉生气。

按照惯例,需要一个技术小组的调查结论,作为调查组调查报告的依据。小组负责人应签字以示负责,必须得欧阳彬。

"那么就命令他签。"陈福泉说,"否则一切后果自负。"

第二天清晨,胡亮打来电话,报称昨夜通宵未眠,几个人轮番上阵做工作,欧阳自始至终只有一句话:"这是不对的。"

"该死。"陈福泉骂道,"什么对不对,他知道个鬼!"

"怎么办呢?"

"捆起来,扔海里去。"

胡亮支支吾吾说不出话。

陈福泉当然只是气话。他告诉胡亮,这个结果他估计到了,欧阳

115

彬那小子就这样，不可救药，从"无可奉告"就看得出来，不足为奇。小小一个总工助理，不签字又怎么？离了他就办不成事了？死了张屠夫，就吃混毛猪？

在跟着工作组奔走于国家部委，周旋于处长、局长、主任们之间时，陈福泉跑进跑出，时而传递王诠指令，时而与刘小姐协调口径，同时抽空一遍一遍打电话，遥控调拨，安排调查组事务。当天下午，一辆救护车开进省立医院，从住院病房接出一位病人，长驱三小时，直接从省城送到双弦岛。这位病人就是钟世茂，双弦经济技术开发公司总工程师，因肝癌住院手术，目前还在接受化疗。陈福泉通过长途电话亲自做钟及其夫人工作，晓之以理，动之以情。难得钟服从大局，听从召唤，一不怕苦，二不怕死，强撑病体，紧急返回接管技术小组事务。总工驾到，助理自然退位，欧阳只好洗洗睡。钟世茂到巨力乙烯看过现场，听完汇报，没有提出不同意见，于事故调查报告上郑重签了字。

陈福泉发狠道："告诉欧阳彬，如果钟总发生意外，我让他偿命。"

幸好病人无恙，隔日安返省立医院。

巨力乙烯闪火事故调查就此落下帷幕。

8

在陶本南眼睛里，猝死于毒品的纪志刚身上有两条线，分别是"上线"与"下线"。这两条线联结起一条从市区向双弦岛运送毒品的地下通道，或许还联结到更远的地方，例如欧洲和美国。纪志刚是双弦本地人，他是个倒霉蛋，其特别引人注目的事迹是毁于以往没接触过的高纯度毒品，这一情况需要格外注意。如果纪志刚那个小塑料袋里的残存物就是被传得神乎其神的所谓"蓝皮"，那么即为双弦近侧第一次发现。

近年间毒品种类翻新迅速，令人眼花缭乱，"蓝皮"算是其中异军突起者，时尚毒品。毒品以自然属性，可分为麻醉药品和精神药品两类，鸦片属前者，而"蓝皮"属后者，直接作用于中枢神经系统，使人兴奋或抑制。该毒品非天然，由化学合成产生，与冰毒类似。由于某些制作原料的独特，"蓝皮"形态特别，看似粉状，却是细小结晶体，纯度较高，特别容易令吸食者兴奋，幻觉环生，据说幻觉的背景是天蓝色的，赏心悦目，令人有心想事成之奇异感。这种毒品成瘾度极高，难以戒除，两年前首先见之欧洲报章，不久即扩展到美国，其原产地有多个说法，比较多的认为是在东南亚金三角地区。该地区多年来是鸦片类毒品产地，近年也大量出产冰毒等合成毒品，有着深厚制毒基础。大约从去年开始，这种毒品出现在缉毒通报中，起初主要发现于北上广深等特大城市，多为欧美吸毒者少量带入。数月前本省情况通报提到省城发现该毒品，不久本市亦有吸毒人员供称有人兜售"瘦肉"，即"蓝皮"的另一个通行黑话，接下来便有纪志刚死于双合镇歌厅，留下少量疑似粉末，令陶本南高度警觉，有如他手下缉毒犬乌蹄。欧美那么远的地方陶本南再怎么踮脚尖也够不着，出入双弦岛的暗线却必须由他去找到并予切断。

按照管辖权，纪志刚的案子归赵班，双弦这边属于协查。纪志刚在几年前即被怀疑涉嫌吸毒，但是一直没有列入相关名单，主要原因是纪并不常住本区。此人来去于双弦、县城和市区间，与人合伙做过沙石生意、二手摩托车买卖，倒腾过一些物品，开过小饭馆，曾因参与斗殴打架被市区警方拘留，更多时间里游手好闲，出入小酒馆、茶店和歌厅，是人们眼中典型的"双弦仔"，也就是曾经种地瓜养花蛤，然后洗手洗脚上岸，拿一笔大额补偿款，从此没有正经事可干，胡乱折腾，胡乱花钱的那种双弦小子。纪志刚比别的双弦小子要先行一步：染上毒品，没等把家里的钱糟蹋光，意外钻进了鬼门关。

陶本南指派干警走访摸查，本区曾经吸毒、戒毒人员是一个重点，所谓"毒友"往往彼此牵扯，互相知道些底细。死者姐姐纪惠是另一个重点，警察屡次接触，希望从她那里了解一些情况。这个女子很明理，在处理其弟丧事过程中相当配合，但是不愿意多谈其他。陶本南注意到这家人情况比较特别。姐弟俩的父亲纪蚝壳当过多年村长，曾承包大片养殖海面，收入不低，在后来的征地收海拆迁中也获赔可观，家境相当好。这家的女主人患癌症离世后，大姐纪惠充当母亲角色照料父亲与弟弟，姐弟俩感情不一般。那一天纪惠一见纪志刚死亡照片，当着两个干警的面顿时失态，骇然痛哭，那是装不出来的。吸毒成瘾者会有许多不同常人的怪异表现，家人朝夕相处，不可能毫无察觉，纪惠那般关心其弟，更不可能不知情，因而有理由深入查问。她本人并未涉嫌毒品，也不是社会人员，读过大学，身为中学老师还兼做心理咨询，不能像一般"毒友"那般盘查，得讲究方式方法。

纪惠被请到缉毒大队，陶本南亲自与她交谈。交谈中纪惠承认自己确实有所发现，只是没想到弟弟陷得那么深。

"我很伤心，很自责。"她说。

陶本南有意刺激："你本来早可以出手救他。"

她没有辩解。她居然还为自己去上海读大学自责，说弟弟是她带大的，特别听她的话，上初中还很乖，并不惹事。她高考填志愿时犹豫很久，如果就近在本省读大学，可以常回家，父母、弟弟都关照得到，只是觉得可惜，后来还是下决心去了上海。就在她离开的那些年开发区上马，环境大变，父母没在意间，弟弟交上一些坏朋友。他缺乏自制力，一点一点跟着学坏，等发现已经来不及。大学毕业那时，她本可保研，不料弟弟突然出了大事：参加团伙斗殴，右手小指头被对方砍掉一节。她一听急坏了，放弃保研机会，回双弦当了中学老师。可惜弟弟的心野了，再也管不住。弟弟走上那条路也因为从小受宠，吃不了苦，读不成书，说来她也有一份责任。

"他是跟哪个人学吸毒的？"陶本南问。

"这个请不要问我，我不知道。"纪惠说。

她总想着另外一些问题：为什么她弟弟会死在那个肮脏的歌厅沙发上？难道都是因为她从小宠他？不会吧？如果双弦岛一如当初，他们还住在自己的村中小楼上，父亲还带着弟弟日出而作，日落而息，在海面网箱上抛鱼食。没有那些码头、烟囱和管道，没有那些补偿款，也没有那些游手好闲，一切会不会就不一样了？

陶本南问："莫非你还怪罪开发石化岛，搭上你弟弟一条命？"

"为什么不是？"

"咱们不讨论这么大的事，还是谈你弟弟。"

陶本南询问细节：纪惠是否发现其弟的异常表现？从什么时候开始？发现之后是不是教训过、追查过？她弟弟是否团伙吸毒？最常在一起有哪几个人？

纪惠不做回答，坚持她的问题："如果还有那些海面，那些土地，他们会吗？"

"这个问题纪老师最好是去跟男朋友讨论。"

"说谁？"

"他不是在管委会工作吗？"

119

"欧阳啊。"她摇摇头，神色即显暗淡。

纪惠提及欧阳可能去英国了。陶本南心里忽然一跳：不会跟纪志刚有关吧？纪志刚涉毒死亡，警察在追查，相关人物害怕了，三十六计走为上。会是这样吗？

于是欧阳进入视野。陶本南悄悄了解，得知欧阳暂未离开，被派去参加巨力乙烯事故调查。从已知情况看，似无涉毒迹象，但是陶本南依然警惕，认为还需要看一看。他对欧阳的注意只限于自己知道，因为没有足够把握，得防止杜聪知道了骂娘。"黑脸"对陶本南一向挑剔，原因比较复杂。当年赵班和杜聪都在双弦镇派出所当副所长，两人资历、本事相当，互为竞争对手，而陶本南到双弦工作后一直跟随赵班，不免让杜聪"爱屋及乌"。到了赵班调走，杜聪成了双弦分局副局长，陶本南总让他看不上眼，还好前任局长对陶印象尚好，提他当缉毒大队副队长，杜也不好反对。后来局长调回市局，由杜聪主持分局工作，陶本南自感处境顿时显得尴尬，不能不格外小心。可叹的是陶本南自己运气也有问题，指挥若干行动均收获不大，抓捕"阿仁"失手，缴获两小包冰糖沦为笑柄，此前还有一笔"安达里亚"老账让杜聪记挂，搞得陶本南总是面对一张黑脸，压力山大。

"安达里亚"是一艘油轮的名字，那笔老账其实根本不算问题，不外就是一次例行抽检没有收获，这种情况很正常，好比不能要求机场安检人员每天都能查获枪支和爆炸物。不算问题的事情后来居然成了问题，让所有人始料不及。

事情发生于港口边防所与分局缉毒大队的一次联合行动，时间在近一年前。该行动的目标是刚刚进港的安达里亚号。之前两天，省局开了一次电视会议，布置加强港口缉毒。该电视会议更多地属于照本宣科，贯彻日前全国相同内容的电视会议精神，贯彻措施包括迅速组织一次港口缉毒大检查，因而有了那次联合行动，陶本南奉杜聪之命率队参与。

那天陶本南他们带上"乌蹄"，本队类似行动总是少不了它。他们从码头上了边防巡逻艇，向南驶向那条船。"乌蹄"执行海上任务不多，上船后很兴奋，尾巴摇个不停，训犬员小郑一直设法安抚它。远远看到安达里亚号，"乌蹄"就叫了起来。天气很好，海空清澈，能见度很高。上午十点，太阳还在右舷，也就是油轮朝外一侧。远远的，可以看见一条交通运输艇系靠油轮，油轮上的吊机正在从交通艇上吊货物，被阳光照得分外明亮。边防所长说，这条船在上补给。油轮补给通常都委托给外代，轮船提前将需要的补给清单用邮件传给外代，需要多少粮食蔬菜肉类，多少机油润滑油，什么零件配件，外代照单办理，船靠岸后直接送到码头上，进入港区时要经过严格检查，确保没有问题才能放行。油轮进港的检查也很严格，完成例行检查才允许相关作业。船只缉毒采取抽检方式，目前本港尚未发现海轮涉毒。这不奇怪，因为码头投入使用时间还短，目前服务对象单纯，就是巨力乙烯一家。该厂建设时期，一些海运设备、水泥钢材等是从散杂货泊位上来的。储罐区建成后才有油轮陆续到来，在油品码头卸油。船少加上货品单纯，不容易浑水摸鱼，贩毒集团暂无染指兴趣。等厂子正式投产，开足马力，进原料出产品，来去的油轮、货轮就多了。加上周边其他厂子兴起，大量人员货物从这里进出，缉毒形势可能就不容乐观。

巡逻艇靠上安达里亚号右舷，油轮上有水手帮助系靠。一行人包括"乌蹄"沿舷梯登上油轮甲板，大副已经站在舷梯口迎接。

本次抽检曾提前与船上沟通，对方表现客气。安达里亚号挂巴拿马旗，船主是西班牙人，高级船员多为白种黑发大胡子。大副讲英语。

所长英语好，可以与之对话，陶本南不会说，能听一点。他听出大副有所不解，因为前天靠港后已经进行过例行边检，为什么今天还要上船？所长解释只是例行抽检，项目不尽相同。目前本港口只有安达里亚一条油轮靠岸，所以抽这条船。大副耸肩摊手，做"悉听尊便"状，即带着他们去驾驶台见船长。船长也是西班牙人，不留胡子，话不多，彼此互致问候，握个手就了事了。陶本南他们跟大副、船长礼节性接洽时，小郑等一行已经进入工作，按照事先商定的方案，重点检查了船上的几个部位。"乌蹄"蹿来蹿去，效率很高，不到一个小时检查完毕，未发现毒品，不出所料。

众人乘巡逻艇返回码头，本次行动结束。当天下午陶本南就草拟一份情况专报，说明分局缉毒大队认真贯彻落实上级精神，迅速开展一次港口缉毒检查，虽未查获毒品，却通过检查表现出高度重视，起了宣传、震慑作用，有利于防控毒品泛滥，等等。报告上交之后事情就算结束，这次非常平淡如上班烧开水般的例行行动从此将丢在脑后，不要多久，连陶本南自己都会想不起来。

不料发生了一个特殊事件。

当天晚间，十二点左右，陶本南已经睡下，手机铃突然响起，是杜聪。

"上午是你去的？"杜聪问。

陶本南知道他问什么，即回答："是。"

"给我马上来。"

"到分局？"

"新城山边路，渔妹发廊。"

陶本南没再吭声，赶紧穿衣服。隔壁传出一个轻微鼾声，老婆孩子还在熟睡。陶本南的儿子才一岁多，娘俩睡主卧，陶本南睡次卧，怕有事吵到孩子。

他骑摩托，十几分钟后赶到山边路。那条街上有好几家发廊，陶本南不记得哪一家叫"渔妹"，但是无须寻找，刚拐进路口，远远就见几部警车停在路中，一旁就是那家发廊。发廊前已经拉上警戒线，尽管午夜时分，街上空无一人。

杜聪独自站在发廊厅里抽烟。看到陶本南，他一声不吭，把烟头往茶几的烟灰缸一按，转身往后门走，陶本南赶紧跟上。发廊大厅后门外有一个天井，此刻天井四周灯光明亮，地上东倒西歪坐着几个人，均为年轻女子，席地而坐，哈欠连连。

这种场面于陶本南不新鲜，通常情况下，地上坐着的该是有男有女，也即暗娼加嫖客。看来今晚分局搞了一次治安行动，但是发生了情况，未抓住嫖客，只剩下小姐。问题是治安行动为什么要陶本南连夜前来？难道这里发现毒品了？陶本南看到天井边几个警察，心里暗暗吃惊，这几位兄弟明明是刑警大队的，怎么也给杜聪叫来了？难道今晚这里不仅涉黄涉毒，还发生其他刑事案了。

杜聪不说话，此"黑脸"甚酷，除了下令和骂人，尊口难开。天井边有一个楼梯，杜聪沿楼梯往上走，陶本南随后。二楼有一条走廊，走廊两旁都是房间，此刻房门全是开的，门内床上地上乱七八糟丢着衣物、杂物，估计楼下天井那些小姐就是被从这些房间里弄出去的。走廊最前头那个房间门外，几个警察正在忙碌，有闪光灯啪啪闪，是在拍照。一望而知那儿出事了。

有人死了，光溜溜一丝不挂躺在床上，死得直挺挺。被子、枕头做一团丢在地上。

杜聪下令："去认一下。"

这话奇怪。凭什么陶本南得认识这位死者？但是陶本南必须听命。

123

他走上前，蹲在床前看了一眼，不觉"哎呀"低叫一声。

他明白自己为什么会被杜聪叫来了。死者他真的认识，准确点说，他不认识，但是见过，就在十几小时前，在安达里亚油轮甲板上。不是那船长，也不是大副，是个海员，亚洲人，皮肤偏黑，个子偏小，头顶已全秃，只剩一圈显系精心修剪保护过的黑头发如旧时马桶箍围在脑袋上。

杜聪把陶本南半夜传唤到现场，是因为陶当天上午到安达里亚油轮执行过任务。但是陶上过那条船，未必一定认得这位死者。油轮上从船长到水手二三十号人，陶本南不可能都碰上并记住。不料碰巧了，偏偏这个秃顶和马桶箍般的那圈头发让陶本南记住了。陶记得与边防所长、大副在安达里亚甲板上说话时，这个船员从舷梯走上来，从他们身边经过，被大副喊住，两人叽哩咕噜讲了几句洋话。陶本南没听太明白，所长告诉陶本南他俩谈的是价格，秃顶报称外代采购的牛肉比上一回贵，大副感叹全球都在通货膨胀。这位秃顶应该是本船的大厨，外代采购的生活物资由他验货。

秃顶在陶本南面前一晃不见了。不料此刻死在这里。

不待杜聪发问，陶本南说："好像是安达里亚船员。可能是大厨。"

杜聪追问："没看错吧？"

"不会错。"

"怎么认识的？"

陶本南称并不认识，只是上午碰巧见过，认出来了。

杜聪指着身边的王火说："你跟他讲。"

王火是分局刑警大队长。他告诉陶本南，死者确实是安达里亚船员，名叫桑托斯，55岁，国籍是菲律宾。他的证件在衣服里，海员证登陆证俱全。

"怎么死的？"陶本南问。

"嫖嗨了，心脏爆掉。估计。"

"涉毒吗？"

杜聪说："你去给我弄清楚。"

陶本南再问："女的呢？"

王火说："跑了。"

原来当晚并没有安排治安扫黄行动，是发廊老板自己报的案。桑托斯到发廊消费，看上了一个小姐，两人一使眼一勾手，悄悄就上楼去搞。没想到一搞搞挂了，小姐吓了个半死，抓了她的包，光溜溜从房间里逃出来，坐在厅里地上哭，说是出事了。老板跑上楼一看居然死了人，这种出人命的事谁还敢瞒？赶紧就报了案。估计紧接着匆匆清场，把嫖客都叫起来哄跑，免得让警察逮住，老板罪加一等。乱哄哄中，与死者做性交易的那小姐不声不响，跑得不知去向。这小姐即便没有涉嫌杀人，也是重要证人，只有她才知道怎么回事，让她跑了挺麻烦。王火他们已经迅速通过市局发出协查通告，附近机场、车站、港口都紧急布控，务必尽快把人找到案。

陶本南问："不是本地人吧？"

发廊老板提供了该女身份证复印件，姓熊，湖北人。

近年双弦岛上熙熙攘攘，除了所谓"石化人"浩浩荡荡，熊小姐们也是暗中一路人马，主要原因是钱。有人嘲讽当下双弦大暴雨"泥钱流"，开建的项目动辄几亿几十亿，大笔资金密集狂砸好比下冰雹。除了大量用钱用料，还有大量用工，持续涌进的各项目施工人员消费力巨大。双弦本地村民也成为一支强劲消费兵团异军突起，这些人原本种地养殖，现在地给征了，海给收了，房子也给拆了，他们得到了补偿，相对而言还格外丰厚。凭着各种补偿赔偿，有的人家眨眼间坐拥几套电梯房，折合几百万上千万，还有银行卡上五六个"0"，新生活果然有些美好。但是忽然有了这么多钱干什么？没有地种又没有牡蛎养，既不会办企业也不会做生意，当保安看不上，做操作工欠学习，不去干或者干不了，只好游手好闲，或者暗中参赌，涉嫖，本地人称"开小姐"，就是为小姐开销。熊小姐们悄悄聚集过来，有如海鸟结伴盘旋于鱼群之上。一旦"扫黄"扫帚挥动大家作鸟兽散，风头一过便又悄悄进村，涂脂抹粉搔首弄姿，活跃于"渔妹"之类场所，从事若干学者称之的"性工作"。事实上"渔妹"里没有一个妹子在本地打过渔，该名目纯为包装，仅供需要者充分想象。

根据杜聪要求，陶本南对桑托斯死亡房间进行全面搜查，没有疑似毒品。天亮后陶本南打电话叫来训犬员和"乌蹄"，再次检查，没有更新发现。至此，陶本南在本案中的任务已告完成，剩下的都是王火的事情了。

不料陶本南注定要陷进这个案子。那天上午，一个报信电话打到陶本南手机上，陶本南匆匆出警，返回时他的警车上坐着一个年轻女子，陶本南把她送到刑警大队。这女子竟是桑托斯案的关键证人，那位已告失踪，王火正全力追寻的熊姓女子。

她对与桑托斯的性交易供认不讳，说桑托斯"很长很硬"，兴致勃勃，一上来就翻来覆去弄个不停，但是突然间"嗨"一声便停下不动。那时熊感觉累，闭着眼睛打瞌睡，好一会儿才发觉不对，压在上边的身子像是渐渐发冷，问话不回，伸手一摸居然没有呼吸，当时她就给吓傻了。

法医排除了他杀可能，桑托斯的死因被确定为"心脏骤停猝死"。警方通知安达里亚油轮船长到双弦第一医院太平间探尸，签字确认死者是桑托斯。因办案需要，警方登船检查了桑托斯的私人物品，发现他服用心脏药和西地那非，也就是伟哥。法医推测是因服药造成血管扩张以致破裂。按照外籍人员死亡处置规定，警方在第一时间联系了使馆和死者家人，几天后死者女儿和使馆代表分别到达双弦。因宗教原因，死者亲属不同意尸体解剖，但是对桑托斯死亡证明和警方处理没有异议，使馆代表亦予认可。各方签署有关文件后，死者尸体和遗物交航空公司运送回家乡安葬，所需费用由死者雇主承担，事件处置完毕。

陶本南没料到，过了大半年时间，很多人差不多都把这案子忘记的时候，它又被突然提起。那一天正是纪志刚猝死之日，在双合镇一家歌厅，陶本南跟着赵班察看现场，在那里接到杜聪一个电话。陶匆匆回到分局，去了杜聪办公室。

"安达里亚检查是你？"杜聪问。

陶本南回答，当时是他跟边防一起上船的。

"那个大厨呢？也是你查的？"

陶本南点头，是他连夜亲自检查桑托斯尸体所在房间，确认没有毒品。而后还在清晨命小郑让"乌蹄"过来再检查一遍，确定没有问题。

杜聪打开桌上一个案卷，把它推到陶本南面前。

是市局发给本分局的一份通知，根据上级要求，命本分局速书面报送所有与安达里亚号油轮缉毒检查有关的情况。

陶本南吃了一惊："怎么突然要这个？"

杜聪追问："那条船到底怎么搞的？"

陶本南斩钉截铁："一切正常，没有发现问题。"

"记住你的话。"

杜聪没再说什么。时过这么久，一次没有任何异常发现的抽检为什么突然引起上级注意？杜聪不加解释，不知是不想说，或者是他自己也不清楚。

　　这件事当然归缉毒大队处理，陶本南亲自拟回复稿上报。市局通知提到要"所有"相关情况，事实上该油轮出事前曾多次运送油品靠岸双弦码头，但是接受缉毒检查仅此一回。安达里亚号该航程发生重大意外，桑托斯猝死，出了人命，却与毒品以及缉毒检查毫无关系。此后安达里亚号不再承担这一航线任务，再也没有靠泊双弦码头，不知道是不是因为桑托斯阴魂不散。陶本南把相关情况如实写在材料里，经杜聪审核后报给市局。陶本南有一种直觉：事情不会这么简单，没准上级会派员下来进一步核实。不料报告交上去后如石沉大海，什么回音都没有。

　　后来参加省厅缉毒总队培训，陶本南才从一位处长那里得知，这件事竟是由西班牙警方通过国际缉毒合作机构提出的。陶本南的材料送省厅后，省厅请一位专家翻译了一份西班牙文本，与陶本南的材料一起报送公安部。其后情况不得而知，估计那份西语文件该是如期送到人家那边去了。

　　陶本南百思不解。一个基层缉毒警官与国际缉毒合作机构实在相距过于遥远，有些事根本没有途径去搞清楚。陶本南猜测不排除巧合因素：安达里亚号或许在欧洲出了什么事，西班牙警方得知这条船在双弦港口被缉毒警察检查过，想了解一下。他们没办法直接打电话跟陶本南"哈罗"，得绕一个好大的圈子，让事情从天上落下来，好比三十万吨大油轮从欧洲到中国抄不得近路，苏伊士运河太浅过不去，非得跑得远远的，绕行非洲好望角。安达里亚号或许有些奥秘，可惜的是陶本南实际上一无所知。对他来说，绕行好望角太远，只能归于遐想，眼下他在双弦办案，只能立足现有线索。

　　欧阳是线索之一。但是陶本南可能是多疑了。

管委会副主任胡亮跟陶本南熟。数年前陶还在派出所工作时，曾被抽下乡参加工作组，做开发区征地拆迁前期工作，干了几个月。胡亮是工作组组长，总让陶穿着警服跟着他到处转，大家笑话陶本南当了胡组长保镖。胡亮对陶很看重，曾几次询问陶是否愿意脱警服，到管委会跟他？陶没下决心。

陶本南到管委会找到胡亮，胡亮一听是问欧阳，即说："这年轻人有毛病。"

他把欧阳在巨力乙烯事故调查中的情况告诉陶本南。说欧阳自己找死，那般不懂事，混不下去了。陈福泉非常恼火，决意让他走人，还要狠狠收拾一下。已经开过主任会，决定先免职，拿掉总工助理那顶帽子。

陶本南吃惊道："就因为意见不同？"

"是拿失职办他。"

如果仅因为事故调查中有不同意见就免人家职，理由确实不太成立，外边会有议论，必须以其他名义来处理。所谓"羊毛出在羊身上"，最后还是用巨力乙烯的事故责任来收拾欧阳。事故调查最后通常都需要处理责任人，巨力乙烯这次只算一般安全事故，却因为领导特别重视，调查后同样要处理一批人给领导看，显示本管委会对安全事故零容忍，对安全问题处理从严。因此巨力乙烯那边要处分工段长、技术部门负责人等，戴建本人也要领一个通报批评。管理部门也就是管委会同样需要处理几个人，陈福泉自领一个通报批评以示负责，分管领导胡亮得一个警告处分，同时决定免掉两个人的职务，一是应急分局局长，二就是欧阳。本辖区内发生安全事故，应急部门有责任，因此要打板子。这个板子其实不算真打，因为那分局长由社会事务局局长兼，那人本来就一直不想兼管安全，怕担责任，拿掉应急职务于他反是解脱。总工办负责技术事务,理论上说责任范围包括监督企业技术问题,确保安全生产,因此可以拿失职处理欧阳。

陶本南说:"人家要走了,你们领导还送一份大礼。"

"怪他自己。"

欧阳确实有些冤,就巨力乙烯这次事故而言,无论当时在现场,还是后来在调查组,没有谁比他更卖力,更负责任,更可称道,偏偏就是他要背处分。他当然不服。事到如今,无论服不服,确实也该走了,此地不留爷,自有留爷处,到哪里不是过?这个人其实很牛,聪明,有来历有背景,路子人家宽着呢,不需要吊死在双弦岛,一个总工助理对他算个啥?拿掉了又怎么样?该几斤还是几斤,体重一丝不减。偏偏他与众不同,没被处理前嚷嚷辞职,一给免职反而不提,坐在总工办里一动不动,仍把自己视同助理,该干嘛继续干嘛,声称还要看热闹,等陈福泉开除他。陈福泉确实曾经这样威胁过,那是气话,免职已经说不过去,开除就更不恰当。眼下欧阳不主动辞职倒成了问题,陈福泉正在琢磨怎么才能把他踢出去。

陶本南问:"以胡副看,这个欧阳平时有异常表现吗?"

胡亮问:"小陶什么意思?"

陶本南笑笑:"胡副知道我是干什么的。"

胡亮哈哈大笑,让陶本南不要瞎猜。欧阳确实有毛病,他的毛病是脑子里的那些想法,都是真实想法,不是幻觉,是他拿脑子想出来的,不是用鼻子吸进去的。日常生活中这个人表现完全正常,一点也不傻,当然更不疯,别以为他是抽鸦片才干蠢事。不计较他自以为是的话,这个人其实相当优秀。

"请他来让我看一眼。"陶本南说,"我干这么多年了,一双眼睛业务水平还行,比得上'乌蹄'的鼻子。"

胡亮了解"乌蹄"是个什么？陶本南介绍那是他们队里一条缉毒犬。

胡亮当场给欧阳打电话要一份技术文件。只一会儿工夫，门被敲响。总工办在三楼，与六楼胡亮的副主任办公室只隔三层，坐电梯也就几分钟。

欧阳进门时看了陶本南一眼，表情正常。

"认识吗？"胡亮问。

欧阳回答："初次见面。"

胡亮说，陶本南眼下出息了，当了副大队长，有空还会到管委会来找他坐坐。陶本南这双眼睛够厉害，会给人看相，很准，说出来八九不离十。

欧阳调侃："那么陶大队长的冤案率肯定奇高。"

陶本南笑笑："不至于吧。"

胡亮让陶本南看一看，欧阳前途如何？陶本南称一望而知，来日方长。欧阳笑笑，什么都没说。胡亮问他："准备什么时候走？"

"不走。等着看。"他说。

"真的等开除？"

"视同领导关心。"

"省里的批文看到了吧？"胡亮问。

巨力乙烯获准重启试生产，欧阳已经看过那份文件。理论上说，事故调查结束，整改完成，当然可以批准重启。问题在于如果事故调查结论不准确，风险就很大。

"你觉得还会出事？"

"我的态度胡主任很清楚。"

欧阳把胡亮要的资料放在桌上，问还需要什么？胡亮朝陶本南看一眼，陶本南即开腔道："欧阳工程师，我想请教一下。"

欧阳嘿嘿："我总是助人为乐。"

陶本南从桌上抓起一支水笔，撕下一张便笺，在上边写了一行字符：C10H15M，递给欧阳，问可知这是什么密码？欧阳只看一眼就否认那是密码，它就是一个化学式。欧阳指着所谓"密码"的最后一个字母说："这个字母错了，正确写应当是 N，也就是氮，指一个氮原子。没有哪个化学元素符号是 M。假如确定改为 N，那么这个化学式就是甲基苯丙胺，通俗称叫作冰毒。"

陶本南立刻竖起右手拇指："不愧牛。"

欧阳不以为然："不算啥，小儿科。"

欧阳告辞出门。胡亮问陶本南："怎么样？看出几斤鸦片？"

陶本南说："他心里有事。"

"当然，碰上了这些事。"

"很沉着，那些事对他不算什么。"陶本南说，"是另外的焦虑。"

陶本南故意写错字符进行试探，结论两条：一是欧阳对该毒品不陌生，知道那是什么。二是欧阳对此并不掩饰，没有躲闪，表现坦然。根据本次相面，陶本南认定无须再关注此人，或称不准备制造一起冤案。

不料陶本南手下一位民警意外发现一条线索，竟然涉及欧阳。

线索来自开发区质量技术检验所，该所隶属于市场监督管理分局，业务包括药品检测、监管。民警在走访中听到一个情况：该所一位年轻技术人员曾经打听冰毒的制造办法，不知道想干些啥。民警立刻把那位年轻技术员叫来问，年轻人知道事关重大，起初咬紧牙关死不承认。后来顶不住讲了真话，原来不是制造冰毒，是检测样本，受人之托。几个月前，有朋友拿来一小点白色粉末状物品，询问可知是什么。年轻人感觉那粉末形态、气味不太对头，怀疑是毒品。朋友请其帮助确认，并请务必保密。年轻人答应试试，留下样本悄悄干了一次私活。他看过一些资料，大体知道可以怎么检测，为更有把握亦偷偷向所里一位老工程师求教，没想到消息走漏，让别人知道了。该所人际关系比较复杂，年轻人有若干对头，事情被他们捅给了警察。

"检测结果怎么样？"警察问。

"是那东西。甲基苯丙胺。"

"高纯度？"

"不太纯。"

核心问题是，样本是谁交给他的？他不吭声。警察警告，不如实说出，一切责任便由他自己承担。年轻人终于如实说出托交者，就是欧阳。

陶本南吃惊："他还真有份！"

由于打击力度大加上暴利影响，目前毒品市场上鱼龙混杂，充斥假货和不纯货，其混乱状况远超药品市场，因而贩毒吸毒者都会遇到真货假货问题，他们的黑话叫"原料"还是"辅料"。鉴别真假于他们很有必要，只是由于交易处于地下且缺乏技术手段，涉毒人员多依靠经验来辨别货物，通常不会把东西弄到检测机关去测定，因为有如自己找死，当然也因为一般贩毒人员很难具备欧阳这样的身份与交际圈。根据已知情况，可判断欧阳曾拥有毒品。他是不确定那是什么，所以才私下找朋友帮助检测吗？很可能是托词，他只是需要确定所拥有毒品的真假纯度以便交易。

陶本南火速行动，命人立刻把欧阳请到了公安分局缉毒大队部，他亲自谈话。

欧阳供认不讳，确实有这件事。一小点粉末，放在一个邮票袋大小的塑料小袋。质检所那个年轻人想去英国留学，找上门向他讨过教，彼此相处不错，感觉对方比较可靠，所以拜托一回。

陶本南把手一伸："东西呢？在哪里？"

欧阳表示已经没有了。检测结果一出，知道是毒品，他就把剩下的粉末倒进下水马桶冲掉。塑料小包也扔进垃圾箱。

"东西是谁给你的？"

"没有谁给我。"

"难道是你自己制造的？"

"我是化学博士。我不会去造那种东西。"

"那么是从哪里来的？"

"意外发现的。"

"具体点，说清楚。"

欧阳保证自己没有参与任何制毒贩毒和吸毒活动，也不知道类似活动的情况，无法为陶本南提供更多帮助。那一小点粉末落到他手里出于意外，已经被他销毁，也已经没有任何追查价值。他只能提供这些情况。

陶本南警告欧阳，这件事很大，涉毒要受法律制裁的。十克以下冰毒就足以被抓去判刑。

"谢谢陶大队长提醒。"他不动声色，"我知道。"

他的手机响铃，他看了陶本南一眼："我得接这个电话。"

"请便。"

他接电话。陶本南坐在桌子对面，眼睛紧盯着欧阳。电话里的声音听不清，无法判断说些什么，但是欧阳的表情传递出了若干内容。

他放下电话。

"女朋友的？"陶本南不动声色打听。

欧阳自嘲："我有女朋友吗？"

"不是跟她一起去认过尸？"

欧阳表示来电话的不是纪惠，他们也不是那个关系。认尸是意外，偶然遇上，临时决定。他本人跟死者没有任何关系，第一次见面就在停尸房。

陶本南发觉这一对当事人有点意思，都不否认彼此交往，亦都不肯定对方是男女朋友。纪惠似乎含糊点，不承认也不否认，欧阳似乎更倾向否认，可能需要与纪氏姐弟撇清关系，因为纪志刚刚死于毒品。目前可以确定的是欧阳曾经涉毒，尽管似乎只是普通劣质冰毒，依然有必要搞清楚其来龙去脉。

陶本南盘问："电话一定有些要事？"

欧阳答称是工作上的事情。

"原料还是辅料？"

欧阳笑笑："别考你们那些专业词汇，我还没学习过。"

他告诉陶本南，来电话者叫作肖琴，是巨力乙烯的工程师，企业与开发区总工办联络事宜由她负责。巨力乙烯获准重启试生产，正在重新进行气密性试验，按照程序——进行，基本上每进一步，肖琴都会给他打一个电话通报。

"你非常关注？"

"职业兴趣。"

陶本南点点头："是这样。"

那天在管委会，陶本南听说欧阳被免职还不走，要等开除，感觉有些奇怪。现在看，或许他是在等着巨力乙烯重启试生产？他对事故及其调查结论有保留，所以要看看重启会怎么样，一旦出事也就证明他是对的。

这个问题不在陶本南业务范围，无须多问。陶本南只管查毒，欧

135

阳却始终不松口，陶本南警告："你已经涉嫌妨碍毒品案件追查。"

他说："我知道自己在做什么。"

陶本南命欧阳留在他的办公室，不要走。

"即行拘留？"

陶本南不回答，起身离开。

他上楼，向杜聪报告了情况。

杜聪板着脸听罢，问一句："就这一丁点事？"

他问陶本南打算怎么办，陶本南报称如果杜聪批准，他准备立刻搜查欧阳的办公室和卧室。如果搜到毒品，可以据此迫使欧阳供出相关情况，顺藤摸瓜。

"如果一根毒毛都没有呢？"杜聪问。

陶本南认为无妨。欧阳接触过毒品，自己供认不讳，却又拒绝合作，不提供毒品的来源与下落。出于这一情况，可以采取相应措施，而且必须尽快。如果真的藏有毒品，在被叫来问过之后，欧阳会在第一时间销毁那些东西，立刻行动才能赶在前头。欧阳并非社会闲杂人员，是管委会下属机构技术官员，身份比较特殊，还好眼下因为一些事刚被免去职务，接下来可能还有其他行政处理。这时候动一动他，无论如何，管委会领导不会有过激反应。

"是吗？这小子怎么了？"杜聪感兴趣了。

陶本南把胡亮说的情况简要报告，没讲几句，杜聪就干脆打断他。

"这个人是不是有点模样？个挺高，长条脸？"杜聪问。

"是。"

"放他走。"杜聪直截了当下令，"停下，到此为止。"

陶本南非常意外，张大嘴巴，好一阵说不出话。

"这个，"他试图挽回，"这个人身上有一条线索。"

"黑脸"眼睛一瞪:"还要我再说一遍?"

陶本南无语,起身退出了杜聪的办公室。

回到大队办公室。欧阳还坐在那张椅子上,姿态照旧,稍微侧一点身子,眼睛看着窗外,一动不动。陶本南坐回自己的位子。两个人互相对视,一时竟无话。

欧阳笑笑,主动开腔调侃:"陶队长玩什么游戏?警察与小偷?"

陶本南称自己从不玩游戏,来的都是真的。他是真警察,欧阳是小偷吗?

"不是。"

"记住我说的话。"

陶本南还补充了一点:鉴于欧阳牵扯涉毒事项,警方正在做相关调查。近期内,不建议欧阳离开双弦。如果确实有事需要出岛,必须提前说一声。

欧阳回答:"我近期还不会走,不是因为你的建议。"

看着欧阳走出办公室门,陶本南心里有如针扎。

然后突然来了一个大消息:省厅技术部门确认纪志刚留下的毒品是"蓝皮"。由于样本过少,检测有难度,起初只是存疑,直到来了一位公安部专家才确认无疑。这一确认立刻引发震动,市局缉毒支队支队长亲自去双合镇过问案情,极其重视。

消息是赵班打电话告知的。据赵班他们掌握,出事当晚纪志刚等人在歌厅除了喝酒、唱歌、"烧冰"、摸小姐,还谈生意。三个男子除了纪志刚,另有两个中年男子,其中一个是外地口音,北方人,不太说话。另一中年男子与纪志刚小声谈个不停,互相看"货",在包厢里闹到凌晨才各自走散。根据当晚在场歌厅小姐描述,市局缉毒支队判断跟纪志刚谈交易的那个中年男子很可能就是"阿仁"。

陶本南不觉"哎呀！"一叫。

在本队缴获两包冰糖的失败行动中，嫌疑人阿仁于休息区偷偷溜下车，失去踪迹。原来他前来双弦竟是虚晃一枪，实际目的地却是双合，要与纪志刚谈生意、看"货"。那包"蓝皮"可能是阿仁带来的，也可能阿仁只是捐客，与阿仁同行的中年人才是真正的上家，也就是更接近供货方的那个环节。

陶本南感觉兴奋。尽管是赵班他们的案子，却因为嫌疑人纪志刚是双弦人，其死亡及其手中"蓝皮"凸显案件的重要性，可预见双弦分局缉毒大队也因之大有可为，至少是纪志刚以下，渗透进入双弦岛贩毒线路肯定归陶本南管。下一个环节会是谁？陶本南得把他找出来。

几天后，一个下午，一个告急电话打到陶本南手机上。

"陶队！有情况！"

几分钟前，在鑫园小区五号楼下，欧阳上了一辆红色尼桑轿车，离开小区后左拐，进入出岛路线。据他自己说，要去赶动车。

对方报了车号。陶本南说："我知道了。"

陶本南立刻用手机查了动车时刻表。离双弦最近的动车站在县城南缘，从双弦出发前往，必须出岛上高速，总车程大约三十五分钟。五十分钟后有一班动车经过该站北上，终点是省城。

欧阳可能是去赶那趟车。他无视陶本南的口头建议，没有提前告知。

由于杜聪发布明确禁令，陶本南悻悻然放过欧阳，没有立刻采取行动，失去了迅雷不及掩耳起获毒品的最佳时机。但是陶不愿完全放弃，悄悄安排人留意动静。陶本南估计，如果欧阳确实与毒品有涉，遭遇警察追查后一定会有规避动作且会迅速实施。以现有情况，不排除赶紧借离职开溜，三十六计走为上，陶本南必须有所防备。但是杜聪的明确指令陶本南不能公然违背，不能采用技术监控手段，不能安排警察去盯人，只能借助小区保安队长。欧阳所住鑫园小区只有五幢楼，是开发区管委会早期所建，住户以管委会员工为主，小区保安队长很称职，读过警校，考公务员时因为分数不够遭淘汰，与警服失之交臂。此人有从警情结，配合警察处理过小区内外多起案件，对陶本南言听计从。接到交办任务后，该保安队长连续几天亲自带班，密切关注动静。今天下午，欧阳上那辆红色尼桑车时，保安队长在第一时间发现，凑过去察看，发觉开车的是位年轻女子。保安队长跟欧阳打招呼，随口问一句："欧阳助理出差啊？"欧阳点头称要去坐动车。保安队长特意跑到地下停车场去看，发觉欧阳自己的车还停在车位上。

根据车号，红色尼桑车的车主是纪惠。

欧阳是临时搭车出岛，或者只是假象？或许他把自己的车留在车位上，只是让人误以为他依然如故，没有异常之举，最多是短时离开。事实上他已经把最要紧的细软缠在腰带上，与纪惠合谋，由她配合逃离。一旦出岛，可能就远走高飞，陶副大队长再也鞭长莫及，一条线索从此被一刀斩断。

陶本南立刻离开办公室，谁也没叫，独自坐电梯下车库，开出警车上路。他在路上给高速路收费口的值班人员打了一个电话，报去了车号，请他们配合，将该红色尼桑先拦下来，告诉驾驶员稍等片刻，警察马上就到，有情况要核对。

他下意识摸摸身后，腰带上空空荡荡，没有枪。出发匆促，没有足够时间办理取枪手续。他觉得也够了，此刻似还不到那种时候。

二十分钟后，陶本南赶到收费口。由于开了快车，他抢先到达。远远看到收费口一切如常，并没有哪一辆红色轿车给拦到路旁，他放心了。他把警车停到路肩，下车站在一旁，看着前方一一驶来的车辆，

139

等着那辆红车，一边紧张思忖。此刻他的处境有点复杂：杜聪对欧阳网开一面一定有其原因。无论那原因有多大，一旦有了具体罪证，谁也不敢视而不见。但是陶本南根本没有掌握关键情况，无法把欧阳视同毒贩并采取相应措施，既没有权力限制欧阳出行，更没有权力把他铐起来押回去，那么陶本南跑到这里还能做什么？

决定开车追赶之际，陶本南只是觉得不能让这人如此轻易逃脱，必须想办法拦阻，至少应该再次接触。以此突然袭击，能否迫使欧阳讲出上回没讲出的话？陶本南不抱太大期待。但是拦下来便可以"聊聊"，亦可板起脸严肃批评未遵守要求擅自出岛。对方猝不及防，应当会感觉震惊，或许能触及若干线索？

他在收费口外等了十分钟，感觉不对头了。车辆从双弦出岛，目前只有这一条路，过大桥，上高速。那两位是怎么搞的？拖拖拉拉？难道他们还要找个暗处亲热？

突然他的手机铃响。

是小区保安队长，电话里上气不接下气。

"他们，他们转回来了。"他报告。

一分钟前，红色尼桑回到鑫园小区，停在五号楼下。欧阳下车，背着他的双肩包上了楼。红色尼桑没有多停留，下毕客即行驶离。

陶本南骂了一句："妈的。"

他们忽然改主意，不走了，或者至少是改签了动车票。为什么呢？难道他们长了天眼，知道有一个陶本南抢在前头拦阻？或者他们竟是把"警察与小偷"搞成"小偷玩警察"了？也许那辆红色尼桑里，除了一男一女，还有若干"粉"，所以路径诡异，神秘莫测？无论是什么原因，陶本南匆匆而至，守株待兔，实一根兔毛都没顺着。

他眉头紧锁，恨恨不休。

中部　灰烬

1

詹姆斯问:"我们还可以相信吗?"

戴建不动声色:"希望您能相信。"

刘小姐对詹姆斯摆了摆手:"请允许他解释。"

会议室里鸦雀无声,这是不祥之兆。

"闪火"事故已经过去半年多,巨力乙烯重启试生产后进展顺利。但是显然事情没有完全过去,灰烬还在黑洞洞的时间隧道里悄然存在。戴建从一进门就感觉到气氛怪异。环绕长桌团团而坐的几位都是本集团最有权势的人物,他们的表情都显得凝重,应当有一个重要决定要做出。他们面前各有一个文件夹摆在桌上,里边夹着戴建提交的报告文本。以戴建观察,座中有几位恐怕连文件夹都没打开过。

这是董事局会议,戴建被临时召来参加,准确说是被董事局叫来聆讯,于昨晚飞抵伦敦。此前戴建曾给刘小姐的秘书打过一个电话,询问本次突然召唤有何特殊背景。秘书小姐没有提供更多情况,称刘小姐没有其他交代。戴建心里颇有疑问，以巨力乙烯目前情况，似乎没有任何议题需要提请最高决策层商决。

董事局里，詹姆斯以挑剔著称。当年聘请戴建主管巨力乙烯时，詹持反对意见。由于刘小姐支持态度明朗，其他董事局成员不反对，戴建才得以进入。之后詹姆斯对戴建一直很警惕，戴建向董事局报告的事项，无不需要经受詹反复质疑敲打。这一次也不例外，戴建报称巨力乙烯试生产顺利进行，可按预定计划完成。詹姆斯立刻翻老账，称如果戴建没有健忘症的话，应该记得按照以往的报告，现在这家厂子该是产品源源不断投放市场了。

戴建承认："是的，我们没有实现最初计划。"

"因为一次小小的事故。"

戴建承认事故虽然损失不大，影响却不小。事故出于意外，意外经常难以避免，关键是风险可控。经过半年多的努力消解，产生的问题都妥善解决。主要的遗憾是试生产有所延时，幸而经努力没有拖延太长。

戴建一口美式英语，詹姆斯则是标准牛津口音，听得出彼此背景的差异。詹姆斯出自名门，其家族远在东印度公司时期就进入远东做生意，与刘氏集团联手也有数十年，当时詹姆斯的父亲大詹姆斯在新加坡与刘小姐的姑妈结婚，两个家族联姻，而后联合几家小股东共组了一个财团。詹姆斯与刘小姐是表兄妹，刘小姐因刘氏是大股东居主导地位，詹姆斯也有很大发言权。

詹姆斯对戴建的诘难不仅因为发生事故，更因为失去的时间。詹姆斯说，如果按照计划如期生产，巨力乙烯的巨大产能此刻已经改变远东乙烯市场的格局。但是在失去的这段时间里，陆续有若干新投产的乙烯装置出现在韩国、马来西亚和中国东北等地，大量市场份额被它们的产品占据，巨力乙烯面临的竞争陡然加剧。

戴建说："我了解詹姆斯先生说的情况，但是觉得时机并没有失去。"

刘小姐制止他继续说明："让我们来了解另外一些事情。"

另外的事情包括巨力乙烯的财务事项，占用的流动资金、贷款、原料的价格与储备，等等。这些事项有集团财务总监提交的一份报告，戴建只是就报告中的若干事项做出说明。他注意到董事局各位先生对这一项目格外注意。

戴建强调："到目前为止，各项资金指标良好。"

"但是盈利前景还像天边的云彩。"詹姆斯说。

"只要顺利完成试生产，前景将立刻明朗。"

"你确定一切都将顺利？"

"我没感觉到存在重大威胁。"

"确定不会再有事故发生？"

戴建称有些事只有上帝才能预知，人只能根据现有情况进行推测。他不能确定自己不知道的事情，但是企业现有状况以及进行的多方面努力让他感觉乐观。

詹姆斯扭头看了刘小姐一眼："或许正是最佳时机。"

戴建心头一震。詹姆斯这句话不是对他，而是对刘小姐和董事局其他成员说的。果然会议室里的诡异气氛有原因，他们肯定有一个重大决定要做。那是什么戴建一无所知，只感觉肯定事关巨力乙烯，还有他自己。

刘小姐点点头："戴，你可以走了。"

戴建起身，轻轻挪开皮椅，拎起他的公文包走出会议室。他在这里无足轻重，只是招之即来，挥之即去的一个高级雇员而已。

戴建下了电梯，经过楼下大厅走出大门。集团总部是一座维多利

143

亚风格的六层石砌楼房，据称已经有二百多年历史。房子面对一个广场，广场绿树环绕，远远可见河水的波光在广场另一侧闪烁，那是泰晤士河。

戴建穿过广场走到河岸边，在一条长椅上坐下。他感觉到口袋里的振动，有一个来电。他掏出手机，看一眼屏幕，接了电话。

"什么情况？"他问。

情况似乎意义含糊：近几个月里刘小姐频繁穿梭于大西洋上空。分别去了美国、阿根廷和加拿大。其中三次到多伦多，都是跟詹姆斯一同前往。

"联邦炼化？"戴建问，"有关系吗？"

"不清楚。"对方报告，"上个月上海有一个年会，去了些行业巨头，联邦炼化的杰克逊总裁在内。詹姆斯他们也在那里。"

"有意思。"

"有用吗？"

"没用。"

"该死。"

戴建没吭声，收了手机。坐在长椅上思忖片刻，决定付诸行动，他站起身离开，穿过广场返回了总部。

董事局会议还在进行，秘书小姐守在会议室门外挡驾，任何人非请勿入。戴建称有重要事项需要向刘小姐补充说明。秘书小姐表示歉意，她无权放行。戴建便在那里写了一张便条，请秘书小姐设法传递给刘小姐。

"相信我。不是特别重要，我不会回来。"戴建说。

"您知道刘小姐不喜欢这样。"

"我不能强求，只请掂量一下。如果耽误了重要事情，她会更不高兴。"

秘书小姐看了戴建好一会儿，一声不吭。

几分钟后，会议室里传出指令，命秘书小姐送几份资料进去。秘书小姐犹豫再三，终于还是把戴建的便条捎带入内。刘小姐立时便有反应，董事局会议暂时休会，戴建被带到刘小姐的办公室。

刘小姐是董事局副主席，主席是她父亲，名义上拥有最终裁定权。老先生已经九十高龄，早已宣布超脱于外，董事局具体事务全部交由刘小姐处置。

刘小姐看着戴建，表情平淡。作为一个跨国集团的实际掌控人，她早已喜怒不形于色。但是可以肯定她心里并不高兴，如秘书小姐所言，她不喜欢这样。

"刚才没给你时间吗？"她问。

戴建称自己是几经考虑。有些话不是他应该说的，特别是不应该在董事局会议上说。但是如果不向刘小姐坦诚相告，有违他行事为人信条，也辜负刘小姐的信任。

"说主要的。"刘小姐下令。

戴建称近日听到一些传闻，似乎董事局拟全盘布局，有一系列收购和重组安排。据说双弦项目包括巨力乙烯和炼化一体化项目正在经受审视，有化工巨头表现出强烈的收购兴趣，董事局也在评估。

刘小姐问："谁跟你说的这些？"

戴建不吭声。

"你必须告诉我。"

戴建说，如果确有其事，眼下肯定属于绝密，除了董事局，没有几个人知道。他可以明确表示：没有谁跟他泄露消息，纯粹为个人判断。他明白半年多前的那起事故有可能影响信心，也可能给他带来疑问。

145

巨力乙烯受事故影响试产延时，给董事局包括刘小姐都投下阴影。这种情况下，如果有人提出诱人的收购高价，想必董事们很难不动心。这种大事不是他可以多嘴的，只因为眼下他对企业以及那场事故承担有责任，因此才冒昧直言。他认为当年刘小姐决定布局双弦岛确实富有远见，双弦目前还处于初创，就已经生机勃勃，广受注意，以其已经展现的和潜在的优势看，前景无可限量。巨力集团在双弦岛的扩展，最终会在当下全球最活跃的经济地带占据一个行业制高点，不能因为稍有波折就把良好开局和未来重大机遇拱手相让。对巨力集团而言，无论多大价码都抵不上这个。高价收购表明人家看准了前景与价值，不惜代价要在双弦立足。反之如果为眼前利益放弃双弦，从长远看却是失算。刘小姐高瞻远瞩，一手开创巨力在双弦的基业，对其价值肯定比他更清楚，更心里有数。

刘小姐没有透露任何消息，绝口不谈收购传闻是否确实，只是突然问："戴，你在担心自己的去留？"

戴建称并不担心，他和巨力集团订有协议，即使解约也有相应利益条款保障。但是他确实不愿半途而废。

"家人是在旧金山吧？"她问。

戴建的小女儿还在上中学，需要照料，因此太太无法随他到双弦。

"巨力在南加州有一家企业，离旧金山不远，你一定也知道。可以和家人一起，施展空间也更大，感觉怎么样？"刘小姐问。

戴建吃惊道："真有这种打算？"

"只是问一问。"

戴建断然回绝："谢谢刘小姐关照。目前我只在意双弦。"

她略显惊讶："为什么？"

"对我来说，再大的天地，再优厚的条件，都不如继续。"

"不对。你得给我一个理由。"

戴建称如果现在离开，会像是那起事故的后续。如果企业真的被放弃被收购，人们也归为他管理失当，那会成为他从业记录的一个污点。

"只是这个？"

"目前没有其他。"

"你认为我们需要考虑你这种感受？"

戴建很清楚，与集团布局相比，他本人无足轻重，他的任何感受都无力也不可能影响董事局做决定，但是他不能因此放弃努力。如果可能的话，他希望董事局的决定不要匆促做出。无论是关于他，还是巨力乙烯。至少在巨力乙烯顺利完成试生产，表明企业可正常运行之后再说，不行吗？詹姆斯所谓"机会错过"只看到了表面，深入考察会发现正相反，是恰逢时机。据行内情况，今后数月间，日本、新加坡分别有几个大型乙烯装置进入检修，届时全球乙烯产量会明显下降，市场供需会有波动，价格随之抬升，巨力乙烯产品投放市场恰是时候。

"你确定试生产一定顺利？"刘小姐问了詹姆斯那个问题。

"我认为没有问题。"

"据说又发生了一些意外情况。"

"都是可以解决的。"

戴建强调自己可以处理好所有问题，只待表明企业正常运行，他没有失责之后，一切听便。董事局做什么决定他无权插嘴，他也不需要得到协议之外的特殊关照。

刘小姐问："还有什么要说的？"

"没有了。"

她看着戴建一会儿，突然说："我要真正的原因。告诉我。"

戴建咬住嘴，只表示该讲的都讲了，他自知已经越出常轨。感谢刘小姐特地停下董事局会议,给了他这个时间。

刘小姐不吭声,好一会儿才说:"你走。"

戴建告辞。

他出了大楼,这一回没再逗留,立刻拦了辆出租车,直接回到酒店。

他目不斜视走过酒店大堂,透过眼角余光,感觉到吧台边沙发上有一个身影轻轻站起。他没有转过脸,径直走向电梯口,那边站着几个等电梯的客人。一会儿电梯门开,他进去按了楼层键,能感觉到身后那个人也跟进电梯,闪在他身后。电梯上到十层停下,他顺走廊走向房间,掏房卡开门,进屋,身后那个人悄没声息从他身边一闪而入,门在他们身后"砰"地关上。

是肖琴。门一关她就扑上来,举起右手朝戴建脸上用力一巴掌。戴建头一侧躲开,伸手一抓控制住她的手。她抬脚便踢,戴建又闪开了,随手把她身子一提,直接扔到屋子中间的大床上。她在厚厚的床垫上一弹,翻身再扑上来,戴建一个扑摔动作,再次把她扔到床上。她喘息着再次爬起身。

戴建的手机响铃。他喝一声:"停!"举起手指放在嘴唇上,示意安静。肖琴立刻停止进攻,拢下头发,拽拽衣襟坐到沙发上,眼睛一刻不停地盯着戴建。戴建一边听电话一边走到一旁。打开冰箱取出了一瓶冰果汁,放到肖琴面前的小方桌上。

电话来自上海,一位陌生人。类似电话总是由陌生人出面打来。

"有一个欧阳彬。"对方问,"知道他吧?"

"怎么啦?"

欧阳彬到了南京,通过若干私人关系悄悄打听张云鹏。

戴建略略吃惊:"不可能吧。"

对方确认，就是欧阳彬，身份是总工助理。

"已经不是了。"戴建说，"现在他应当是在拆迁现场，瓦砾堆里吃尘土。"

"这个人很会来事？"

戴建不回答，只问，"张云鹏欠他多少钱？"

"从来没有那个张。"对方说，"这个事要让你知道。"

"我知道了。"

戴建告诉对方此刻还有更大的事情。巨力乙烯有可能易手，他将打道回府。

"不会吧！"

"我最多只能暂时拖延一点，而后无能为力。你们得有个办法。"

通罢电话，戴建在沙发上坐下，看了肖琴一眼。

"咱们明天回去。"他说。

她挺直胸脯大声回答："是，戴总。"

戴建笑笑："别那么小心眼。"

"是，戴总。"

"得了。"

肖琴这才笑出声来："不问问昨晚我跟莫雷都干些什么？"

"要我吃醋？"

肖琴称其实什么事都没有。不喝醋。喝了点酒，莫雷有一瓶法国库克香槟，1984年的，极品，味道特别醇。聊得很高兴。莫雷喜欢讲那些事，伊拉克油田大火，非洲乞力马扎罗，等等。聊够了洗洗睡，人家莫雷很绅士，大床让给她，自己卷了一条毯子睡沙发。凌晨时她爬起来，把莫雷拉到大床上一起睡。人家依然非常绅士。

"但是该发生的还是发生了。"戴建说。

"戴总猜对了。"

"到底哪一句是真的？"

肖琴说："请戴总先给我发双份奖金。"

莫雷是集团的财务总监，经常带着手下在世界各地穿梭，巡查分布于全球的巨力集团旗下企业财务情况。几个月前，双弦巨力乙烯事故后不久，莫雷来做财务评估，巨力乙烯财务室一位主管因故去职，代理主管英文程度不够，难以满足莫雷要求。莫雷向戴建抱怨，戴建忽然想起肖琴。戴建对肖琴原没有什么印象，巨力乙烯事故之后，肖找他要求参加事故调查，这才有些感觉。后来有一次技术会议，肖琴充当同声翻译，把几位技术人员的演讲翻译给集团技术部门官员，戴建发觉这位女工程师英文很好。事后了解，原来她曾自费到英国进修语言，化工专业未见特别突出，掌握语言却似有天赋。由于这些情况，戴建决定让肖琴暂充莫雷的译员。肖琴是工程系列人员，不是英文翻译，没有财务背景，承担这个事情肯定吃力不讨好，十有八九不会愿意，一时找不到合适人选也只能这样。戴建命人把肖琴叫到办公室，亲自面谈，让她去试一试。不料肖琴没有推托，只是笑笑问："戴总觉得我行吗？"

"你不行吗？"

这就了事了。

几天后莫雷一行完成评估，离开双弦。分别时见面，莫雷提到肖琴，只说了一个"Good！"。戴建发觉总监先生嘴角一拉，似乎还做个鬼脸。

这有些意味了。莫雷是资深总监，颇得董事局信任。老家伙已经六十大几，一个大光头，却依旧活力充沛。据传是老单，离异多年。

然后肖琴直接找戴建报告，做完成任务后的反馈。女工程师像是很沉稳，话很简略，点到为止，并不过分邀功，也没有借机提个人要求。戴建注意到她还化了妆。

"跟莫雷先生像是处得挺好？"戴建问她。

"是啊。"她回答，眼睛直盯着戴建，忽然补充一句，"该发生的都发生了。"

戴建有点吃惊："什么意思？"

"也得给老板汇报吗？"

"随你。"

她说了一句话，用英语，竟是："把总监先生睡了，我很有成就感。"

不久她把老板也睡了。

对戴建而言，她是个合适人选。戴建是所谓"地球人"，长年孤身在外，夫妻间早已有问题，不时有填补空白需要，却也必须防止丑闻缠身，同时不能陷入太深惹出麻烦。他对交往对象很挑剔，感觉肖琴像是上帝为他特备而来。肖是已婚女子，丈夫在省城一家企业工作。他们丁克，没有孩子，平时聚少离多，各管各。与此间许多未婚的已婚的年轻女子不同，肖琴似乎放得开，不是上了床就要婚戒那一类，没有过于露骨、直接的交易要求。这个人并不随便交往，厂里没听过她有何风流韵事，显然她给自己定的交往标准相当高，能入其法眼的并不多。戴建作为老板早是她的目标，她一直在设法让戴建注意，却也不露形迹。莫雷身份更高，却不是直接老板，远水不解近渴，只算是一块敲门砖，肖琴抓住机会拿这块砖砸中了戴建。作为属下员工，她跟老板上床肯定有些想法，不可能只是满足她自称的"成就感"。两人交往之初，戴建曾问她想要什么，她声称拟打到美国去，夺下太太宝座，然后离婚，抢占戴总半数家财。戴建一听就放心了，知道自己无忧，如此公然声索，表明实无打算。无论肖琴有何想法，风险在可控范围。肖琴长相不错，人很聪明，擅长掩饰，装淑女时很淑女，一旦抓狂疯得很。有一回两人相携去日本，因为什么事不痛快了，她在酒店对戴建口出恶言，拳脚交加，形同家暴。戴建索性以暴制暴，拿胶带捆住她手脚，粘牢嘴巴，在房间的浴缸里丢了一夜。第二天一早放开，两人衣着光鲜挽着手到餐厅喝味增汤吃寿司，已经什么事都没有了。

前几天，集团突然通知戴建到伦敦参会，戴建心里很诧异，担心有情况。在准备行程时，他悄悄安排肖琴前往香港，实则到港即转飞伦敦。肖琴不知道此行目的，直到在伦敦希思罗国际机场见面，戴建还绝口不提。从机场到酒店途中，肖琴一路调侃，问戴建本次"蜜月旅行"可有什么惊喜，假意东猜西猜，像是非常憧憬。到了酒店，戴建才面授机宜，原来是让肖琴去接触莫雷，侧面打听集团近日有何特别动作。肖琴一听，握拳就朝戴建胸口打，被戴建一把压住。

"别闹！是正经事。"戴建喝道。

"你把我当什么了！"

"我不强求。"戴建说，"不愿意就算了。"

他知道她必会听从。果然，当晚肖琴不声不响，忽然失去踪影，彻夜未归。第二天上午戴建在泰晤士河边长椅上接到的电话便是她来报信。她从莫雷那里得到的消息其实很有价值，否则戴建不会立刻反身再去求见刘小姐。但是显然肖琴心里不爽，一进酒店房间忍不住就扑上来，还要发泄。

等肖琴情绪平稳，戴建向她了解，欧阳这个人是不是有些与众不同？

肖琴说，欧阳彬出了名的自以为是，但是确实有本事，不愧"第一牛"。这个人肯定有故事，心里可能有一个阴影，受过强烈刺激，形成某种应激反应。

"你哪里学的这些术语？"戴建奇怪。

肖琴的中学同学纪惠在双弦中学当老师，兼职心理咨询，跟欧阳有来往。有一次同学聚会，纪惠把肖琴叫到一旁聊了聊，谈到欧阳时就这么讲。这个纪惠小心眼，讲那些话可能因为醋了，警告肖琴离欧阳远一点。

"听起来像是动心过？"

厂子发生事故那一回，肖琴领欧阳进入现场，当时佩服得很，打主意干脆把丈夫甩了，拉欧阳睡吧。听说他马上远走高飞，岂不可以一起离开双弦睡过大洋？那多美好。但是纪惠让她感觉头疼。纪惠跟她同学三年，两人间的差别很大。肖琴是县城人，父亲是本校副校长，本人是校花，成绩一流，学校内外，谁看她都仰面朝天，只有纪惠不买账，跟她暗中较劲儿。纪惠算个啥？从小在双弦岛上种地养鱼，父亲纪蚝壳天大一个村长，纪惠本人进校时土里巴唧就是个不起眼的乡下妞，唯一奇怪的就是很会读书，成绩吓人。高中三年里，成绩单上就是肖琴跟纪惠轮流坐庄，数一数二。高考时，肖琴因为跟男友这里睡那里睡，睡得晕头转向，居然输给纪惠，只考上省里大学。不过到头来彼此还是相聚于双弦。肖琴太了解纪惠了，要是在纪惠和欧阳间插一腿，纪惠会把她生吃了。思来想去还是算了，睡戴总不是更好吗？

"现在我又有机会了。"肖琴说，"听说他俩散了。"

"为什么？"

"不知道。"肖琴打听究竟，"戴总突然问起他是怎么啦？"

戴建说，这位化学博士看来执着于解题。

"他是学霸，擅长那个。"

戴建没再多说，只讲必须马上回去了，时间紧迫。

"我的蜜月旅行呢？就这么惊喜？"肖琴不高兴。

"要不把你留给大光头？"

她抬脚就踹，被戴建一把抓住脚踝。

"回去后勾住欧阳。"戴建交代，"给我搞清楚他。"

"快乐得心里蹦蹦跳啊。"她回答，"我保证会有成就感，有去无回。"

第二天他们动身前往机场，还未登机就得知双弦岭下村拆迁现场发生意外，情况相当严重，有死有伤，其中那位伤者却是欧阳。

2

欧阳一直滞留于双弦，没有离开。原因种种，其中有一个所谓"课题研究"，该课题有一个关系人叫张云鹏。

半年前，欧阳被免去总工助理后不久，有个下午离开所居小区，拟乘动车去省城。纪惠恰好要去市里听课，主动提出顺道送欧阳去火车站。出发时欧阳感觉纪惠情绪似乎低落，问她为什么，她答得挺冲："我确定不是你的错。抱歉影响你的好心情。"

"我也没那么好。"欧阳说，"咱们都放下吧。"

路上纪惠问欧阳回省城做什么，欧阳开玩笑称拟报名参加省电视台的电视相亲节目。纪惠即泼冷水："没戏，白费功夫。"

"不是第一牛吗？"欧阳自嘲，"怎么会没人要。"

时纪惠还因弟弟丧生情绪波动。他们途经开发区大道，有一段路面维修管道，车流缓慢。纪惠拍着方向盘，提起小时候这还是条沙石路,坑坑洼洼,弯弯曲曲,车辆很少,永远畅通。她用一辆自行车载弟弟从这里去上学。景象还在眼前,人没有了。

欧阳说:"纪老师是世界上最悲痛的姐姐。"

"别挖苦我。"

她宁愿一切都没有发生,没有什么石化基地,没有什么开发区,他们一家还住在村庄里,操持他们的养殖,过他们的平常日子。

"有时我也一样,宁愿一切都没有发生。"欧阳说,"这种时候我会告诉自己往前走,不是还有'美好新生活'吗?"

"活蹦乱跳的人,转眼变成一把灰,就是这么美好。"

"别忘记你是心理咨询师,你总是教导人该在哪里躲开,不要陷进去。"欧阳说。

纪惠声称对欧阳意见很大,如果找不到合适人选,她会把弟弟丧生这笔账算到欧阳头上,因为欧阳自我感觉那么好,还总在她面前晃来晃去。除非欧阳拍拍手远走高飞,她够不着,意见只好一笔勾销。她跟欧阳不一样,从小的梦想就是远走高飞,但是命中注定永远也飞不走。

"其实你可以,只要放下。"欧阳劝告。

"别卖乖,看我羡慕妒忌恨。"

说得咬牙切齿,似乎意见莫大,其实并不是。那天纪惠带着个小饭盒,打开来,里边有大半盒紫色小果子,模样有点像蓝莓,个头要大一点。

"献给第一牛品尝。"她说。

欧阳拿起一粒果子放进嘴里。只一口,情不自禁夸奖好吃。果子真不错。很甜,微酸。纪惠让欧阳多吃几颗。收不住的话可以把一饭盒全部吃光。但是她不推荐。真的都吃光,只怕会耽误欧阳上相亲节目。

"难道会拉肚子？"

相反，是便秘。小时候双弦岛上，漫山遍野都是这种小果子，小孩子跑到山上采了吃，果子里的汁染得嘴唇红红一圈，像如今女孩画口红。大人怕小孩多吃，总是拿便秘吓唬。可惜现在想便秘都是一种奢侈，这种果子已经很少见了。

"一定是多尼果。"欧阳说。

"真聪明。"

"其实它叫作桃金娘。"

"只有第一牛知道，其他人都不懂。"

欧阳笑笑，承认只有自己原本不懂，查了资料才知道。桃金娘在清乾隆年间的《本草纲目拾遗》就有记载，包括其药用。"多尼"是本地土称，俗称。其他地方还有其他叫法。不管怎么叫，花很漂亮，果子很好吃。

恰在那时，欧阳的手机响铃，却是肖琴。

"有件事要向欧阳助理报告。"她说。

欧阳回答："前助理。"

肖琴笑笑："一样的。"

肖琴通报一件事：该厂12兆帕氢气试压拟在明日进行。

"不是下周吗？"欧阳吃惊。

"提前了。目前都顺利。"

欧阳好一会儿不说话。12兆帕这个压力点原本并无特别意义，只因为曾经在这个点上发生"闪火"事故而形成一种心理压力。原先安排下周进行这个点试压，现在提前了，他们应当是认为有足够把握。

"欧阳助理有什么建议？"

欧阳让肖琴注意三个管段，不要放过任何轻微漏点。他随口把那三个管段报给她。

肖琴有几秒钟不吭声,忽然问:"有人向欧阳助理报告过情况吗?"

"没有。"

肖琴说,气密性试验过程中,到目前为止,上次出事的管段没有发现问题,其他地方确有发现若干漏点,都已妥善处理了。其中有几处恰在欧阳提到的管段。

"欧阳助理是根据什么推测的?"她问。

欧阳说:"只是直觉。"

"谢谢。我会报告戴总。"

放下手机,纪惠问:"肖琴吗?"

"是。"

"快给开除了,还这么乐于助人。"

"我总是很大气。"欧阳自嘲,"理工牛很专业。"

"其实是放不下。是放不下那些大管子,还是女工程师?"

"当然是女工程师。"

纪惠不再吭气。这时车流开始动起来,欧阳坐在位子上,眼睛直视前方,好一会儿,忽然拍一下手,请纪惠在路旁停车,让他下来。

纪惠吃惊:"不会吧?这就使气了?"

"我总是小心眼。"

其实是在调侃纪惠,欧阳这种人怎么会呢?要求下车的原因只是他忽然改变主意,决定退票,不去坐动车了。明天巨力乙烯试这个压力点,他得关注。

"如果'轰隆',那就是你赢了?"纪惠问。

"我准备幸灾乐祸。"

"至少这一回你生命无忧。"纪惠说。

"但是还有其他生命。"

"原来悲悯有加。"纪惠挖苦。

"第一牛最怕死。"欧阳自嘲。

纪惠问欧阳相亲怎么办,欧阳表示既然没戏不上也罢。

纪惠说:"赖肖琴,别赖我。"

她没在路旁停车,哪怕自己迟到,也不能把牛人撂于半途。她往前开,在路口掉头,绕另一条道往回。途中,欧阳在车上给顾工挂电话,称自己临时因为一些事务耽误,不能如约前去拜访,只好致歉,另找时间。

纪惠问:"那是谁?准岳父?"

欧阳这才说明,原来不是去省城上什么电视相亲节目,是去找顾重。顾是省化工所的高级工程师,专家,巨力乙烯事故调查组的顾问。虽然调查中观点不尽一致,彼此还是可以交流。欧阳有几个技术细节想跟他探讨。

很久以后欧阳才知道,这一次未能实现的出岛行动居然惊动了缉毒警察陶本南,原本欧阳将连车带人被陶拦截于高速公路收费口,可能还会累及纪惠听课。欧阳临时改变主意打道回府,让陶本南以为是警察给小偷玩了,在收费站恨恨不休。其实欧阳对陶的密切注视基本无感,他临时改变主意只因为接到肖琴那个电话。除了12兆帕压力点,肖琴还提到漏点和管段,让欧阳特别有感觉。

时欧阳开始注意张云鹏,那几个管段似乎都与张有关。

隔日,巨力乙烯氢气试压波澜不起,12兆帕顺利通过。

然后便有一封邮件发到欧阳的邮箱,邮件来自英国,欧阳的导师,是好消息:导师手下一位助手因若干原因离开,有了一个空缺,导师欢迎欧阳回去,继续进行其大有希望的课题研究。导师保持着一种幽默，称这些年里，自己实验室的打卡机一直在等着欧阳。从博士到博士后，欧阳跟这位导师做了近五年研究，导师对他相当器重，曾评价说，欧阳很聪明，却不是最重要的，他更看重的是欧阳格外旺盛的好奇心，以及对解决问题的执着，这些品质足以让欧阳成为很好的科学家。后来欧阳中断学业，从英国回中国，导师很为他遗憾，走的时候就表示欢迎欧阳回来，一旦有机会首先会考虑他。

这封邮件来得恰是时候。当时重返实验室于欧阳无疑是最佳选项，机会不可能永远都在，时间拖得越久，再续的可能就越小，欧阳心里非常清楚。他给导师草拟一封回复邮件，表示感谢并说明自己将立刻着手办理相关手续，重新开始。邮件点击发送之际，他的指头停顿下来。两天之后，他重新写了一封回复，表示感谢，有意返回，由于还有未竟事项，可能会稍微拖延，他估计大约三个月左右，不知能否容许？导师很快回复，可以把这个时间作为最后期限，希望能尽早看到欧阳。

欧阳给纪惠打电话告知情况。纪惠直截了当说："走了拉倒。"

纪惠似有怨气，欧阳感觉异样。他问纪惠碰上什么事了，纪惠没回答。

"那么另找时间再聊。"

"我说。"纪惠忽然开腔，"赶紧走，其他的不必说。"

"纪老师没有其他建议？"

纪惠称此刻任何人持任何建议都没有意义，欧阳一向自以为是。她想再次表示：她已经无力为欧阳提供帮助。如果欧阳远去英国，建议他在那边求医。如果暂未成行，可以去找她推荐过的林主任。欧阳拉倒不拉倒悉听尊便，她没有资格多嘴。电话里就此别过，从今以后彼此毋须叨扰。

欧阳吃惊。没待发问，纪惠一声不吭直接把电话挂断，一句解释都没有。

欧阳看着手机,难以置信。

纪惠忽然变了个样子,似乎挺情绪化,这是怎么啦?难道是因为那回拿肖琴打趣,她在意了?可当时她并没有显露不快。这个姑娘心眼比较小,以往却似乎并不这么计较,这回是怎么了?

欧阳没有急于去搞明白。急未必好,等两天或许便雨过天晴。

这时又来了一个意外:陈福泉下令,让欧阳到拆迁队去。

陈福泉免欧阳职,本来就是想赶他走,只是碍于某些情况,不好直截了当驱逐出境,只等欧阳待不住了自己提出走人。现在欧阳不张嘴,摆出静等领导开除之态,天天到总工办上班,像颗定时炸弹一般稳坐其宝座,这算个啥呢?堂堂国家级双弦经济技术开发区管委会,岂可听任这小子为所欲为?陈福泉擅长修理,会收拾人,眼珠一转就有办法:决定让欧阳下村拆迁。

管委会作为开发区主管部门有众多中心工作,经常需要组织临时工作队伍,人员从各部门抽调拼凑。以往这种事很少动用总工办人员,因为人家不是万金油,属专业技术人员。这一次例外,陈福泉指名把欧阳抽出来,理由是他已经不是助理,待在总工办还能干啥?抽出来顶一个名额用吧。谁说拆迁队不用专业人员?不能上房揭瓦,起码可以量个面积,算个土方。陈福泉下令给欧阳两天时间考虑,如果实在不想干也不勉强,马上打铺盖走人,另谋高就可以欢送。

欧阳只考虑一天,即带上行李到岭下村旧村部报到,参加了工作队。

胡亮以管委会副主任身份兼岭下村工作队队长,他问欧阳:"你何苦呢?"

欧阳表示:"奉陪吧。"

"你该见好就收。"

欧阳问，可有什么好？实话说，给好不给好于他没关系，他只是不想这么离开。

"难道还想做些什么？"

欧阳没有吭声。

那些日子里，只要有空，欧阳就会从电脑里调出巨力乙烯基建时期的一批文档资料查阅。这些资料是事故调查时搜集的，总量很大，浩如烟海，保存在一个专门文件夹里。事故调查已经结束，巨力乙烯再次进入试生产运行，一切顺利，欧阳本人也不再有资格去处理那些事情，但是他始终保留着这批资料，不时还会调出来看看，自称是"继续学习"，从事"课题研究"。一般而言认真学习总是会有收获，尤其是欧阳这种资深学霸。类似课题与量子化学缺乏可比性，却有相当难度，于理工牛而言，越是难题就越有挑战性，越能引起兴趣。欧阳为什么会建议肖琴注意某些管段？就是因为他在"学习"中开始注意张云鹏，那些管段都有张的影子。在远走高飞之前，欧阳还有若干可以掌握的时间，可以来找一找这个人，设法解题。

欧阳屈尊下放，于胡亮倒成了问题。毕竟人家曾是总工办助理、海归工程师、化学博士，在拆迁队里首屈一指，挺惹眼。所谓"拆迁队"其实是调侃，准确称应当叫工作队，上房揭瓦量面积算土方其实都不太需要，要做的是群众工作。胡亮与陈福泉商量，欧阳既然来了，还是该酌情给个头衔，于是便委为副队长，为该队三副之一，那是口头宣布，实什么都不算。欧阳始终不承认自己有这份光荣，他嘲讽称原本是"弼马温"，那多少还算正式头衔，有一丁点存在感。现在没有了，成了"温马弼"，存在感彻底失去。如不争取找回，已然行尸走肉。

岭下工作队的任务是解决遗留问题，撤出所有居民，将村子夷为平地，交巨力集团建设巨力炼化项目。巨力炼化目前还在报批与设计之中，离正式动工还有一段路要走，岭下村旧村搬迁似乎不必即刻进行，陈福泉却硬是把这件事提到议事日程，以"省长有要求"为理由，执意快马加鞭。岭下村整体拆除成了双弦开发区"美好新生活"一个当前急迫事项，陈福泉规定了一个很短时限，组织力量全速推进。

理论上说，岭下村整体拆迁已经不存在问题：绝大多数村民早都在搬迁协议上签过字并在双弦新城得到相应新居和补偿款，旧宅已经不属于他们。由于巨力炼化项目用地尚待最后批准，加之村里的一些公用设施，例如村部、祠堂、庙宇搬迁补偿还需商谈，村子尚未整体拆除，一些村民因各自的生产、生活需要还暂住于旧居，若干村民甚至私下里违规把旧居出租给打工人员暂住。这都成了眼下整体拆除需要面对的问题。工作队驻于旧村部，这里可以使用从巨力乙烯厂区引入的临时水电设施。此前调查巨力乙烯事故时，调查组本部也设在这里，欧阳可称是"二进宫"。

下到岭下村的第二天，欧阳给郝山春打了一个电话，请通知郝手下的保安纪英勇来见面。郝山春表现吃惊："不是小纪又惹事吧？"

"他常惹事？"欧阳问。

"随地撒尿什么的。"

欧阳让郝山春放心，纪英勇怎么尿尿他管不着。

当晚纪英勇来到旧村部，欧阳告诉他没大事，想让小纪给纪惠传一句话，就说欧阳给派到拆迁队进驻岭下。

纪英勇不解："你不能打个电话？"

"你不好说？"

"简单。"

欧阳其实已经给纪惠打过电话，对方不接，像是果真决意就此别过。欧阳百思不解。本以为纪惠情绪不佳，过两天就好，哪想到过两天电话都不接了。是不是因为欧阳提到的导师邮件对她有刺激，不想再纠缠？如果人家打定主意不再搭理，欧阳有必要再操心吗？彼此间其实还什么都不是。

如果说这么大一座双弦岛上，有哪位未婚女子让欧阳最有感觉，实非纪惠莫属。彼此结识于旗山相亲漂流，在"上弦月"棋逢对手，"逃婚"时差一点好上，而后却渐行渐远。欧阳能感觉到纪惠的犹豫不定，知道她心里有很大的不确定性，不敢贸然投入。他自己也已经过了容易冲动的年纪，讲究理性，得问自己是不是身处合适投入感情的地方和时候。在一夜情被一些人作为时尚的当下，所谓天长地久似乎已经显得可笑，拿一段临时关系彼此填补空窗也属现实需要，为什么不？欧阳心里很清楚，纪惠不会接受这种选项，即使他有此愿。更何况他心里还有一个结，一个纪惠所称的灰烬藏在某块阴影里，让他止步不前。

但是欧阳下村这件事必须设法告知纪惠，电话解决不了，还宜另辟途径。纪惠是岭下人，其三层旧宅即将从地上抹除，欧阳要来下手，彼此不是陌生人，确有必要提前打个招呼。欧阳为什么找纪英勇传话？因为小纪与纪惠同村，同宗远亲。当初郝山春被戴建开除，郝请出纪惠求欧阳帮助，就是通过这位小纪，他还曾陪着郝山春一起找到欧阳。

纪英勇立刻把话传给纪惠。纪惠只说"知道了"，没有更多态度。

该结果在欧阳预料中。事到如今已经没有悬念，纪惠的态度很清楚，欧阳无须再自作多情，该打的招呼打过了。各走各的就是。

欧阳问小纪："你哥叫纪俊勇？"

小纪即警觉："干嘛呢？"

"你说我干嘛？"

小纪问："我哥房子能帮忙吗？"

"看看吧。"

小纪纪英勇家情况比较特殊，其父亲、母亲与哥哥纪俊勇均已过世，有一个姐姐嫁到岛外。纪家在岭下村有老屋、新屋各一座，新屋用纪俊勇之名。当年征用土地房屋时，纪英勇兄弟因命案给关在看守所，工作队找来其姐姐、姐夫，让他们到狱中与兄弟俩商谈，而后分别在拆迁协议书上签了字，根据协议在双弦新村分了两大套房子。纪英勇出狱后反悔了，称协议不公平，其兄纪俊勇在老村的房屋面积没算够，需要增补赔偿款。那时候纪俊勇已被执行死刑，纪英勇号称为兄出面，其实是在为自己争利。这个问题一直遗留到眼下，成为拆迁队面临的障碍之一。

欧阳还向小纪打听张云鹏。小纪进保安队比较早，当时巨力乙烯还在基建，按照那个时间，应当见过张。

小纪耸耸肩："人家是工程师，我们小保安搭不上。"

工作队进村后，按照"先易后难"原则拆除房舍，纪惠家的旧屋是最早拆除的一批。据说拆除前纪惠曾开车携父回来看过，欧阳不在现场，未曾碰面。那时候情况尚好，没有发生太多麻烦，但是情况很快生变。岭下村类似纪英勇的赔偿款纠纷还有若干，另有十数户人家对"闪火"事故提出索赔，其中有一个八十岁老人，声称是被爆炸从床上震落地上，导致瘫痪，其家人提出赔偿医疗费要求。众村民还抱怨双弦新城无处烧香，提出需要将宗祠、庙宇搬迁。随着拆迁步步推进，矛盾日益突出，一些村民返村聚集，常有数十人出没于工地周边，对施工作业高度警惕，时常以各种理由进行阻挠。胡亮亲自出马与村民分别商谈，一家一家寻求妥协方案，工作队中有若干骨干人员配合做工作,却没让欧阳介入,显得有所提防。欧阳自嘲"有前科",乐得听命不管。作为"拆迁队"里的"温马驷",欧阳的副队长徒有虚名,确实没什么存在感,有他没他都行。但是他也没闲着。队里免不了若干技术事务,多与房屋、土地面积纠纷相关,这些事务与量子化学相隔十万八千里,但是名正言顺归属欧阳。工作队里另有两个年轻人具有技术背景,分别来自开发区国土分局和建设局,都出自工程类专业,属学弟一辈。欧阳把他俩叫上搞个技术小组,一起处理相关问题,包括收集与保存拆迁各种资料。欧阳将小组命名为"拆迁队工程院",封两个年轻人为"院士",两个年轻人则尊他为"院长",对他言听计从。欧阳让他俩找几本专业书给他,凭那几本入门教材现买现卖,靠着旧有功底,欧阳"院长"对付那些技术事务居然也绰绰有余。他自嘲量子化学在双弦岭下村找不到饭吃,再就业有困难,不如就此改行。

除了"认真学习",欧阳不动声色与村里各色人等接触,继续他的"课题研究",其研究重点就是张云鹏。如果说那次"闪火"事故是巨力乙烯的一大阴影,张云鹏或许就是藏在该阴影中的灰烬之一。欧阳通过现有资料,也借下村工作之便搜集这个人的旧日情况。巨力乙烯基建之初,村里人多还住在旧居中,有不少村民跟工地人员打过交道,出租房的、卖海鲜土产的、开小卖部的、洗衣服的、剪头发的,接触中都知道些事情。在处理当下拆迁问题之余,欧阳总会向他们问一问当年情况,听到的东西多与他要的无关,但是也不是毫无收获。

有一位姓孙的老村医给了欧阳一沓发票存根。该村医是镇保健院的退职医生,在村里搞了个医务所,给村民看点小病,同时经营一个药铺。巨力乙烯基建期间,岭下村小药铺是离工地最近的医疗设施,有不少工地人员光顾过。村医已经记不清当时那些张三李四,但是那些人却都留在他的发票存根中。欧阳去了双弦新城村医的新居，在那里翻看半天，找到了张云鹏的两次购药记录，一次买的是感冒药，还有一次竟是西地那非，俗名伟哥。

"这个张云鹏年纪应当不是太大，难道也不行了？"欧阳问。

老村医已经忘记自己开处方的经历，只是说，当年工地一热闹，便有人跑到村里租房"做生意"，满楼都是外地女子。那种事过头了难免肾亏，只好吃药。

有一天欧阳带着他的两个"院士"，由小纪领着去了其兄的争议小楼。小楼有三层，四周已经拆得差不多了，到处坑坑洼洼。欧阳跟着小纪先上楼，沿着天台边缘矮墙走了一圈，问一句："当时给你算多少？"

小纪说："才320平方。"

欧阳劝小纪别再告了，到头来拿不到更多，还得退款。以欧阳估算，当年征用时，面积不仅没少算，还算多了。这房子最多312平方。

"怎么会！"

欧阳即让小纪下去叫两个"院士"上天台来。他们拉皮尺丈量、拿计算机计算，得出的结果是311.8平方米，与欧阳用脚步加目测的结论极其接近。

两位"院士"佩服之至。欧阳称没什么大不了。搞量子化学，数学是看家本领。

小纪却叫："不是这样算的。"

欧阳指着一位"院士"说，这位小陈是建设局的，面积怎么算他们有一个公式，别人算的不算，他算的才算。至于数学，欧阳从中学起就是年段一霸，长乘宽从来小菜一碟。他们俩算出什么就是什么，板上钉钉。

小纪还是坚持："不对，那时候不是这样。"

小纪还纠缠当年他们家的桉树，抱怨那些树的赔偿少了几十万，不给补发他不会同意拆房。欧阳称他们管拆房，不管种树，几十万不是小数，更是管不了。但是他表示可以帮助了解，有问题可以帮助反映。

小纪悻悻然。临走前，他忽然跟欧阳提起一个事，说自己进巨力当保安没那么早。当时先是进去了，又因为一个事给弄去"教育"了几个月，还是纪惠帮着到县里找人，想办法保出来，然后才回到保安队。

欧阳点点头，心里却"咯噔"了一下。

上次交谈时，欧阳曾了解纪英勇与张云鹏的交集，小纪答称小保安与工程师搭不上，显然他认识张，只是或许没有交往。现在他突然加以更正，把自己的保安龄往后推，大约要以此表明自己跟张不在一个时空场合，连认识都不可能。为什么需要这么表示？想来有些诡异。

欧阳给崔庆宁打了一个电话。崔是欧阳大学同学，在央企高就，眼下驻于南京，是个基层小头目，交道很广。欧阳向崔打听南京一家工程安装公司，崔庆宁把握十足："没问题，总能找到路子。"

崔很快问到情况，那家公司背景不凡，接手的都是大项目。崔庆宁说，如果有业务找这家公司，他的朋友可以帮助。

半个月后，借着拆迁队事务的一个空档，欧阳向胡亮提出请假，拟返省城处理一些个人事务，请假两天，加上周末两天假，一共休假四天。胡亮连请假条都不看，提笔就签"同意"。欧阳不声不响离开双弦，上了前往南京的动车。

崔庆宁见到欧阳，非常高兴。他打了几个电话，第二天专程领欧阳去那家公司，通过关系见了一个业务经理。欧阳向对方打听该单位工程师张云鹏，对方一脸茫然，称从没听说这个人。欧阳很意外，断言张工程师肯定供职于这家工程公司，至少曾经供职过。对方答应帮助问一问。当晚，崔庆宁于酒店安排饭局请欧阳，座中有两位来自那家公司，一位是欧阳接洽过的业务经理，另一位女子是人力资源部经理，所谓经理其实就是办事员，不是什么实权人物，但是该知道的事也都知道。他们俩都没听说过张云鹏，也没有查到任何相关记录。

"这里边一定有什么搞错了。"他们说。

欧阳诧异之至："难道我见鬼了？"

"你见过他？"

欧阳承认没见过人，只见过签名。难道鬼也能签字？

在巨力乙烯事故调查期间，欧阳在一份旧日表格上见到张云鹏的签名，签在"项目经理"栏目，属于"焊接项目"。这份原始记录表明 E104A 管程焊接施工合格，该管程就是事故中氢气泄漏并起火爆炸的中心部位，后来被认定为事故原因的法兰就在该部位。调查中这份焊接施工记录被找出来审核，同时被翻出来的还有工程监理和检测记录，均判定该管程段焊接合格。事故调查期间，施工、监理和检测单位的代表均被通知到场接受质询调查，三个方面的反馈都确认当时工程一切正常，未发现异常。由于调查重点渐渐集中于法兰缺陷，焊接没有作为问题被深究，张云鹏也就消失在表格里，直到后来欧阳在"深入学习"中才重新关注。作为焊接施工的现场工程师，张云鹏掌握了第一手情况，在"一切正常"记录下没有发生过什么吗？如何解释当时的一些问题以及后来的事故？或许值得研究探讨？

无论从哪个角度看，欧阳的所谓"研究"都显得古怪，甚至荒诞。那起事故原来就没什么大不了，过了这么长时间还会有谁对它感兴趣？事故发生后有权威机构组织调查并得出结论，欧阳出于自身原因，可以保留意见，可以提出质疑，即便质疑理由充分，作为个人他也没有资格，也不具备重新调查并推翻原结论的能力。特别是涉事企业重启试生产一路凯歌，这种情况下再来论证当时某事故原因是 A 而不是 B

有什么意义？但是欧阳偏偏要来"研究"，自嘲出于"个人兴趣"。这种研究除了自费时间、精力和金钱，又有什么好处？难道他真的解题成癖？或者是心里极其不服，一定要证明自己是对的，就是这么牛？总之他锲而不舍。时欧阳得到的宽限时间已经渐尽，导师签署的聘请文书已经寄达，欧阳开始着手办理签证申请，一边还"研究"不止，欲罢不能，总想解开课题，几个解题方向里，张云鹏被欧阳列为重点。始料不及的是寻找过程居然如此有趣，先是发现伟哥，再是小纪否认，到了南京竟是"查无此人"，看来此烬甚灰。讫惊之余，欧阳的好奇心也陡然升起。

"你们公司有一位李强工程师吧？"欧阳问座中那两位。

有这个人，是项目负责人，主任。

欧阳说，当年李强在巨力乙烯工地当某个标段安装工程项目部主任，他手下有几个项目工程师，也叫项目经理，其中有一个张云鹏。

那两人互相看了一眼，异口同声："可能是外聘！"

所谓外聘是一些编制外人员。有时候因为工程比较大，需要的技术人员或者技工较多，项目主任可以根据需要，按照标准招聘若干临时人员，项目完成之后就地遣散。

"可以帮助联系一下李强吗？"

人事部那位女子当场挂电话找到李强。李强在成都一处工地，他对双弦巨力施工中的一些情况已经记不太清，但是肯定确实有一个外聘工程师叫张云鹏，广州人，在项目部干了大半年，没待工程结束就先离开了。

"有办法联系他吗？"

李强已经没有张的联系方式，原有电话早已打不通。不过李曾经听说过，张云鹏离开双弦不久就去了澳洲。

169

"哎呀，跑得够远了。"欧阳不禁感叹。

事情有结果了，于欧阳却等于无。

酒席未了，欧阳接到胡亮打来的一个电话，临时指派了一个应急事项：胡与陈福泉到省城汇报开会，得有两三天。岭下村有一段临时通道正在填土作业，准备大型拆迁机械进出。村里近日似乎不太稳，陈福泉要求拆迁队盯着点。队里几个负责人恰好都有其他事，得劳驾欧阳。施工车辆明天上午进场时，欧阳必须在现场，全权负责。

"你是副队长嘛。"胡亮说。

"我有那，么大？"

"喝酒了？"

欧阳说："没事。清楚着呢。我是忘了向胡副请假吗？"

胡亮当然记得自己签字批准欧阳回家，但是现在有新情况，只能服从工作需要。如果手上有其他人可派，胡不会给欧阳打电话。欧阳的假期只能暂停，日后补假。

"机票呢？也给补吗？"欧阳问。

"什么机票？"

欧阳报称此刻不在省城家中，在外地相亲，暂时回不去。所谓补机票是开玩笑，不说账务室无法开支，能报销眨眼间也飞不回去。没办法。

"你到底在哪里？"

"请胡副另外安排人吧。"

欧阳直接切断电话，免谈。

那时酒桌上一盘盘菜都吃得差不多了，围坐在桌边的四男一女面前都摆着酒杯，醒酒壶剩下一点红酒底，也都喝得差不多了。

一旁崔庆宁打趣："追这么紧，是谁啊？"

欧阳表示电话是女朋友打来的。这女朋友有点蛮横。

欧阳远在南京，怎么可能于明日上午赶到双弦？他心里也很不痛快，胡亮提到副队长负责任什么的特别让他反胃，因此一推了之。但是晚饭后回到宾馆，他不声不响把行包一抓，立刻退房去了机场。当晚恰有一班红眼航班经停南京再到本省省会，南京起飞时间为午夜0点，欧阳赶上了该航班。已经明确拒绝为什么还要往回赶？一来因为张云鹏查无此人，需要找其他路子。二来他也有些放心不下，无论认不认什么副队长，毕竟身在工作队，有事还应到场。

　　欧阳于凌晨时回到省城家中，稍微休息便又匆匆上路，坐早班动车出发，到站后转乘出租车赶往双弦。

　　他到达时间稍晚一点，岭下村施工作业已经开始。有一辆自卸车在村头临时通道口倒车，填土平坑。通道口三三两两围着一堆看热闹的，周边遍地瓦砾，尘土飞扬。有两个人站在路旁，穿工作服，戴安全帽，胸前挂着工作牌，手持小旗指挥自卸车作业。这两人不是看热闹的，是现场工作人员，恰就是欧阳手下那两个"院士"。

　　没料到一个突发状况骤然而至，猝不及防：人们注意力都在自卸车作业之际，有一辆摩托车忽然快速从巷子里一头拱出来，有如山林里冲出一头野猪。车手只穿一件背心，弓着腰像是整个人伏在车上，没戴头盔，一边开车一边扭头朝后看。马达狂吼，有人惊叫，自卸车驾驶员发现了直冲上来的摩托车，打方向试图避让，哪里来得及。只听"砰"一声巨响，摩托车一头撞到自卸车前部铁板上。猛烈的冲撞让那辆摩托刹时散驾，前轮脱落，飞出去砸倒路旁一棵树。车手像轮子一样被弹出老高，在半空中翻个筋斗，掉下来狠狠砸在车驾驶室顶板，再落到地上。整个过程中一声哼哼都没有，飞车人倒地便不省人事。

　　一旁看热闹的好一会儿才反应过来，有人大叫："伤人啦！伤人啦！"有人跑上前察看。这时忽然又"轰隆"一响，竟是一旁三公爷庙轰然倒塌。

是自卸车惹的祸。本地人将这种机械称为"翻斗"车，通常用来装卸土方，货斗下安装机械臂，可以把货斗从前部顶起，货斗后部下倾卸掉土方。当天这辆翻斗车运来一车黄土，刚要卸载。那段道路非常坎坷，翻斗车运行迟缓，在躲避冲上来的摩托车时，司机动作大了，机车甩了一下屁股，车斗侧板撞到一旁的三公爷庙后墙，只一下就把墙碰歪，整座庙随之倒成一堆破烂。

人们呆若木鸡。有人大叫："庙倒了！庙倒了！"有人破口大骂。

翻斗车司机坐在驾驶室里，大张嘴巴，一张脸白生生的，吓得不行。看到人们从四面八方跑来，他很慌张，推开门跳下驾驶室。有人大吼："站住！不许动！""抓住那小子！"还有人喊叫："打死他！"司机吓坏了，不顾三七二十一拔腿便跑，朝村外方向。立刻有人从斜刺里插过去拦阻，司机即掉过头，慌不择路，从满地瓦砾上冲过去，跑进一旁村子里。那里除了瓦砾土头，还有一幢幢废弃的房舍建筑。

"抓住他！"人们大喊，穷追不舍。

立刻有人转而盯住一旁两个持小旗指挥作业的工作人员。他们站在一旁，被事态的意外变化弄得目瞪口呆，不知如何是好。

"这两个！一伙的！"有人指着他们叫唤。

马上有人朝那两人跑去，两个"院士"都年轻，一看那架式也慌了，彼此对视一眼，不约而同把手中小旗往地上一扔，拔腿就跑。他们站立的位置比较靠外，穿过一片瓦砾场可以跑上村口大道。追赶他们的人在后边大叫："站住！"两人哪里敢听，跑得更急，其中一个被瓦砾堆里的破砖绊了一下，摔倒在一旁坑里，一眨眼又从坑里爬出来，踉踉跄跄，狂奔逃命。后边追赶的人踏过瓦砾，跳过大坑，紧追不放。

有人捡起废木条破砖块充当临时家伙，举在手上追赶，场面立刻显得杀气十足。

两个奔逃者跑上大路，后边追兵迅速逼近。大路上无遮无拦，周边无处藏身。他们气喘吁吁，气力不支，已经跑不动了，而后边的追兵越追越勇，距离飞快拉近。这时有一辆出租车匆匆驶来，"吱"地一个急刹车，停在了路旁。有一个人从出租车上跳下来，却是欧阳。

他喊："小陈，怎么回事！"

小陈即大叫："院长快跑！"

"出什么事？"

"哎呀呀……"

他们上气不接下气说不出完整话。这时便有砖头、石块扔了过来。欧阳一看场面如此火爆，追赶者来者不善，也顾不得问个明白，赶紧用力一推把两个年轻人推上出租车，命出租车立刻开走。

"院长快上车！"小陈大叫。

"得有人对付。"欧阳把车门关上。

那地方只有一条路，出租车需要倒车、掉头才能离开，而追兵就在眼前。如果欧阳也坐上车逃跑，对方必使出吃奶之力追打、拦车，一旦拦住便是一网打尽。有赖于欧阳稳住追兵，出租车迅速完成掉头动作，夺路逃离。欧阳站在路旁，独自面对直扑上来的人群。他表现镇定，两腿叉开站稳。

"别急，有话跟我说。"他高举一只手掌，语音平静。

他被团团包围，冲过来的人个个气喘如牛，没有谁说话。这时突然有一个戴顶鸭舌帽的人从后边冲到，手持一支木棍。这是个愣子，一看到被包围在人群中的欧阳，二话不说即实施攻击，一记重拳打在欧阳脸上。欧阳一个跟头扑向前，差点摔倒。他晃了几晃站稳身子，感觉脸上火辣辣，拿手一摸放下来看看，满手掌全是血。他把血手掌张开，朝眼前那个袭击者晃了晃，难以置信。

"你干什么！"他大叫。

袭击者不说话，高举起木棍。欧阳拿眼睛紧盯着袭击者，两人在众人围观下对峙。这时忽然手机铃响，欧阳下意识地低头，伸手到口袋里掏手机，没等他看一眼屏幕，对面那根棍子忽然扫了过来，狠狠打在他小臂上。他"哎呀"一叫，手机从掌中飞出去，远远甩到路旁瓦砾堆里。鸭舌帽一头撞上来，一肩膀把欧阳撞倒在地。欧阳倒地时又一声大叫，趴在地上好一会儿起不来，末了侧着身子，拿一只手支撑，爬起来坐在地上，捂着脸喘气，眼光扫过眼前那些人。

"总有几个讲理的吧？"他嘴里"丝丝"抽气，"谁跟我说句话？"

没有谁想跟他说话，或者听他说。那些人围在他身边商量，最后决定把他带到旧村部，扣起来，拿他换凶手和帮凶。所谓凶手就是翻斗车司机，帮凶就是那两个跑掉的。他们毁了庙，还伤了人。伤员直挺挺躺在瓦砾堆里，凶手跑得不见踪影，人们还在村子的老屋废墟间搜寻。找到了让凶手偿命，找不到就拿欧阳抵账。

欧阳一听有伤员，即发急，站起身："带我去。"

"别想跑！"

要是想跑，刚才还会留下吗？欧阳懒得多说，只问那些人谁会急救？都只会打人，不会救人吗？没人回答他。

"我会一点。"他说，"带我去，如果还有救，不要耽误了。"

他们把他带到了现场。确如他们所言，伤员直挺挺躺在地上，身上到处是血，惨不忍睹，但是身子还会不时抽搐，并未断气。伤员身边围着几个人，都是一脸茫然。欧阳在伤员身边蹲下，用右手摸他颈侧，轻拿一下手掌，搬了搬脚掌，翻开眼皮看他的瞳孔。伤员的身体已经没有反应,但是还有微弱脉动,瞳孔还未放大。

"打120没有?"欧阳问。

已经叫了,救护车还在路上。

"不要乱搬动。"欧阳交代,"脊椎可能断了。"

有一个人骂:"他要是死了,你也活不成。"

欧阳自嘲:"我最怕死。"

他们没让他待在那里等救护车,即把他推开,让他跟他们一起到旧村部去。旧村部原本就是拆迁工作队驻地,前些时候工作调整,一部分队员撤离,驻地改为值班点,供轮值队员使用,此刻空无一人。到达旧村部时,有人在欧阳背后推一把,把他推进楼下会议室。没待他转头,"哐当"一声房门关上,然后是铁门闩串上的声响。

欧阳拿手掌拍房门,手掌上的血在门扇印出了一个血手印。外边没人理睬他。他也不再试图与那些人沟通,回身在桌子边坐下。这个会议间里有一排长桌,旁边是一圈折叠椅,桌上铺着皱巴巴的塑料布。场景一如既往,唯一的新意是他竟给关进自己的驻地。他全身到处火辣辣的,左小臂疼入骨髓。没等他缓一缓气,猛然听到一个女人的哭声自远处而来,越哭越响,号啕不止,撕心裂肺,迅速逼近。

有人怒吼:"人在哪里?"

"在会议室!"

紧闭的房门被用力一踢,然后是拉门闩的声响。

他心知不好。外边气势汹汹而至者一定是伤员的亲属,伤员恐怕不行了。此刻他们满腔怒火,恨不得立时把个谁油炸了,为死者偿命。欧阳作为替罪羊给关进这里,已经插翅难逃。

"打死!打死!"

外边动静汹涌,奇怪的是他竟感觉平静,周身的痛感忽然消失了一般。他坐在椅子上一动不动。眨眼间，会议室大门被用力踢开，外边的人涌进屋子。欧阳抬眼看，一群人绕开桌子气势汹汹朝他扑来，有人还抓着木棍、砖头。

突然有人大叫："坏种！停！"

竟是纪惠的声音。欧阳扭头一看，果然不错，正是她。她从门口走进来，喊住了跑在最前头的一个毛头小子。

"阿惠！"毛头小子拿土话大叫，"我捶死他！"

"我替你捶。"纪惠说。

满屋子人居然都听她的，一个个停步，悻悻然围在欧阳身旁。纪惠绕开众人走上前，也不说话，一把揪住欧阳的后衣领，把他从座位上拽起来往门口推。欧阳情不自禁"哇"地叫了一声，聊为打招呼。

"不许叫。"她命令。

她推着欧阳往前走。一旁毛头小子不解气，一步上前一拳打在欧阳胸口上。纪惠当即变脸，把欧阳往小子身上使劲儿一推，发怒道："给你。捶死他。"毛头小子一看纪惠生气，顿时便焉了，收起手，扭头闪到一边。

纪惠没再说话，一声不吭，推着欧阳从众人身边走过，快速走出村部大门。村部外停着红色轿车，正是她的车。

她让欧阳上了副驾位置，于围观村民众目睽睽中"砰"地用力关上车门，而后走到驾驶位一侧，上车发动，驶离。

那时欧阳才开口："谢谢。"

她没应，像是没听见。欧阳便闭上嘴。

十几分钟后，轿车驶到双弦开发区第一医院。纪惠把车停在医院门外。

"请下去。"她说。

欧阳看看她:"为什么?"

她并不回答,只是俯下身子,上身从驾驶位侧过来,肩膀顶到欧阳胸前,伸长右手扳住副驾位车门扣,一用力推开了那扇车门。动作中她的手臂碰着欧阳的左小臂,欧阳只觉得电击一般,极其疼痛。他咬紧牙关没叫出声,满头汗"哗"一下出来了。好一阵缓过气,才注意到纪惠目光炯炯,正盯着他。

"怎么啦?"她问。

欧阳没回答。

"请出去。"她说。

欧阳什么话都没说,挪身下了车。

轿车"忽"一下驶离。

3

省长秘书悄悄走进来,给领导递上一个文件夹。那应当是一份急件,需要立刻呈送。陈福泉趁着领导低头翻阅文件之机,偷偷看了一眼手机。此前该手机振动不绝,陈福泉始终不予理睬,哪怕有天大的事情,不能干扰眼前事项。他心里有些不安,中国移动如此不依不饶,只怕有麻烦。待到偷看一眼,心头顿时一沉,果然大事不好:除了未接电话,还有短信,报告岭下村发生意外,引发群体事件,已有伤有亡。

陈福泉迅速把手机塞进口袋,情不自禁,似乎是以防偷窥。他感觉自己的手指头在微微颤抖。所谓早不到晚不到,到得还真是时候。

办公桌对面，省长钱丙坤放下手中的文件夹，张嘴问："还有什么情况吗？"

林泰看了一眼陈福泉："你补充。"

此前陈福泉心里还一直犹豫，说不说呢？会不会一说反而坏事？这时候忽然拿定主意，豁出去了。

他报告了筹备中的双弦文化节，提到了检阅成果、凝聚人心、展现美好新生活等等。如原先所担心，这一说把自己逼进了墙角。

省长直接质疑："有必要吗？"

陈福泉说："这个，这个……"

钱丙坤省长说了他的意见：不要分散精力，要紧紧围绕今天谈到的几件大事，全力以赴办好它们，那比什么都重要。

"明白。明白。"陈福泉说。

就这么了事了吗？当然不是。

那天省政府小会议室里阵容强大，除了省长钱丙坤、副省长王诠，还有省政府几大相关部门负责人。汇报方以市长康子东为首，有常务副市长林泰，加上市里若干部门头头脑脑和陈福泉所率开发区一众人马。会议中途，康子东谈完情况后被钱丙坤叫到身边耳语，而后康匆匆离会。钱丙坤称省委书记有事要跟康谈，这边由林泰接着汇报即可。实际上林泰作为分管领导，原本就承担主汇报角色。本次汇报会的主题是双弦开发区当前重点工作，核心事务是巨力乙烯的试生产以及巨力炼化投建的各项准备。前者标志双弦开发区启动项目如期产出，后者标志开发区新的更大项目投建。跟这两大标志性事件相比，"文化节"什么的即便打着庆贺开发区八周年旗号，毕竟还是显得轻飘，分量不足，拿不上今天这个台面。

但是陈福泉偏偏还要把它拿上来，在被钱丙坤质疑之后。

他试探："或者我们改一个名目，用点新思路来做活动？"

王诠当即发话制止："这位，陈主任，就到这里。"

"我还得检讨一下。"

省长钱丙坤不解："什么？"

所谓"检讨"指的是"补充"不当。陈福泉称今天机会难得，省长专题听开发区工作汇报，研究部署了几大事项，他在这里"补充"的内容不相当，提出的时间点其实也有疑问。按照当年省政府的文件批复，双弦开发区要到今年年底才满八周年，他自作主张提前三个月，准备在九月份办活动，同时也要求各大任务在这个时间点基本完成阶段性目标。这是因为双弦开发区正当发展重要时刻，必须得自加压力，砍断退路，快马加鞭，把自己逼上梁山。所谓"文化节"、八周年其实都只是一种促进方式。

林泰说："陈主任，行了。"

于是陈福泉闭嘴。该说的已经说了，再继续"检讨"便属画蛇添足。其后的议题集中于一些具体事项，包括海关与相关企业生产物资进出问题、新项目的报批、后续项目的落地和新一批项目筛选与签约。研究过程中再没有提及"文化节"什么的，但是钱丙坤在研究时问了一句："你们定的时间点不会太急吧？"

陈福泉称没有问题，有足够把握。也与企业沟通过。正常情况下巨力乙烯应于今年九月前结束试生产，完成验收。对企业本身这是一件大事，他们全力以赴，务必确保安全圆满完成，也很愿意配合管委会，利用相关活动扩大影响，让外界了解。

"不能再出大的问题。"

陈福泉请省长放心，上回'闪火'事故敲了警钟，管理部门加强了监督防范，企业本身也高度重视，目前情况比较理想。

179

省长讲了几点意见，包括汲取教训，防止再出事故等等。陈福泉听了心里不禁一抽。省长的话显然是指过去那起"闪火"，偏偏暗合了眼下的情况，对陈福泉有一种特别的压力。刚刚发生的岭下村群体事件应当暂时还不会传到省长这里，因为事情初起，尽管死了人，却属意外，还达不到惊动省政府的程度。此刻陈福泉不能作茧自缚去报告那个，关键在于抓紧处置，尽快化解，使之不成为大的问题。陈福泉也谨慎回避，不再正面提及"文化节"。在所谓"检讨"之后，省长没再表示明确否决，假如不能说是默许，不妨将其视同留下来日再议空间。

汇报结束，离开省政府办公大楼，一行人在大门口等驾驶员把车开过来之际，陈福泉把林泰拉到一旁说话。

"林副，我没搞砸吧？"他问。

"砸了。"林泰回答。

陈福泉骂一句："妈的。这就完蛋了？"

"机关算尽。"林泰批评，"那么大的领导你也敢忽悠。"

陈福泉嘿嘿："我没那么勇敢。"

"悠着点，别太着急。"

"我着急了？"

"装傻？我好糊弄？"

陈福泉笑："林副两只鹰眼就是两只水泥钉，直接把我钉上墙了。"

陈福泉拉住林泰，主要却不是要解释怎么"搞砸"，是一件急事需要马上跟林泰报告，就是岭下村事态。林泰听了，一张脸顿时发黑。

"怎么搞成这样！"

陈福泉让林泰放心，他已经做了紧急安排，事情可控。之所以必须赶紧向林泰报告，主要因为里边有一个特殊情况：被岭下村民打伤的人员是欧阳彬。

林泰吃惊："小欧？"

"欧阳。"

"他怎么会在那里？"

陈福泉说，前段时间他把欧阳从总工办抽出来到工作队，派下村搞拆迁。

"怎么让他干那个！"

陈福泉承认海归工程师干那个事有点离谱，却是出于无奈。这个欧阳彬有点小性子，一股劲儿上来，命都不要，近来有过几番表现，想必林泰听说过。年轻人似乎已经待厌了，准备离开，听说要去英国。既然要走，就只能排一些临时事项让他做，因此给派去工作队，也算让他接地气，了解社会，增加锻炼，长点见识。没想到还送他去吃了一顿老拳。陈福泉知道林泰关心这个人，所以得赶紧报告。

林泰眉头紧皱："伤得多厉害？"

"还好及时弄出来，没大事。"

林泰不吭声。陈福泉表示："回头我马上去慰问，代表林副表示关心。"

林泰说："赶紧把那一摊子收拾好。别弄得跟领导没法交代。"

陈福泉感叹："怕什么来什么啊。"

林泰训斥："我说过了，不要求之过急。"

陈福泉嘿嘿："请林副多包涵。"

林泰不再说话。

他们在省政府办公楼前分手。陈福泉原本在省城还有其他事情，此刻决定先放下，立刻返回。一路上他拿手机调兵遣将，应急处置，控制事态。

他直接给杜聪打了一个电话。杜聪一个月前正式就任公安分局局长，他告诉陈福泉，岭下村有人报警，他已经派去了一队干警。村里原本还有一组人。

陈福泉很敏感，立刻追问："干嘛？去抓痒？"

"回头我向主任报告。"

陈福泉命杜聪把能够调动的警力迅速调动，下村控制事态。赶紧把那个逃跑的自卸车司机找到，安全送出。封锁通往现场的所有通道，不允许无关人员进入。

杜聪说："没问题。我亲自带队。"

陈福泉还跟胡亮通了几个电话。胡亮昨日与他一起到省城，今天清晨还一起在酒店吃早餐，原本要一并去省政府参加汇报会，后来一商量，只怕家里有情况，陈福泉命胡亮先回去，没想到倒像有预感，给处置事态争取了几小时。岭下村出事时，胡亮已经在路上了，他得到消息立刻给陈福泉发短信。到陈福泉在省政府汇报结束往回赶时，胡已经下了高速。陈福泉命他直接赶到岭下村，进旧村部现场指挥。杜聪那些警察在，没有谁敢再抡拳头。可以把聚集的村民都叫进村部，设法沟通。

胡亮问："我们能答应什么？"

陈福泉让他不着急，先谈。饿了给盒饭，渴了给矿泉水，但是什么都不要答应。磨一磨，拖一拖，等陈福泉到，考虑清楚再定。

陈福泉进入双弦已是下午三点多，胡亮还在旧村部与村民谈判，陈福泉没有直接赶过去，他让司机把车开到管委会大楼，上电梯进会议室，有几个人奉命在此恭候。

陈福泉问："欧阳在哪里？"

欧阳拒绝住院，此刻在宿舍休息。

"去买一些水果,弄个花篮什么的。"陈福泉下令。

几分钟后他们上了车,直奔鑫园小区,陈福泉亲自带队,登门慰问伤员。

欧阳给他们开了门。他戴了一顶便帽,帽沿拉得很低。左脸颊肿得厉害,一只眼给挤得变了形。最厉害的是左臂用一条吊带吊在胸前,小臂骨折,已经用夹板固定。

"看来还没破相?"陈福泉问。

欧阳摘下帽子供领导检查。只见额头上缠着纱布,纱布边还渗有血痕。

"很好。"陈福泉说,"没大事。"

他脸上带笑,指着欧阳胸前,称尽管没大事,自己依然要代表管委会,也代表林泰副市长专程慰问这根夹板。此刻岭下村那边聚集人员还没散去,事态还非常严峻,不说十万火急,至少也有五万。他陈福泉不去岭下,先看伤员,表明对欧阳极其看重。为了双弦开发区的美好新生活,欧阳参加工作队下村,不顾个人安危冲到拆迁第一线处理意外情况,不幸受伤,无论伤情大小,无私无畏精神值得重重嘉奖。

欧阳说:"谢谢,不必。"

陈福泉眯起眼睛,一摆手,命身边人回避.到楼下稍等,他有个别交代。众人听命离开。待房门关上,陈福泉立刻变脸,雷霆大作。

"发什么神经!"他骂道,"找死吗?"

欧阳看着陈福泉,目不转睛。

"我最怕死。"他回答。

"为什么不跑?出租车就在你身边!"

当时欧阳要是跟小陈他们俩一起坐车逃跑,很大可能是谁也跑不掉。

"你牛！让我们给你背锅？"

欧阳抬手指着自己额头的纱布："不需要。我自己背。"

陈福泉看着欧阳，眼睛里冒着火，真是恨不得一拳头捶死。欧阳也看着他，表情似笑非笑。陈福泉忽然一拍额头，嘿嘿，伸出手问："照片呢？"

"什么照片？"

"你在岭下这些日子都干啥了？"

欧阳承认下村后照片照了不少，都是拿手机拍的。手机给打丢了，不知去向。陈福泉真想要，可以让胡亮率工作队全体人员在岭下村路旁的瓦砾堆里找一找。

"没那个时间。"陈福泉道，"你现在得立刻给我拿出来。"

欧阳摇头："不可能。"

"那我还要你干什么？"

"拿去开除嘛。"

"现在就开除你。"

只要欧阳愿意，陈福泉可以马上召开主任会研究处理。但是有一个条件，现在就把照片找出来，然后才能开除。

欧阳表示好奇："那些照片有用？"

"现在大用。"

"不会吧？"

陈福泉问欧阳，被自卸车撞倒的那座庙，当地人称"三公爷"庙，欧阳是不是照过？还有村里那几座祠堂、土地庙什么的，是不是都有留底？

"都有。"欧阳肯定道，"在手机里。"

陈福泉恼怒道："别给我说那个，赶紧给我找出来！"

"怎么找？"

"你不是第一牛吗？海归博士，总工助理，听说还当了院长，都干什么吃的？"

"院长是玩笑，助理已经给你免了。"

"喜欢的话，我马上还给你。"

"谢谢，我不要。"

陈福泉"哎呀"一声，口气放缓道："就算帮我个忙行不行？"

欧阳指着自己的左臂："我因公受伤了，这里极其疼痛。"

"没给你打麻药吗？现在还不到疼的时候。'

欧阳称他跟麻醉师串通过，现在已经痛得不行。陈福泉一摆手，让欧阳不要痛不欲生，早知道欧阳是好汉，没那么娇气，经打得很，断一根骨头对他不算什么。

"现在真是非常非常需要你，别跟我闹意气，你得从大局考虑。"陈福泉说。

欧阳不吭声，起身走到桌边，桌上有一个笔记本电脑，他把电脑打开，几分钟后即调出一组照片，照的正是岭下村三公爷庙，前后左右，各个侧面，详细而清晰。陈福泉在一旁看，用力一拍手，喜出望外。

"你小子行事细密，我早知道会留一手。"他感叹。

"这个叫作备份。"欧阳说明，"同步到云储存。"

欧阳还要找土地庙，陈福泉即制止："算了。先这个，其他的以后再说。"

他命欧阳把资料带上，跟他回管委会去。到那边找几个人，根据这些照片画一张图，标出尺寸，类似建筑设计的效果图，拿大张纸打印出来。

欧阳说："主任得找个学建筑的来干这事。"

"很急，就要你。"

"我没学过那个。"

"没学过摩天大楼，连个小庙也不会画？"

欧阳指着胸前的吊带说："主任觉得这胳膊行？"

"你又不是左撇子。"

陈福泉知道此刻欧阳的左臂一定疼得厉害，他保证欧阳这根骨头不会白白打折，他会命警察找出凶手，让那家伙去吃官司，需要的话就打断其两根骨头，作为欧阳的双倍补偿。但是他希望此刻欧阳能坚持当好汉，趁着麻药的劲儿还没过，努力克服困难，为开发区排忧解难。时间紧迫，岭下村那些拳头还举着呢，找不到其他人来完成任务，只能拜托欧阳。没要求欧阳一眨眼变成建筑工程师，只要弄出个图样，有点像就可以。也不要求欧阳拿那只断臂干活，只要他发声，指导他那几个"院士"干成就可以。欧阳死都不怕，怎么会害怕去画一张图？

欧阳说："这么说很奇怪。"

"那么不说，走。"

陈福泉把欧阳带下楼，上车直奔管委会大楼。欧阳叫了几个年轻人到办公室，一起折腾了好一阵子，弄出一张草图，打印制作好，做成一个"易拉宝"展架，交给陈福泉。陈福泉大略看看，很满意，因为草图上线条标尺一应俱全，非内行者看不出什么破绽，说它是"三公爷"庙，它就是了。

"再帮我个忙怎么样？"陈福泉问。

"难道还要土地庙？"欧阳问。

"那个不急。"

"三公爷"庙已经倒塌，所以才属眼下急需，土地庙什么的还在，眼睛看得见，手摸得着，暂时可以不管。此刻胡亮在岭下村已经磨够了，差不多到了陈福泉出马的时候，他马上要赶到岭下村旧村部，了结这一次群体性事件，他要带上欧阳一起去。欧阳不是作为伤员去展示断臂，向村民讨公道，是作为管委会的工程师去配合陈福泉做工作。这种场合，需要一个专业人员在场。

"我保证你安全。"陈福泉说，"看谁再敢朝你轮棍子。"

欧阳说："除了怕死，其他的我不怕。"

看到欧阳还要晃胳膊，陈福泉叫唤，让欧阳免了，别让麻醉师再来补一针。

"其实你一直都表现挺好的，不是吗？"陈福泉问。

"怎么我才知道？"

陈福泉不由分说，命欧阳跟着走，让欧阳坐他的车。轿车刚刚驶出管委会大门，一个电话打到陈福泉手机上，陈福泉看了一眼手机屏幕，立刻接通。

"我是戴建。陈主任找我什么事？"手机里的声音一如既往，不慌不忙。

陈福泉问："戴总在哪里？"

戴建称他从伦敦返回，在香港转机，刚接到了厂里的电话，报陈福泉有急事相寻。

"戴总总是飞得够远够及时。"陈福泉说，"没事总在眼前晃，有事找不着。"

"陈主任是指岭下村出的事吗？"

"戴总消息灵通啊。"

"记得我跟陈主任表示过态度。"

"没错。是我们的事，与巨力乙烯无关。"陈福泉说。

"那我能效劳什么？"戴建问。

陈福泉说，岭下村正在全面拆除旧建筑，土地将交付巨力集团建设炼化一体化项目。按照开发区与巨力集团的协议，征地拆迁项目由管委会负责完成。巨力炼化与巨力乙烯同属巨力集团，却是各自独立的两家企业，因此岭下村拆迁与巨力乙烯没有直接关系，戴建曾一再表达这个见解，应当说并无不对。问题是拆迁中一些村民提出的赔偿要求涉及那次"闪火"事故，这就不能说毫无关系。村民提出的赔偿数额，以巨力乙烯这样规模企业而言算不上什么，但是戴建早就有过态度，认为旧村房屋早已征用，不再属于原业主，哪怕确因"闪火"事故受损，也没有理由要求赔偿。戴建这个见解不能说不对，问题是事故也给一些公共设施例如庙宇祠堂造成破坏，这些建筑尚未完成征用手续。还有人因事故受伤提出索赔，很难以房屋已被征用一概否决。如果戴建坚持己见不做承担，岭下村拆迁可能拖延。巨力乙烯和戴建本可帮助避免。

"我记得陈主任已经跟我表示过这种意见。"戴建说。

"如果戴总还是坚持，那么就免谈。"陈福泉说，"我将直接与刘小姐沟通。"

"就此我也表示过态度了。"戴建毫不含糊。

陈福泉挂了电话。看了欧阳一眼。

"你们这些技术脑袋都一个图纸制造的。"他说，"一加一等于二。"

欧阳问："那么应当等于几？"

没等陈福泉回答，他的手机再响铃，还是戴建。

"陈主任能否容我再考虑一下？"戴建问。

陈福泉称，此刻他正在赶往岭下村谈判，村民的诉求他马上必须面对，无法回避。

戴建沉默片刻："我同意。OK。"

陈福泉问："真OK？我没听错吧？"

戴建提了两条，一是支出名目必须恰当，手续必须完整，企业财务表上能表现合理。另外一条就是企业的相关事项，包括巨力乙烯试生产结束后的竣工验收、巨力集团炼化一体化项目报批等等，请管委会务必全力相助，按照预定计划推进完成。无论对企业，还有戴建本人，这都非常需要。

陈福泉很敏感："你们伦敦有新精神？"

戴建说："没有。"

陈福泉提到了一句俗话，叫"一根绳子上的蚂蚱"。在陈福泉看来，所谓"一根绳子"就是一个时间点：九月八日。这个时间点已经在今天向省长做了报告，准备在双弦开发区成立八周年之际，举办相应庆祝活动。就此陈福泉把自己绑在这根绳子上，他视同戴建也绑在一起。在确定的时间点之前，必须各自把该做的事情做完，做好。相信戴建与他一样都不愿意耽误，也耽误不起。

收了电话，陈福泉问欧阳："你偷听到什么了？"

欧阳说："我对主任的隐私没有兴趣。"

"不是隐私。双弦人人有份，美好新生活不光是我的，也是你的。"

欧阳说："我那份随时可以消失。"

"你以为啊？"

陈福泉声明，所谓"开除"只是气话，他没打算那么干，不是他不能干，且对欧阳有多喜欢，只是还舍不得，至少对林泰没法交代。另外他清楚，欧阳真想走的话早就远走高飞了，哪里会一直待在双弦"等待开除"。他断定欧阳飞不走，翅膀给双弦粘住了，想飞也飞不起来。

"年纪也老大不小了，在这里找个老婆，安顿下来吧。"陈福泉劝说,"我会给你一份厚礼,给大套人才房做婚房,四室两厅,精装修。"

"我不缺房子。"

"你也不缺人。"陈福泉说,"听说那姑娘不错。"

"陈主任说的哪一位?"

"今天如果不是她,你已经给打死了。你要是死翘翘,还会把很多人害死,弄不好包括陈主任本人。"

"这么说我还救了陈主任一命。"

"你该给那姑娘磕头,也帮我给她磕一个,然后求她嫁给你。"陈福泉问,"听说是沃克家的女孩?要不要我出面做大媒?"

欧阳说:"其实我跟她说好拜拜了。现在只等陈主任费心考虑拿什么开除我。"

"别给我装。即便你舍得这个救命姑娘,你也舍不得巨力乙烯。你不是在等着看吗?只待'轰隆'一下,证明你真牛?"

"这一条够开除吧?"

"良心大大地坏。"

"陈主任目光如炬。"

陈福泉哈哈大笑:"你小子高看自己了。给你十个坏心眼,你半个也不会用。"

欧阳否认:"我没那么无能。"

"你落到双弦是有原因的,我知道一点。"陈福泉说,"你很大气,拿得起放得下,不错。但是你还背着人偷偷喝酒,动不动搭错神经,怕死怕得不要命。让你搞拆迁,你鬼鬼祟祟问这个查那个,做什么课题研究。别以为我是瞎子。"

"原来陈主任才是目光如炬。什么都逃不过陈主任脸上两个探照灯。"欧阳调侃。

"告诉我，你找到些什么了？"

欧阳找到了一些灰烬，燃烧残留物，藏在暗中不容易找。燃烧会留下灰烬，有些灰烬可以回答问题。

陈福泉问："你自己呢？你在心里暗藏些什么？"

欧阳没吭声。

车停了下来。时已黄昏，岭下村旧村部里灯光明亮，乱哄哄，屋里屋外，这里一组，那里一组，大批警察牢牢控制着局面。

杜聪走过来，把陈福泉迎进大会议室。

"等陈主任好一会儿了。"杜聪低声报告。

胡亮大约已经黔驴技穷。

"那个司机呢？自卸车？"陈福泉问。

"找到了，已经保护起来。"

"很好，救命一条。"

陈福泉走进会议室。

会议室里黑压压全是人，胡亮同他带的那十几个开发区人员坐在会议桌一侧，被村民密密麻麻包围着。他们的对面，侧面，背后，坐着、站着的都是村民，男女老少都有。其中包括若干村干部。按照陈福泉要求，找得着的村两委都给设法叫到了旧村部。

看到陈福泉到，乱哄哄的会议室突然安静下来。胡亮推开身边一个干部，让出位子给陈福泉坐。

陈福泉指指跟进门的欧阳问大家："知道他是谁吧？"

会议室里没人吭声。

"是哪个动的手？"陈福泉怒喝，"有种的站出来给我瞧瞧。"

没有人吭声。

陈福泉看看周边，突然问："沃克呢？怎么还没到？"

胡亮说已经去请了两次。老村长不想来，称年纪大，早就不管事了，后来又说身体差动不了。按照陈福泉要求，专门派了一辆面包车，去了四个小伙子，搬了一张轮椅去。十分钟前来了电话，老村长已经上了车。

这时外头有人喊："来了！来了！"

来的不只沃克，还有纪惠，父女俩一起到达。

陈福泉命欧阳把带来的易拉宝架好，靠在墙边。

"谁告诉我这是什么？"陈福泉问。

没人回答。

"说对了有红包。我给。"他诱导。

有一个村民应声回答："三公爷吧？"

"给一百。"陈福泉下令。

会议室里"哄"一下，顿时杂声四起。陈福泉敲打桌面让大家安静，而后宣布该易拉宝画面是三公爷庙的设计图。这座庙以及村里的其他庙宇、祠堂将全部异地重建。搬到哪里呢？鬼子岭，日后那里将改称文华岭，建一座双弦文华公园。那个地点是风水地，有山有海，林木茂盛，离双弦新城近，开发商拿出几个亿争着要，但是管委会不拿它卖高价，反而要往里扔钱建公园，把各村的庙宇、祠堂全搬过去，让居民享受福利，祖先有牌位，烧香有地方，休闲有去处。这才叫美好新生活。搞开发区建石化岛，说到底就是让大家的生活更美好。光顾着人自己生活美好不行，三公爷啊神啊鬼啊，也应当一起美好。岭下村最早进入整体搬迁，有权为本村神明优先选择地点，大家推举出代表，明天就可以到现场看点，找个好日子放炮动工。

"谁给你们画的这张图？"陈福泉指着欧阳说，"就是差点让你们打死的欧阳工程师。他吃你们喝你们睡你们欠你们啦？骨头打断了，靠麻药撑着他还在为你们干活。再过一会儿,麻醉药劲儿一过,他会疼得在地上打滚。谁要是觉得好玩,来试试。"

屋子里鸦雀无声。

"幸亏老村长生了个好女儿。要不是她出手搭救,事闹大了,你们村非得给抓走毙掉几个。信不信?"

纪惠突然发话:"陈主任,我父亲身体不好,有什么要求您直说可好?"

陈福泉略觉吃惊,稍顿一下,点头道:"行,咱们讲要点。"

陈福泉要求村民有序离开,返回,聚集到此为止。岭下村早就剩下一片空房子,大家早都搬到双弦新城去,忽啦啦一大堆人跑到这里干什么?闹事嘛,妨碍大局,影响很不好。天都黑了,再闹下去就是闹鬼了,不允许。所以他要把村两委和沃克老村长请来一起说服动员。他知道村民们提出了一些要求,他可以表态:所有问题保证都可以合理解决。三公爷庙没问题了,撞死的摩托车手呢?那条命谁负责?警察会查个一清二楚,到时候依法办事,该是谁的责任就是谁,谁也跑不了。"闪火"事故的赔偿也会考虑,他跟巨力乙烯的戴建通过电话,没有问题。但是这些事情都必须一步一步去做,必须搞几个代表,管委会、村委会、村民、巨力乙烯,几个方面都有代表,大家坐下来,一件一件拿出来研究商量,提出建议,然后才能拍板给钱。

"谁还有更好的办法?"陈福泉问。

没有人回应。

"那么现在就剩一件事:推举几个人。"陈福泉说。

他当场点将,决定胡亮副主任代表管委会牵头,加上社会事务局局长。

"欧阳工程师也来继续贡献?"他问。

欧阳不说话，抬起右手指了指自己胸前的吊带。

"麻药我有的是。"陈福泉说，"不过还是免了，这种事用不上院长。"

陈福泉决定岭下村方面由村支部书记、村长两位为主，再推两位村民代表参加。巨力乙烯待戴建确定人选。暂定这些人员，根据需要再行增减。

"还有老村长，沃克。"陈福泉忽然一拍桌子，"这尊大神可不能忘。"

沃克连连摆手，咳嗽："老家伙免了。"

"就是要老家伙。"

纪惠插嘴："陈主任，我父亲八十了。他有心脏病，装了支架。我弟弟过世后，他的身体更差了。"

"你们家的事我知道。同情。"

"他没办法再来参与这些事。"

"那么就你，你代表他。"

"不可以。"

没等纪惠分辩，陈福泉直接将她封口："我说可以。你是你父亲的女儿，也是岭下村民，你们村的事情你不管谁管。你还是中学老师。无论你多大，我都管得着。"

纪惠张着嘴说不出话。陈福泉问大家还有什么要发表，屋子里一片安静。

"老村长，沃克，你来说。"陈福泉直接点名。

沃克咳嗽，喘气，好一会儿。

"我说，"他咽了口痰，"大家散了吧。"

4

　　这小子大名叫孙保全，该三字基本上只出现在身份证和户口本里，大约除了那两处，没有谁拿大名叫他。从小到大，人们都称他"戳种"，那是本地方言词，翻译成普通话就是"贼种""贼胚子"。

　　戳种不是新人，早就列入陶本南的名录，是双弦当地登记在册的吸毒人员。戳种曾两度进入戒毒所强制戒毒，却恶习难改，始终未能真正戒除。以往他在缉毒警察的记录中只是一般吸毒人员，直到纪志刚死亡才引起陶本南注意。根据排查，纪志刚生前有若干毒友，戳种是其中关系最紧密者。两人是同村人，戳种比纪志刚大两岁，却因为留级而与纪志刚同学。作为双弦较早确定的吸毒人员，戳种毒龄应当比纪志刚大，纪志刚似乎是被他拉上，跟着他沾染吸毒的。如果他们俩只是受制于毒瘾偷偷购毒吸毒，那么还只处于毒品链条的末端，无足轻重。但是纪志刚突然死亡，身上发现的毒品被确认为"蓝皮"，警戒级别陡然上升，戳种连带着受到注意。他有可能参与了纪志刚的涉毒活动，至少会了解若干内情，陶本南决定查一下。

　　由于尚未掌握关键证据，陶本南安排干警采用常规方式，不动声色开展查核。先让新城派出所民警给戳种打电话，约他到派出所"教育学习"，也就是让他来报告一下戒毒进展并接受警察指导。这像是定期随访，有较大隐蔽性，不会让对方太在意。不料戳种很警觉，在电话里咬定自己安分守己，也表示愿意到派出所听警官教育，却在约定时间玩失踪，人不见了，手机也不开了。

陶本南说:"找到他。"

戳种及其家人原本以海滩养殖为业,他结过婚,生有一个儿子,后因吸毒欠钱卖掉房产,致家庭矛盾加剧,终与妻子离婚,儿子被前妻带回娘家,离开双弦。戳种离婚后居无定所,有时跑到亲友家吃饭,有时钻进海边废弃渔排过夜,靠载客以及做些可疑"生意"维持生计。戳种的家庭背景和经济条件都远不如纪志刚,活动范围也小得多,通常只在双弦岛内及岛外周边乡镇晃荡,作为一个瘾君子,难以越出自己能够弄到食物与毒品的区域,找到他不是难事,他自己饿了就会出来讨食。果然三天之后,戳种便显身于双弦新城一处地下车库的监控录像里。可能因为未见警察大张旗鼓追查,他以为没大事,或者风头已过。干警们在戳种出没的大楼周边布控,拟在其现身时行动,把他带到缉毒大队查问。没想到接连蹲守两天,始终不见戳种再次露面。通过各种途径查核,发觉他已经出岛,不知是什么时候通过哪条暗道悄悄跑了。

陶本南疑问倍生。一个普通吸毒人员似乎无须具备这么强的反应能力,或者戳种在某个链条上并不是那么无足轻重?戳种在陶本南眼中的地位突然提升,陶向杜聪汇报,提出采取技术手段找这个人。杜聪让陶本南仔细说说情况,听了后颇不以为然。

"手上就没有好一点的货?"他问。

"目前是。"

所谓"好一点的货"指的是比戳种更值得注意的目标。显然杜聪认为戳种没什么价值,连带着也批评陶本南无能,呼哧呼哧弄了老半天,只找到这么个贼胚。应当说陶本南自己原本也不看好戳种,此人除了吸毒加上沾染吃喝嫖赌,其他所有方面都乏善可陈。如果不是他跟纪志刚有关且在陶本南鼻子底下两度消失,还真是不入法眼。问题是两度消失足以让陶本南感到可疑，却不提供更多证据，让贼种一变而成贼头。如果这小子只不过是更神经质一点，或者仅仅是怕警察没收身上一小袋"粉"，让他犯瘾时只好拿指甲抠喉头，那么费老大劲儿把他从茫茫人海中打捞上来又有何意义？

陶本南坚持说："我感觉他应当知道些事情。"

杜聪不再多说，提笔签字。

分局技侦部门对戳种实施监控，不到一星期便发现了目标：戳种回到双弦了，他换了手机和手机卡，与外头时有联络，采取打过就关机的办法，尽量避免被注意。技侦部门定位了戳种的藏身部位，相当稳定，接连两天没有变化，其间只发现在午夜时分有小范围移动，估计是趁夜深人静之际潜出活动，放风透气，或与同伙接头。

陶本南决定："咱们动手。"

为了确保行动成功，同时避免牵扯复杂情况，陶本南做了周密安排。原拟于午夜行动，考虑到场地、照明等不利因素，以及戳种的生活规律，行动时间确定于上午，以附近动静为掩护，尽可能突然。行动当天，陶本南把指挥本部安排在一辆面包车上，停到外围一个不受注意之处，他自己在车上掌控，安排新到任的卓副大队长带队进现场，分头隐蔽进入，以保证行动突然有效。

到达预定时间，一线人员从各个位置对目标所在的二层小楼形成包围，整座楼静悄悄没有任何异常动静，对方没有丝毫察觉。卓副大队长在楼房边向陶本南报告后，下令动手，几个守在门边的干警突然撞开门冲进小楼，直扑二楼最东侧房屋。那房屋的门竟只是虚掩，里边桌上丢着一只手机，床上摊开一床棉被，被窝里还有人的体温，但是屋里屋外空无一人，没有哪个戳种在这里静候落网。

干警们大惊："人呢？"

只听楼外"扑通"一声。有人大叫:"是他!跳下来了!"

楼房外设围的几个干警大喊:"站住!"楼房周边一时声响杂沓。

事实上干警已经无限接近目标,或者说目标已经基本上在他们掌控之中,可惜出了一点意外,这种意外不常有却让人难以预料:他们冲进楼房前夕,躺在床上裹着被子的戳种刚巧爬起身来,趿着拖鞋走出门去解手。这层楼没有卫生间,有一个木桶放在走廊最西头的旧库房里供排泄,里边已经装有半桶陈尿。戳种无论是早一分钟,或者晚一分钟,都难逃警察的口袋,不料刚巧就在那个点避开了:警察冲进了空无一人的房间,他在走廊另一头听到了动静,出门只看一眼,"扑通"就直接从二楼朝外边跳下去。他一步跳到了与小楼紧挨的一座平房的水泥屋顶,第二步就从那个平房房顶跳到了地上。守在楼房外围的干警一起扑来,戳种迅速往前冲,步履飞快,眨眼间冲到一堵墙边,纵身一跃,身手敏捷居然一步上墙。干警们分头从两边包抄,没待追到墙那边,就听"轰轰"一阵发动机声:那边竟藏有一辆摩托。眨眼间,戳种骑着摩托从小巷窜过,直扑巷口。后边追赶者从各角度包抄,没有谁跑得过摩托车。但是干警们无须着急,有处置预案。此刻除了肖副大队长一队人马,还有一批人布置于外围控制道路,不怕戳种跑,就怕不露面,露面就无处可跑,只能把自己乖乖送到警察手上。

可惜人算终究不如天算,戳种于慌张中没能控制好车速和方向,不到一分钟,摩托车一头撞到正在村头填土施工的自卸车上。戳种成了一摊泥,路旁小庙也随之轰然倒塌。陶本南运筹帷幄,只弄到一具遗体,千疮百孔,这个结果实出乎他之意料。

卓副气喘如牛,在对讲机里请示:"陶副!怎么办?"

陶本南紧急下令:"原地待命。"

有两个干警做无关人员状,跑上前参与围观,发觉情况严重,他们立刻给急救中心打了电话。他们没有暴露身分，当天所有一线队员均身着便衣。

这就是戳种的死因，它居然成了岭下村群体性事件的导火索。

制定行动方案时，警察们清楚岭下村正在进行整体拆迁作业。正是因为拆得乱七八糟，进出不便，戳种才会选择那里藏身。他是岭下村本地人，在那一地破烂里如鱼得水，外人要戋他则不太容易。警察也知道拆迁中还有纠纷，一些村民和无所事事者经常围观拆迁作业，考虑到戳种是本村人，村内可能还有帮助他的同伙，所以才采取尽量隐蔽方式，以保证行动顺利完成。待到戳种意外身亡，陶本南没有其他选择，只能让自己的警察继续隐身，同时向上级请示。

那时杜聪在电话里骂："陶本南！你他妈尽干这种事！"

陶本南无言以对。他的运气似乎真的有点问题，如本地人所嘲笑："好好鳖杀到拉稀。"一场设计得堪称完美的行动居然弄成了这个样子。

陶本南只能说："请杜局指示。"

"自己去收拾！"

当然只是气话。没过多久杜聪亲临现场，芇来了本分局所能动员的全部警力，而后胡亮率开发区干部匆匆赶到。陶本南的人奉命坚持于现场维持秩序，没有撤出。由于分局警力不足，有时候缉毒警也得干点其他杂活，特别在所谓"拉过稀"之后。

戳种送达医院时已经没有生命体征，被直接推入太平间冰库。赶到医院的法医对其做了检查，发现明显的吸毒特征。据判断死者大约是刚过完毒瘾，处于极亢奋状态下遭遇警察，或许这是其奔逃过程中异常神勇健步如飞最终却在飞车中一头撞死的缘故。戳种逃出小楼后，警察仔细搜查了他的房间，在丢在床边的上衣口袋里找到了一小包可疑物品。

199

这一小袋"货"交到陶本南手中,他把它拿到窗边,仔细察看,感觉里边的粉状物带有某种特殊光泽,看得他止不住心跳。样品以最快速度送交市局鉴定。无论最终结果是什么,它再一次证明戳种涉毒,这小子以死躲避警察,让陶本南更坚信他的事情绝对小不了。只可惜人死了,线索中断,无从证实。更糟糕的是由于发生群体性事件,杜聪担心问题复杂化,严令陶本南不得公开内情,所有参加行动的便衣缉毒警务必守口如瓶,不得对外界暴露缉毒行动任何情况,让戳种以通常交通事故意外死亡结案。这个事情如果掌握不好,就等同于缉毒警察自己出来认领死者家属以及不明真相村民所追究的"凶手"之名。警察可以声明戳种涉嫌毒品案件,办案需要对之采取行动,问题是死者亲属可能据此胡搅蛮缠,不说戳种畏罪狂逃,反称其飞车撞死是警察办案追赶所致。公开此次行动还可能牵动系在戳种身后的那条毒品链,引发毒贩更多警觉,给未来的案件侦查带来不利影响,比较起来不是上策。

但是对领导还是必须讲清楚。杜聪命陶本南跟他一起去管委会,向陈福泉原原本本报告了情况。陈福泉听罢骂了一句:"你们这痒可给我抓破皮了。"

陶本南不知道"抓痒"怎么回事,后来才明白原来岭下村闹事之初,陈福泉在电话里听说村子里原本有分局的人,感觉有异,问警察在那儿干什么,"难道是抓痒?"陈福泉精明过人,他不喜欢也不会总被瞒在鼓里,特别是抓痒抓破皮的时候。

陈福泉同意不公开缉毒大队本次行动,让戳种占点便宜,入土为安。但是必须充分利用已经掌握的证据,让其亲属知道根本没有什么"凶手",要有的话就是戳种自己,或者说是他喜好的毒品。戳种死于吸毒亢奋,飞车肇事,自己就是责任方,自卸车司机完全无辜。所谓

"亡者为大",警方不准备深入追究,施工方没要戳种家属赔偿车辆损伤,还愿意出一点丧葬补助,这就应该知足。家属如果不知好歹,漫天要价,那就等着瞧,到时候一笔一笔清算,别怪领导和警察太客气,没把话讲在前头。

杜聪说:"这样好。"

陈福泉直接追问陶本南:"当时你都看到些啥?"

陶本南称自己在指挥车上,为了隐蔽,指挥车开进小路,停在村外围一处废弃房屋边,离开大路有一段距离。因此他没看到路口发生的事情。

"你们到处安探头,怎么就不会在那里安一个?"陈福泉对杜聪抱怨。

杜聪解释,由于岭下村旧村整个儿都要拆除,他们觉得目前在村头安装监控探头没有太大意义,没想到却错过了这场风波。日后会根据建设规划、需要和整体布局,安排足够的监控设施。

"赶紧找到那家伙。"陈福泉说。

杜聪已经安排警力全面排查,应该很快会有结果。目前看情况有些古怪。

陈福泉操心谁呢?原来涉及欧阳吃的那顿暴打。一拳血流头破,一棒手骨断折,稳准狠特别专业。这个打手是谁?怎么可以那么干?陈福泉已经下令彻查,找出来痛加收拾。尽管欧阳不算陈福泉爱将,毕竟是手下干部,陈必须替部下主持公道,让外边的人都知道管委会干部不是想打就可以随便打的。要是轻易放过,岂不是今天打了欧阳,明天连陈福泉都会给打得满地找牙?由于没有监控资料,追查打手格外费劲儿,杜聪安排一组治安警察办这个案,不料竟找不到头绪。欧阳在旧村部曾被一个叫"坏种"的毛头小子当胸打了一拳,该坏种是

201

戳种的弟弟，同父异母，同样以摩托载客为业，为人蛮横却瘦如竹竿，他没有足够力气一棒打断一根手骨头，且只戴头盔，不戴鸭舌帽。现场人员都指认坏种不是村头那个打手，他本人也拥有不在场证据：欧阳在村头挨打时，他正在载客，客人是一年轻女子。摩托开到村头时，坏种听说戳种出事，赶紧让女子下车，自己掉头直扑旧村部。警察找到那位女子，她是巨力乙烯一个操作工，外省人，与坏种并不认识，只因急事需要到厂，临时花钱雇摩托车从双弦新城前来，她证实坏种所说无误，时间确切，有效排除他的嫌疑。打手不是坏种又会是谁？警察采取个别接触方式，将当天现场人员一一叫来查问，奇怪的是每个人对那打手均印象深刻，却没有哪一个表示认识或者见过。本地民风剽悍，乡间人特别重视宗族维系，有时会不顾是非，只认亲疏，甚至提供伪证串通包庇犯事的族人。但是只要警察认真对待，总会从他们的供词中找出破绽，各个击破，最终查明真相。这一次十分异常，现场人员异口同声，都说不认识那个打手，从来没有见过，肯定不是戳种亲友，肯定不是本村人。警察怀疑他们意在包庇，经反复查问，采取各种手段核对，竟无一改口。如果不是这些人忽然一起百炼成钢成了一群好汉，那就只有一个可能：他们说的是真话。

　　事情因此倍显诡异。欧阳与戳种之死一点关系都没有，却遭到痛打，打手却又似乎却与戳种并不相干。难道竟是什么路见不平拔刀相助的陌生侠客，将打人视同见义勇为？这种鬼话说来没有人信。根据现场人员回忆，那鸭舌帽冲上来就打，没有片刻犹豫，丝毫也不手软，"打的就是你。"打过之后他就消失了，再也没有谁见过他。如此看来该打手跟戳种关系不大，跟欧阳倒关系不小，或许欧阳有什么仇家，趁着村民闹事浑水摸鱼逮着就打？

　　杜聪向陈福泉报告："我让他们特别注意小纪。"

为什么要注意小纪？因为这个人有故事。当年纪家兄弟在外边犯案杀人，小纪逃回双弦，藏在山上一个石洞里。杜聪带本岛干警协查该案，摸到线索，亲手把小纪从石洞里拎出来。但是这一次小纪本人肯定不是现场打手，他是本村人，没有谁不认识他，跟欧阳更不陌生。

陈福泉说："不管是谁，把人给我找到。"

这个打手归杜聪和治安大队，与陶本南无关。陶本南一声不吭，坐着旁听，只用耳朵，不必用嘴。他心里多少有些无奈：此刻领导们全神贯注抓打手替欧阳主持公道，陶本南再揪着欧阳玩"警察与小偷"合时宜吗？至少在掌握可靠证据之前不行。更糟糕的是戳种找到了，事情却黄了，因为贼胚变成了死胚。

陶本南必须另找方向。

大约一星期后，杜聪把陶本南叫到局长办公室，隔着办公桌扔给他一个文件夹，问了句："怎么轮你都是这种鸟事？有完没完？"

文件夹里是省厅办公室一份函件，要求报送关于安达里亚号油轮事项的新进展。函件发给市局办公室，市局转给双弦分局，命分局迅速函复。杜聪今天还算客气，没有张嘴就骂扫帚星。说来陶本南也是不幸，总是这般运气。

安达里亚那条船犯了什么事无从知晓，双弦分局的事倒确实是没完没了。就眼下这份函件看，一定是上级主管部门还在跟踪，这种跟踪于上头有时候只不过是例行公事，于下边具体办事单位却挺纠结。可以简单报告一句"没有更多变化吗"？不行，那是在给领导找事。必须得一五一十全面回复，什么时候，发生了什么事，怎么处理，以后如何，再以后怎样，然后还得领导如何重视，如何继续跟踪，做了哪些事情，最后才点出目前尚无更新发现，拟如何继续抓紧，等等。这种文章做起来也难受。

杜聪发牢骚:"你们当时怎么就不会另外挑一条船去玩?"

陶本南嘿嘿:"也许上了哪条船,就轮到哪条船了。"

杜聪"扑哧"笑出声来,一张板紧的黑脸顿时开放了一些:"你倒是明白。"

他命陶本南把文件夹拿走,即拟稿,给他过目后反馈市局。还说:"不如你就干这个吧,挺合适的。"

陶本南说:"我倒是快活,只怕轮到这条船开不动。"

杜聪不吭气了。

陶本南回到办公室,找出上次报告底稿,改头换面处理一下,写了一份新反馈,打印出来,却丢在桌上,没有马上去交给杜聪。这种事不需要那么急,否则岂不让杜聪印象更不好?由于几番行动没有达到预期,显然杜聪意见很大,他像是已经在考虑让陶本南挪一个位子,例如去分局办公室处理公文,别在缉毒大队里"玩"。陶本南拿"船开不动"自嘲,表面上似乎是说自己运气有问题,弄不好挪到分局办公室就把分局搞砸,岂不是更严重?内里其实是不服,他不想这样离开缉毒大队。还好无论杜聪对陶本南看法多么美好,目前也就属于想想说说,似还未到付诸行动之际。

陶本南回到自己办公室,再看一遍函件,脑子里又出现当年自己带着人和"乌蹄"坐着交通艇靠上安达里亚号的情形,该情形不时会在他的脑子里徘徊,他总在问自己,是不是有哪里不对?有什么细节给忽视了?

忽然他拍拍脑门,拿起电话找王火。

王火问:"本南什么好事?"

陶本南没好事,想找个死人,桑托斯。资料都还在吧?学习学习。

"那风流鬼又爬出来了?"

陶本南称风流鬼在地下风流，地上的人还得为他受累。"黑脸"骂人了，说这什么安达里亚总那么没完没了！安达里亚在双弦其实没什么光辉记载，就一个桑托斯。

"来吧，我让他们给你找。"王火满口答应。

陶本南去了刑警大队。王火的一个手下给陶本南搬来一个大纸箱，里边是半箱子卷宗。那个案子没太复杂，只因为涉及外籍人员，发案之初不排除谋杀可能，所以由刑警负责办理，各种记录包括关键证人那位卖淫女子的审问笔录都保留在刑警档案里。因为案件特殊，需要格外小心，记录很完整，档案目录也做得很清楚，查找比较容易。

陶本南着重查找警方审问记录，这些材料里没有一个字涉及毒品。桑托斯无论生前死后，截止目前都不在缉毒警察的注意中，未发现他在本地吸毒，也没有发现参与本地毒品交易。已知的桑托斯与毒品的唯一关联是西班牙警方通过国际禁毒机构了解其所在油轮相关情况，尽管那一次缉毒抽检没发现任何问题。能不能假定西班牙警方并不是没事找事，只是那一次安达里亚到港并未带毒，或者是抽检有所疏忽没有发现？而桑托斯到双弦并非只是停靠码头一夜风流，是另有毒品勾当？

这个假定让陶本南自己吃了一惊，因为过于大胆。涉毒犯罪集团操控下的毒品扩散有其特定路径，通常会沿着中心区域向外围，再向边缘扩散。双弦岛在这一链条中一直处于边缘位置，除了若干沾染恶习的吸毒者，就是一些末流涉毒人员以贩养吸，在岛内岛外倒腾，其"货"来源杂乱，手段相对原始，小打小闹，鸡毛蒜皮一地，不见大案要案。因此双弦缉毒一向没啥名堂，处于从属地位。如果桑托斯假定成立，情况将立时翻转。那样的话意味着有国际贩毒组织在双弦活动，或许他们想以本地原本籍籍无名为掩护悄悄搞大？如果那样，双弦缉毒警察便大有可为。

陶本南自嘲，连连受挫，运气不佳，无可奈何，不妨狂想，给自己来一块九层大蛋糕，还是免费的，生活就是这么美好。尽管自知很不靠谱，他却很难放弃这个假定。

如果假定可以成立，那么桑托斯生前在本地接触的人便需要注意。当时刑警办案重点是桑托斯猝死原因，其他接触事项不需要太注意，却也可能有所涉及。本案中，与桑托斯最直接的关系者是那个年轻女子，陶本南对她印象很深。记得当时办案民警曾笑话，形容桑托斯猴急，一进门什么话都没有，既无中文，也无英语，拿手指头勾一勾，那女子便跟上去，两人搂着上楼梯，穿过走廊，进屋就干，急不可耐，直接呜呼哀哉。以这个情节看，猝死案中的桑托斯没有更多接触人，只有这个女子。两人应当不是初次见面，或许早已打过交道。如果这对男女有旧，早是嫖友，那么当初怎么钩上？是不是还有中间人？刑警当然会要求女子提供这些情况，但是他们不会重点追究，因为过往接触与当时桑托斯猝死没有直接关联。对陶本南来说，这些记录却是有意义的。

陶本南翻看那些卷宗，查了一个来小时，居然有收获：该女子与桑托斯确实不是第一次上床，此前半年多已经搞过一次。他们间确实有一个中间人"平老板"，平是老嫖，曾跟该女子"玩"过几回，有一次他把桑托斯带来，两人轮流跟她"玩"，由平付钱。桑托斯讲英语，平老板懂英语，在她与桑托斯之间充当翻译。他们离开时，平让她把手机号码给了桑托斯，告诉她，桑是大老板，以后还会来找她，只要服务好，小费很多。案发后，办案民警曾要求女子提供这位平老板情况，女子只知道他从工地那边来，大约四十五六年纪。有一回正"玩"着，突然手机铃响，平老板趴在她身上接电话，一张嘴："我是战功。"女子猜想他的名字叫"战功",平战功。那回工地上好像出了什么事,他接完电话,没再接着干,匆匆穿裤子,给钱就走人了。

陶本南注意到当时负责审问者正是王火,即拿着那份卷宗到了王火办公室。王火看着记录想了好一会儿,一拍巴掌道:"是那傻逼搞错了。"

王火他们还真的去查过"平战功"。当时双弦岛上的工地很多,王火把目标锁定在巨力码头与巨力乙烯厂区,因为安达里亚号运的是他们的油,靠的是他们的码头。平懂英语,不会是一般工人,应当是工程技术人员或管理层人员。但是那边查无此人,王火觉得挺奇怪,仔细排查了一番,还真的搞清楚了。那暗娼自作聪明,其实很傻,嫖多少次了,始终没搞明白。嫖客不姓平也不叫战功,她把姓名搞反了。

"难道叫战功平?"

王火嘴里"哎呀哎呀"叫,比着指头,一时想不起来。但是他记得没再追查下去,因为当时什么战功已经人走茶凉,早就离开双弦。该老板与桑托斯猝死没有直接关联,王火他们没再去费那个劲儿。

陶本南的手机响铃,却是杜聪。

"你在哪里?"杜聪查岗。

陶本南报称自己到刑警大队核对一些情况。安达里亚号那个稿已经拟好,是要那个东西吗?

"那个事不急。"杜聪说。

他命陶本南立刻到岭下村旧村部去一下,带上人,带上物证。胡亮在那里。

陶本南吃了一惊:"是个什么事?"

"戳种。"杜聪说,"一只鳖宰得满地屎,你去擦干净。"

离开前,陶本南请王火帮他个忙,让当时一起办案的干警回忆一下，或者旧笔记本翻一翻，那家伙不是"平战功"，一定会有个名字，既然当时搞清楚了，记录一定有。

"我来办。"王火爽快应允。

半小时后，陶本南带着两个干警到达岭下村旧村部。

这里正在谈判，中心问题是戳种的破皮囊。自出事后，那尸体一直存放于开发区第一医院太平间的冰柜里，亲属拒绝让其入土为安，先是要求"严惩凶手"，继而要求巨额赔偿，据说赔偿标准以体重论。戳种瘦骨嶙峋，其尸仅重五十公斤，亲属提出赔偿两百万，折每公斤四万元。胡亮把"协调小组"成员召集在一起，请戳种的母亲、舅舅等亲属到旧村部协商。双方已经谈了两次，亲属方不松口，协调小组则意见不一。村两委头头态度暧昧，沃克以身体不好为由推辞不到，胡亮直接给双弦中学校长下令，让学校为纪惠调课，由纪惠代表她父亲前来参加协商。纪惠到会后态度鲜明支持戳种亲属，称她的乡亲代价高昂，交出了土地滩涂，付出了世世代代，有权要求更多的补偿与尊重。胡亮感到棘手，请示陈福泉，陈福泉即命警察介入。

陶本南走进旧村部，一眼扫过，注意到纪惠沉着脸坐在里边，一见几个突然出现的警察，她表现惊讶。

"胡主任，"她指着陶本南问胡亮，"这是什么意思？"

胡亮说："有些情况请他们说明一下。"

陶本南说："请纪老师冷静。这些情况可能有帮助。"

他让干警取出证物袋，从中拿出一个小塑料袋，放在桌上让大家看。这是毒品，戳种出事后，警察从其藏身房间搜查到的。这个物证表明戳种经数次强制戒毒，并没有根除毒瘾，继续拥有并吸食毒品。根据法医鉴定，戳种死亡前刚吸过毒。可以断定戳种是在吸毒亢奋的状态下飞车，车祸身亡的责任在他本人。

"你的意思是,他的亲属没有权力要求赔偿?"纪惠即追问。

陶本南说,死亡赔偿问题不由缉毒警察回答,缉毒警察只是说明相关事实。

"请问陶队长是在哪里得到这包物品的?"纪惠问。

陶本南拿出一张缉毒警察搜查的现场照片。戳种的上衣丢在床上,那个小塑料包被掏出来,放在口袋边。事实上,今天带来的证物袋里装的并不是那个小包,该证物已经送检,陶本南命干警找类似物品顶替,同时也不说明其为仿品,避免节外生枝。

纪惠问了一个情况:根据现场村民反映,出事当时,戳种骑着摩托车从村里冲出来,速度很快,神色慌张,后边好像有人追赶。只是由于没有确切目击者,无法确定真相,使戳种死因成为一个谜。

"莫非是陶队长在追他?"她问。

陶本南否认。

"或者是你的部下?"

陶本南说,岭下村的案子,包括戳种死亡和伤害欧阳案都在侦查中,由刑警负责。陶本南管的是缉毒一块,不参与刑警办案。可以确定提供的就是戳种吸毒飞车这一基本事实,其死亡是意外,责任主要在自己。

纪惠却不放过,她坚持说,如果没有人追,戳种会跑吗?没有跑还会死吗?这是关键,搞清楚了,也算给死者以及他的亲属一个公道。陶本南出面说明,肯定清楚内情,为什么不能明白告知?

陶本南还是强调案子在侦办中,到时候自会真相大白。据他所知,现场情况比较复杂,村子里除了村民、暂住人员,还有来历可疑的陌生人。比如袭击欧阳的打手,称得上心狠手辣,一拳头见血,一棍子断骨。这是谁?听说所有目击村民都不认识,真的都不认识吗?纪惠是本村人，或许知道？

纪惠问："陶队长是在进行办案审问吗？"

陶本南不明确回答，却穷追不舍，紧抓着欧阳话题不放。他说，据了解戳种出事之后，欧阳挨了打，最后还是纪惠把他从村部接走。纪惠是怎么知道消息的？怎么刚好就赶上接人？对那天的情况她还知道些什么？纪惠与欧阳不是陌生人，看到欧阳满头满脸是血，一只手臂动都不能动，想必很吃惊？是不是也觉得该为伤者讨个公道，把打人凶手找出来？绳之以法？

纪惠说："陶队长，现在我们是在讨论给死者的补偿。"

"咱们就谈他。"

陶本南强调人死了并不只剩补偿问题，事情并没有一笔勾销。戳种的毒品从哪里来？是不是还参加了贩毒犯罪活动？亲属对他的这些情况都不了解吗？这些都需要进一步查清，亲属有配合办案的责任。今天警察到这里来，也是要告知一声，接下来分局缉毒大队会根据需要，请在座相关人员配合侦查。

胡亮说："陶队长，我看这样。"

他打圆场，称陶本南讲的这个情况非常严重，涉及毒品犯罪，如果超过一定数量，枪毙都免不了。但是戳种犯什么事是他自己的事，别人没办法替他负责。亲友们肯定不想戳种犯法，肯定都劝过他。现在人已经死了，哪怕把亲友一个个叫去问个底朝天，查出天大事情，最终也不能把戳种从太平间冰柜里拖出来再毙一次。与其今天剖肚子明天锯骨头化验鉴定，不如让他早点入土为安。警察查案当然需要，尽量就事论事，不要为难戳种的亲友，亲友们当然也应该多配合。大家共同努力，才有美好生活。

纪惠说："胡主任，我认为这是两个不同问题。"

她强调如果警察办案需要亲友配合，亲友应当配合。戳种意外死亡，亲友有权要求查明原因，有权要求给予赔偿。两件事都是应该的，不能因为前者就否认后者。

陶本南说："纪老师说得很对，我们也希望纪老师能很好配合办案，我们相信纪老师应当也了解一些情况。"

"我知道陶队长的意思。我还想问一句：陶队长认为死者家人应当得到赔偿吗？"

"我已经说过，这个问题我们无权发言。"

纪惠把头转向胡亮："胡主任，陶队长已经做过说明了，他也表示不能谈赔偿问题。胡主任觉得他留下来旁听好，还是应当请他们离开，让我们大家继续探讨？"

陶本南站起身道："我们已经讲清楚了，希望大家记住我的话。"

胡亮点点头，同意陶本南离开，需要的话还要麻烦。

陶本南说："纪老师，方便到外边说句话吗？"

纪惠说："请直截了当，尽管在这里说。"

"那么另找时间。"

陶本南起身离开。他在房间外往他们大队打了个电话，此前有一个电话打进来找他，因为正在谈话，没法接。

是卓副大队长电话：市局缉毒支队曹龙山副支队长带一组人明天到达本区。本大队从戳种上衣里搜查到的毒品经市、省两级鉴定，确定是新型"蓝皮"。市局对此高度重视，具体情况来了再说。

陶本南大喜，不禁骂了一句："妈的。"

他转身走回村部。里边还在争执。

陶本南走到纪惠身旁，俯下身子，低声告诉："纪老师，还是要麻烦出来一下，有一个情况需要跟你沟通。"

"请直接说。"

"涉及到案件，不合适。"

纪惠不吭声，站起来跟着陶本南走出了村部。

陶本南告诉纪惠，根据他们掌握的情况，戳种与纪志刚共同牵涉到一起重大毒品案件里，性质比较严重，上级公安部门非常关注。鉴于两个当事人先后死亡，纪惠与他们都有关联，需要请纪惠好好回忆一下相关情况，缉毒大队随时可能找她。

纪惠马上回忆：她弟弟去世之后，她已经被陶本南两次传唤到公安分局缉毒大队问询，一次查问纪志刚，一次查问欧阳。她所知道的情况，已经全部告诉陶本南了。

"你还有一些没有告诉我们。"

"你好像都已经掌握了？"

"可以这么说。"

"那就不需要我说。"

陶本南建议纪惠回去再好好回忆一下，想到什么可以给他打电话。记住一条：该面对的回避不了，所谓"天网恢恢，疏而不漏"。

纪惠没有回应，转身走回村部。

陶本南站在原地不动。他感觉到裤口袋里手机振动，掏出来看了一眼屏幕。是王火。陶本南赶紧接电话。

"你要的名字有了。"王火说，"那什么平战功，他叫张云鹏。"

陶本南吃惊："差这么大？十万八千里？"

王火哈哈："平老板其实是鹏老板。什么鸡巴'战功'，那是'张工'。"

5

在旧村部，陶本南咄咄逼人，纪惠寸步不让。她心里其实并不踏实，有两大不安，一是老爸卷入事态的程度，还有一个是戳种打过的电话。

记得那一天晚间，村里那些人到家里找老蚝壳商量事情时，纪惠的手机振动，老爸注意到了，喊了一声："阿惠，电话。"

纪惠从里屋跑出来，到电视机台上抓起手机。看一眼，是陌生号码。通常情况下她的陌生电话不多，因而心里不免有些诧异。也不曾细想，她直接接听。

"阿姐，是我，戳种。"

纪惠一声不吭，立刻按了挂断键。

父亲问："有事吗？"

纪惠说："没事。"

她拎水壶到厨房打来一壶开水。父亲他们几人围在厅里泡茶，一边说话，个个都是大嗓门，外人听来几乎就是嚷嚷，像是吵架。纪惠不参加喝茶，因为她是小辈，女子，不需要出头露面。但是她得管烧水，为大人们上开水。这些杂活一直是母亲的，母亲过世后就归她了，只要她在家。

来的几位都是旧日村中有头有脸之辈，有的当过村干部，有的是"理事长"，也就是庙宇、祠堂的管理人，眼下分散在双弦新城的各座高楼里，年龄都上六七十，神情里都有一种焦虑。以纪惠观察，当下焦虑普遍存在于人群中，大家各有焦虑理由。老人们的焦虑与小孩子不同，他们更多的是出于一种失落和无奈，可能还有对渐渐迫近的人生大限的畏惧。座中这些人物当年都有风光日子，他们的风光与村庄、土地和滩涂紧密相联，那时候大家拿锄头上山种菜，划舢板下海养殖，忙碌而充实，有如牡蛎壳附着于坚硬的岩石上。此刻情况已经根本改变，村庄消失了，土地滩涂没有了，换来高楼大厦里一个个单元，以及银行存折上一些个零。年轻人必须寻找新工作，老人们只能坐在家中无所事事，或者三五成群喝茶，打麻将，赌博，忧心忡忡。这种时候特别需要有所寄托，人需要寄托，村庄也不例外，哪怕已经或者即将消失。

　　那天晚上纪惠有一个网上课程，上完课后她去阳台照料瓶瓶罐罐，也就是她种的植物，并不多，五六盆而已。她从旧村边小土堆上挖回来的多尼苗已经长得很壮，枝叶茂密。这种植物以往不需要人种，满山坡都是，如今倒成了稀罕物品，得到阳台花盆里找。照料植物之余，她不时会到厅里给老爸他们上上水。从上水时听到的只言片语，纪惠知道这几个人结伴前来，是要老村长蚝壳拿主意。村子眼看就要拆平了，未了事项却还是未了。有些事项是村民一家一户的，有些却涉及全村，例如庙宇、祠堂、村道村部等等。其中最为他们关注的是庙宇。沿海乡间，民俗最敬神灵，除了佛、道界诸神，村民们还祭祀各种地方神灵，例如本村三公爷庙供着三尊神像，分别是大公爷，二公爷和三公爷，有研究者称本是纪念宋朝末年三位忠臣，渐渐演化成本村的庇护者，千百年来一直为村民信仰。眼下绝大多数村民已经搬离旧村，旧村那边处处破烂，却不妨碍村民们时常往回跑，特别是老人和妇女，主要是去上庙和祠堂，定时给神明和祖宗上香。只要那些庙和祠堂在，村子就还在，村民就有一种归属感。

现在它们都将不复存在。

纪惠注意到老爸话不多,一如既往,老蚝壳总是保持淡定。直到时间晚了,大家将要散去,纪惠才听老爸问一句:"大公爷哪一天?"

有人回答:"就是后天,初四。"

"多叫些人。"老爸说,"人多势众。"

本月初四是大公爷的生日。村民们烧香有讲究,有事随时可以去问,没事就是初一、十五定时上香。三位公爷各自生日忌日也是定时上香时间。

那些人走后,纪惠收拾厅里茶具,问了一句:"爸,是个什么事啊?"

老爸说:"陈福泉不应该。"

"他招惹你了?"

老爸提到林泰。当年村民签搬迁协议时,管委会主任是林泰,林做事很细致,也比较听建议,大小事情总是"沃克沃克",很重视。现在这个陈福泉特别高调,自以为高明,性子还急,想什么是什么。以为村子没有了,村民也散掉了,不需要当一回事了,那怎么可以?得让他知道。

纪惠当即劝告:"爸,年纪大了,身体不好,不要掺和那些。"

老爸道:"也就是说个话。"

两天后到了初四。那天上午纪惠有课,是头两节,她上完课后回家,进门时发觉老爸神色异样,在厅里一动不动坐着喘气,茶也没顾上喝。纪惠问他怎么回事,老爸说刚接到一个电话,村子那边出事,三公爷庙倒了,戳种撞车了。

纪惠说:"爸,你喝茶。我去。"

她下楼开车,立刻赶到村里,恰好给欧阳解了围。

这就是她介入事件的原因。陶本南穷追不舍,查她是怎么知道消

215

息，对那天的情况还知道些什么。她不打算如数奉告，原因在于父亲。她父亲纪蚝壳当过多年村长，至今村里人有事还会找他拿主意。如果管委会追查村民闹事背后的人物，估计会发现此前在她家客厅里喝茶的那几位，她父亲可能会被视为主谋，所以她缄口不言。作为后辈人，纪惠对村中各种鸡毛蒜皮原本不感兴趣，对庙宇祠堂也没有老辈人那般敬仰，事实上从上中学后，她就没有踏进三公爷庙一步。但是她不会忘记自己从哪里来，感情上她只会与自己的父亲和乡亲在一起。纪惠对住进新城并不反感，但是从自家三十层阳台往外遥望，远处天边高高低低的反应塔和纵横交错的管道总让她怀念旧日的田原，还有海岸边连片的渔排。她身边乡亲进入新的生活，有的如鱼得水，有的失意失落，无论美好不美好，他们所有的喜怒哀乐都能让她共鸣。弟弟的堕落与丧生让她感受到巨大疼痛，也让她更清晰地感知自己的归属和家庭责任。老爸已经年迈，经历丧妻、失子，眼下只剩女儿相伴。纪惠从小有主意，村里人都笑蚝壳家"菜刀不利利煎匙"。本地土话"煎匙"即锅铲，菜刀不锋利反是锅铲锋利，说的是村长家男孩窝囊，不会读书不懂事，倒是生了个女儿能干无比。现在纪家菜刀断了，只剩锅铲，村里事一出，沃克气喘吁吁管不上，只能看纪惠。

　　说起来，尽管老爸对陈福泉有看法，陈倒是目光如炬，知道沃克虽老，不可小视，或许他还猜出闹事村民的背后有一只老蚝壳？他把老村长请到现场，让沃克自己来收拾，还把纪惠拖进协调小组，既是村民代表，也代表她父亲。纪惠对村里老辈那些事情没有兴趣，这一次却让自己陷了进去，因为她不出面，老爸就脱不了身，而且她心里还有一重懊恼，与戳种有关。出事那天她之所以匆匆忙忙赶回村里，除了替老爸跑一趟，也因为听到戳种撞车消息，一时心里非常不忍。戳种曾给她挂过电话，她拒绝接听。这还不是第一次，大约半个月前已经来过一次，用的是另一个陌生号码。如果说这个世界上有哪一个人最让纪惠痛恨，那不是别个，就是戳种。这家伙是她弟弟的发小，她弟弟死在那个肮脏的集镇小歌厅里，归根结底，罪魁祸首要数戳种。但是当知道戳种也死于非命，她还是由衷地感到难过。

戳种孙保全家庭很复杂，母亲早死，继母待他不好。戳种本人生性顽劣，是村里有名的小混混。纪惠弟弟纪志刚上小学时跟留级生戳种同班，两人不知怎么的就玩在一块。当时纪惠对戳种非常排斥，不许弟弟把他带进家门，禁止弟弟跟他一起玩，只怕戳种把弟弟带坏。可惜所谓"严官出大贼"，纪惠管得越严，弟弟越逆反，越发跟戳种在村里瞎闹，偷鸡摸狗，什么事都干。弟弟升中学后，由于戳种辍学，被继母送到岛外学木匠，两人接触少了，纪家安静了许多。不想就在纪惠去上海读大学那几年，其弟又跟戳种混在一起，这时不再是偷鸡摸狗，是四处犯罪。由于双弦开发区兴建，岛上遍布工地，戳种拉着纪志刚到工地上偷设备倒卖，被警察抓获，主犯戳种给抓去坐了两年班房。纪志刚是从犯，加上父亲四处奔走求情，才得以免除牢狱之灾。纪惠毕业回到双弦，试图加强管束，已经不及，弟弟不说实话，总是躲着她，跑得不见人影。纪惠发觉弟弟吸毒，立刻就想到戳种，怀疑他是给戳种扯进去的。弟弟之死让纪惠对戳种恨得牙痒，戳种以往总是躲着她，只在纪志刚死后主动打了两次电话，或许是想做什么解释？人都没了，解释那些还有什么意义？纪惠一听他的声音就禁不住浑身冒火，没把他痛骂一顿，只是拒接还算客气。

没料到戳种也死了。无论以往有多少怨恨，毕竟乡里乡亲，从小看大，纪惠心里非常不忍。所谓"亡者为大"，愤怒不再提了，一笔勾销。戳种的父亲也已过世，继母和两个同父异母弟妹属于村中最没出息的一类人，特别是弟弟坏种，除了发狠使黄，一句正经话都说不全。纪惠决意为他们出头，尽量争取一点补偿，也算劣迹斑斑的戳种最终为家人做件好事。胡亮把陶本南搬出来说明情况，施加压力，纪惠不为所动。陶本南警告纪惠还有一些事没有告诉他们，像是已经掌握什么要害，纪惠不予理会。由于弟弟纪志刚之死，纪惠与陶本南打过几次交道，感觉一次比一次糟糕，所谓的"配合办案"于她已经类同审问。现在陶本南还掌握些什么？大不了就是戳种生前与她的几次电话联络。如果戳种确实卷入重大涉毒案件且已经被注意，那么他与外界的联络会被警察掌握，陶本南检查记录自然就查到纪惠。如果他们监听了电话，会发现纪惠一言不发。如果他们没有监听内容，应当也会注意到通话时间非常短暂，那就是立刻挂断。就此还能拿纪惠怎么着？陶本南像是擅长心理战术，暗示加上诱导，旁敲侧击，密切观察。他不知道纪惠恰也从事心理咨询吗？当然心理咨询师也可能意外错失，一不留神给装进套子。纪惠对此已经起了疑心。

由于纪惠的坚持，加上几位村民代表和戳种的亲属都不松口，死亡赔偿事项未能敲定。胡亮提出另找时间再议，当天商谈无果而终。

然后纪惠接到了一个电话，通知她到管委会办公室，领导要跟她谈话。

纪惠说："谢谢领导关心，我没有要跟领导汇报的。"

她拒绝前往。不料人家却来了，竟是陈福泉，带着两个随员，到了上弦月工作室。

陈福泉本来可以到学校去，让校长一起找纪惠谈话，县官加上现管，看纪惠怎么办。他也可以到新城三十楼纪家去敲打沃克，让纪惠一起见识见识。岭下村民闹事背后有谁，陈福泉不知道吗？小看他了。但是现在他不打算追究，事情摆平就行了，所以他亲自到上弦月工作室视察，不耻下问，主要问戳种这个事情。

"把你的底线告诉我。"他问,"补多少你能接受?"

纪惠说:"这个应当去问死者的亲人。"

"没有你,他们啥都不是。"

"我没有权利替他们谈这个。"

"现在就是你在为他们争。"

纪惠强调不是她自找,是陈福泉自己硬要她参与。陈福泉哈哈大笑,称自己真没看错,沃克家的女孩,比老爸丝毫不差。

"你不说没关系,我来说我的底线,你去跟他们商量。"他说。

戳种涉嫌犯罪,死亡咎由自取,别指望拿冻在冰柜的一身死肉卖一分钱。但是戳种的家人是岭下村有数的贫困户,不能因为出了个戳种就弃之不顾。管委会可以从适当途径加大对这家人的扶持。目前这家人在双弦新城的安置房还欠有二十几万尾款,只要他们合作,这部分尾款可以消除,从困难补助里解决掉。

"你觉得怎么样?"陈福泉问纪惠。

"跟他们的期望值还差得远。"

"你觉得他们提的非常合理吗?"

纪惠不吭声。

"还有那个小纪,纪英勇。"陈福泉问,"他该管你叫什么?姑婆?"

"我的辈分高,他得叫我太婆。"纪惠问,"为什么提他?"

陈福泉知道这个纪英勇拿他哥哥名下的房子漫天要价,纪惠也主张要给补偿。纪惠不知道那房子的面积没有问题,欧阳已经带人重新测量过?

"不仅是面积问题。"纪惠说。

当年搬迁时,为了促成村民接受,管理部门对民居面积计算掌握相对宽,对村民有所照顾。村里有一户人家,同期所建楼房比纪家这

219

个房子还略小,那家人当时签约了,得到补偿面积比纪家这个房子还超出二十多平米。

"这么说是那家人多拿了?让他们把多拿的二十平米吐出来怎么样?"

"陈主任肯定知道这个办法不好。"

"那么就让大家争着来拔毛,让管委会和企业当冤大头?"

纪惠说:"陈主任,我们世世代代生活在这里,现在被连根拔起,村庄土地滩涂都被你拿走了,请站在我们角度想一想。"

"我把它们拿到我的口袋里?"

"你知道我的意思。"

陈福泉说,纪惠是大学生,中学老师,老村长的能干千金,见识不同于一般村民,大道理她肯定都懂,无须他多宣讲,只希望纪惠眼光放得更长远一点,知道大势所趋,知道她的乡亲们的生活必定受惠于双弦岛的发展,美好新生活就在前头。陈福泉清楚纪惠替乡亲争取,并不为自己谋求好处,对此他很赞赏。这一次既然是他决定把纪惠拉进来,他愿意给纪惠一点支持,包括小纪这个问题。

"给他补二十平米,怎么样?"陈福泉问。

纪惠吃了一惊,不知道陈福泉是真是假。

陈福泉说,如果纪英勇找他要补偿,一分钱他也不给。但是纪惠出面争取,他愿意高抬贵手,不能说是补面积,因为没有依据,而且会引起连锁反应,总之是那么些钱,用什么名目另外考虑。这是他的底线,超出范围免谈。两件事,戳种还有小纪就这么办,请纪惠帮助做工作。无论工作做得通,还是做不通,拆迁都将照常进行。

纪惠说:"这个任务陈主任应当交给胡主任。"

"胡亮需要你帮助。"陈福泉说,"我相信你做得到。"

"我准备退出了,陈主任还是另请高明。"

"不要丢掉你的乡亲。你会一辈子后悔的。"

陈福泉还提起欧阳,问纪惠可知道欧阳近况。纪惠问:"有什么需要我知道的?"

岭下村闹事那天,纪惠把欧阳送进医院,当天下午又相逢于旧村部,而后直到现在,彼此间再无联络。她不知道陈福泉所谓"近况"指什么。

陈福泉说:"这小子活该。"

陈福泉原本听说欧阳与纪惠处得不错,后来又听说散了,这肯定是欧阳的问题。欧阳确有毛病,自以为是,第一牛,挨黑棍断手臂还算小意思。如果不是纪惠相救,只怕命都不保。纪惠已经把欧阳扔了,该帮时照样出手,对自己乡亲更义不容辞。

纪惠说:"我替欧阳感觉不值。陈主任这么说他真是有失公道。"

陈福泉哈哈大笑:"你是喜欢我夸他还是骂他?"

"都不需要。"

陈福泉还是要说。欧阳确实是个人才,大才,双弦开发区现在最需要人才,但是欧阳和双弦不搭,他待在这里是一个错误。其实他本人早就打算远走高飞,去做他的研究,那才叫牛,人家本来就是干那个的。一直没走原因很多,巨力乙烯有责任,沃克家的纪惠有责任,管委会主任陈福泉当然也有责任。说来也有天意:人刚要走,来了"闪火"。"闪火"灭了,又来了一棍子。胳膊断了,机票也给打飞了,吊着胳膊还能出国吗?陈福泉批准欧阳不用上班,休息养伤,听说他很安稳,除了上医院,总在宿舍不出门,天天吃泡面,叫外卖。这个人有那么老实吗?真那么老实会弄成这个样子?是不是还打算招惹什么麻烦?欧阳自己说,东西烧过会留下灰烬,有些灰烬可以回答问题。

他提着一条胳膊埋头钻研，一定是在找那些灰，非要逞强，证明自己对。问题是那个事已经搞不下去了，他心里很清楚。他自称最怕死，却最不要命，加上家里那些不幸，万一一时想不开就糟糕了。陈福泉非常不放心。

"他母亲怎么死的，告诉过你吗？"陈福泉问。

纪惠没有吭声。

"跳楼。二十层。"

纪惠感觉极其震撼，脸上不动声色。

陈福泉还提到欧阳挨的那一棍子，又狠又凶，打手还没有找到，那是潜在危险，也让陈福泉很不放心。他非常非常不希望欧阳在双弦再出什么事。纪惠跟欧阳原本关系不一般，现在更应该关心，帮帮他，救人救到家，别跟他计较。

"我跟他不来往了，陈主任不是听说了？"

"可是你又救了他。"陈福泉说，"现在年轻人怎么都行，昨天结婚今天离婚明天又睡在一起，那不算什么。人家可以，你们就不行？"

"两回事。"纪惠问，"陈主任想劝他什么呢？"

"让他走。"

"吊着胳膊能出国吗？"

眼下出不了国，却可以回家。欧阳在省城有一个大房子，那是他的家。他是在省城长大的，那边虽然没有父母，毕竟还有亲友同学。让他回家养伤，比独自待在双弦安全。欧阳负伤后，陈福泉曾交代胡亮劝告他，欧阳确实也回去过，却没待几天，眨眼间又挎着一条伤胳膊回到双弦吃泡面。这不是办法。

"除非你让他搬到你家，让沃克招个上门女婿。"陈福泉说。

"我和我爸不怕牺牲。"纪惠说，"只是担心把陈主任害了。"

陈福泉笑:"我得谢谢吗?"

他半真半假表扬纪惠,说她嘴里有一把刀,其实心眼最好,菩萨心肠,欧阳要救,戳种要管,还怕害了陈主任。他让纪惠注意拿捏,想明白,要上门女婿就赶紧下手,趁着断胳膊的好时候。等人家翅膀长好远走高飞,就永远没戏。这种上门女婿不说万里挑一,至少双弦无两,第一牛,多少人眼红。巨力乙烯一个女工程师,听说早就嫁人了,事故调查那一阵,陈福泉注意到她总在欧阳身边晃来晃去,笑模笑样,亲切宜人。论长相高矮,纪惠不输她,但是人家有经验,加上主动,纪惠只怕争不过。

"我不争。陈主任喜欢谁给谁。"纪惠说。

她不做任何承诺,不管是戳种、小纪还是欧阳。陈福泉也是点到为止,不强求纪惠表态,他像是胸有成竹。

陈福泉注意到工作室的窗台,那里有一株多尼,种在花盆里。纪惠告诉他,这株多尼是从岭下村旧址一处土堆挖的,分了几盆,都养活了。

"花好看,果好吃,别看土里巴唧,其实不错。"陈福泉表扬,"从前到处长,双弦这里遍地是,现在少见了。"

"因为陈主任的美好生活没有它。"纪惠略带嘲讽。

"怎么可以没有?"陈福泉眼睛一瞪,"它就是美好生活。"

纪惠说:"所以才越来越罕见。"

"不对。"

以往到处长的多尼少见了,表明这座岛屿变化巨大。这种变化其实也是顺势而生,自然而然。荒山坡都变成了工地和厂房,多尼并没有就此消失,纪惠这里不也养着一株?不需要为它担忧,它的生命力非常强大,只要有一点土壤它就能长,开花结果,这就是天地自然,

223

有如人们追求美好生活。

纪惠即调侃："这么说陈主任也该去养一盆。"

陈福泉宣称不是一盆，来日要规划一处好地方种它一大片，作为双弦岛美好新生活的配套项目，让人们可以去看花，赏心悦目，还可以吃个痛快，感受生活的酸甜。

纪惠提醒陈福泉：此刻请求辅导者正在外边等候，都是事先预约过，等太久他们会有意见。陈福泉点头，站起身告辞。出门时他还说，如果需要，他可以命社会事务局给她们换一间工作室，不要只是上弦月，要满月，想多大给多大，租金从优，也作为美好新生活配套项目。

纪惠说："不需要。"

完成了预约辅导后，纪惠回家。老爸出去了，家里却有客人：大厅沙发上坐着两位，坏种母子。一老一少都显得紧张，特别是老的，一副大祸临头模样。

"阿惠，帮帮我们。"老女人的话里满是哭腔。

"别急，好好说。"纪惠连声安慰。

她搬张椅子坐在他们对面，听他们诉说。听了半天，原来没什么特别的，就是坏种给警察叫去了。两个警察上门把他带到分局，陶本南亲自审问。主要问戳种的事，要坏种交代，戳种跟谁来往？怎么倒"货"？有几个秘密藏身地？坏种怎么给戳种偷送给养？等等。陶本南让手下警察给坏种留指纹、查口水，验他有没有吸毒，还要坏种一五一十，把他们兄弟俩的劣迹全部交代清楚，包括他俩怎么开摩托非法载客。陶本南警告说，那些事他全都知道，要看坏种老实不老实。

"他唬你。"纪惠说，"这个人最会这一套。"

坏种号称顽劣，到了真刀真枪份上就软了，从公安分局出来，他自己都不知道在里边招了些啥，只知道浑身发抖。回家后把他老妈吓得不轻，母子俩不知道该怎么办，便跑到纪惠家里。他们到时，纪蚝壳刚要出门，问了事由后老蚝壳让他们在家等纪惠，自己走开，下楼去公园"吃空气"。

"你干了多少坏事？怕成这样？"纪惠问。

坏种承认自己给戳种放风送饭，帮助用摩托拉过"货"，但是他不知道都是些啥。戳种自己吸毒，却从不让他沾，总是警告他沾一口就完蛋了。

"他们还逼我交代打人同伙。"坏种说，"其实那天我只在村部打了欧阳一拳头，那一棍子不是我，我也不知道是谁打的。"

纪惠即训斥："当着我的面你还敢打，我要是晚到一分钟，你现在坐班房了。"

老女人在一旁抹眼泪："阿惠别计较，帮帮我们。"

纪惠让他们不要慌，没什么大不了的。听起来，坏种那些事并不太大，真要足够大，估计陶本南也不会放他回家。警察说是办案，其实也是在配合陈福泉施加压力。打人那件事不要担心，陶本南是拿那个吓唬人，他根本管不着。

她把陈福泉的补偿方案告诉坏种母子。两人竟异口同声："真的吗？"

纪惠说，陈福泉是主任，他说了算。据她观察，这个人通常说到做到。问题在于这个方案与母子俩原本提出的数额差得很多。

"还能要得更多吗？"坏种问。

纪惠说她没有把握。

母子俩要回去商量一下。纪惠说："没关系，还有时间。"

她让他们俩回去考虑，有什么想法可以给她打电话。警察那边不要怕，她会想办法帮助了解情况。

母子俩离开后不久，老爸回来了。

纪惠把情况告诉他，老爸没有更多话，只交代了一句："戳种家的事情该帮。小纪那个事，你不要多管。"

"为什么？"

父亲嫌那家人德行不好。大纪小纪都不是善茬，死缠，得寸进尺，没完没了。坐牢吃枪子，都是自己作的。

纪惠没有吭声。

老爸不喜欢那家人，当年他们给他找过不少麻烦。那家人的两个儿子，差两岁，长得一个模样。村里人管他们叫"大纪小纪"，现在那家人只剩小纪一个，纪惠对小纪同样没有好感，但是有些事还是不能不管。

隔日，纪惠给肖琴打了个电话，问肖有空一起喝杯咖啡吗？肖琴吃惊："真的吗？听起来不太习惯啊。"

"我们生活美好了。"纪惠调侃，"口袋里有了几个咖啡钱。"

"是有什么事吧？"

"当然，没事干嘛花咖啡钱？"

"我得准备点啥？"

"检查你的指甲，想办法磨尖一点。"纪惠说。

"我还是喜欢抓头发，你最好把头发剪光。"

纪惠笑："好亲切。"

那天晚间他们在新城北一家新开的咖啡馆相会。彼此都穿得很清爽，稍化妆，脸上带笑，没有剪光头，也没有磨指甲，那是开玩笑。纪惠给肖琴带了两本同学录，还有两份照片，是上一次县一中同学聚会后整理的，召集人让纪惠带给肖琴。

"一份是你的。还有一份给聂伟。"纪惠说明。

肖琴拿走一份,另一份推还纪惠。

"我给你一个地址,你直接给他快递吧。"肖琴说。

"他不是你老公了?"

肖琴笑笑:"形同虚设。"

聂伟跟肖琴早在高中时就好上了。聂貌不出众,却是个"二代",父亲是当时的副县长。聂和肖后来一起到省城读大学,在那里还是同班,据说是聂伟怕肖琴让别的男生拐走,通过其父利用关系安排的。毕业后他俩都留在省城工作,结了婚。聂伟去了省属一家化工公司,肖琴则到中学当了化学老师。巨力乙烯在双弦开建后,肖琴忽然独自从省城回来应聘,成了该厂一个技术人员。当时有传闻说肖琴跟学校校长好上,被聂伟捉奸在床,弄得沸沸扬扬,在省城不好待,躲避到了双弦。纪惠与肖琴在高中时总在暗中较劲儿,重聚双弦后来往很少,有关肖琴聂伟的故事都是听一些同学说的,纪惠从不问起,肖琴自己也从不提及。

纪惠对肖琴建议:"如果形同虚设,不如换个货真价实。"

"莫非要给我介绍一个?"

纪惠向她推荐欧阳。第一牛,学霸,大才,金牌王老五,家世和学业背景都是第一流的,目前不甚得志,存在感偏低,来日必展宏图。估计欧阳很快会去英国,肖琴当年最热衷学英语,只要跟上欧阳,就等于进了大不列颠和北爱尔兰联合王国。

"这么好,怎么不留着自用?难道另外还有更好的?"肖琴问。

纪惠称目前手中没有其他存货,不过还是愿意舍己为人,忍痛割爱,吐血奉送。

"那我就不客气,恭敬不如从命。"肖琴说,"好像听你说过,他精神有点问题?"

"我跟他说过,你精神一点问题都没有。"

"你们不是已经散了?"

"没有啊,好好的。"

"那你还吐血奉送?"

"我喜欢哄你来争。"

肖琴笑笑:"我建议你再去把头发剪得短短的,像高一那时。"

纪惠把两只手背伸到肖琴面前,让她看指甲。十个指甲都很短,并未特意修剪。

"信不信?这就够了。"纪惠笑道。

她们又聊了其他一些事情,谈得很高兴。没再谈及聂伟,或者欧阳,但是确实这就够了。话说到这个程度,肖琴真敢试一试吗?

第二天上午,纪惠打电话给小纪,约他到工作室来。纪氏家族里,论辈分小纪得管她叫"太婆",可是毕竟都年轻,小纪只叫她"阿姐"。这个小纪如老爸所言比较麻烦,纪惠把陈福泉的方案告诉他,他立刻表示不满。

"陈福泉敢不给,我跟他没完。"他说。

纪惠直截了当:"我担保他就是敢不给你。"

小纪这才无话。

纪惠让小纪来,却不仅这个事。她给了小纪一只盐焗鸡,包装纸、袋一应俱全。这是本地特产,热呼呼好吃,冷食也行。纪惠让小纪把东西交给欧阳,明天上午送到他宿舍。为什么要劳驾小纪?因为欧阳到岭下村拆迁,曾通过小纪给纪惠传话。

"这件事给你,没问题吧?"她问。

"阿姐为什么不自己去?"

"能去还要你干啥？"

他答应了："小菜一碟。"

"必须按我说的做。"

"我知道。"小纪又问了一句："我那个钱，还能多弄点吗？"

纪惠斩钉截铁："我看够了。"

隔日是星期六，纪惠给陶本南打了一个电话。报称按照陶本南"好好回忆"要求，想起了一些事情，不知道有没有用。由于一些个人原因，她希望能跟陶本南单独谈，也不想去公安分局露面。如果陶本南可以接受，可否到她的工作室见个面？

陶本南迟疑："我这几天很忙。"

"双休日也没休？"

"哪里有双休啊。"

"那么算了，另找时间吧。"

她放下手机。几分钟后陶本南把电话打了过来。

"情况很重要吗？"

纪惠说："我不知道。"

他沉默，也就瞬间："哪个时间合适？"

"十点吧。"

上午十点，陶本南准时到达。纪惠独自在她的工作室，大门敞开。

陶本南告诉她，由于一个重要案情，有上级缉毒部门领导来到双弦，研究督办案件。这一段他们很忙，但是他还是抽空前来，希望纪惠提供的情况能有助办案。他的时间不多，请纪惠直截了当。

"给陶队长倒一杯水还是需要的。"纪惠说。

她给陶本南倒了杯茶，问一句："陶队长没改行当治安警吧？"

"怎么说？"

"听说揪住坏种,追查打手?"

陶本南嘿嘿:"莫非纪老师也知道一点线索?"

纪惠建议陶本南悬赏,她会酌赏金多少考虑提供。

这时忽然来了两个人,竟是小纪和欧阳。欧阳看上去像是白了一点,左胳膊还吊在那条吊带上,一如既往,神情平静。纪惠注意到陶本南和欧阳看到对方都显出意外,有趣的是一旁毫无关系的小纪也发呆。纪惠即让小纪离开,说:"回头我送欧阳。"

小纪匆匆走人。

陶本南立刻发问:"这是怎么回事?纪老师?"

纪惠说明,陶本南是她打电话约来的,欧阳则是她托小纪请来的,事前没有明确告知事由,担心说了会有人感觉不便,拒绝相请。为什么要请陶本南与欧阳一起到场?因为都有关联。她要说的是弟弟纪志刚的一件事,需要请欧阳对证。事情发生时间大约在一年前,有一个晚间纪志刚回到家中,喝得烂醉,吐了满身。她安顿弟弟睡下,收拾他的臭衣服,放进洗衣机前清理,从上衣口袋里掏出一个小塑料袋,里边基本是空的,只残存袋底一撮,袋壁上也沾着些白色粉末状物。她感觉可疑,悄悄藏起小袋。隔日恰好欧阳到工作室跟她讨论,结束时她拿出那个小袋,请欧阳设法帮助鉴定,请求务必保密。她是希望确认袋子里是什么,又不想弄得沸沸扬扬惹麻烦。欧阳是化学工程师,肯定比她懂,也许能帮上忙。她没告诉欧阳这东西是谁的,怎么会到她手中,欧阳也没有问,可能清楚她有难言之隐。此后不久,欧阳把东西还给她,告知已经设法鉴定了,是冰毒。欧阳没说是找谁鉴定,她也没有问。事后那些粉末被她丢到马桶里冲走。她反复查问,弟弟死活不承认涉毒,只说东西是朋友的,他没沾。她父亲偏袒儿子,放他跑了。事情始末就是这样。

"欧阳请为我做个证明,跟你有关的那些情况准确吗?"纪惠问。

欧阳说:"属实。"

"这件事其实陶队长已经知道。"纪惠说,"他曾经专门传唤我到缉毒大队,要我坦白交代。我做了如实说明。是这样吧?"

陶本南问:"纪老师什么意思?"

"当时陶队长说,欧阳已经都坦白了,所以才找我。那是骗我吧?"

陶本南站起身:"办案情况不合适这么说。我不奉陪了。"

"陶队长不能稍微耐心点吗?没见人家是个伤员?"

"欧阳工程师因公负伤,改日好好慰问。今天不凑巧,我还有其他任务。"

"我有一点戳种的情况,陶队长不想听吗?"纪惠问。

她提到戳种的两个电话。

陶本南当即警觉:"戳种跟你联络是什么事?"

"我不知道。"

"你为什么不接?"

"我不想接。"

陶本南沉默片刻,称需要的话他们会核实。

"陶队长办案有技巧。"纪惠又刺了他一句,"可以稍微赐教吗?"

陶本南还是那句话:具体办案情况不合适说。但是他可以强调一点,缉毒警察的所有工作,都是为了让人们免受毒品侵害,是在挽救生命。纪志刚、孙保全已经丧生,不能让更多的人死于非命。

"原来陶队长悲悯有加。"纪惠嘲讽。

"理解就好。"

纪惠称陶本南让她感觉非常惭愧。她都想退出上弦月工作室,从此洗手不干,不再自命为心理咨询师。很佩服,希望好好学习。

"如果纪老师没有其他可以提供,我告辞了。"陶本南说。

他起身离开。

纪惠坐在椅子上不说话,眼睛直盯着欧阳,看了好一会儿。

欧阳问:"轮我了?"

"为什么不告诉我?"她问,"你就是这么牛?"

"算了,别那么小心眼。"

他告诉纪惠,那一小袋东西在检测环节出了纰漏,被陶本南掌握,追到他。他不想牵出纪惠,避免增加她丧弟之痛。既然没跟陶本南说,何必再跟纪惠提?没想到陶本南扭头又追到纪惠那里。细想一下也属自然,陶这个人挺聪明,显然是猜到了方向。纪弟死于毒品,纪惠与欧阳有交往,怀疑自然而然,不需要太丰富的想象力。

"他说我供出你吗?"欧阳问。

没那么直接。陶本南闪烁其辞:"你是不是把一个小袋交给欧阳了?""该坦白的他都坦白了。"所以要传唤纪惠核实,等等。想来这也是常规审问技巧,亏得纪惠自己还搞心理咨询,碰上实战经验丰富的警察终究甘拜下风,只好供认不讳,捎带着把欧阳痛恨了。欧阳被警察盯住,迫于压力,担心卷入毒品犯罪,为求自保把她供出来,她可以理解,因为是事实,她自己的事自己必须承担。让她不能接受的是欧阳竟然一个字都不提起,在她面前装得若无其事,像是什么都没发生,跟她有来有去,而她自己就像个傻瓜,被卖掉了还在替贩子数钱。这怎么可以?拜拜吧,所以才"走了拉倒","毋须叨扰"。但是很快她就觉得自己可能上当了。陶本南总是那一套,任何情况都已经掌握,明摆的就是坑蒙拐骗,欺负无知少女。欧阳又是个什么东西?总说自己最怕死,厂子爆炸了,人家往外跑,他冒死往里凑。骨头打断了,痛得满头大汗,没听他叫一声。他会经不住陶本南一点吓唬?

很大可能他是无辜的。纪惠痛恨了半天，居然只是越加证明自己是个傻瓜。想来心里格外不平。

"其实直接找我问问就清楚了，不必这么三堂会审。"欧阳说。

"那不是让你们更目中无人？"

纪惠决意捉弄一下陶本南，出口气。别以为只有他可以玩"警察与小偷"，穿那身警服就可以坑蒙拐骗，别人只能听凭支配。谁欺负她，她肯定要反咬一口。说来也怪欧阳没有及时告知情况，害她当了回傻瓜，最后还得破费一只盐焗鸡引诱，哄欧阳与陶本南到这里欢聚一堂。她感觉，以其喋喋不休自我辩白，不如三人对质清楚。效果似乎还行，看陶本南那个样子，"不合适""不奉陪"，赶紧开溜，她心里直想笑。

"请欧阳同学引以为戒。我是吃海蛎长大的，钙质丰富，牙齿锋利无比。"她说。

"纪老师牙齿了得，其实悲悯有加，跟陶队长可有一比。"

"没那回事。恨不得一人咬你们一口。"

"这就消除误会了？"

"没那么简单。"

那时已近中午，纪惠关了工作室，送欧阳离开。她开车，没进欧阳那个小区，径直开到她家那座高楼的地下停车场。

"我欠你一顿饭，表示歉意吧。舍不得破费上饭馆，给你做碗方便面。"她说，"愿意的话，可以跟我老爸免费喝两杯，他跟你一样好这一口。"

欧阳说："其实我是久久才喝一口。"

"我见过你头重脚轻。"

他们乘电梯上了三十楼。

石化岛

233

老爸坐在沙发上泡电视。他知道欧阳,那天在旧村部见过,纪惠就不多介绍,直接把欧阳丢给他,自己扎条围裙进了厨房。纪惠是渔村长大的女孩,从小由母亲训练操持家务,母亲去世后就成了家里的女主人,每天为家人准备三餐。所谓做方便面是开玩笑,家里食材现成,加之轻车熟路,不到半小时,四菜一汤,有荤有素,还炒一锅米粉,齐了。

她到厅里看看,那一老一少聊得正起劲儿,居然很有话说。

"吃饭吧。"她指着欧阳说,"这个人断了手骨头,不能久坐。"

欧阳声称伤在手臂,坐坐不成问题。老爸也说不碍事,打断骨头更结实。纪惠表示这根断骨头让她看了心虚。那天她送欧阳到医院,当时不知道欧阳手臂受伤,开车门时一使劲儿,蹭了那条伤臂。记得看到欧阳呲牙咧嘴,大汗淋漓,她非常惊讶。后来听说欧阳骨头断了,她很懊恼,总觉得是自己用力一蹭所致。

欧阳开玩笑:"说得对。本来断一半,你一蹭全断。"

一老一少两个男子喝了酒。其实只是欧阳喝,纪蚝壳虽然好酒,却不能喝,因为他的心脏里装着支架,医嘱忌酒。他自己不喝,却喜欢看别人喝。纪惠给他倒了一杯酒,他跟欧阳一再碰杯,自己嗅嗅酒气,却一定要欧阳喝,称饮酒活血有助于骨折恢复。欧阳跟纪蚝壳连干几杯,纪惠不声不响给他们都换了矿泉水。

那顿饭吃得很放松,有点暧昧。

饭后,纪惠领欧阳参观他们家房子,到了阳台。纪惠指着那里的几盆植物,让欧阳挑一盆,免费赠送。欧阳一听是多尼,桃金娘,说了句:"怎么没有花?"纪惠即批评:"不想浇水培土,就想要花?"欧阳笑道:"有道理。"

她声明,别以为这只是一盆灌木,按照陈福泉的说法,她是把美好生活以及天地自然拱手相送，请欧阳务必万分珍惜。

欧阳选中一盆，纪惠拿大塑料袋包好，拎下楼，开车送欧阳回宿舍，一路交谈。纪惠关心意外受伤会不会影响欧阳去英国，欧阳称导师知道情况后，已经同意那个职位再为他保留一段时间。他自知不能久拖，希望这根骨头尽快长好。

"假话，坑蒙拐骗。"纪惠批评，"别像陶本南。"

"哪里不对？"

纪惠认为，一根断骨头对欧阳没那么重要，还有更重要的。

欧阳承认"课题研究"也是一个原因。他不喜欢半途而废，毕竟是第一牛。经过一段时间的深入学习与研究，有点进展，却也只算开题。现在最担心时间不够。

纪惠问："为什么总是放不下？"

"怕死啊。"

"也就是擦肩而过。"

"所以更怕。"

欧阳所谓"怕死"是害怕生命失去，包括自己的生命，也包括亲人和别人的。任何生命的无畏丧失都令他难以接受。21克不可信，生命一旦失去便永远失去，不可再生，却是不争事实。所以尤其需要珍重，叫作生命为重。

"这才是悲悯有加。"纪惠说。

"我有家传。"欧阳说。

欧阳的父母生前都是医生，父亲号称外科"第一刀"，比"第一牛"儿子牛。母亲是放射科医生。医生的天职就是治病救人，他父母救治过的人不计其数，有若干著名人物，更多的是市井百姓。欧阳从小就想子承父业，高考后才决定去读化学。父母救治生命，儿子应该更高一等，不如去研究生命是怎么回事。

纪惠说："让你从小血淋淋，光着一双脚爬礁石挖牡蛎，你就知道怎么回事。"

车开到欧阳他们楼下，纪惠把多尼盆交给欧阳，道了别。

"上边还有一只烧鸡。"欧阳问，"去吃吗？"

"盐焗鸡。"纪惠更正。

她不跟他上楼，声称感到恐惧。有危险。欧阳自嘲有心把纪惠就着烧鸡吃光。今天做不到，只好改天再吃。纪惠立刻批评："有口无心。"

"左右不是了？"

于是两人一起上了电梯。

这是纪惠第一次上门。进门后她暗自惊讶，欧阳的房间挺整洁，不像感觉中单身男子窝那般凌乱不堪。这是开发区管委会的人才房，一套两居室，宽敞明亮，南北通透。纪惠注意到书房里电脑还开着，一张桌子上全堆着书。

"原来你这么有条理。"纪惠说。

欧阳说，其母教子有方。

纪惠不动声色，以找地方安放那盆"美好生活"为名，察看了前后阳台。她注意到阳台防盗网足够结实，不利于跳楼自杀。就此情况，陈福泉的担心似乎略过。

她的手机振铃。是小纪，纪英勇。

"阿姐，那房子真的没法多要吗？"他问。

"你去问胡亮，或者陈福泉。"

"算了，我听你的。"小纪说，"房子就那样，我不说了。但是还有一些树。"

"什么树？"

"桉树，巨尾桉。"

"你果然是得寸进尺，没完没了。"

"阿姐，几十万哪！"

纪惠不跟他多说，只讲她还有事，把电话挂了。

欧阳打趣："我觉得纪老师可以当村长了。"

岭下村已经不存在，老房子即将拆光，村民全都散失在新城的高楼大厦里，没有村庄也没有村民，还要什么村长？

"何必纠结呢？不是还有美好新生活？"

纪惠嘲讽："你在吗？跟我们一起美好？"

欧阳略一愣："莫非纪村长欢迎？"

"别那么亲切，危险。"纪惠说。

她没在欧阳那里多待，看看情况，感觉比较放心，即转身告辞，"逃离险境。"

分别时她跟欧阳说了一句话："欧阳，先放下来，走吧。"

她建议欧阳离开。如果暂时不能远走高飞，那就回省城去，看医生，养伤，考虑未来。不要被阴影笼罩，无论是旧日的伤痛，还是擦肩而过的死亡。也无须一心一意奋不顾身去兼顾众生，有如菩萨。欧阳跟她不一样，双弦岛差不多就是她的全部，欧阳却有一整个世界。

"我会专程上门探望，看看你的大房子。"纪惠道，"上一次未遂，记得吗？"

欧阳看着她的眼睛："好像很遥远了。"

6

　　气味刺鼻，突如其来，人们面面相觑，个个变色。
　　陈福泉喝道："怎么回事？"
　　大家不由自主去捂鼻子，有的用手掌，有的用袖筒。有几个人站起身，神色紧张，似乎准备立刻拔腿逃出门去。
　　欧阳在桌子另一头敲敲桌面："别慌，拿着水。"
　　众人赶紧去抓桌上的矿泉水瓶。欧阳自己没有动弹，抬眼看着窗外。
　　"欧阳！跟我说是什么！"陈福泉大声喝问。
　　"应该是渣油尾气。"
　　"会不会爆炸？"
　　"不会。"欧阳斩钉截铁。
　　欧阳断定巨力乙烯尾水处理池可能在检修设备，或者是排空某条管道，导致废气逸出。那几个水池位置偏西，靠近厂区边缘，离岭下村这边近，所以气味扩散过来。看来不是特别严重，跟风向有关系，来一阵风可能就吹跑了。如果还担心，可以把水倒在袖子上，拿湿袖子捂住口鼻。
　　果然，一会儿工夫气味渐淡，有一阵风刮过村部院子。
　　陈福泉说："给我找戴建。"
　　坐在他身边的胡亮赶紧打手机，戴建接了电话。
　　陈福泉追问："戴总，你们那儿又出事了？"
　　戴建不慌不忙："我们这里一切正常。"

"臭死了，气味呛人。怎么搞的？"

"那个啊，没事。渣油尾气处理系统技改，稍有点泄漏很正常。"

陈福泉看了一眼欧阳，心里真是有点感觉：这小子果然牛。

"戴总很正常，大家吓白脸。"陈福泉说，"戴总总是要给我们这种惊喜吗？"

戴建说："放心，不会有巨响，也不会有火光。"

"气味就足够吓死人。"

"奇怪啊，才几级风，浓度肯定不够，不该惊动陈主任的。"

陈福泉告诉戴建，此刻他不是在管委会办公大楼，是在岭下村旧村部开会。大家正在紧张工作，突然香气四溢。巨力乙烯又来凑热闹送温暖。这是干什么呢？释放毒气，驱赶村民搬迁，配合陈主任工作？

"陈主任开玩笑。"戴建不慌不忙，"化工企业废气排放，像巨力乙烯这种水平的已经不多，我们在技术上是国际顶尖。"

他也承认企业试生产期间，机器和操作人员还在磨合。今天水处理池那边有一台设备更换，需要排空相关管道，他在总控室里亲自监控。

"请务必努力保持空气气味。我们双方早都公开承诺过，本岛居民的美好新生活不需要配备家用防毒面具。"陈福泉说。

戴建问："陈主任明天上午有时间吗？"

"难道臭味还得悄悄讲？"

戴建称臭味不是问题，有些情况需要沟通。陈福泉表示眼下戴建的事情都是头等大事，他随时恭候。两人匆匆结束通话。

今天工作组与相关村民最后协商签约，陈福泉亲自坐镇。被他召到现场的除了协调小组成员，还有拆迁队骨干人员。纪蚝壳父女缺席，老沃克以身体为由推辞，纪惠则因为学校有课。陈福泉曾经交代中学校长，凡协调工作需要，必须允许纪惠临时调课，甚至缺课，但是纪惠拒绝向校长请假，说自己首先是个老师。陈福泉没有强求这一对父女，因为最困难的戳种、小纪等问题，纪惠已经按照陈福泉要求做了工作，基本排除了障碍，此刻未到场并无大碍。欧阳于会前也以养伤为由提出请假，被陈福泉一口否决。陈福泉命胡亮派车派人去接欧阳，理由是欧阳还是拆迁队副队长，"院长"，必须来。以欧阳的体质，拉到村部坐几小时不成问题，不会导致二次骨折。还好欧阳到场，几句话缓解紧张，否则突如其来的满天臭气熏不死人，也足以令一屋子坐立不安。

下午五点出头，相关问题基本解决，该签的字都签过了，只剩下最后一个遗漏：纪英勇。他没有按照要求到场。

陈福泉不高兴："他那个事不是都说好了？"

胡亮说："还有点小情况，回头我跟你报告。"

会议结束，离开村部前，陈福泉招招手，把欧阳叫了过来。

"你那条胳膊还吵着休息吗？"他问。

欧阳拿出一张双弦第一医院主治医生出具的 X 光检查证明，把它递给陈福泉。

陈福泉不看："告诉我医生怎么说。"

医生认为患者骨折还在愈合，需要继续休息。

"伤筋动骨一百天。"陈福泉问，"你打算在宿舍里吃一百天泡面？"

欧阳觉得没太大问题，陈福泉不用担心。实话说，他在宿舍里待得很自在，比这个会议室有存在感。

"什么叫存在感？"陈福泉追问。

欧阳解释：存在感就是一种感觉。就好比眼下在这里，除了陈福泉发号施令，其他人都像不存在一样，有也罢没有也罢。

"原来是变着调子发泄不满。"陈福泉说，"其实我非常欣赏你，第一牛不是假的。但是别说什么存在感，你真是早该走了。"

他直截了当，建议欧阳回家养伤。如果需要，他会要求胡亮考虑发点生活补助，尽管欧阳不缺钱，该表示的关心还应当充分表示。

"我还会要求杜聪全力侦查。一旦抓到那个打手，让他们马上去给你道喜。"陈福泉说，"不管你走到哪里，都不能欠胳膊一个公道。"

欧阳却不松口，称暂时无意离开，虽然他的胳膊感觉很温暖。

"还是变着调骂？"

"没有。心领了。"

返回管委会办公大楼的路上，胡亮在轿车里向陈福泉汇报了最后一个遗留问题，也就是小纪。关于纪英勇的哥哥纪俊勇名下那幢楼房的拆迁补偿问题，纪英勇已经没有不同意见，答应按照协调小组提出的方案办，但是今天下午失约未到场。胡亮命人打电话去追，小纪回答称桉树的事情没有解决，他还不想签。其实桉树这件事根本不可能解决，早就告诉他了，他自己也同意不把两件事搅在一块，房子归房子，树归树，房子先签，不影响本次全村整体拆迁。不料忽然间又变了卦，可能还心存幻想。

"桉树到底怎么回事？"陈福泉问。

岭下村原先除了拥有若干耕地、农田、滩涂，还有大片山地，总面积千余亩，性质为集体山地，分给各家各户，有多有少，其中小纪家分有二十余亩。当年征用时，山地赔偿分土地、林木两部分，土地部分归村集体所有，与其他耕地、农田补偿加在一起再按人头平均分配。林木补偿则直接发给各户村民，赔偿他们在各自山地上种的植物，主要是桉树，巨尾桉。

"这也能长？"陈福泉奇怪。

"还真是长个屁。"

胡亮是老双弦，开发区开建之前就在镇上工作，当年的情况比较了解。他告诉陈福泉，岭下村山地以乱石为主，没有乱石的地方土层也非常薄，且都严重缺水，根本不适合造林，除了杂草，就是有些一千年也长不大的马尾松，或者多尼那样的野生灌木。巨尾桉是一种速生经济林，当年林业部门推广，但是明摆着不能种在乱石堆上，村民却大种特种，包括小纪他们家。这是胡乱扔钱吗？不是，当时已经决定在双弦建开发区，为了在征地拆迁中多得利益，岛内各村村民争相抢建，花样众多。村中抢建住房，滩涂抢建渔排，山地抢种巨尾桉。县、乡实行严格检查，禁止建筑材料进入双弦，还有人设法躲过检查，用小舢板趁夜从岛外往岛内运送各种材料，包括树种，形同走私。小纪家那些树就是那时种的。按照规定，抢建抢种不能获得赔偿，但是当年出于化解村民抵触情绪，基本上都给补了。小纪家那些树得到赔偿款没有几十万，是十五万多，实际拿到手是四万多。

"差那么大？"陈福泉诧异。

"其实是白拿。"胡亮解释。

当时那些人家，包括小纪家其实没在山上投一分钱种一棵树，所有的资金和用工都是别人的，村民们只是把自己拥有的山地使用权交给外来投资人，由投资人自己去买树苗，请工种树。如果到时候不能获得林木赔偿，投资人自负损失。如果得到赔偿，则按比例分钱，多为三七开，投入一方得大头。由于那些山其实长不了东西，村民们什么都不做却可以坐地分钱，感觉是白得的，也乐得合作。比小纪家包山更多的村民有的是，差几十万的都有，没有谁去折腾这个事，只有小纪。这个人恰好那段时间给关在牢里，情况不明白，加上脾气倔强，人横，特别贪财，鬼迷心窍，总想拿早就没影的巨尾桉刮一笔钱。

陈福泉说："设法搞点小钱给他，事情了掉算了。"

胡亮却有顾虑，只怕给了小纪，其他人跟着也要，哪怕换个名目，事情终究会传出去，那就牵一发动全身了。陈福泉细细一想，感觉也是，牵涉的人多，如果大家都跟着闹，想快更慢，那就欲速而不达。陈福泉决定不开这个口，但是必须把小纪拿下。一周内全拆光的目标不能变。

　　第二天上午，戴建到管委会办公大楼找陈福泉，带着一男一女两个随员。戴建介绍两位是他们技术二部的工程师，男的是主任，女的叫肖琴。

　　陈福泉挑剔："这两位又帅又漂亮，该去走台，还能搞技术？"

　　戴建称他们巨力乙烯人才济济。

　　他让两个下属具体报告渣油尾气处理系统设备更换事项，也就是昨天那股气味怎么回事。陈福泉说："我都知道了，戴总不必多心。"

　　戴建坚持让他们谈谈，简要一些。陈福泉点头，他们拿出图纸，比比画画说了一会儿，任务便告完成。而后戴建让他们先走，自己留下来跟陈福泉继续沟通。

　　戴建主要涉及客人参观事项。由于多年建设打下基础，加上上级支持，管委会上下全力推动招商，双弦开发区声名鹊起，那一段时间特别热闹，几乎每星期都有重要客商进岛，每个月都有大项目签约。巨力乙烯的启动让众多下游企业有了一种紧迫感，吸引它们迅速靠近原料产地，聚集双弦岛，一时间岛上各工地热气腾腾，诸多客商闻风而至，考察团队纷至沓来。凡重要客商到来，几乎都会带到巨力乙烯走一趟，该企业作为开发区标志性项目展示于各方宾客中，其频繁程度让戴建也感觉吃不消。

　　陈福泉说："戴总，这是需要。对巨力也有好处。"

　　"还是希望减少一些频率，少一点叨扰。"

243

陈福泉很敏感。戴建亲自上门谈事，不会无缘无故。有一批客人即将前来，戴建该不会是对这批客人感冒吧？这批客人来自北欧奥斯陆，属于北海集团，是近来势头强劲的一家石化企业。有一位企业高层人物率队前来双弦考察，他叫作威利斯。省商务厅一位副厅长在省城宴请这批客商，派了一位处长陪同他们下来，本市由林泰出面接待，届时也将参观巨力乙烯。戴建对陈福泉说，他会安排一位助手为客人做介绍，他本人不打算出面，手上事很多。

陈福泉问："没什么其他情况吧？"

戴建询问陈福泉是否知道北海的背景？北海集团有几个大股东，其控股方前些时候易手，目前由总部位于北美的全球石化业巨头联邦炼化控制。近年联邦炼化扩张迅速，在全球大肆并购，很多迹象表明当前它们关注的一大重点在东亚。

陈福泉"啊"了一声，眼睛紧盯着戴建。

"戴总是不是有些内部精神？"他问。

"什么意思？"

陈福泉听到过一些风传，似乎巨力集团正在考虑新布局？莫非与北海集团，或者其背后的联邦炼化有关系？

戴建说："陈主任清楚，我只是刘小姐一个高级雇员。"

"戴总应该有渠道听到一些消息。"

"坦率说，我跟陈主任一样不清楚。"

陈福泉换一个说法，与戴建探讨一个可能。如果有一个大规模重组即将发生，对巨力乙烯有什么影响？是否妨碍如期投产？戴建回答说，即便发生这种情况，他认为企业会正常投产，因为巨力乙烯是一个建成企业。炼化一体化就不一定，既然还未投建，可能需要重新审视，导致动工推迟。

陈福泉表示，巨力集团的内部事项，外界无权干预，就他而言，关心的只是是否有利于开发区发展。眼下最重要的是确保巨力乙烯试生产如期顺利完成，验收通过，进入正式生产。这一点，戴建与他应当是完全一致。

"也是。"

"什么？"

"Yes。"是的，是这样。彼此早有共识。

戴建告辞前，陈福泉向他提起小纪。小纪是岭下村民，也是巨力乙烯员工，理应比其他村民更配合旧村拆迁。目前小纪提的补偿要求，管委会已经最大可能予以满足，不能再要求更多。既然是有单位的人，请单位配合加强教育。

戴建很干脆："没问题。不行我开除他。"

戴建离开后，陈福泉在办公室独自思忖许久。

他给欧阳挂了一个电话，称有一个急事需要，既然欧阳"暂时无意离开"，那么就来帮个忙。陈福泉会让人把材料发到欧阳邮箱，要求欧阳赶紧看。

"我的胳膊还疼着呢。"

"别跟我装。"

"又是拆迁房面积？"

"看了就知道。"

材料传到欧阳邮箱，也就十几分钟，欧阳回了电话。材料已经收到，不用看，是一年多前写的，撰稿人就是欧阳自己。

陈福泉问："你觉得当时那些考虑还对？"

"当然，是许多专家共同的看法。"

"是时候了，可以着重推进。这事还要你来做一做。"

欧阳没有吭声。

"怎么啦?"陈福泉问,"不想干?"

欧阳说:"有点意外。"

"你不是没有存在感吗?给你还不要?"

欧阳说:"我要。"

当天下午,欧阳吊着一条伤胳膊来到总工办,以临时负责身份,召集总工办人员以及抽调的几个年轻工程技术人员,配成一个小组做方案。陈福泉给的时间非常短,只限三天,务必完成。

三天后,副市长林泰来到双弦。陈福泉陪同他到了鬼子岭,此刻它已经改称"文华岭",当天,双弦文华公园于这里正式奠基。

陈福泉自嘲:"不是挂羊头卖狗肉。"

所谓公园奠基,其实就是找地方埋下一块石碑,所谓公园还是一片荒山野岭。当天最主要的其实不是那块石碑,是岭下村的三公爷庙迁建于文华公园内,岭下村来了数百村民,以老人和妇女为多,他们要在经过挑选的地块上放炮做"礼路",开始修建庙宇。林泰和陈福泉是先后两任管委会主任,双弦岛包括岭下村的两阶段搬迁分别在他们手上进行。庙宇宗祠等建筑搬迁于本地沿海渔村是大事,三公爷庙是首迁,具有带头示范意义,林泰和陈福泉先后两任管委会主任出场以示重视,有利于扫清岛内其他民间庙宇的搬迁障碍。但是公务人员参加这种活动亦有顾忌,陈福泉便采用这个办法,以公园奠基为名出场,兼顾三公爷。奠基仪式一结束领导就走,庙宇放炮行礼由村民自己搞,领导不参加,也不干预,权当不知道。

林泰前来双弦,是要陪同北海集团客商考察,陈福泉请他提前一天,先给公园奠基。林泰听说还有三公爷,起初有点犹豫。陈福泉说:"林副不关心三公爷,也应该关心陈福泉啊。"林泰说:"行了。"于是就来了。

在奠基现场，林泰与数位村民握手寒暄，多是当年村中风云人物，以纪蚝壳为首。陈福泉看到纪惠陪着父亲便表扬，称沃克家的"煎匙"果然了得，又好看又锋利，占尽岭下风水。这一次整体搬迁，纪惠代表沃克也代表村民，给管委会找了许多麻烦，但是也帮助陈福泉解决了几大难题。现在只剩一件没有解决：上门女婿。这个事特别重要，没有上门女婿，怎么可以叫"美好新生活"？问题是这件事也比较难办，让人家上门吧就不走了，让人家走吧又没法上门。怎么办呢？请教三公爷吧，建议纪惠今天多放几门炮，让三公爷帮助出主意。

纪惠问："陈主任怎么会那么不喜欢他？"

"其实我很喜欢。"陈福泉说，"所以想送给你们家。"

纪惠说："他也特别喜欢陈主任，所以至今不走。"

陈福泉哈哈。

陈福泉向林泰汇报拆迁进展，低声报告了小纪的事情。一听涉及林木赔偿，林泰眉头一皱："这事可不能松口。"陈福泉表示已经采取措施，不会有问题。林泰又交代不要操之过急。他问起是哪个小纪，陈福泉告诉他就是当年枪子底下逃出来的那个。林泰立刻就联想到欧阳。

"小欧不是他打的吧？"林泰追问。

杜聪也怀疑打手跟小纪有关，但是目前查不到证据。以前那些事知道的人并不多，以陈福泉观察，欧阳应该清楚小纪是谁，小纪却似乎不知道欧阳来历。如果这样，打手未必跟小纪有关。当然以安全计，眼下让他们脱离接触好。

林泰说，欧阳到开发区工作时，他跟杜聪交过底，要杜注意保护。他感觉欧阳很理智，不需要担心太多。如果陈福泉不把欧阳派去拆迁，恐怕也不会有那些事。

247

陈福泉嘿嘿："当时就是想让他自己不干走人。"

"他走了吗？"

"明天你能见到他。"

接待北海集团客商的具体安排，陈福泉报告了自己的打算，林泰不太放心，担心节外生枝。陈福泉强调搞得好会是双赢，原有格局不受影响，新格局还能打开。林泰问："只是这个考虑？"陈福泉承认以他本人的情况，节骨眼上，最不希望节外生枝。如果巨力与北海之间真的有什么情况，他希望提供一点新选择，能让他们延缓一点，等九月以后再去折腾。林泰没再吭声。

第二天上午客人到达。

威利斯五十来岁，北欧人，高个儿，红头发，讲一口流利英语，还是位中国通，近年来时常穿梭于中国各地，对中国石化大事如数家珍。威利斯一行参观了巨力乙烯、炼化一体化、码头等主要项目，陈福泉还为他们额外准备了一份推荐大餐，安排在西弦中部的乌石湾。乌石湾一带是礁石海岸，地形陡峭，交通不便，为双弦岛待开发区域。陈福泉指挥车辆从一条小道开上一座山冈，山冈下就是海湾，海水拍打着岸边礁石。几辆车停在山坡上，停车处立着一面大标牌，标牌画有一幅远景模拟图，欧阳等几人站在标牌前等候客人，欧阳把左胳膊吊在胸前，那个吊带相当吸引眼球。

林泰跟欧阳握手，关心其伤情。而后让欧阳给客人介绍相关项目。欧阳用一支激光笔在标牌上比画，用英语介绍，从当前双弦开发区石化企业布局谈起，提出本石化基地下一个增长极就在眼前这片海湾。未来这座山冈将被削平，海湾将成为陆地，会有一家类似巨力乙烯的上游企业进入这个区域，预计这家企业的产品会是PX，也就是对二甲苯。以双弦岛的有利区位，以及已经形成的产业集聚优势推测，这家 PX 企业规模有可能超过目前东亚最大的同类企业，所据地位比巨力乙烯还要突出。对二甲苯与乙烯一样，都是众多下游石化产品的原料。一旦这家企业确定到位，会有大批下游企业随之跟进，迅速形成双弦岛上与乙烯产业链并驾齐驱的另一条产业链，很大可能会跃居第一产业链。目前管委会根据这个目标指导招商。

他们给客人们分发了材料。陈福泉特别说明，乌石湾设想已经研究、论证数年，以往从未正式公开，今天是首次推荐给客商。北海集团是石化巨头，实力与经验都属顶尖。如有意布局东亚，首选应当是双弦，有意进入双弦，选择 PX 应属最富远见。管委会将在各个方面给予配合，并提供最大限度的优惠。

林泰对客人调侃："这位陈主任不是一个化学家，至少是半个战略家。"

威利斯听完翻译，哈哈哈。

当天下午有一个小型洽谈，主要是进一步介绍情况，彼此沟通。威利斯很沉稳，话不多，关于此行只说是慕名而来，想多了解一些情况。他手下几个人表现活跃，分别提出多个问题，话题广泛，问到了双弦开发区目前企业落地情况，也对他们刚接触到的乌石湾规划表示兴趣。双方交谈通过专职翻译，陈福泉要欧阳坐在身边协助翻译，因为欧阳懂技术，本地情况也熟悉。

洽谈之后是工作晚餐，气氛比较放松。林泰市里有事，开个头便先行离席，由陈福泉接手负责待客。席间威利斯突然提起曾经发生的巨力乙烯闪火事故，作为同行他十分关注，想了解一下这起事故有何后续影响。

陈福泉扭头，把坐在另一桌的欧阳叫过来，坐在他身后。

"这事情你最清楚，来帮我翻译。"陈福泉道。

他简要介绍了情况。

威利斯问:"能否透露一点事故调查结果,如果不是机密的话?"

"欧阳,你告诉他。"

欧阳说明:调查结果是公开的,不属于机密范围。调查组认为事故的直接原因是气密性试验过程中一个有缺陷的法兰损坏,导致氢气泄露闪火。

"我能不能问一个细节?调查中是不是曾经讨论过其他可能?"

陈福泉回答,调查过程中,所有可能导致事故的因素都没有放过,根据收集的证据一一论证排除,最后才得出结论。

"能介绍一下涉及到的其他可能吗?"威利斯问。

陈福泉称巨力乙烯目前试生产顺利,表明事故调查结论准确。

威利斯又提了一个问题,直接问欧阳。

"欧阳先生是总工程师助理?"

欧阳回答:"当时是。"

有一个情况让威利斯感觉好奇,想问一问,又担心过于冒昧。不知欧阳可否容许?如果真的有所冒犯,欧阳不必回答,他愿意道歉,并且收回。

陈福泉道:"请他说。"

威利斯提到了他们从公开资料里注意到一个记载:巨力乙烯事故发生当天有过一次新闻发布,有一位管理方人员在回答记者时表示"无可奉告",欧阳了解吗?

欧阳说:"就是我本人。"

威利斯想了解欧阳出于什么原因做这种表示,欧阳回答称由于当时不了解情况,感觉没有把握,只能那样回答。

"现在呢,是不是依然'无可奉告'?"

欧阳发觉威利斯非常了解情况，相信他们一定收集并研究过那次事故及其调查的相关资料，包括向外界公布的调查报告文本。关于事故调查及其结论，他本人没有更多情况可以补充提供。

"就你本人，除了法兰问题，调查中比较注意的还有什么？"

欧阳直截了当："焊接问题。"

"这应当是比较常见的。"

"所以才最需要注意。"

"欧阳先生是不是有些特别发现？"

"很抱歉，没有。"

威利斯竟幽默了一下："无可奉告？"

欧阳也笑："无可奉告。"

陈福泉接过话题，表扬起威利斯，称威利斯关心本开发区企业，了解得如此细致，让他很受鼓舞。希望威利斯此行大有收获，北海集团与双弦的合作就此开创。

工作晚餐结束后，送走客人，陈福泉对欧阳说："本性难移。"

欧阳问："有什么不对？"

陈福泉追问欧阳，所谓"焊接问题"不说不牛吗？"研究课题"莫非就搞这个？听起来威利斯好像也有所保留，欧阳没有利用翻译之机多嘴，里通外国吧？

欧阳说："我欺负陈主任听不懂，直接提供了内情，把陈主任也出卖了。"

"真的？"

"查查录音记录，找个翻译，多听几遍。"欧阳建议。

陈福泉说："行了，到此为止。"

陈福泉宣布临时任务结束，乌石湾计划不再需要欧阳跟进，欧阳可以走人，再次建议回省城家中照顾他那条胳膊并继续去做课题研究。

欧阳自嘲："我总是能创造性完成陈主任的任务。"

他还自称有些存在感了。大老远来自欧洲的北海集团一个威利斯居然知道他，"无可奉告"如此响亮，让他大感意外。威利斯好像对双弦开发区和巨力乙烯很有兴趣，包括那次事故。为什么呢？他觉得有意思，看起来该案例值得研究。

"不要忘乎所以，赶紧走。"陈福泉警告，"胳膊要紧。"

"陈主任放心，它会比之前更结实。"欧阳回答。

陈福泉其实不在乎欧阳的胳膊，他更在乎欧阳这个人，不希望欧阳遇到任何不测，特别在双弦。美好新生活从来都不是轻易可得，从渔村到石化基地，有许多问题随之而生，有时候有的还可能很尖锐，甚至危险环生。这是现实，当下生活就是这个样子。陈福泉必须为欧阳负责，毕竟人才难得，生命为重。

"陈主任不要吓唬我。"欧阳说，"我最怕死。"

陈福泉说了句狠话："想想你父母，别让他们在那边总替你捏一把汗。"

欧阳当即变色。

7

欧阳刚懂事时，常为自己的姓氏纳闷，他身边同学基本姓一个字，张王李赵，很少有人像他一姓两字。最奇怪的是他们家没有谁姓欧阳，他父亲姓黄，母亲姓吴，爷爷、奶奶、外公、外婆无一欧阳，只有他。

父亲解释："名字是爷爷起的，他说从你开始归宗吧。"

原来他们家祖上姓欧阳，高祖父曾经当过大官，声名显赫，后来遇祸失势，家道中落，家人四散。爷爷生逢乱世，离家时年纪很小，隐姓埋名，为避祸给自己改姓黄，后来化名变成了本名，他的儿女也都随了父姓。欧阳出世时爷爷年事已高，他决定让这个孙子回归祖姓，所以他才叫欧阳彬，而不是黄彬。欧阳的父亲被称"黄主任"，是省立医院胸外科主任，该院胸外"第一刀"，学科带头人，以肺部手术闻名。仅从他和欧阳两代人看，他们欧阳黄氏会读书，产学霸，出牛人有遗传，但是祸根似也难断。

那一年欧阳在英国准备博士论文答辩，一个深夜，他被大姨的电话惊醒。大姨要他赶紧回家，他父亲受了重伤，非常危险，正在医院抢救。母亲痛不欲生，差不多崩溃了，所以是大姨给欧阳打电话告急。欧阳心知不好，以最快速度请假离校，搭所能赶上的最早一班国际航班返回中国。飞机落地后他立刻打开手机询问情况，才知道大姨打电话时父亲实已离世，只是怕对他打击太大，有意含糊而言。欧阳赶回家，见到保存在医院太平间的父亲遗体，那时外界已经沸沸扬扬。

原来欧阳父亲竟是死于刀锋，被一个患者的家人刺死。患者为男性，六十四岁，在省立医院接受肺癌手术，欧阳的父亲主刀。患者手术顺利完成，却在术后放疗过程中病情恶化，经抢救无效死亡。患者的两个儿子找到门诊部，掏出尖刀实施攻击，欧阳的父亲被刺倒于地，当场毙命。凶手之一手抓凶器逃离，被闻讯前来的保安围在楼下。警察迅速赶到将其制伏。几天后另一名嫌犯落网，是那个弟弟，趁其兄持刀与保安对峙时逃走，潜回家乡藏匿于一处山间，直到被当地警察捕获。近一年后，主犯被处死刑，其弟则无罪释放。原因是哥哥承担全部罪责，称其弟不知情。其弟在案件侦办过程中供词反复，起初曾被检方控为从犯，定罪后上诉，发回重审，几经上下，终以证据不足免罪释放。

　　欧阳料理完父亲后事，留在家中陪伴母亲，直到母亲情绪稳定才返回学校，完成博士论文答辩。远在国外听到罪犯伏法的消息，他心里有一种刺骨痛苦，还有茫然感。那个时候他还难以置信，他们怎么会那么乱刀而下，把他父亲给刺死了？

　　欧阳在完成博士答辩后留下做博士后，一两天就跟母亲通一次电话。母亲回到医院放射科上班，每天都在忙碌，生活似乎慢慢回返正轨。那年春节，欧阳回到家中，意外发现母亲非常消瘦，像是突然变成另一个人。欧阳悄悄了解，才知道母亲正在服用抗抑郁药物。医生告诉欧阳，其母亲一直没有从父亲死亡的阴影里走出来，情况时好时坏，总体趋向严重，需要特别注意。尽管母亲一再表示自己没有问题，欧阳还是选择请假，暂停其课题研究，留在国内陪伴母亲。由于母亲病情很不稳定，欧阳不得不一再推迟返校时间。后来有一天，欧阳去图书馆还一本书，回家时发现母亲不在，紧张寻找之际突然接到噩耗：其母坠楼，从父亲生前上班的省立医院门诊大楼顶层跳下，自杀身亡。

　　几个月后，欧阳来到双弦，进了总工办。

　　当时双弦开发区管委会发布人才招聘公告，管委会主任林泰注意到投送简历应聘者中的两个人，一个叫欧阳，一个叫崔庆宁，分别是留英博士和北大博士，两人简历有一段重合，是同学，同届同专业北大本科生。这两人立刻就通过资格认定，被圈入面试对象范围，不料面试时两人无一到场，同时放弃。

　　其后不久，欧阳在家里接到一个电话，打电话者询问欧阳是否在家，可否登门拜访？欧阳很吃惊，因为对方是陌生人。陌生人自称林泰，与欧阳的父亲有过交往，曾经到过欧阳家。欧阳一听是父亲故人，即答应让对方来。当天晚上林泰如约到达,一问,才知道人家是个官员,竟是双弦的CEO。

欧阳解释了投送简历的情况,原来是崔庆宁报送的。崔从北大出来后去了一家研究所,感觉不太如意,他注意到双弦的招聘公告,认为有前景,有心一试,约欧阳一起应聘。欧阳无意找工作,还是希望继续去做研究。由于回国耽搁较长,欧阳在实验室的职位已经有人顶替,导师正在设法为他重新安排职位,需要等待一段时间。崔劝告欧阳与其在家里郁闷等候,不如找些事做,可以多些实际接触,放松心境。欧阳知道崔庆宁更多的是想把他拉出来,免得他一直陷在家事不幸阴影里。他把资料传给崔,让崔一起报名,其实他自己并不太当回事,走一步看一步而已。面试前,崔庆宁突然有一个去南京的机会,崔的女朋友是江苏人,南京对他们有吸引力,于是就打消了来双弦的念头。崔不来,欧阳自己当然就更不会独自前去面试。

林泰说:"你还是来吧。"

他介绍了双弦的情况,表示眼下非常需要人才。他还说欧阳随时可以离开,哪怕只待几个月、一年半载。有这段实践经历,想必对欧阳日后研究也是有益的。他告诉欧阳,由于欧阳与父亲不同姓,起初他没注意,直到发现欧阳没来面试,特地把简历和表格调来细看,才发觉原来是黄主任的儿子。

欧阳忽然问一句:"那个人,放掉的那个,还在那里吗?"

如果不是林泰,换个其他人可能不知道欧阳问的是什么。林泰却清楚,他回答说,据他所知那个人还在岛上。是个问题吗?

欧阳想了想,摇头道:"不是。"

欧阳只记得那两兄弟姓纪,是双弦人。欧阳是在父亲出事之后才第一次听说那个地名。后来想来,或许他同意崔庆宁投送简历,实际

255

上与深藏于心的这段记忆有关？

林泰与欧阳父亲其实也是患者与医生的关系。数年前林泰在体检中发现肺部问题，市医院医生诊断为肺癌。他到北京一家著名医院复检，医生看法更悲观，认为他最多只有半年时间，手术也未必有用。考虑再三，他转到省立医院求医，通过关系找到欧阳的父亲，想请"第一刀"做手术。欧阳父亲为他安排了全面检查，仔细分析，断定他不是肺癌，无须动这一刀，让他如获重生。事后证明"第一刀"果然比别人高超，判断准确无误。

欧阳突然说："我想了解一个细节，请林主任务必坦率告诉我。"

他问的竟是钱：林泰求欧阳的父亲做手术，专程登门拜访，当时是不是给他父亲送钱了？送了多少？

林泰吃了一惊："为什么问这个？"

"请告诉我。"

林泰坦率而言：当年就医确实有些潜规则，一些重病患者会给医生送钱，以求得到最好救治。医院有规定必须拒收，却有一些医生私下里收受。林泰与欧阳父亲原本不认识，其妻听多了外界风传，担心不送钱医生未必肯接手术，也怕医生不尽心，上门时确实备了礼金，有五万元。这笔钱放在欧阳家的茶几上，欧阳父亲当即表示不要。林泰夫妻反复表明是小意思，把钱留在那里。后来欧阳父亲细心为林看病，其妻庆幸送对了。到了确诊之后，欧阳父亲把一个小包交给林妻，就是此前送出去的那些钱。

"全部退还？"欧阳问。

"全部。"

当时确有一种情况：患者反复送，医生不收患者便疑心重重，七上八下，对手术极不放心。因此有的医生便暂时收下，而后择机退还。

欧阳说:"我明白了。谢谢。"

林泰说:"你考虑一下,尽快给我一个答复。"

"不必考虑了,我去。"

于是开发区总工办有了一位欧阳助理。

林泰在欧阳到位后不久即获提拔,成为副市长,离开了双弦。无论在双弦期间,还是离开之后,欧阳都跟他保持一段距离,很少有人知道他们之间有什么特别关系,只有陈福泉和杜聪略知一些。林曾分别交代他们关照、保护欧阳。欧阳到双弦原本只是短期打算,不料一年又一年,有过几次离开机会,都阴差阳错未能走成。其中有一次是导师关心,推荐他去美国麻省理工一个研究所,该所领衔导师是一位诺贝尔奖得主。欧阳动心了,最终因研究方向有别而放弃。尽管自嘲没有存在感,欧阳于工作却相当尽职,毕竟一向是"学霸""大才",落到双弦也不逊色,所以才有"第一牛"之誉。他在双弦从不跟人谈及自己家里那些事,由于与父亲不同姓,他与当年那起伤医大案的关联基本不为人知,纪惠也给蒙在鼓里。欧阳与纪惠相识走近,其实就因为他心里的那块阴影,有如大火过后的残存,那是一个难以言说的巨大苦痛。欧阳总感觉自己是母亲自杀的一大原因。欧阳中断学业陪伴母亲那段期间,母亲曾一再劝儿子不必管她,尽管出国继续做他的事,或者就在身边找个合适的女孩,成家立业。这两方面欧阳都无法让母亲满意,离开难以放下,相亲没有感觉,一天天耗下去,母亲的抑郁越来越无解,终以自杀解脱,或许也有不想耽误他的意味。当时欧阳曾经找过一些心理学教科书研读,试图为母亲提供一点帮助。母亲的离去让他有一种深深的挫败感,如果他的心理辅导能力达到解量子化学题的程度,或许母亲此刻还能活在世上?因此他走进"上弦月",不算鬼使神差,也是事出有因。他跟纪惠探讨心理咨询,脑子里总是想起母亲。这就是纪惠一再追问的:"你的问题是什么?"

双弦岛上,纪姓是大姓,人口超过三千,除了纪惠,还有一个纪英勇藏在其中。欧阳从不问起此人,从不向纪惠打听。他早对林泰表示过:"那不是问题。"但是他不找未必就不会遇上,终于还是冤家路窄,尽管欧阳面对小纪从不直接显露任何情绪。

参加接待威利斯之后数日,林正兴给他打来一个电话,通知欧阳于明日上午到总工办开会。

"领导交代说,事情很重要,给你派车,请你务必参加。"

欧阳说:"告诉领导,我感谢关心,但是就不去了。"

他给林正兴传了一张手机照片,说明已经定了动车票,将于明天上午返回省城。这是贯彻落实陈福泉指示精神,保命为重。

林正兴去请示,回头又给欧阳打电话,称陈福泉表示高兴,欧阳听从劝告回家养伤,选择正确。但是明天上午的会议还是要求欧阳到场,不需要占用太多时间,不会影响欧阳的生命安全和坐动车。

欧阳问:"是什么天大的事情?"

林正兴不知道。

欧阳感觉纳闷,这个时候有什么好事,非得他隆重光临?难道是北海集团有意来做PX?哪怕有意向,也不可能这么快。那么会是什么?真有那么重要吗?

第二天上午,他在规定时间到达总工办。偌大办公室里,大家面面相觑,不知道今天有什么特别事情发生。欧阳跟大家聊天,等候,大约十分钟后,陈福泉从大门口走进来,身后跟着胡亮,还有一个陌生人。

"我来宣布一个决定。"陈福泉说,"先请胡副介绍一下这位。"

胡亮介绍,陌生人叫聂伟,毕业于本省师范大学化学系,副高职

258

称，原任省化工集团总公司办公室副主任，现调入双弦开发区工作。

陈福泉宣布了这位聂伟的任职：副总工程师，主持总工办工作。

胡亮在陈福泉宣布完后带头鼓掌，总工办那些人都拿眼睛看欧阳，欧阳坐在位子上一动不动，因胳膊有伤。于是大家全都袖手，没有一个跟着表示。

陈福泉并不强求掌声，宣布完决定，他命胡亮留下，给总工办人员开个小会，安排相应工作交接，自己即转身离开。他一走，欧阳也站起身，报称要去赶车。

胡亮问："你这里没有需要交接的吗？"

"可以问小林他们。"

双弦开发区总工程师钟世茂于两个月前去世，而欧阳本人早被免去总工助理，这段时间里总工办一直处于无人管理状态。实际上总工办始终运行有序，并没有因为无人负责而发生混乱，原因是欧阳还在，即便在给派去拆迁，当"院长"期间，总工办这些人有事都还会给他打电话，请他做安排，似乎他根本就没有离开。他本人也管得头头是道，所谓"就是这么牛"，从不计较自己算个什么。人们都认为待拆迁那些事完毕，欧阳还会回到办里主持工作，没让他接总工，至少官复原职，只要他本人还愿意留在双弦。不料忽然之间从天上掉下个人，欧阳就此出局。

欧阳明白这是陈福泉有意安排，应该已经筹划了一段时间，只是一直没有最终拿定主意。或许威利斯一行本次到访促成陈福泉下了决心。既然欧阳"本性难移"，而且还赶不走，那就找一个合适的人降落占领，把事情管起来，看欧阳还怎么待下去。

纪惠送他去坐火车。路上听他一说，非常吃惊。

"聂伟！那什么东西！"

"你认识？"

聂是纪惠的高中同学，肖琴的丈夫。那一对很古怪。聂当年就是个学渣，高考成绩很差，靠家长弄权给各种加分才上了大学。拿这种人顶替"第一牛"真是昏头了。

欧阳说："据说是为我考虑。"

"别跟他们玩了。"纪惠大抱不平。

她认为欧阳什么事都不要管，"课题研究"也可以放下，因为对他已经没有任何意义。待在家中管那条左胳膊吧，骨头长好马上远走高飞。

"陈主任正中下怀。"欧阳说。

"不需要考虑他，只要考虑你自己。"

欧阳不吭声，好一会儿忽然问："纪老师会不会有些舍不得？"

她斩钉截铁回答："我不会。"

"我会。"

欧阳说，在双弦这么些年，颇感受生活纷繁。在当下，在这个地方尤其纷繁，生活就是这个样子。陈福泉常说"美好新生活"，其中确实有灰烬亦有美好。最美好的是这里有一个纪惠，小心眼，热心肠，聪明绝顶还悲悯有加，特别值得想念。

"已经在念悼词了？"纪惠说，"不要着急。"

她旧话重提，让欧阳老老实实在家里待着，不要想东想西。她一定会找一个时间去省城参观他的豪宅，一起再去吃那个大排档，权当给欧阳送行。他们可以再喝点酒，小二吧，像上次，感觉很美好。

"说得我心里发痒。"欧阳自嘲。

"那么敬请期待。"

欧阳到了省城家中，放下行李立刻出门，叫了一辆出租车去了北郊一处建设中的地铁站工地。有一个年轻管理人员守在入口处，把欧阳领进工地内，这个人欧阳不认识，但是可以信任，因为有人给这个年轻人打电话交代了。打电话者是上边一个科长，那位科长是欧阳的高中同学。

年轻人把他领到工地边的临时办公处，而后起身出去找人。几分钟后他带着一个穿工装的中年人进了办公处。

"这位是毕班长。"年轻人介绍。

欧阳说："我们认识。"

年轻人让他们在里边谈，自己起身离开，忙他的事。他刚一出去，毕班长立刻拍拍身上灰土，也站起身来。

"我没什么跟你说的。"他说，"我得回去干活。"

欧阳说："毕班长请看看我。"

他指着胳膊上的吊带告诉毕，估计不要多久他就可以卸装了，届时这条胳膊完好如初。眼下吊着条断胳膊他能找到家里，找到工地，到了好胳膊就更容易了。即便毕班长藏到天涯海角，他保证也能找到，他也保证有办法让毕必须得放下工具过来回答问题。他知道毕班长不喜欢这样没完没了，他自己同样不喜欢。

"那个事不是早就完了嘛！"对方叫唤。

"既然完了还顾虑什么？"

"我真的再没什么可说了。"

"请毕班长坐下，我不是跟你过不去。"

毕犹豫，终于又坐了下来。

这个人叫毕胜国，焊工班长，欧阳跟他是在巨力乙烯事故调查中认识的。当时调查组传唤相关工程安装公司人员到场，项目主任李强带着这位毕胜国到双弦接受询问。毕胜国其实也是所谓"外聘"人员，李强他们项目部在巨力乙烯施工时，就近从本省招聘一批技术工人，毕是本省一家工程公司的人，该公司与李强他们有协作关系，恰好当时公司活少，便让毕带着一班焊工应聘李强他们项目部，参与巨力乙烯设备安装施工。毕是高级焊工，技术相当全面，被委为班长。巨力乙烯事故中发生爆炸的那段管道是毕这个焊工班焊接的，按照记录，出事法兰那条焊缝还是毕自己所焊，因此事故调查时，李强把毕也叫到双弦。当时欧阳跟他们交谈了好多次，他们反复强调焊接没有问题，焊接记录、监理记录以及后来的检测记录都是一致的，完全合格。由于调查组注意力渐渐集中于法兰缺陷，对焊接情况没再深究。欧阳决意做"课题研究"后，重点关注焊接，把张云鹏、毕胜国两个视为直接关系人，寻找张云鹏无果后，他决定接触毕。与张云鹏不同，毕胜国存有联络方式，找到不难，欧阳却也清楚未必能问出什么。毕很谨慎，尽量少说，决不多说，总是藏着掖着，担心给追究责任。前些时候欧阳曾借返家之际接触过毕，当时毕胜国休假，欧阳找到他家谈了半天。欧阳坦率称事故调查已经过去，不会再追究谁的责任，但是他个人在研究这个案例，有些疑问想搞清楚，所以找上门。毕跟他东拉西扯，不问不答，言不及实质。今天是第二次，欧阳找到了工地。

欧阳给毕胜国看了几张表格，上边列有若干编号，以及对应的工号。这是欧阳整理的相关问题资料，汇总了施工时的返工记录、检测时的不合格记录和试生产期间的漏点记录。分析这些资料，他发觉毕胜国是个优秀焊工，所有发现问题的焊缝都与毕无关，除了那个事故部位。应当说目前也不认为那条焊缝有问题。

毕胜国一口咬定："不会有问题。"

欧阳与毕胜国探讨一个可能：焊接记录通常是一个焊工一张表，一般不会搞错。特殊情况下，是不是有可能某条焊缝实际上是两个人接续完成，前一位焊了部分，后一位接着焊完，体现在记录上却只是一个人？

"这种情况很少。"

"不是没有？"

毕胜国承认。他是班长，有时活干一半，来了临时事务，请同事帮助把活做完。别人也一样，干一半，眼伤了，上医院去，那时总得有人干完剩下的活。这里有一个工作量和报酬计算的问题，如果你帮过我一回，我也帮你一回，那就扯平了。

欧阳提到毕胜国被调查组叫去询问时，已经想不起事故部位焊缝施工时的情况，是因为焊得多了记不清，或者其实那是别人焊的，只是记在他名下？

毕胜国苦笑："实话说真是记不起来。"

欧阳又给了他一张单子，这张单子是焊缝问题较多的焊工工号，欧阳在上边圈出一个工号"5573"："毕班长记得这是谁吧？"

毕胜国说："是朱兆明。"

朱不是毕带到工地的焊工，是项目部另外招的。项目部里李强是头，其他项目经理各有分工，张云鹏主要管焊接。工地上焊工不够，张云鹏加招了一批人，朱兆明安排到毕胜国这个焊工班，此前他们不认识。朱是东北人，老手，技术上相当强。

"为什么记录上他有好些错？"欧阳问。

毕胜国说，有时候老手容易掉以轻心，不当回事，不像新手小心谨慎。

欧阳了解，记录中，"5573"焊接的若干焊缝不合格，返工。那会是因为什么问题？毕胜国不假思索即回答："应该是氩弧焊打底。"

所谓氩弧焊即在惰性气体氩气保护下，利用电弧热熔化母材和填充丝而形成接头的焊接方法，与电弧焊相比，有操作方便、焊缝质量好、底面光滑、接头强度高等优点。按照规定，巨力乙烯那些管道焊接必须采用氩弧焊打底，然后再进行电弧焊加盖。氩弧焊强度大，特别是紫外辐射较普通电弧焊强数倍甚至数十倍，产生臭氧含量高，气味重，一些焊工会偷工减料，不用氩弧焊打底，这就容易造成焊口焊不透、不熔合等问题。一旦被监理发现，或者日后在检测中发现，都会要求返工。

"朱兆明工作不负责吗？"

毕胜国认为朱人还不错，工作总的也负责，只是有时好喝点酒。

欧阳问起另一个人："张云鹏呢？他也爱喝点？"

毕胜国说："他俩不错，常在一起喝。"

欧阳又问起另一个可能："会不会事故段那个焊缝不是你，是朱兆明焊的？"

"那个焊缝没有问题。"毕胜国非常警惕。

"你跟张云鹏和朱兆明还有联系吗？"

"离开后就不再联系。"

其实已经无法联系。张云鹏远去澳洲，朱兆明回了自己的东北老家，人却已经废了。因酗酒中风，瘫痪在床，话都不能说了。

欧阳又问了几个问题，毕胜国没再提供什么，欧阳决定打住。

"谢谢毕班长。"他说，"打搅了。"

当天晚间，欧阳在家里打了几个电话，联系下一个访问。这一位是"5581"，毕胜国焊工班另一位焊工。这个人后来跳槽，去了省城一家水暖安装公司，此刻在城西一个建筑工地。欧阳在旧有资料里查到他的手机，他还用那个号码。欧阳跟他约时间，那位焊工为人比较直爽，即同意见面。

由于个性原因，加之已经跳槽，无须担心单位找麻烦，也不必担责，5581比毕胜国要放松得多，讲了当时施工以及相关人物的不少细节。从他提供的情况看，施工企业管理有漏洞，一些焊工例如朱兆明仗着技术好，不时偷工减料。项目经理张云鹏会拉关系，常跟监理工程师到外边喝酒，焊接一旦发现问题，只要不是太出格，监理睁一只眼闭一只眼，不会总找岔。朱兆明在工地上干过私活，偷偷跑去帮做水泵室的管道，另外拿钱。听说水泵室工程是张云鹏的朋友做的，跟张云鹏一喝酒，张就私下安排朱兆明去干私活，有时候是连夜加班，弄得朱兆明第二天上班一点精神都没有。

欧阳觉得灰烬似乎渐渐于暗中显现。

有一个意外电话打乱了欧阳的访问安排，来电话的竟是陶本南。陶称那天在纪惠工作室见面时曾表示要慰问欧阳，这些天忙于事务，一直没顾上，今天恰好有点时间，不知道欧阳有空没有？

"不是想借机搜查我的宿舍吧？"欧阳问。

陶本南笑笑，称他还没有去办搜查证。如果欧阳不愿意接待，那么他也可以不登门，请欧阳到支队接受慰问可好？欧阳曾经来过，一定还记得怎么走。

"陶队长这是诚心慰问吗？"

陶本南承认。打个电话也能慰问，但是有些事电话里不好说。

"不能透露点吗？"

"还是来了再说吧。"

欧阳坚持要了解一下，以便决定是请陶本南上门喝茶，或者背个双肩包装上洗漱用具去公安分局报到。

"一定是纪老师教的。"陶本南说，"其实欧阳工程师不需要那么疑神疑鬼。"

"陶队长其实也可以坦诚点。"

陶本南突然交底:"我想跟欧阳工程师交流张云鹏的信息。"

欧阳大吃一惊。

陶本南从某个途径得知欧阳在岭下村被打伤之前,是到南京去找一个张云鹏。恰好陶本南也在找这个人。陶本南感到挺有趣,所谓山不转水转,转来转去怎么总是碰在一起?感觉有必要尽快交流一下,说不定还可以互相提供一些帮助。

"我现在就上门慰问,怎么样?"陶本南问。

欧阳"哎呀"一声:"抱歉。我在省城。"

"那么我去省城拜访,怎么样?"

欧阳让陶本南少安毋躁。他会马上做安排,一两天内返回双弦。

"不好吧。你是伤员。"

欧阳说:"陶队长一慰问,我就把断胳膊置之度外了。"

"那行,到了后给我电话,咱们再约。"陶本南说。

欧阳在第二天搭动车返回双弦,这般急切只因为极其意外。陶本南和他同时盯上一个张云鹏,这也太诡异了。张云鹏像风中的灰烬消失得无影无踪,欧阳自知无从再查,已经放弃这条线索,此刻似乎忽然柳暗花明。陶本南是缉毒警察,他找张云鹏肯定与巨力乙烯事故无关,与欧阳并不同路。但是警察拥有办案资源与手段,不似欧阳单枪匹马。欧阳找不到的东西,人家有可能找到。

回到鑫园小区,没待他给陶本南打电话,一个不速之客突然上门求见,却是小纪。

小纪锲而不舍,孜孜不倦于那些桉树,有如欧阳放不下那次事故。岭下村旧村的房子已经拆平,包括小纪哥哥的那幢楼,小纪也拿到了钱。他自称是迫于戴建的压力才同意拿钱拆房,如果他不听从,这份保安就别想再干。保安一个月才几个钱？他根本不稀罕，只是暂时还不想离开，也知道那个房子算拿够了，所以没再顶着。但是桉树不能一笔勾销，他还得争，所以找到欧阳这里。

欧阳说："这事你找他们去，我管不着。"

"我就找你，你得管。"他说。

小纪拿出手机，用免提，给欧阳放了一段录音，欧阳听得非常吃惊：那是小纪与纪蚝壳的一段交谈，长达二十多分钟。总体是小纪纠缠那些树，被纪蚝壳臭骂。纪蚝壳说，政府补那些桉树款是多给了，没有少给。小纪的姐姐、姐夫签字拿十五万多，实际拿四万多，那也是多拿了，没有少拿。剩下那十来万谁拿了了？出钱的，投资者，三七开，人家得七，本来说好的。事情由纪蚝壳经手，纪蚝壳自己没拿一分钱。至于投资者都是谁？他不能告诉小纪，可以说的就是有钱有权有本事，要不钱从哪里来？补偿从哪里来？村里那些山可以长树吗？凭什么满山不死不活的小树按照成林来补偿？如果不是他们来投资，大家都一分钱没有。所以要知足。

这段录音不是录于近期，是几年前。当时小纪与姐夫发生纠纷，认为姐夫暗中独吞大笔巨尾桉补偿款。后来证实姐夫没有独吞，他便转而向纪蚝壳索要。钱是政府补偿给他们家的，他们家签的字，那就应该全数给他们家，别人无论出于什么理由都不能拿走，拿走了就该吐出来归还。老蚝壳非常生气，讲了那些话，被小纪偷偷录了音。小纪捏着这录音，几年没出手，因为不到时候。这回拆旧村，遗留问题都得清理，正好是机会，以后肯定没有了。这件事不光他家十几万，全村那么多山林，背后不知道几百几千万，听这录音就明白。小纪声称已经横下一条心，如果不给他赔钱，他就把这个录音捅出去，看谁要去跳楼。

"你这是威胁谁？难道是老村长？"欧阳立即追问。

小纪称钱由蚝壳经手，如果是蚝壳吞掉，他得吐出来。如果不是他，他得让后头吞钱的去吐，只有老蚝壳知道后边都是些谁。

"你跟你阿惠姐就这么说吗？"欧阳问。

他不跟纪惠说，就找欧阳。以前他跟欧阳提过，欧阳也说这里边肯定有问题。

欧阳看着他，好一会儿不说话。

"问你一个事。"欧阳突然发话，"你必须说实话。"

欧阳问起当年。当年小纪的父亲去省立医院做手术，给医生送钱吗？

"干嘛问这个？"

"到底送没送？"

"当然。"

"送了多少？"

小纪伸出两根指头："两万。"

欧阳问，钱怎么送？谁经手？小纪本人吗？小纪称是他哥哥和母亲去送的，送到医生的诊室，用一个黑色塑料纸包着。他没去，但是亲眼看到他们包了钱拿出门。

"问这个到底干什么？"他问欧阳。

欧阳说："你走吧。"

"你得跟他们……"

欧阳当即打断他："我不会管你这个事。我还要告诉你，按我看，无论怎么折腾，你不会再拿到一分钱，你可以等着看。"

他把小纪撵出家门后，立刻给纪惠打了电话。纪惠一听欧阳居然回到双弦，非常吃惊："不在家里期待，跑回来干什么？"

"有特殊情况,急事。"欧阳说,"请赶紧来一下。"

纪惠在学校,当天有课。下班后她赶了过来。

欧阳把小纪的录音告诉她,她怒不可遏:"这该死的!"

"你听说过那些情况吗?"

纪惠不答,反问:"他怎么会找你?"

早在欧阳刚下村时,小纪就找他要房子补偿,当时也提到了桉树。欧阳只管拆旧房,树管不着,却也表了态:情况如果真像小纪所说,显然有问题,他可以帮助反映。后来小纪手写了一份申诉书交给欧阳,经他手交给胡亮。胡亮说这事根本不可能解决,直接把它压了下来。

纪惠吃惊:"原来你也有一份!"

还不止这个。小纪那份申诉书错漏百出,满纸别字,文句也不通。欧阳看不过去,拿铅笔把错的不通的都圈出来,让小纪再去改,重抄一遍,然后才交上去。那份申诉书一句都没涉及到纪蚝壳,小纪绝口不提,也没暴露手中握有一份录音。欧阳根本不知道会牵扯到纪惠的父亲。但是问题主要不是这个。

"如果事情如他所说,显然很严重。"欧阳说。

严重之处在于骗局,有人利用权力骗取补偿,损公肥私,村民只是被利用。所谓"投资者"敢于顶风作案,出资推动违规抢种,有办法让不该赔补的得到赔补,还能确定较高赔补标准,以村民得益为名,实际自己得大头,可称胆大妄为。

"不要跟我说那些人,我只管我父亲。"纪惠说。

她当即拿出手机给小纪挂电话。电话振铃,小纪不接。挂了三次,无一例外。

欧阳让她先平静一下,问她:"你准备怎么办?"

纪惠要骂人。如果小纪敢伤害她父亲,她发誓让他此生永远不如

269

一条丧家之犬。这家伙真是白眼狼,她爸早就让她别管他的事,她没听,总是念他是弟弟的发小,一直替他争这个争那个。没想到他这么不要脸,拿完钱转身就捅一刀。

找不着小纪,纪惠怒气难消,情不自禁向欧阳发火,说既然欧阳卷入其中,那么还得指靠欧阳。解铃还要系铃人,这件事欧阳有份,就请欧阳去告诉小纪,让他不要做梦。要是他敢拿那个录音做文章,她敢把他撕成碎片。

欧阳说:"纪惠,听我说一件事。"

"别跟我扯远。"

"我父母的事。"

纪惠一怔。

欧阳把自己的家事告诉了纪惠,和盘托出。他与双亲感情很深,从小最崇拜的就是父亲,周边的人谈起"黄主任"的那种表情总让他非常享受,自认为应当成为父亲那样的人。父亲死于非命,让他几乎完全崩溃。除了不能接受那种结果,更让他不能接受的还有案情中的一个细节:小纪兄弟落网后供称,其父老纪生病、手术花了数十万,已经倾家荡产。他们借了两万块钱送给医生,医生嘴上说还有救,却嫌钱少,把人治死了。两兄弟气愤难平,一口气咽不下,才动手伤人。欧阳不相信父亲会收患者的钱,这跟父亲从小教育他的,以及他对父亲的印象绝不相符。对此他非常纠结,一直想搞清楚。但是眼下他已经不再纠结,他觉得父亲是父亲,儿子是儿子,无论父亲做过些什么,儿子完全可以做自己的选择。

纪惠非常意外,震惊。

这件事于欧阳惨痛无比,难以与人分享,只是不能一直瞒着纪惠。纪惠早说他心里有一个阴影,确实不错,就是这个。他之所以来到双弦,就因为它,以及它带来的纠结和疑问,想为自己找一个解答。他在这里的所作所为,所思所想,说到底都跟它有关。这大半年来,他始终盯着巨力乙烯事故,一门心思做"课题研究",试图从燃烧灰烬中找到一些东西,那是因为确实怕死,不敢说悲悯有加,是任何生命的无谓丧失都会让他联想起父母之殇,于他极其痛苦。他发觉巨力乙烯事故的焊缝里藏着灰烬,岭下村旧日征迁的骗局,陶本南的毒品,包括他自己的心里都藏着灰烬,交错在一起了。小纪这个事居然会牵连到纪惠父亲,确是他始料不及。在这个世间,欧阳最不想伤害的人是纪惠,而让欧阳最不待见的人就是小纪,即使小纪不是杀父凶手,于欧阳也属仇家。但是如果小纪捅出来的旧日这件事确实存在骗局,从道理上讲也应当搞清楚,好比搞清楚"闪火"事故究竟原因何在,该是什么就是什么,不应当掩盖,也不应当作假。这种事既要顾老爸,也要认道理。

纪惠的眼泪忽然落了下来。

她说她从来没有这么害怕过。一段时间以来,她反反复复,时常会问自己当初为什么要去参加那次漂流,跟欧阳坐上同一条皮艇?认识欧阳于她究竟是什么?一种快乐,或者就是一场灾难?

"是灾难。"欧阳苦笑。

纪惠起身离开。

陶本南电话来了:"听说回来了?"

欧阳问:"在哪里见面?"

陶本南在公安分局,他还有点事,下班可能得拖点时间。他知道欧阳自己一个过日子,吃饭是个问题,不如找地方一起吃个便饭,边吃边谈。他来请吧。

欧阳说:"行,你有钱。"

271

陶本南说了一家饭馆，"真味馆子"，位子稍偏，比较安静，不引人注意，好说话。

"我知道，去过。"欧阳说。

"七点怎么样？"

"就你的时间。"

陶本南说："咱们两位吧，不要其他人。"

"放心，她不会来。"

陶本南嘿嘿。

他可能是担心欧阳把纪惠也叫上，让纪惠捉弄过一次，只怕心有余悸。他不知道此刻情况再变，欧阳在纪惠眼里已经如同灾难。

黄昏时欧阳出了门，步行前往。出小区，过两个路口有一个儿童游乐园，欧阳从游乐园东门进去，沿林荫道一直走到西门，出西门走上一条小路，那时天已经黑下来。欧阳在游乐园里意外感觉背后似有人相随，脚步不紧不慢。游乐园里散步的人多，他没太在意。出了游乐园后，似乎那个声音又跟上来了，他回头看了一次，没发现异常。眼看"真味馆子"就在前边，欧阳又听到后边的声响，回头去看，发现了那顶鸭舌帽。

欧阳站住，转过身，看着那个人向他走来。

"你是谁？"

那人不说话，一直走到欧阳身边。

"你要干什么？"

那人突然出手，迅雷不及掩耳，直击欧阳胸口。欧阳一愣，只觉得胸口发麻。低头一看，鲜血已经从衣服里溢出。

他扑倒于地，血如泉涌。

下部　浴焰

1

那一刻天地间一片轰鸣，声浪滚滚，堪称浩大。

车队自北向南，从宽阔的疏港大道上驶过。近百台各类车辆，包括载重卡车、装载机、钩车、吊车、拖车，两辆一列，排成长排，不慌不忙行进。施工车辆后边是彩车，来自岛上各村、各主要企业和施工部门，企业的彩车多以企业口号为标志，各村彩车则布置着各自的民俗造像、传说人物、旧时建筑标志，亦杂以若干神像。

林泰问："这算个啥？"

陈福泉嘿嘿，开玩笑："咱们就当是抬神巡游。"

他们坐在山坡检阅台上，所谓检阅台就是顺着山坡修建的简易观景台阶，众人都坐在台阶上，包括领导、来宾、村民、媒体记者和外地跑来看热闹的，密密麻麻坐了一山坡。疏港大道就在小山坡下，车辆一列列从眼前缓缓开过，一眼望去无边无际，强大阵容相当壮观，场景有如阅兵。

这是开幕式，首届双弦文化节大幕就此拉开。根据仪式从简要求，本开幕式用机车巡游方式热烈开张，施工机械均来自岛上各工地，车身上的泥巴都没有擦净，平时散落各个角落不太起眼，一旦集结成队颇显规模，也从一个侧面显现本开发区热气腾腾。从钢铁轮胎巨兽车阵可以感受技术和工程内容，唯"文化"含义略淡，幸而还有那些彩车比较有文化。旧日沿海渔村民间信仰纷杂，几乎每一村庄都有自己的神明，各有来历。盛大节日时，村民热衷抬神巡游，以求吉祥。此刻各个村落基本被钢铁巨兽碾平，数万村民的生活却还在岛上延续，融进轰隆轰隆的马达和高高低低的反应塔影像里。相伴他们世世代代的神明已经尽数迁往岛上新建的文华公园，其中有一些被请出来安放于彩车上，跟随钢铁巨兽队伍，于开发区疏港大道上联合巡游，为首届文化节助兴。按照陈福泉要求，彩车不能有封建迷信，经挑选而上的已经不是神明，相应还原为受人们崇拜的历史人物，以及他们的事迹故事。旧时抬神巡游给改造成此刻的抬人巡游，村民们依然为之感觉振奋，有了一种确切的存在感。

陈福泉告诉林泰，这场巡游动用的车辆，包括彩车都是各个单位各个村自己准备，管委会没出一分钱。所有参与者都非常踊跃，视为展示机会，特别是各建设和施工企业利用参与机会做广告，因为开幕式进行电视直播，有国内众多媒体前来报道。

林泰点点头，没有说话。

聂伟穿过人群，从外围挪过来，挤到陈福泉身后。

"主任，陈主任。"

现场马达声响强劲，聂伟的招呼声被盖过，瞬间吹得一干二净。他再招呼，陈福泉还是没听到。一旁林泰发现了，拿手一捅陈福泉，往后指了指，陈福泉才注意到。

"什么事?"陈福泉扭头问。

聂伟大声报告:"他们来了电话,准备下午重启。"

陈福泉问:"有什么问题?"

"应该没有事。"

"别给我说应该,到底有没有?"

聂伟略支吾,随即表示不会有问题。停车检修前一切正常,检修二十来天,一些小问题做了处理,重启把握性应当更大。他们也就是给总工办通个气,知会一下。

陈福泉没有吭声。

"主任有什么交代?"聂伟问。

陈福泉说:"没有。"

聂伟报告的是巨力乙烯的相关情况。前些时候巨力乙烯顺利完成试生产,依例停车检修,眼下又要重新开动。对企业来说,机器开动就有产出,一分一秒都是真金白银。这件事属于企业生产具体安排,为内部事务,由企业根据情况自行把握,无须报管委会批准。如聂伟所说,也就是通气知会一下。但是陈福泉有感觉,如果事情这么简单,聂伟从办公大楼跑到这里干嘛?脱裤子放屁?这个聂伟什么名堂?很清楚:事情当面及时报告了,没事不要紧,一旦有事他也没有责任。他是不太放心?怕出事?

聂伟离开后,林泰问了一句:"这是谁?"

陈福泉说:"技术人员,来了刚半年。"

他含糊言之,不做说明,因为谈下去会比较敏感。林泰没有再问。当天林显得情绪不高,表情沉重,自始至终似乎都心不在焉。陈福泉清楚这里边是什么原因,除了调侃抬神,说说广告,陈福泉不多谈,刻意避免涉及任何敏感话题,包括聂伟何许人也。岭下村的三公

275

爷彩车从拱门前经过时,陈福泉也有意扭头往后看,做似乎想起什么要找个谁之状。等他再转回头,那辆彩车已经驶开,有另外的彩车经过拱门。

林泰是本开幕式上级别最高的官员,本来他不需要出现在这个场合,因为有规定,地方节庆活动邀请领导严格控制,出席需要经过批准。陈福泉清楚规定很硬,不能乱碰,本开幕式从一开始就按照自娱自乐设计,除了写在节庆活动一览表上,没有给领导发请柬,安排名牌、座位和矿泉水。前天傍晚,林泰忽然给陈福泉打了一个电话,称他打算参加开幕式,陈福泉喜出望外。

"热烈欢迎!"陈福泉说,"感谢林副重视。"

"反正要去,为什么不参加?"

"需要我报告吗?"

已经向市委书记吴华电话报告了,吴没有反对。吴在北京,中央党校学习。毕竟林泰在双弦当过几年主任,这种场合,出席一下有所表示,也说得过去。

"要不要讲个话?"陈福泉喜出望外。

"不要。"

即便林泰只露个面,开幕式规格也因之提高,不再只是本开发区自娱自乐,陈福泉当然高兴。他心里也诧异,林泰主动出场,难道只是来给陈福泉送温暖?当然不是。此刻林泰需要多几个电视镜头吗?或者需要放松放松?

林泰今天一早从市里赶下来,直接到了现场。时间掐得刚好,八点四十五分到达,十五分钟后马达轰鸣,开幕式正式开始。作为首届文化节开篇重头戏,开幕式虽然隆重热烈,极具震撼力,却相当紧凑,持续不到一个小时就告结束。结束后马不停蹄,林泰即与陈福泉赶赴香格里拉大酒店。该酒店为双弦开发区建成的第一家五星级酒店,有一个石化行业高端论坛将于当天上午十点三十分正式开始。

不料林泰止步于香格里拉大酒店,他的轿车停在门外,没往里开。后边的陈福泉这辆车也跟着停下。林泰的驾驶员从车上下来,跑到这边敲敲车窗玻璃。

"林副请主任去一下。"驾驶员传话。

陈福泉心知有些奇怪,那时顾不着多问,赶紧下车跑过去,上了林泰那辆车。

"我就不进去了。"林泰对陈福泉说,"你给康市长说一声。"

陈福泉吃惊:"这都到门口了!"

林泰笑笑:"有康市长在就可以,不需要我凑热闹。"

"还有省领导,刘小姐。"

"帮我致意,就说临时有情况。"

"林副,为什么呢?"

林泰不做解释,只讲:"还有几件事。"

他问起巨力乙烯,刚才那位技术人员跑到山坡上找陈福泉,报告检修、开机等等,说的是巨力吧?情况怎么样?都正常吧?

陈福泉称一切正常。试生产如期结束,竣工验收基本完成。根据报告,试生产期间发生过一些小问题,处理都很及时,总的看很顺利。

"上次那起事故完全了结了?"

已经过去一年多时间,没再发现大的问题,可以算了结。

"不需要再复查吗?"

"恐怕不好。"

林泰表示理解,事故调查已经画上句号,再搞什么复查显得节外生枝,也是于法无据。但是从企业,以及开发区顺利发展考虑,这个

277

事故还是很值得重视，如果能够对其中一些问题再深入研究、探讨，只有好处，没有坏处。不好叫复查，可不可以用"回头看""再探讨"？这也能帮助企业提高防范意识。

"林副意思我明白。"陈福泉说，"我会认真考虑。"

"如果做，最好去听听那个人怎么说。"

他没说"那个人"是谁，陈福泉也不问。他们心里都明白。

"供你参考吧。"林泰说。

陈福泉说："我知道林副是好意。"

"有时候你觉得得到了，实际上没有了。"林泰感叹，有些莫名其妙。

他告诉陈福泉一个内部消息：省里考核组马上就要下到本市，换届筹备即将开始。这种事五年一次，通常都在九月前后开动，年底基本形成调整方案，来年初两会选举完成。本次换届没有其他特殊状况，看来会按常规进行。

陈福泉笑笑："林副怎么看？"

"有戏，也应该。"

"谢谢林副支持。"

这个事无须说透，两人都有数。所谓"有戏"指的是陈福泉有望借本次换届，干部调整之机动一动。双弦开发区初设时是省级开发区，管委会官员按照县级配备，后来升格为国家级，陈福泉的职级却没有相应提升。陈福泉到双弦前是市区区长，任上搞了个近郊工业开发区，做得风生水起，颇有美誉，所以才给调到双弦当主任，接林泰的班。当时由于陈福泉的任职年限还不够，加上刚主政双弦，省、市领导有意看一看，因此让他"暂时"保留原级，没有立时水涨船高，换一顶大号帽子。由于人事调整因素比较多，陈福泉被"暂时"，一晃竟过去几年。他一直显得很沉得住气,只有林泰知道他未必那般超然。班子换届之际,人事会有较大变动,机会较多,陈福泉这件事有望排上去。顺利的话升副市长,继续兼管委会主任,至少也会确定为副厅级。

林泰说:"你这个文化节时机掌握得不错。"

陈福泉笑笑:"主要还是借一个时间点促进项目。"

"把政绩也亮出来,赶在考核之前。"

陈福泉"嘿嘿":"林副好比在扒我的裤子。"

陈福泉之所以把双弦八年之庆从年底提前到九月,除了希望借以推动工作,快马加鞭外,确实也还有另一层考虑。如果把活动放在年底,可能从容一点,却不免有"锦衣夜行"之嫌,挪前三个月隆重开锣,恰在例行换届考核前夕进行,非常有助于亮点闪耀,政绩展现。林泰从一开始就洞若观火,对陈福泉这点小心思了如指掌,也曾含蓄批评陈福泉"着急了"。此刻林泰直接点明,陈福泉不免有些尴尬。

林泰却说:"其实无可厚非,并不比谁过分。"

无论如何,陈福泉是在做事。设计一个节庆活动为时限,推动各项目齐头并进,成果也属难得。但是林泰特别提醒,这种时候尤其不敢掉以轻心,某些方面特别要加强防范,要紧时候尤其须防急功近利。这方面有教训,林泰自己遇到过。

他提到当年准备让他上去当副市长之际,恰好赶上开发区征地关键时候,难度很大,必须拿下来,否则可能影响进度,也影响进步。怎么办呢?按照正常方式,矛盾会很大,时间会拖延。从最有利角度考虑,睁一只眼闭一只眼,不纠结房子是否违建,渔排是否抢搭,巨尾桉是否抢种,给就是了。多花点钱,皆大欢喜,事情办得漂亮,对自己也好。情况确实如此,但是到头会怎么样?过就过了吗?

陈福泉暗暗吃惊。林泰是前任、上级,彼此间有不少工作接触,却没有太深个人关系,以往从未交流得如此深入。听起来,林泰似乎话外有音,表面很平淡,内里却显沉重,调侃而言似有"临终遗言"之味。

陈福泉不禁"嘿嘿":"林副真是,肺腑之言。"

林泰一笑:"这个也供你参考。"

再次提到巨力乙烯那起事故:"你要特别小心,不要认为都过去了。可能什么事都没有,也可能还是隐患。"

"我明白。东西烧过了,灰还在。"

林泰拉开车门,朝后边招了招手,守候在一旁的驾驶员赶紧跑上前,坐到驾驶位。

陈福泉问:"真的不进去见个面?"

林泰说:"算了。"

陈福泉下了车,站在一旁看着林泰的轿车离去。

他没有片刻犹豫,即掏出手机,给聂伟打了个电话。

"你刚才说他们今天下午动手?"陈福泉问。

"是。技术二部给我们总工办通气的。"

"什么技术二部,不就是你老婆?"

聂伟说:"不是她,是另外一位打的电话。"

"这样吧,你处理。"

陈福泉让聂伟协调一下,请巨力乙烯不必太着急。检修顺利完成,很好。准备继续开工,没问题,企业根据自己的情况,生产事务该怎么安排就怎么安排,管委会不管这个。只是今天情况比较特殊,不是有个首届文化节在闹腾吗?来了省、市领导,还有他们巨力集团的大老板刘小姐。这种时候小心为要,又没有谁拿枪逼着逃命,别那么急。能不能商量一下,今天先不要动,明天上午大事办完,皆大欢喜,随后听便?

"就说是我的意思,让他们跟戴总说。只供参考。"陈福泉交代。

打完电话,时间差不多了,陈福泉匆匆走进大酒店,直接去了东侧裙楼大会议厅。

如果说刚刚结束的开幕式机车巡游给本届文化节一个热闹开场,本届文化节最重要,最具实际意义的却是其后在这个大酒店举行的高端论坛,仅从出场阵容便可知其不同凡响:副省长王诠,市长康子东,刘小姐,中外众多石化界高层人物,包括已经进入双弦和对双弦抱有兴趣的,加上专家、媒体人员,济济一堂,高朋满座。论坛开列有若干议题,总题非常醒目:《双弦岛与东亚石化版图》。

根据一些现行规定,地方性文化节庆,特别是涉及周年庆典的,上级官员的出席从严掌握。高层负责官员在节庆中露面,特别是在开幕式那种热闹场合出现,容易产生问题,出席高端论坛却不一样,这类论坛虽不能与达沃斯论坛相提并论,亦属于可以特别重视范畴,需要也非常值得高层领导光临。本届论坛请来的刘小姐既是国际石化一巨头,又是双弦启动项目的老板,麾下巨力乙烯竣工,她亲临双弦岛出席相关活动,值得高度重视。本省省长钱丙坤原拟亲自到双弦参加论坛并会见她,只是由于一些特殊事项无法成行,他安排副省长王诠代表他前来,参加活动并邀请刘小姐于论坛后到省城会谈。有王诠与刘小姐到场,目前主持本市工作的市长康子东更不能缺席,高端论坛便有了几位高端官员。本来林泰也是其中一位,以重要性和敏感性而论,林泰更应当参加这场论坛,而不是跑去看机车巡游开幕,谁料他偏要看热闹,然后即行撤退,已经走到大酒店门边,还以康子东在就可以,不需要他凑热闹为由转身离去。

陈福泉到达时,论坛代表已经陆续进场,省、市领导和包括刘小姐在内的几位主要宾客在会议厅边的休息室。陈福泉进了休息室,即向康子东报告:"那边结束了。"

"看起来不错?"

陈福泉报称开幕式顺利圆满,场面壮观。可惜省、市领导和贵宾们不能光临指导,只能等晚上通过新闻节目欣赏。

康子东指着休息室墙上的大屏幕平板电视:"我们在这里看了。"

开幕式由市电视台在全市范围内进行直播,包括机车和彩车巡游。开幕式一结束,直播也告结束。此刻电视机里正在播出一部开发区八年历程专题片,这部专题片的撰稿是李老师,陈福泉曾在北京与他喝个烂醉。李老师堪称牛人,他为双弦撰写的专题片站位高,气势强,影响大,已经于两天前在中央电视台的纪录片频道上播出。镜头间,一座新型石化基地已经初步成型,势头强劲。

陈福泉找个机会,低声向康子东报告了林泰的情况。

康子东竟缄默不语。陈福泉知趣走开。

上午十点半,高端论坛准时召开。根据议程,陈福泉代表东道主做了一个简短致辞,而后就退居幕后。

那时戴建给他打来一个电话。戴建已经得到聂伟传达的口信,感觉奇怪。他们老板刘小姐都不过问的事,陈福泉还要干预?

陈福泉说:"我说了,仅供参考。"

"陈主任有什么不放心的?"

陈福泉告诉戴建,此刻他在香格里拉大酒店,这里的高端论坛虽然很热烈,坦率说不如机车和文化巡游有趣,不过刘小姐和王诠看来倒是饶有兴致。陈福泉忽然想起上一次刘小姐到来的情况,那时是钱丙坤省长亲自陪同,规格更高,气氛更热烈,特别是戴总在省长光临之际突然放了一门大礼炮,"轰隆",又闪又火,声音还很大,格外热闹，格外热情，至今想来还会发抖，所谓心有余悸。因此他不免担心，万一戴建还那么热情怎么办？不会再什么"闪火"吧？哪怕等贵宾离开以后再火不行吗？

"陈主任就不怕自己乌鸦嘴？"戴建问。

陈福泉承认真是于公于私都怕。他心里一直有那个事故的影子，就像一个人走夜路碰到鬼，从此以后那个鬼影就会一直在心里头，赶都赶不走。想必戴建也一样。

"陈主任知道我这里停一天损失多少吗？"戴建问。

"恐怕比我一辈子挣的都多。"陈福泉说，"所以更要小心。"

戴建表示他会考虑，没再多谈。

陈福泉回到会场继续参加会议，几分钟后有一条信息发到他的手机上。

"沃克病危。"

陈福泉在座位上静静坐了一会儿，悄悄起身离开了会场。

他赶到医院。沃克在 ICU 里，医生还在抢救。老沃克身上插着各种管子，双眼紧闭，似已没有意识。纪惠在场，神色憔悴，两眼红肿，像是刚哭过。

陈福泉问："他讲了什么吗？"

纪惠没回答，充耳不闻。

"何必呢。其实别人已经讲了很多。"

纪惠忽然冒出一句："我们该感谢陈主任吗？"

"我要感谢你们。"陈福泉说。

"感谢我父亲零口供？"

"别那么说。你一直是讲道理的。"

纪惠默不做声。

半年前，由于纪英勇的举报，纪蚝壳接受市监察部门调查，曾被留置，后因年纪和身体原因解脱，居家交代问题，继续接受办案人员调查。无论留置期间还是后来继续调查，纪蚝壳态度良好，承认当年曾以村长身份，帮助一些掌握权力的人以投资名义，与本村村民搭伙，抢建渔排，抢种巨尾桉以骗取赔偿款。他声称自己没有从中多拿一分钱，也不交代涉案人员和具体情节，只说当时那种情况，给村民多弄一点钱，人家也得点，大家都好。从此地没了，村子没了，一次性买卖，他当村长，能做就做，现在被追究只能自己认账，不想牵连他人。他这么大年纪，身体不好，老婆早没了，一个儿子死了，一个女儿被他拖累，活下去还有多少意思？算了。

这就是纪惠所谓的"零口供"。案件并没有因为蚝壳不合作就办不下去，办案人员在追查中掌握了其他线索，几个相关人员陆续入案，牵涉面迅速扩大。一个多月前，管委会副主任胡亮被办案人员从家中带走，全岛为之震动。胡亮是陈福泉的搭档，得力助手，也是老双弦，开发区成立前就是副镇长，参与当年的征迁事务，不料当时也拿钱下水了。事情却没有止于胡亮，一段时间以来传闻纷纷，都说林泰可能有事。林泰不断在会议、视察、调研各种场合露面，包括今天回到双弦参加文化节开幕式，在直播和新闻节目里现身，似乎意在向人们表示他没事。但是他的情绪不佳，表情沉重，种种异常，明白无误地传递出心里的不安。陈福泉清楚他的处境，眼下岭下村于他属于敏感事项，开幕式上陈把头朝后扭，做无视三公爷彩车状，便是避免彼此尴尬。

这起征迁案子发生在陈福泉到双弦前，与陈没有牵扯，但是案发在他任上，他必须得管。纪蚝壳涉案后，陈福泉直接找市纪委书记请求，以纪蚝壳在村民中有影响，加上年纪身体性格等因素，建议采用适当办案方式，避免发生意外。纪蚝壳能从羁押中解脱，与陈福泉有很大关系，外界议论是陈福泉给保出来的。问题是陈福泉能把人弄出来，却不能把问题弄消失，纪蚝壳依然需要交代清楚，陈福泉也需要就此负责。纪蚝壳出来后，陈福泉跟他谈过话，还把纪惠叫来谈过几次，要求他们父女配合办案，交代问题。纪蚝壳态度好，反复表示已经认识当年有错，现在自己必须承受后果。其他人贪了不义之财，当然更是错的，只是觉得让他们自己出来坦白承担才好。纪蚝壳有心脏病，装过支架，涉案以来已经数次因病送院抢救，自知支撑不了多久，明摆的是准备将所知道的都带进骨灰盒里。

几天前，因心脏不适，喘不上气，其女打120叫急救车，把纪蚝壳送进开发区第一医院。陈福泉很快得到消息，特意交代医院院长全力抢救。这一次情况比以往严重，入院几天就进了重症监护室，然后走到病危。

当着纪惠的面，陈福泉对赶来陪他的医院院长再次交代，说沃克是岭下村老村长，双弦开发区的有功之臣，从开发区草创到现在，一直配合管委会工作，发挥了重要作用。请院长派最好的医生，用最好的药，千方百计抢救他。

院长表示一定尽力。

他们更多的是在做姿态。有些病不是医生可治的，哪怕不治之症也还可拖，唯心病无药。沃克的心病哪怕她女儿的心理辅导都对付不了，最多隔靴搔痒。对他的案子而言，如此走掉倒不失为一种解脱，这种话却不是可以明说的。

陈福泉离开医院，纪惠视若无睹，不送，不道谢，也不告别，一言不发。这姑娘倔强，有其父之风。考虑到她的世界已经一点一点破碎殆尽，陈福泉不拟计较。

他回到大酒店，时高端论坛上午日程接近尾声，陈福泉悄悄进场，参与了他在本论坛的最后一轮热烈鼓掌。

当天下午高端论坛继续进行，另有一场招商恳谈会在管委会大楼会议厅举行，陈福泉陪同省、市领导和刘小姐出席恳谈会，没再去香格里拉大酒店鼓掌。在陪同领导、贵宾期间，陈福泉密切关注其他事态发展。根据聂伟报告，巨力乙烯没有按计划于当天下午重新开动，戴建到底听从了建议，忍痛再放一点血。医院方面的消息是纪蚝壳还撑着，一息尚存。

"你们给他女儿送点水。"陈福泉交代，"别让她拖垮了。"

第二天上午的日程是参观，内容不少，巨力乙烯还是重点。陈福泉陪同与会领导、贵宾参观，在巨力乙烯见到了戴建。忙碌于引导、介绍之际，两人彼此打个招呼，抽空聊了几句。陈福泉有意调侃："谢谢，三克油。"

"只有三克？"

陈福泉不懂英语，但是与戴建交谈时，喜欢拿所知的个把英语单词调侃，有助于调节气氛。此刻他对戴建"三克油"，表示感谢，是因为戴建听从建议，"把那个大礼炮先藏起来。"

"陈主任喜欢我拿出来？"

陈福泉嘿嘿："戴总，小心乌鸦嘴。"

刘小姐笑笑，问他们都说些什么，陈福泉回答称有赖于各方面共同努力，首届双弦文化节眼见得即将圆满结束，现在重要的是乘势而上，再接再厉。

当天上午参观完毕，中午宴请宾客，正式宣布本届文化节落幕。宴会前，陈福泉陪同领导和贵宾在休息室，恰有一个合适时间可容私下交谈，陈福泉跟刘小姐提起北海集团，以及威利斯对巨力乙烯的关注。陈福泉说，这半年来到双弦岛考察的客商中，据信有几家具有北海集团背景，表现出浓厚且持续的兴趣。这次文化节，管委会给威利斯发了请柬，威利斯欣然答应愿意前来，直到最后一刻才表示遗憾，称因为某些事项无法如约而至。陈福泉感觉很可惜，心里也有些疑问，想跟刘小姐问一问。

刘小姐笑笑："陈主任是听到一些传闻吧？"

"是的。"

刘小姐说，石化产业国际化程度很高，企业为了在竞争中掌握主动权而进行结构调整重组，通过确定核心业务、兼并收购、战略联盟、业务交换、合资合营以及转让撤出等方式提高优势产业集中度，这种情况多见，巨力集团也是经历过几轮调整重组才有了今天这种规模。由于一些情况，此刻她不合适对外界传闻做评说，但是有一点可以跟陈福泉明确：她对双弦岛，以及巨力乙烯和炼化一体化在双弦的前景都非常看好，所以才会安排出时间前来参加这次活动，明天还将在省城与省长会面。她相信跟她有着同样看法的人还有很多，今天集中在这里的这些人，还有不在场的很多人，包括北海集团，威利斯，在这方面都非常一致。

陈福泉笑："以刘小姐的水平，当总裁小了，至少能当外交部长。"

午宴之后，贵宾们四散而去。陈福泉送走王诠、刘小姐、康子东和几拨主要宾客，离开香格里拉大酒店，回到了管委会大楼。

首届双弦文化节就此圆满落幕，陈福泉精心谋划的双弦大日子如愿以偿。

下班之前，一个虽显突然却在意料中的信息从市区传到陈福泉的手机里。

"林泰出事。"

陈福泉一惊，赶紧打电话核实，消息确切无误，林泰于当天上午被办案人员从办公室带走。林泰落马之前，蔡平原已经被纪委叫进去一个多月。当年双弦征地期间，蔡平原是几大"投资人"之一，在违规抢建、抢种骗取赔偿款中获利巨大。有传闻称当时蔡平原给林泰送过钱。

陈福泉把手机丢在桌上，身子往后一靠顶住靠背，百感交集。

现在清楚了，所有异常都有了合理解释。显然林泰心里有数，大限已到，时日无多，所以才有开幕式上的谢幕，以及其后与陈福泉的交谈与感叹。

陈福泉不禁感觉沉重。

他打了一个电话，给"那个人"。

"我是欧阳。陈主任有什么交代？"听筒里传来的声音很平静。

陈福泉问："你那颗心怎么样了？"

"还好。"

陈福泉问了一件事，近日欧阳与林泰见过面吗？欧阳当即回答：几天前林泰到省城开会，曾打电话问他身体情况。当晚欧阳到宾馆跟林泰见了一面，谈得比较多。他告诉林泰，根据一段时间来的多方了解，他觉得巨力乙烯那次事故的调查结论不可靠，事故的原因可能是焊接。他建议就此组织技术力量再做补救。

"你翻老账上瘾啊？"陈福泉问，"为什么？"

欧阳说："记得陈主任说过：生命为重。"

陈福泉说老账翻不好也会翻出人命。巨尾桉那笔老账是谁翻出来的？赖给欧阳有点夸大，至少可以表扬欧阳做了相当大的贡献，是不是？这笔账越滚越大，胡亮给坑进去，可能还有更大的，对欧阳有恩的领导要倒霉。另外眼看着还有一条老命要搭在里边。欧阳自己呢？

不是差一点也把一条小命丢在双弦？

欧阳问："陈主任这是说什么？"

陈福泉称正在考虑是否确实需要翻翻老账，或许巨力乙烯"闪火"事故还可以想办法关注一番，毕竟生命为重。

欧阳很意外："真的吗？"

陈福泉突然脸色一变，呆呆坐在办公椅上，顿时失言。

有异常。窗外刷地闪过一道强光，有如闪电骤然而至。

"这是什么！"陈福泉大喊一声。

2

凶杀案已逾半年，一直没有告破。杀手是什么人？伤害欧阳的动机是什么？始终无解。唯一确切的就是陶本南一个电话把欧阳引到了杀身之地。

出事那天，陶本南比欧阳早了几分钟，到达真味小馆时，馆子里人不多，瞄一眼没见欧阳到，陶本南便站在外边抽烟。一支烟吸不到一半，就见欧阳出现在游乐园侧门，时为六点五十五分，理工牛很守时。

陶本南目睹了凶杀的全过程。当时天已经暗下来，那段路上几乎没有人，一看到那顶鸭舌帽从欧阳身后窜出，陶本南立刻感觉不对。出于一种本能，他把烟一丢，拔腿朝那边冲，猛然就见欧阳扑倒于地。陶本南大喝："站住！"鸭舌帽转身就跑，眨眼间钻进游乐园侧门不见了。

陶本南没有追,因为地上到处是血,他心知不好,立刻跪在地上为欧阳按压止血,同时大叫:"我是警察!谁来帮帮忙!"

路旁店里跑出一个人,陶本南命他快打120,叫急救车。

如果不是陶本南在场,当晚欧阳必死无疑。

急救车把欧阳就近送往开发区第一医院,立刻进了手术室。说来算他命大,以这家医院的水平还做不了心脏手术,送到市医院则耗时过长,必死于途中。幸而该院与市医院有协作关系,市医院专家定期到本院指导,并按照预约做手术。那一天是市医院外科主任到来,在本院做一台胸外科手术。晚间该主任于医院食堂吃饭,准备饭后返回,结果给请到手术室紧急施救。

欧阳挨的这一刀足以致命:医生急诊开胸探查,发觉匕首经胸腔刺破心脏,心包右侧裂口达两厘米,靠近房室沟处的右心室侧前壁有约一厘米五的长裂口,致心包积血、心包填塞、胸腔积血。医生清除了心包、胸腔积血,并做心脏修补,心包缝合等手术,从死神手里抢回了欧阳一条命。

陶本南一直守在手术室外,直到欧阳手术完成。

第二天上午,杜聪把陶本南叫到办公室,黑着脸骂:"你就是出手不凡,告诉我到底怎么回事?"

陶本南苦笑:"我运气好。"

杜聪所谓"出手不凡"并非表扬陶本南及时救助,保住欧阳一条命,而是怪罪陶本南惹出大事。双弦开发区地域不算大,人口比较集中,由于所谓"太阳大,钱多",经济活跃,人员来源与组成复杂,各类犯罪多发,却有一好,凶杀等恶性案件发案较少。不料欧阳成了醒目一例。开发区管委会干部,海归博士,技术官员于傍晚被刺客公然刺杀于路旁,尽管人还没死,其敏感度已经足够引发外界轰隆轰隆响。昨晚，杜聪接到陶本南报告后立刻调集力量到现场，他本人饭都没吃，亲自到场指挥，于第一时间封锁儿童游乐园出入口，在里边折腾了一夜，进行地毯式搜查，检查监控探头资料，一无所获。显然刺客是老手，除了一刀刺中，逃跑亦显身手，窜入游乐园后没有片刻耽搁，立刻择路逃逸，显然还迅速易了装。

"你怎么就白白放过？"杜聪责怪陶本南，"怕死吗？"

陶本南很无奈，当时到底救人还是抓人确属两难。如果陶本南不管欧阳，直扑刺客，追进游乐园，以资深警察的经验，即便没把嫌犯当场捕住，至少会把人看得更清楚，动作特点更有印象，这就可以为抓捕提供有力帮助。但是那样的话欧阳必死无疑。如果单纯从警察办案考虑，陶本南应当立刻追凶，当场捕住，于本分局而言就是凶杀大案迅速告破，即便欧阳死于非命也无妨，案子破了就是重大战果，可以对外界有一个漂亮交代，比被害人没死，而案子却破不了更好。但是陶本南无法那般行事，无法将欧阳弃之不顾，这就得承担后果，包括贻误战机，给破案造成不利，给本分局领导和办案部门产生压力，以及涉嫌怕死。当时陶本南着便衣，未携带武器，没有支援，独自对付持有凶器的凶犯，确有极大风险，怕死也属正常。尽管陶本南一心只在欧阳，根本没想到害怕。

现在木已成舟，陶本南说什么都没有用。他不多做辩解，重点是把事情因由向杜聪汇报，这是他必须说清楚的。为什么欧阳被刺时，陶本南恰好就在那个地点？他约欧阳到那个小饭馆是要干什么？刺客又是怎么知道欧阳会去那里？说到底，陶本南跟欧阳及其被刺究竟是什么关系？

陶本南提到了张云鹏，这个工程师与安达里亚油轮桑托斯有关联，陶本南觉得有必要做些了解。查核中，张原先所在公司人事部经理提供了一个情况:近期有人直接去南京,上门找张。这个情况引起陶本南注意,命干警了解,原来是欧阳彬。欧阳一直关注巨力乙烯那起事故,估计找张云鹏与此有关。欧阳在寻找过程中会不会也了解到其他一些东西?说不定于缉毒有用,所以陶本南才约欧阳到"真味小馆"聊聊。

杜聪听罢情况,眯起眼睛紧盯陶本南,好一会儿不说话。张云鹏没让杜聪感兴趣,因为连根毒毛都没见着,一如既往,如同陶本南手上那些鸡毛蒜皮。

"那个什么'真味'跟你好像有点关系?"杜聪问了另一个事。

陶本南承认,该饭馆老板是他老婆的亲戚。陶本南夫妻都是县城那边人,他从警校出来后分到双弦派出所,一直待到现在,家也搬到这边。饭馆老板到双弦后找他办过事,他有时也去那边吃饭,毕竟是亲戚,比较可靠。昨天陶本南曾事先打电话,让老板留个包间,主要是想谈话时避免干扰。出事后还好也是这个亲戚,他听到陶本南喊叫立刻就跑出来,帮助打了急救电话。

"刺客怎么会在那里?"杜聪问。

刺客不可能事先知道欧阳前往真味小馆,应当是跟踪而至。估计是事前蹲守于欧阳住所附近,发现目标就跟上,认为时机合适就扑上去动手。当时如果街上有人,或许欧阳就暂时躲过一劫。

"可能还是那个人,上回打断骨头,这次要命。"陶本南分析。

不管刺客是谁,动机是什么,这回发案的直接原因是陶本南电话相约。眼下半个分局警察已经给拖进坑里,整个双弦岛所有进出通道都给严密控制,一帮干警红着眼睛还在看监控,找对象,累得屁都放不出来。鸭舌帽相当厉害,上回一拳头一棍子,一组警察忙活到现在,竟一点头绪都没有。这回人家自己冒出来,在警察眼皮底下再次作案杀人，会不会还是一个鬼影也摸不着？陶本南该去找个灵验好庙烧香拜佛，求老天爷保佑欧阳大难不死。欧阳要是真死了，案子又破不了，肯定吃不了兜着走。

按照杜聪命令，陶本南放下手中的鸡毛蒜皮，先去配合刑警抓人。全分局警察里，好歹只有陶本南见过那顶鸭舌帽。陶本南去了刑警大队，笑称自己又下放来了。他带去几个手下，作为配合力量参与侦破该案，干得特别卖力，特别投入，希望能尽快拿下。可惜确如杜聪预言，这个案子办得很不顺利。警察在游乐园里外寻找当晚的目击者，没有得到有用线索。从游乐园及周边几个点的监控资料里提取了若干怀疑人员影像，让陶本南辨认，陶本南凭着傍晚暗淡光线记住的一点印象比对，觉得没有一个像是。勉强挑出若干人查核，最终一一排除嫌疑。与此同时，尽管对所有进出双弦通道，包括陆地、海上通道都严密监控，却始终没有发现嫌疑人员，案犯就像人间蒸发了一般。

杜聪感叹："这家伙如果还藏在双弦，那才见鬼。"

陶本南在参与凶杀案侦查之际，仍然悄悄摆弄自己的鸡毛蒜皮，特别是张云鹏。他手下几个干警奉命从各个可能方面继续追寻，尽可能收集情况，一些细节碎片渐渐汇集到陶本南手上。有一位缉毒干警前去北京培训，途经南京时停留了两天，通过当地警方协调，接触了张云鹏在双弦时的顶头上司，工程安装项目部主任李强。李强称原本不认识张，是一位朋友介绍的，该朋友为美籍华人，在纽约一家跨国公司负责技术事务，李强当年在美国进修时跟他认识，关系不错，而后一直有来往。那个人给李强发邮件，称张云鹏是远房亲戚，希望进双弦安装工程项目部工作，李强觉得张符合条件，把他招入。根据缉毒干警找到的登记资料，张提供的证件表明其确实具备项目工程师条件，但是有一份资质证明却有破绽，怀疑可能涉嫌造假。一位干警出差深圳时去了张云鹏曾经待过的一家工程公司，发觉张在那里工作时并不处理技术事务，在此之前还曾在珠海一家运动俱乐部当教练。从若干细节看，此人做工程属于半路出家，他在双弦期间交往很广，离开得也比较突然。

陶本南没去哪座灵验大庙烧香拜佛，如杜聪挖苦那样，但是那段时间他每天都会到医院去一趟，关心欧阳恢复情况。谢天谢地，第一牛挺过了危险期，终于从重症病房转出来。他还不能说话，却能拿眼睛盯着陶本南，眼神里有无数疑问。

有一天陶本南到医院，意外发现欧阳的病床空空荡荡，人不见了，一问才知道已经转院。欧阳的大姨和姨父从省城来，把他接去省立医院。省立医院的医疗水平比本院高出一大截，条件也更好，加上有家人照料，欧阳在那里会更快康复，他本人身体状况也已允许，医生同意他转院。欧阳的亲属带来一辆救护车，配备了急救医生和护士以防万一，直接从病房把人接走。

后来陶本南每天挂一个电话，起先是打给欧阳的大姨，待欧阳恢复到可以接电话后便直接通话。陶本南在电话里从不谈案子，只关心欧阳的身体情况。欧阳之案由分局刑警大队王火负责，他们已经屡次找欧阳取证，陶本南是缉毒警，加上在该案中也属当事人，不能去管那个事。

欧阳终得痊愈，出院回家。几天后陶本南专程去省城探望。时欧阳住在自家房子里，有保姆、护工照料。他的大姨和姨夫几乎每天都会来看一看他。

欧阳问陶本南："这里比你那个真味小馆可靠吧？"

陶本南不承认真味小馆有问题，但是也表示遗憾，因为欧阳就在那附近被刺。

欧阳说:"其实你是救命侠,我知道。要不是你,我已经没有了。"

他请陶本南喝酒,他自己还不能喝,陶本南但喝无妨。陶本南拒绝,称自己滴酒不沾,按规定警察也不能于办案中饮酒。欧阳强调今天是邀请救命侠到私宅做客,不是办案。如昊陶本南真的滴酒不沾,那么请马上离开,所有事情免谈,以后也不要再来。陶本南只好接受,提出一杯为限,要喝茅台,最好的。欧阳果然去找来一瓶茅台,据称已经窖藏三十年,倒在杯里的酒液微黄发黏,香气扑鼻。

于是便喝,只一口陶本南便拼命咳嗽。欧阳在一旁看,快活不已。
"原来也有这种警察。"他调侃。

欧阳曾经跟心脏装了支架的纪蚝壳干过几杯,才知道有时候看人家喝也能解馋。眼下轮到欧阳自己心脏有事,可惜陶本南就这么弱,解馋效果有限。

直到这个时候,张云鹏才被重新提起。本该在真味小馆进行的话题由于欧阳被刺,已经中断了数月之久。

他们交流了各自掌握的信息。陶本南提到张云鹏做工程可能是半路出家,欧阳一拍巴掌说:"这就对了。"

他认为张云鹏与其招到焊工班的朱兆明组成了安装工程中的危险环节,所谓"闪火"事故就发生在他们的工作部位。仅就工程施工而言,朱兆明好酒,自恃手艺好,责任心差,偷工减料,差错率高。张云鹏技术不内行,对工程不能从严要求,靠拉关系,打点监理和检测方,让所负责的工程得以顺利过关,因此留下隐患。

"你一直就在查这个?"陶本南问,"谁让你干的?"

欧阳自嘲:"个人行为,出自个人爱好。"

他一向是所谓"学霸",第一牛,擅长解题,数理化各种疑难杂症都来,自认为没有他解不了的。巨力乙烯这个事一直梗在心里,本能地想去找一个正确答案。事故不只是一堆破铜烂铁，是生命，弄不好会死人的。一个生命丧失，会有很多人痛不欲生，欧阳本人经受过家人的离去，体会至深。

陶本南感叹："咱们挺像。悲悯有加，纪老师说过。"

他提到缉毒，为什么他那么卖力？他看着一小袋一小包那种东西，眼睛里一条一条全是人命。不说别的，仅仅双弦岭下村，近期便有两个人因为毒品死于非命，一个是纪志刚，一个是孙保全。两条人命这样没了，那是不应该的。

欧阳说："所以我才请你喝酒。"

他打听陶本南为什么也关注张云鹏，难道张除了在工地上晃悠，还吸毒？陶本南表示，由于办案保密需要，一些情况他不好透露，可以说的就是他对张云鹏有怀疑。迄今为止他没有查到任何可靠证据表明张涉毒，但是还不放手，特别是欧阳被刺后，陶本南更是认定不移。欧阳挨的这一刀很说明问题，它最难解的是动机：是谁因为什么要对欧阳痛下杀手？欧阳很牛，海归博士，量子化学，自视太高，自以为是，经常显得特立独行，所作所为难免得罪人。例如不配合办案，得罪了缉毒警察陶本南。在调查组坚持主张，得罪了顶头上司陈福泉。盯着事故不放，得罪了开发区龙头企业。下村拆迁自行其是，牵扯矛盾，得罪利益相关者。但是要说其中有哪一个人恨得要打断欧阳一根手骨甚至一刀刺死他，那还不至于。就事故调查而言，如果仅仅是追究法兰还是焊接，更多是学术之争，对谁有多大杀伤力？但是如果欧阳在调查时无意中触及危险人物，例如贩毒团伙，他会给那些人的利益和生命带来巨大威胁，他们就会设法逼迫他收手，甚至铤而走险杀人灭口。这么推断是不是符合逻辑？

欧阳调侃："感觉陶队长跟我一样有想象力。"

陶本南认为办案跟事故调查，以及课题研究一样，都需要想象力，当然也需要立足现实。现实中，打伤和刺杀欧阳的鸭舌帽相当不寻常，很诡异，有职业杀手水准，从反侦查能力看也是高手，让陶本南倍加怀疑欧阳触犯了毒品犯罪集团，那种团伙里才可能有这样的高手。还有张云鹏，行为种种，也让陶本南感觉奇怪。

欧阳却觉得不算太特别。就他所了解到的，嫖娼、喝酒、偷工减料，还有干私活什么的，并不只有张云鹏。

"干什么私活？"陶本南感兴趣。

"说是帮做一个水泵室工程，挣私钱。"

他们聊到深夜，当晚陶本南就住在欧阳家的客房。第二天起床时，两人已经不再是所谓"警察与小偷"，有点像"生前好友"了。欧阳特意给陶本南展示他最新的一项研究课题，是阳台上的一株盆栽植物。陶本南只看一眼就大笑。

"这啥呢？不就是多尼吗？"

"学名是桃金娘。"欧阳强调。

不管金娘还是银娘，这多尼太普通了，土里巴唧。早些年双弦岛上到处是，如今才比较罕见。又不是什么兰花、牡丹、郁金香，研究个啥？

"它长得不错，但是总不开花。"欧阳抱憾道，"可能与土壤、肥料、微量元素有关系。它对我有挑战性，与量子化学距离挺远。"

"它是公的，所以不开花。"陶本南说。

欧阳吃了一惊："真的吗？"

陶本南大笑。

这盆多尼原本养在双弦欧阳宿舍的阳台上，欧阳从开发区转院到省立医院后，特意请大姨夫把它连同一些生活必须品一起搬到省城。

养伤恢复中，欧阳总想让这盆多尼开花。他询问陶本南有何建设性意见，陶本南只是摇头，他从不摆弄花花草草。

"其实以前我也从不摆弄。"欧阳说。

"怎么就喜欢上了？"

"死过一回。"欧阳自嘲，"格外热爱生命，热爱生活。"

陶本南不以为然："也该热爱得名贵一点，这多尼太普通了。"

"你不懂，它是美好生活，天地自然。"

陶本南笑："其实就是个乡下妞。"

"你只知道甲基苯丙胺。"欧阳批评。

当天中午，陶本南回到双弦。他立刻下令："把纪英勇的情况给我找一找。"

那时候小纪举报的事还在发酵，陶本南却不是因此操心，只因欧阳提到一个情况：欧阳在岭下村拆迁时，向小纪打听过张云鹏。小纪显然认识张，起初也不否认，但是忽然又来解释，似乎意在表示与张云鹏没有交集。欧阳感觉奇怪。

陶本南接触过小纪，早在查戳种时，陶本南就曾传唤过他，小纪是戳种的关系人之一，有如已经死亡的纪志刚。当时陶本南没有特别注意这个小纪，问了问就让他走，原因是小纪有前科，会惹事，跟戳种经常混在一起，却有一好：他不吸毒，从来不碰。他自己如此表白，根据了解确实无误。此刻陶本南决定对这个小纪再予关注。如果陶本南面对的是一个长线毒品团伙，昔日的张云鹏与今天的戳种之间，还需要有一个接扣，会是这个小纪吗？搞清楚小纪于陶本南不难，他有直接渠道。

陶本南去了巨力乙烯，到了厂区南侧一幢两层楼房，楼房面向厂区，背后山岭下就是海岸。这座楼叫"附属楼"，是厂区保安队、消防队等服务机构驻地。陶本南跟这里的保安队长郝山春相熟，郝是陶的基本下线之一。

那天一见面，陶本南就皱眉头："又喝了？"

郝山春嘿嘿："陶队长，小声。"

郝山春作为保安队长很称职，但是也有若干毛病，最大毛病是好酒，喜欢来一口，有时也会因酒误事。他自嘲兑，如果早戒掉那一口，他至少能到开发区分局当局长，不像现在只管几个假警察。

郝山春一听是打听小纪，张嘴就问："这小子又惹事了？"

"问一问吧。"

"他已经走了。"

小纪麻烦多，贪心，不安分，性子也阴，跟人搞不在一起，有几次郝山春都想干脆开掉这小子算了。终究没开除，主要因为小纪是双弦岭下村人，关系多，一些本地小痞子狐群狗党找麻烦，别人对付不了，小纪可以。在保安队，郝山春基本还能控制住他，要是开掉了只怕反而成为麻烦。但是这小纪心太大，什么钱都想拿，为了几棵早就没影的桉树，捅出一个大案子，牵连那么多人，弄得郝山春都怕，不敢再把他留在队里。念他是老员工，郝帮助他转到厂里其他比较不起眼的部门去。小纪本人不想走，没办法，只能那么办，怪他自己。

"不过欧阳工程师那个事不必怀疑。"郝山春说，"不可能是小纪。"

陶本南参与侦查欧阳被刺案以来，曾进入乙烯厂区查核人员，调看监控资料。郝山春曾笑陶本南是全科医生，毒品也管，杀人也办。他可能猜测陶本南问小纪与办欧阳案子有关系。因之特地解释，称小纪与欧阳关系不错，纪还求欧阳帮助要赔偿，无论如何不可能拿刀子去刺他。

郝山春肯定不知道欧阳的父亲姓黄，不知道黄欧阳父子俩竟然遇

299

上同样的灾难，都是被人当胸一刀，直刺心脏。不同的只是父亲给非专业人员一刀捅死，而儿子侥幸从专业杀手刀下逃生。郝山春不知道那些故事，才会认为小纪与欧阳没有纠葛。但是本案中小纪确实不太可能是刺客，因为显然他也不知道其中瓜葛，与欧阳一直有来有去。陶本南没跟郝山春多说奥秘，只让他帮助留意一下小纪的交往面。这个年轻人有一帮狐群狗党，那里边都有些什么鬼怪？黄皮直眼，抽大烟吃白面的有吗？

"明白。"郝山春说。

"保密。"

"放心。"

离开前陶本南没忘记交代一句："少喝少误事。"

郝山春嘿嘿："陶队长最关心我。"

由于工作需要，加上个性，陶本南跟本辖区内各保安队长关系都不错，他们对陶的工作总是很配合。郝山春跟陶本南联络更多一些，一来因为巨力乙烯是重点企业，需要更多关注，二来也比较说得上话。两人间有过一件旧事，就发生在安达里亚号油轮桑托斯死亡那回，那个案子中有一位卖淫女是关键证人，该女案发后失踪，给破案造成麻烦，好在很快就被陶本南找到交给王火，这个功劳却要算给郝山春：桑托斯死亡案发生的第二天清晨，陶本南接到郝山春一个电话，称有急事请陶帮忙，陶本南即开着车去了巨力乙烯，在"附属楼"见了一个年轻女子，该女脸色发白，在陶本南面前不住发抖，不是怕警察，是怕鬼。原来竟是陪桑托斯睡觉的熊姓暗娼，桑托斯就死在她的身上。她怎么会藏在郝山春这里？原来女子的哥哥跟郝山春曾经在一个连队当兵，曾请郝关照其妹。郝山春知道女子是干什么的，曾劝她别干了，回家过日子去，女子没听。桑托斯猝死后，女子吓坏了，逃出现场直接跑来找郝山春，求郝帮她想办法。郝听了情况即劝说，死了个外国船员，肯定要一查到底，任她跑到天边也躲不开，不如自首投案。郝山春答应帮助女子找警察设法关照，讲清楚就不多为难。女子同意了。于是郝山春给陶本南打了电话。

陶本南问："为什么找我？"

郝山春清楚陶本南管缉毒，郝山春也配合过王火他们刑警，但是感觉跟陶本南比较投缘，因为陶本南人好，求助时立刻就想到陶。

后来陶本南还帮过郝山春一些小忙，郝对陶交代的事也都很尽心。把了解小纪的事情交给郝办，包括保密，陶本南感觉放心。

有个警报忽然拉响，从省厅传到市局，再到达双弦分局。该警报急促、尖锐，突然而至，让陶本南猝不及防。

曹龙山副支队长带着一小组人员突降双弦，与杜聪一起召集缉毒大队全体人员开会，宣布有重要行动，须立即做好准备。曹对行动不做具体说明，只说是接省厅命令，行动之前严格保密。陶本南与手下干警待在分局待命，卓副偷偷问他是否清楚搞些啥，陶本南把手一摊："别问。"

陶本南本人一无所知，这可以理解。严格保密有助防止消息走漏，确保行动突然有效。陶本南的意外感主要是所谓咸鱼翻身，本分局缉毒地位从"狗屎地"一跃至这般重要，说来有趣。

所谓"狗屎地"其实是曹龙山语录，出自半年前。那一回戳种藏身处搜查出来的小塑料袋被判定为"蓝皮"，与纪志刚死亡时随身携带的毒品联成一线，陶本南为之振奋，市局缉毒支队也高度重视。"蓝皮"首先出现在双弦岛及其周边，而不是中心市区，可能意味着一条新的毒品扩散途径，从这条线往上往下追溯都有巨大空间，都可能触及某个缉毒大案和团伙，有望实现重大突破。曹龙山亲自带人到双弦指导、参与案件侦破，陶本南及其手下干警使尽吃奶之力，深挖戳种周边，排查戳种的所有亲友与社会关系，在戳种藏身的岭下村旧村反复搜检，把缉毒犬乌蹄累得几乎趴下，却再也没有找到哪怕一丁点"蓝皮"。

曹龙山很失望，评价说："本南，你这里就是个狗屎地，全是狗屎。"

"不是有两个死人吗？"陶本南不服。

本地与"蓝皮"相关的两个涉毒者纪志刚与孙保全均死于非命，其严重性似乎非常明显。但是细论起来，两个死者都属意外丧生，一个吸毒过量，一个慌张撞车。他们两人拥有同一种毒品并不意外，因为是同村、同学、同伙，一个把另一个带入毒圈。两个双弦籍死者并不意味毒品路径就是从海外到双弦，再往其他地方扩散。如果双弦是上游，"蓝皮"供应会比较充裕，不会显得如此稀罕。由此看来纪志刚与戳种还在毒品链条末端，加之人都死了，再没什么搞头。

"你的人死球了，可以洗洗睡了。"曹龙山拿粗话调侃。

陶本南再怎么洗也睡不着。曹龙山无功而返，陶本南只能丢下死球，回去炒冷饭翻老账，琢磨鸡毛蒜皮。不料没待陶本南自己搞出什么名堂，曹龙山再次驾到，动静还如此之大，足见本地还是有些东西，不限于狗屎。

上午十时许，曹龙山与杜聪下令出发，眨眼间数部警车冲出分局大门，向东急进。一出门陶本南心里有数了：海上行动，目标是码头。

他们在散装码头上了一艘巡逻艇，沿海岸向南开进，十几分钟后到达双弦油品码头附近海面。远远的，有一艘油轮停泊于码头外围海面上。

这是格蕾丝蒂号，准备停靠卸油。

巡逻艇缓缓并靠油轮。杜聪下令:"陶队长,跟上。"

杜聪留在巡逻艇上控制、指挥,曹龙山带他的人在前,陶本南他们随后,一队缉毒警沿舷梯快速登船,带上了两只缉毒犬。

有如当年的安达里亚号,区别在于那一次是随机检查,这一次是针对行动。那一次陶本南率队,这一次主角是市缉毒支队。那一次除了招惹一些意外麻烦,一无所获,今天则可望大获全胜,因为类似行动一定有两大特点,一是事前接获准确情报,二是案子足够大,否则无须搞成这样。

不料那么多人忙活了半天,一无所获,如同安达里亚。

从油轮上撤下来,曹龙山一张脸全是黑的,气得一句话都不说。

杜聪下令:"撤退。"

回到散装码头时,杜聪跟陶本南嘿嘿:"还数陶本南气场大。"

陶本南回答:"不好意思。"

杜聪是在拿陶本南开涮,或者也稍稍表示对曹龙山的看法。什么叫"气场大"?这是说曹龙山牛逼哄哄,没太把杜聪放在眼里,而杜聪本人在本局说一不二,也是气场强盛。但是两位强人碰上陶本南都没戏,让陶本南的气场盖得一息无存。陶本南的气场是什么?晦气,碰上什么砸什么。像今天行动,明摆的应该战果辉煌,居然就颗粒无收。是情报失误?消息走漏?或者干脆就是陶本南的错,否则怎么碰上他总是失手?早知道这样,不如把陶本南直接扔到水里,让他自己游上岸,回去洗洗睡。那样的话,说不定本次行动就大获全胜。

油轮搜查没有结果,事情却还没完。当天下午格蕾丝蒂号靠岸卸油。缉毒大队奉命全程监视,以防万一。事实上在大张旗鼓上船检查无果情况下,即便所查毒品还藏匿在船上,犯罪人员也不太可能趁卸油之际将毒品弄上岸,那样的话风险太大。但是依然需要密切监视,这种必定吃力不讨好的事当然归陶本南。

陶本南身先士卒，带着几个干警在油品码头蹲守了一夜。油品码头由巨力集团建设管理，眼下主要为巨力乙烯服务，未来炼化一体化企业油品进出也将使用这个码头。码头输油设施很先进，用活动管将船上送油闸与码头管道联结，通过管道将油品直接输送进码头后方储罐区的相应储罐。挨着输油管道，码头上有一条车行通道，储罐区与码头间有一道铁门相隔，平时敞开，外轮进入时封闭，无关人员不得进出。

陶本南临行抱佛脚，命手下迅速找来格蕾丝蒂号资料以供研究。根据资料，这条油轮运送的是渣油，从泰国东部一处港口运至双弦。巨力集团在泰国投资建有一座大炼油厂，炼油后的副产品渣油运到双弦处理，作为巨力乙烯的原料之一。格蕾丝蒂号的航程就在泰国与双弦之间，卸完油后将空载返回泰国，准备下一次装载。

从曹龙山率队精准打击分析，格蕾丝蒂号可能涉嫌运送毒品，很可能是"蓝皮"。那东西比较神秘，据称产于金三角，其中一角就在泰国北部。线人把情报传递出来，引发了搜查。如果这条船确实挟带大宗毒品，这些毒品必定会在双弦上岸，因为格蕾丝蒂是点对点航行，中途不做停靠，如果货物不留在双弦，难道再运回泰国？免费巡游？但是格蕾丝蒂号并没有发现毒品。或许搭运毒品的不是这条船，是另一条？不管是哪一条，对双弦的意味都一样。大宗毒品在双弦上岸，此间必有人员接应、保存、分发。这就是说本岛暗藏一个相当规模的贩毒窝点，有一个有组织犯罪团伙，且处于毒品流通的上游。如果此判断成立，疑问便随之而生：为什么岛上一直都是鸡毛蒜皮，没有发现较多较大的毒品犯罪活动？难道是此间犯罪分子特别精明，而以兢兢业业忍辱负重著称的陶本南等缉毒警察又特别笨？另外还有一个问题令陶本南疑惑：据他以往所闻，通过集装箱船偷运毒品似乎更为多见。油轮怎么运呢？是否有特殊手段？

陶本南打电话求教赵班，赵没有遇到过类似问题。陶又给欧阳打了一个电话，请教一个技术细节：有没有一种可能，就是把毒品掺进油品里，而后再设法分离出来？

欧阳很诧异："为什么要这么干？"

陶本南曾注意到一则消息，国外有贩毒集团利用运煤船只偷运毒品。他们把毒品用水化掉，让煤吸收，偷运到位后再从煤里提取出毒品。

欧阳断定："油不行，至少极不合算。"

如果不存在这种可能，那么大宗毒品会藏在油轮什么地方？必须足够安全，装卸还不能太困难，怎么才能做到？

当晚蹲守分为几个点，中控室有干警监控码头上的几个探头，还有一辆巡逻车不时巡查码头。油品码头装卸自动化程度很高，场地上灯光明亮，机声嗡嗡，人影罕见，漫长的夜间蹲守相当无聊，陶本南悉心思考，借以打发时间。

凌晨三时，巡逻车上一个干警犯胃痛，想喝点热的。陶本南看看车上那些矿泉水，取出手机给郝山春打了个电话，拟索要一壶热茶。油品码头属巨力集团，码头与储罐区之间那道铁门由巨力乙烯保安队把守，陶本南与郝山春熟，虽然这个时间鸟和鱼都睡熟了，实不宜吵人，作为警察和保安却不能太计较。

郝山春没接电话。陶本南连打三次，对方均未接听。

当时无奈，陶本南只能让手下克服困难，忍痛坚守。幸而东方渐白，格蕾丝蒂号的油品亦于清晨卸毕，码头工作人员上船安排离港事务，陶本南领队撤出了现场。

305

天亮时郝山春打来电话："陶队长找我？"

"你去哪里了？"

郝山春检讨："不好意思。又误事了。"

"喝了多少？"

"其实没喝太多。"

陶本南没跟他多说，只讲现在没事了，再联系吧。

"小纪那个事我还在了解。"郝山春说。

"不急。"

"有情况我会马上报告。"

那一段时间大家都忙，因为首届双弦文化节将临，诸多活动项目都有安保方面的内容，缉毒警也摊上不少任务。忙碌之余，陶本南的脑子依然转来转去，有空就在笔记本上描画，做所谓"课题研究"，好比欧阳。有一天陶本南把安达里亚号与格蕾丝蒂号两条油轮放在一起，琢磨它们有何异同。如果说在成千上万条油轮里这两条有什么需要陶本南关心的相同点，那么只因为它们似乎都沾了毒品，同时都未能确认，而且都曾经被陶本南的"气场"罩住。那么它们还有什么不同？首先是时间不同，彼此在时间线上相距近两年。还有就是它们的航线不同，安达里亚在欧洲与双弦间来去，格蕾丝蒂走的是泰国与双弦。为什么不是从美国或者其他地方来？很简单：上述两地都有巨力集团的大型炼油厂，炼油留下的副产品运到双弦，成了巨力乙烯的原料。巨力乙烯也从其他地方购买原料并用油轮运来，但是最大宗，最稳定当然也是价格最合算的来源还是自家这两处。如果不考虑安达里亚与格蕾丝蒂之间的时间差，设想它们很接近，相继到达双弦，那么把它们的航线联结，就形成一条途经双弦，从泰国到欧洲，或者从欧洲到泰国的长距离航线。这条航线有可能被利用以远距离偷运毒品吗？

例如把"蓝皮"从泰国运往欧洲？如果是这样，那么双弦就成了一个中转地，而非扩散点，如果这个推论可以确定，那就既能解释双弦为什么没有发现较多毒品犯罪活动，又让双弦缉毒具有斩断国际贩毒链条的重要地位。

陶本南感觉兴奋，他总是会为自己的所谓"胡思乱想"而兴奋。他哪里是双弦岛一个小小缉毒警察？俨然已经是国际禁毒组织的大角色，手上转着地球仪，目光越过大洲大洋。当然这只是自嘲，念头刚一冒出来，他就告诉自己这不可能。不说其他，大宗毒品进出不像拎个手提箱来去那么简单，在船上藏在哪里？靠岸怎么卸货？怎么过关，怎么保存？又怎么把货转到另一油轮上？以格蕾丝蒂为例，陶本南曾乘着巡逻艇绕那条油轮环行，登船检查，再蹲守码头监控卸油，以亲自感受，于众目睽睽，众多监控中把大宗物品从船上弄下来，通过监管关口放行，运到某个仓库藏起来，确实没那么容易，难以做到隐密。从岸上往船上搬还会更加困难。

但是陶本南难以放弃这个念头。

陶本南让警员联系港务管理部门，调取近一年时间里油轮进出双弦油品码头的资料，重点比对格蕾丝蒂进港情况。他注意到这条船曾经数次与另一艘油轮交替进港，那条油轮航行于欧洲与双弦之间，有如当年的安达里亚号，不同的是它叫作"阿玛拉"，运输石脑油。根据记录，一年多前巨力乙烯发生"闪火"事故时，阿玛拉号油轮恰靠泊于巨力油品码头。此前此后这条船与格蕾丝蒂多次发生未接触交集，都是格蕾丝蒂离开后，阿玛拉进入，时间相距三至五天。

"问一问，"陶本南下令，"这几天还有油轮进来没有？"

居然有，阿玛拉！明日进港卸油。

陶本南立刻安排监控。在强悍的格蕾丝蒂行动颗粒无收之后，可以预知监控阿玛拉不太可能钵满盆盈。但是陶本南决意一试。

那一天恰好赶上双弦首届文化节开幕，杜聪忙于节日警务，陶本南没向杜聪报告，也没有动用太多力量，只叫了两人随他行动。阿玛拉进港后系靠油品码头，进入卸油作业。当天上午陶本南动用一条小型警用摩托艇从海上拜访阿玛拉，用望远镜远观，再靠近细察。情况与那天格蕾丝蒂号相仿，该油轮看不出有任何异常。当晚陶本南再次进入港区蹲守，如他预先设想，一无所获。

蹲守期间，陶本南又在码头上给欧阳打电话，让欧阳帮助他换位思考。如果欧阳是毒品老大，要在一艘油轮上藏下数量较大的毒品，藏在哪个部位最不容易被发现？

欧阳说："藏在柴油里。"

"别开玩笑。"

"那么就是水底下。"

欧阳其实还是开玩笑，陶本南却张着嘴说不出话，突然被触动了。电话那一头欧阳发觉陶本南异常，问了一句："怎么啦？"

陶本南说："果然牛。"

欧阳的话让陶本南忽然想起早几年的一个案子，发生在北方一个港口。有一条船靠船坞维修，意外发现船底附着一个金属容器，用绳缆固定在船底门的金属栅栏构件上。船长赶紧报警。警方取下容器，发现里边装有毒品。这种运毒方式很隐蔽，如果不是进坞维修，还真是难以发现。陶本南忽然联想，阿玛拉和格蕾丝蒂会不会也这么玩？格蕾丝蒂用船底把东西带进来，就丢在海里。过几天阿玛拉来了，从海里把东西挂上自己船底，这样转运可行吗？

欧阳不是运输工程专业人员，以他感觉，挂载船底短距离应无问题，跨越大洋远航未必可靠，如果遇到大风浪，东西掉在海里，岂不是损失巨大？如果真的有人想这么干，船只一定要暗中经过改造，有船底挂载卸载装置，可能还需要相应的监控设施，以及把东西从船底转移到船上，或者从船上转移到船底的装置，这才有可能安全运送。如果两艘船并不直接相逢，那么就得由转运点暗中进行装卸，需要水下作业，人力要足够，还必须借助机械，否则难以完成。

陶本南说："听起来真是没那么简单。"

与上回如出一辙，午夜三点，陶本南给郝山春打了一个电话。这一回没有哪位干警胃痛，是陶本南自己骚扰郝山春，郝山春有权打开码头与储罐区间的大铁门，供警察进入厂区执行任务。此刻并无其他任务，陶本南只想找郝山春聊聊。

郝山春不接电话，一如上次。然后又在几小时后，天亮之际打来电话："不好意思，又误事了。"

陶本南说："郝队长问题很严重。"

郝山春连声表示："一定整改，一定整改。"

当天上午巨力乙烯大忙，需要迎接首届双弦文化节的贵宾们参观。陶本南知道郝山春那些保安都得去站岗，无暇他顾。直到当天下午，文化节日程圆满完成，陶本南带着一个部下才进入巨力乙烯，直奔厂保安队那幢"附属楼"。陶本南事前没有电话通知，但是警车还没到达，远远就见郝山春在楼前笔直恭候。

郝山春说："欢迎陶队长检查指导。"

他在保安监控室值班，于厂区监控探头里发现了陶本南的警车。

陶本南下车，跟郝山春握了握手："我要到你这里吹点海风。"

"今天风平浪静。"郝山春说，"听说过两天有大风。"

"问一个人，你可能认识。"

陶本南提到张云鹏。郝山春表示名字有点耳熟。陶本南让他再想一想。郝忽然一拍巴掌问:"是个工程师?"

"说给我听听。"

巨响恰在其时猛烈而起。

"轰隆!"

陶本南、郝山春,现场所有人无不目瞪口呆。

"这是什么!"有人失声喊叫。

是爆炸!巨力乙烯厂区发生爆炸!

3

爆炸起自装置区,更大的危险却在中间罐区。

所谓"装置区"是巨力乙烯的生产核心部位,裂解炉等众多生产设备安装在这个区域里。中间罐区也叫中间原料罐区,其功能是为生产装置临时性储存物料,与装置区相距较近,而储罐区也就是原料罐区则隔得更远,比较靠近油品码头。爆炸最初发生在一台裂解装置的加热炉区域,其时正在进行开工引料作业,管道突然断裂,物料从管线泄漏扩散,被鼓风机吸入风道,经空气预热器进入炉膛,被炉膛内高温引爆,瞬间将装置区变成火场,烈焰升腾,遍地狼藉。装置区西侧,距离爆炸中心足有七十米的中间罐区806号储罐竟然也被波及,于爆炸中储罐罐顶外沿撕裂,随即引燃起火。该储罐容积一万立方米,储存物料为乙烯原料石脑油。起火储罐周边还有805、807、808三个储罐,相距均只有十几米。周边南、西、北三面被十二个储量从一万立方米至五万立方米不等的危化品储罐包围,所有储罐基本都是满载或接近满载，一旦失控引发大规模连锁爆炸燃烧，后果是毁灭性的。

欧阳赶到指挥部时，爆炸已发生近四个小时，总攻即将发起，主要目标是扑灭806号储罐大火，时已刻不容缓。

欧阳原本不可能这么迅速、直接冲灾难而来，只因为意外接到陈福泉电话，陈福泉在电话里忽然大喊一声，通话中断。欧阳心生诧异，马上打电话向林正兴询问，这才知道巨力乙烯出事。得知情况后欧阳决定立刻启程，以最快速度叫了网约车，从省城直奔双弦。一路上通过电话持续了解，到达双弦时，情况已经基本清楚。

这次爆炸起因待查，已知的是爆炸时现场有一个操作班组，其中几个人逃出，两个操作工失联。爆炸发生后，巨力乙烯企业自备消防队的三辆消防车立刻进入装置区救火，开发区消防大队也迅速出动十辆消防车，同时紧急敷设一条抽取海水的远程供水系统，主要负责中间罐区灭火，主打806罐。起火的806罐周达三个储罐在爆炸中不同程度受损，特别是储罐上的自动喷淋设备都被破坏，消防队除了需要扑救806罐大火，还得给旁边三个罐打水降温，以防被806大火点着。消防力量不足，只能尽量控制火势，等待支援。欧阳进岛时，注意到接连有消防车呜呜鸣笛，从后边追上来，显然支援力量正在源源而至。此刻如果能再拖延若干时间，等待更多援兵到达，发动扑火总攻当更有把握。但是时间拖得越长，灾难漫延的危险也越大。只要806的大火没有扑灭，其燃烧辐射将使周边三个储罐里物料的温度不断上升，现有的喷水降温手段有助延缓升温步伐，却不能根本解决问题，一旦温度升过临界点，三个储罐相继烧起来，灾害便会失控。因此尽早发起总攻，把806的火赶紧灭掉成为首选之策。

欧阳进岛后直接赶往岛南端巨力乙烯厂区，林正兴提前跑到封锁线守候，把他带进指挥部。指挥部设在一个小高地处，距离出事地点

311

不过三四百米，时已入夜，几盏大功率照明灯把指挥部照得亮如白昼。前方夜幕中火光冲天，浓烟滚滚，伴随或大或小的爆炸声，刺鼻气味弥漫天地。指挥部里气氛分外紧张、沉重。因为灾难景象恐怖，令人胆寒，更因为没有谁知道灾难还会如何发展，却都清楚如果火势扩大以致失控，其后果难以承受。

陈福泉看到了欧阳，没有特别反应。当时陈正在讲话，站着说，他身边正中位子上坐着个人，却是本市市长康子东，坐的是一张活动折叠椅，板着脸，神情严峻。这里在布置行动，用陈福泉的话叫部署总攻。陈福泉说，康子东市长陪同副省长王诠到双弦参加高端论坛，中午刚送走客人，离开双弦，听到事故报告后立刻返回，亲自坐镇。在康子东指挥下，市消防支队长亲率大部队驰援进岛，到达后立刻进入灭火作业。本市各县消防队伍也奉命赶赴双弦支援，目前陆续抵达。根据上级要求，准备在今晚九点，集中力量发起总攻，力争一举扑灭现场明火。

陈福泉强调："钱丙坤省长已经打来三次电话，要求千方百计，明日凌晨前决战取胜。康市长和我都向他做了保证。"

陈福泉讲毕，康子东再加强调，没多讲，三言两语，语气严厉。

"大家有什么问题？"他问。

与会人员多为各路消防队伍负责人，均表态坚决照办。

"企业方面呢？"

有人举手，那只手哆哆嗦嗦举不直。是巨力乙烯技术副厂长周平和，也称周副总，灯光下他显得脸色特别苍白，口齿也不清楚。他连声表态，称一定做好配合。

"技术部门？谁来说一说？"

副总工聂伟在场，他没有吭声。

"都没有其他意见了？"

欧阳举手："我有。"

"你是什么人？"

"我是总工办工程师欧阳彬，刚刚赶到。"

站在一旁的陈福泉道："欧阳，你先了解情况，现在不说。"

康子东一摆手："让他说。"

欧阳称他刚到，本来不该多嘴。但是听了总攻部署，感觉有点担心。按照目前方案，为了集中力量，需要把装置区的消防人员和消防车抽调出来，参与扑灭中间罐区806罐大火。他担心这么做会让装置区失控，严重的话会发生一连串新的燃爆。

目前装置区灭火队伍是巨力乙烯消防队，有三部消防车。指挥部决定把这三辆车调来中间罐区，把装置区的火情暂时放一边，属不得已而为之。毕竟装置区已经炸得一塌糊涂，即便再炸几下，也比储罐区失控危害更小。

陈福泉插嘴："这个已经讨论过了。现在主要危险在中间罐区和储罐区。"

欧阳坚持称，爆炸源头在装置区，现在还在燃烧，弃之不顾风险很大。应该防止装置区进一步破坏，那是事故现场，保护下来也有助于日后调查事故原因。

陈福泉说："现在先考虑要紧的。"

"那里还有失联人员。生命为重，人最要紧。"

陈福泉立刻斥责："总攻在即，不要扰乱军心。"

康子东转身问身旁的消防支队长："你的意见呢？"

支队长态度明确："806旁边那三颗大炸弹不得了，让806再烧下去太危险。"

康子东下了决心:"按计划行动。"

他指着欧阳说:"这位工程师能把意见表达出来,很好,要表扬。"

他问了欧阳一个问题:爆炸发生已经四五个小时,身为总工办工程师,欧阳为什么这个时候才赶到现场?欧阳报称自己因伤回省城家中休养,离开单位已经几个月了。他听到爆炸发生消息后感觉担忧,直接从家中赶到双弦。巨力乙烯一年多前发生过一次事故,当时他在现场,后来参加了事故调查。他对这家企业一直有一种担心。听说又爆炸了,他不能不到。

"你觉得两起事故有联系?"康子东问。

"至少它们发生在同一个厂,位置比较接近。具体还不好说,需要了解更多情况。"

康子东转身问一旁的周平和:"你们对事故原因有没有一个初步判断?"

周平和支支吾吾,不敢明确表明。

"不会连一个推测都没有吧?"

周平和说,这个还是请戴总来谈好。

"你们呢?"康子东问聂伟,"总工程师也要等戴建吗?"

聂伟也支支吾吾,称情况还需要了解。

"是不是要你们陈主任,"康子东不高兴,"或者要我来猜?"

没人敢说话。

"我怎么向省长报告?"康子东问,"还是原因不明?"

欧阳再次举手发话:"我认为很大可能是液击。"

"什么?"

欧阳解释:液击也叫"水击""水锤",说的是管道中的物料液体对管道的冲击。据他了解,事故发生于检修后重新开车之际,一开就炸了。根据这个时间点，他觉得很可能是操作人员操作有问题，造成大量物料突然冲进管道，管道剧烈震动，某个部位没有顶住，瞬间开裂，然后就出事了。

"那么是操作不当？"康子东追问。

"管道可能也有隐患。"

正常情况下，一定程度的开车液击，管道应当还能顶住，按设计必须顶得住。顶不住说明有问题。

"如果存在隐患，为什么试生产一年都没出事，检修以后反而出事？"

"这是可能的。"欧阳说，"液击瞬间压力有可能大大超过正常生产时。"

"总算有人给了我一个说法。"康子东向陈福泉摆摆手。

陈福泉宣布散会，按照刚才部署迅速准备。人刚散开，陈福泉的手机忽然振铃，他看了一眼，即报告康子东："是戴建。"

他把手机开成免提模式，放在康子东面前的折叠小桌上，自己蹲在小桌边跟戴建通话，供康子东监听。

戴建说："陈主任，航班有些状况，拖了时间。情况我已经知道了。"

"你现在在哪里？"陈福泉追问。

戴建在香港，参加一个行业交流会议。

"出了这么大的事！你跑那么远！"

按照原先计划，戴建本拟于装置正常开车后离开。由于陈福泉要求将开车时间延至文化节结束，领导离开之后，而香港会议时间不是戴建能决定，因此他只能改变计划，自己先离开，把开车交代给副总去负责。戴建一下飞机，打开手机就听到消息，已经决定调整计划，马上返回双弦。

"为什么开车就炸?"陈福泉追问。

"估计是液击。操作有问题。"

"设备没问题吗?"

"不能排除。"戴建说,"回去后就能搞清楚。"

康子东不由得扭头,看了欧阳一眼。

陈福泉捂住手机听筒,小声问康子东要不要直接跟戴通话。康把手一摆,示意不说。陈福泉没再多言:"戴总赶紧回来,这边一片大火。"

那时指挥部里的人大都散去,欧阳留着,因为还没有人分派任务,他无处可去。陈福泉一通完电话,欧阳就提出:"陈主任,我想去装置区现场,需要你批准。"

"那儿有人了,不需要你。"陈福泉说,"老老实实就在这里待着。"

欧阳坚持要去现场。他不是领导,不负责总工办,离开岗位好几个月,情况陌生了,此刻在指挥部无事可干,到现场也许能帮点忙。

康子东说:"让他去。"

或许康子东印象深刻,因为戴建与欧阳不谋而合?陈福泉即让聂伟给欧阳一只对讲机,一个工作牌,命他带一个人,以联络员身份去装置区。此刻现场已经封锁,未经批准,没有工牌就属无关人士,不被允许进入。陈福泉告诉欧阳,装置区现场由周平和负责,欧阳的任务就是观察、联络、传递消息、执行命令,不得自作主张。

陈福泉还特地问一句:"怎么突然就跑回来了?"

"因为陈主任你那个电话。"

"我只讲巨力乙烯那笔老账,没让你来掺和救火。"

欧阳承认是自作主张。本来他已经决定养伤结束就正式离职,从此离开双弦,另谋出路。前些天与林泰见面时,他报告了自己所做的调查,准备正式写一份报告,辞职时交给陈福泉,算是自行了结。就此而言,即使巨力乙烯炸个精光,跟他也没什么关系了。但是一听到爆炸消息,他还是不能接受,特别是听说有人可能丧生,感觉非常沉重。事故和伤亡是不是注定避免不了?如果那次调查做得充分准确,情况会不会是另一种样子?因此不能不来。算是最后走一趟,给自己的双弦生涯画个句号吧。

陈福泉警告:"记住这里有人刺过你一刀。案件还没有破。"

"陈主任不要吓唬。"欧阳自嘲,"我最怕死。"

"给你讲件事。"

陈福泉讲了林泰涉案。欧阳大惊。

"还有老沃克。他快死了。"陈福泉说。

欧阳张着嘴说不出话。

陈福泉又提到纪惠。几小时前,爆炸发生后不久,就在巨力乙烯厂区附近,纪惠差点给一辆车撞死。

"为什么!"

陈福泉不做解释,只说灾难集中降临,不希望欧阳再出意外,那样的话,对欧阳本人和管委会都非常不好。此刻欧阳最好是把对讲机和工作牌交出来,立刻离开。欧阳早就说过,他没有存在感,尽管还没去职,双弦已经不属于他。

欧阳说:"我不这样认为。"

"记住我劝告你了。"陈福泉说,"不接受是你自己的事。"

欧阳离开指挥部,有一辆巡逻车把他送往装置区,车上有两件防火服,供欧阳和助手使用。助手是陈福泉临时给欧阳指派的,他姓王,是规划局年轻干部,欧阳不认识。一问,是新入职的大学生。

"来了就听人说欧阳工程师。"小王说,"特别牛。"

"别夸,也别跟。"欧阳自嘲,"最要紧一条:注意个人生命安全。"

他们在装置区外围被拦下来,这里灯火通明,摆着路障,设有关卡。欧阳给守关者看了工作牌。有一个人突然从关卡后边的暗影中跑出来,却是郝山春。

"欧阳助理!"他大叫,"真是你吗!"

欧阳笑笑,确实是本人真身,并非夜半鬼魂。

"胖了!"

本地人称打断手骨接上去更结实,看来心脏也一样。不知道补过了是不是更结实耐用,至少有助长膘。

"老听陶队长说起欧阳助理。"郝山春道,"今天下午他还来厂里呢。"

"陶本南?他在哪里?"

陶本南已经在爆炸发生后迅速离开厂子,话都顾不上多说一句。出了这种事,所有人都忙坏了。

前方夜幕中,装置区上空黑烟滚滚。郝山春告诉欧阳,现场还在烧,不时还有爆炸,气味和烟雾非常大。厂消防队阵地在前边,三辆车在那里喷水打火。保安队管封锁线,封锁线跟现场拉开一段距离,因为随时可能有东西炸飞,也怕火突然烧过来。

"罐子那边更厉害。"郝山春说,"806只怕还要炸。"

"正在准备总攻。"欧阳说,"也许能压住。"

根据郝山春介绍,爆炸发生后,装置区现场跑出来几个人,全都头破血流,烧得一塌糊涂。没跑出来的那两个只怕完蛋了。

欧阳说:"郝队长,去告诉那两个人撑住,等我们。"

郝山春耸肩,苦笑。欧阳和小王换乘保安队的巡逻车,郝山春亲自驾驶，把他们送到了前方消防阵地。

　　这里热浪分外灼人。消防车正在准备转移，三辆车都在收拢器具，准备转到中间罐区，位置是东北侧，任务即参与806总攻。周平和在装置区现场，安排所有抢险人员随消防队撤退。消防车转移之后，此地危险增加，且继续待着已经没有意义。周平和准备把人都撤到封锁线那一带，以保安全。

　　欧阳指着前边的黑烟和火光问："那里怎么办？"

　　周平和表情沉重摆个手势，表示只能放着，让它去烧。

　　"那两个人呢？"欧阳问。

　　"谁？"

　　"没跑出来的。"

　　周平和摇头叹气，嗓门嘶哑："恐怕早就没了。"

　　"尸体呢？烧光了吗？"

　　"谁知道呢。"

　　"我知道，没死，还有气。"

　　周平和大吃一惊："你怎么知道？"

　　欧阳嘿嘿："我死过一次。"

　　"别开玩笑。"

　　"咱们过去找一找怎么样？"

　　"欧阳工程师！你没事吧？"

　　"我恢复得挺好。"

　　如果只是到这里看夜景，观察那团大火在浓烟中一腾一腾，听这里一声那里一声爆炸，让呛人的气味钻满鼻子，欧阳又是何必？不到现场不知道能做什么，到了现场就应当做点什么，但是此刻还能做些什么？欧阳只是联络员，不是钦差大臣，现场指挥是周平和，欧阳无

319

权决定任何行动。在消防队转移之后，装置区实际已经弃守，此刻除了后退，确实没有其他选择。

欧阳站在消防车旁，看着前边的火焰和浓烟，好一会儿。

"欧阳工程师，走吧。"周和平过来招呼。

欧阳指着火焰说："这火有问题。"

周平和不明白欧阳讲什么。欧阳说，从爆炸到现在，已经这么长时间过去了，为什么还在烧？还有浓烟，那意味着不充分燃烧。装置区里怎么会有那么充足的物料供燃烧与不充分燃烧？怎么也烧不尽？

周平和解释："因为有补充，源源不断。"

周平和管技术，情况熟悉。他告诉欧阳，装置区与中间罐区之间有多条管道相通，生产时，装置区所需物料靠这些管道补充供应。此刻生产中断，物料却还顺着管道源源而至，所以燃烧不止，难以控制，等物料全部烧光，火才会熄灭。

"为什么没有切断供应？"

管道有阀门控制，阀门可以通过中央控制室关闭。但是爆炸摧毁了装置区的关键电力设备，致使阀门无法关闭，物料供应无法切断。

"紧急情况下不是可以手动关闭吗？"

确实可以手动关闭，但是阀门就在火场中，人过得去吗？周平和指着前边黑乎乎的装置立面说，从这里往前，三十米外那片火焰左侧岔道，往里二十米，右侧有一个阀门，那是一个关键阀门，即便没被爆炸炸毁，估计也已经燃烧变形，无法启动。

这时消防队长突然跑上来报告：指挥部发来最新指令，命本厂消防队停止转移，继续部署于装置区抢救。

周和平吃惊："真的吗？"

他立刻拿起对讲机，直接与陈福泉联络。陈福泉证实了消防队长的说法。由于又有一批消防力量进岛,增援到储罐区,被部署到806罐东北侧。根据这一新情况,康子东市长决定让巨力乙烯消防队留在装置区救火,不必抽调出来。

周和平收起电话,对欧阳竖了竖右手拇指。

他认为欧阳刚才在指挥部为装置区力争,让康子东记住了。原本力量不足,必须放小头保大头。现在增援到了,力量比较充足,就无须这三辆车。一旦储罐区那头保住,力量便可调到装置区这边救火。顺利的话,经一夜扑救,凌晨当可把两边的大火基本打掉,康子东和陈福泉在省长那里才好交代,厂子在刘小姐那里也一样。刘小姐刚刚离开双弦去省城跟省长见面,突然后院起火,那得怎么办?难道掉头再回到双弦?政府这边想必更紧张,如果火打不下来,省长来不了,副省长也会驾到,浩浩荡荡还有安监、公安、消防众多大员一起涌来,压力太大了。

"火打掉就完事了?"欧阳问。

周平和叹气,出这么大的事,戴建肯定得完蛋,周自己大概也得失业了。

"你们二位毕竟活着,火场里边那两人呢?"

"别问我。"周平和哑着嗓子说,"我不知道。"

欧阳问了另一个问题:"周总说的阀门情况,储罐区那边应当也一样吧?"

周平和点头。根据工艺要求,相应储罐之间,储罐与装置之间有很多管道相通,都有阀门控制。此刻估计同样无法关闭,物料还在管道和储罐间源源通过。

欧阳立刻拿出对讲机,扭到专用信道呼叫陈福泉。陈福泉那边忙,没有立刻接听。欧阳再呼叫,持续不绝,直到把陈叫了出来。

"没要紧事别瞎折腾！"陈福泉斥责。

欧阳没有理会，即把周平和提供的情况转告给陈福泉，建议在总攻之前，先组织力量把相关阀门全部关闭。

陈福泉当即警觉："叫周平和！让他跟我说！"

欧阳把对讲机交给周平和。周证实了欧阳谈的情况。

"为什么早不说？"欧阳能听到陈福泉在那边咆哮。

周平和支支吾吾说不出话，手抖个不停，脸色显得越发苍白。从一开始，欧阳就注意到他非常紧张，也显得非常疲倦。巨力乙烯里戴建是老大，一切都是戴建亲自掌控，周平和一直没什么存在感。此刻突然要来顶替戴建管事，且是应对大事故，确实难以胜任，加之对自己得负什么责任的担忧，一时压力山大。估计装置一炸，他的心中只是发怵，脑子里一片空白，然后这个事那个事，搞得晕头转向，直到欧阳问起，才意识到那些阀门需要注意。也可能他觉得阀门已经无法关闭，说出来没什么意义。当然也可能因为害怕，要是他说出情况，会不会就要他亲自去关那些阀门？

陈福泉大叫："告诉我！你们那些该死的阀门都藏在哪个旮旯里？"

周平和哑着嗓子，竟连话都答不出来。

欧阳把对讲机接过来说话，称巨力乙烯里没有谁比周平和更了解厂里设备摆布情况，建议让周平和立刻前去中间罐区配合总攻。由于爆炸和供电等问题，眼下那些阀门可能难以关闭。加上巨力乙烯员工除救援人员外都紧急疏散了，估计一时很难找到企业操作人员去冒险手动关闭阀门。必要的话，可安排有经验的消防队员上阵。请周平和指出阀门位置，对操作人员作好掩护。

"让他马上来，以最快速度！"陈福泉吼叫。

欧阳对周平和说："陈主任要你立刻去806那边。"

"这里怎么办？"

"交给我。我负责。"

"拜托！拜托！"

欧阳让他沉住气，冷静，不要东想西想。把那些阀门解决好，他不会失业。

周平和匆匆离去。

周平和刚走，装置区近处又是"轰隆"一炸。消防队长大叫："卧倒！"众人就地躲避，只听周边"扑通扑通"，有各种被炸飞的碎片落到近侧。

欧阳从地上爬起来，对消防队长说："咱们得把那个阀门关了。"

"危险！"

欧阳主张把消防车再靠前一点，逼近那个岔道，用水流掩护突击人员，打开一条路，设法到达阀门部位。

"不行不行。"队长举双手直摇。

这时一辆巡逻车从后方冲了过来，到达消防阵地，郝山春从车上跳了下来。

"欧阳助理！欧阳助理！"他大叫，"还活着！"

谁还活着？失联人员，疑似完蛋的那两个操作工。两人都在爆炸中受伤，昏迷，其中有一个醒过来了，刚刚用厂内通信设备给郝山春打了求救电话。

欧阳感觉疑惑："怎么会是找你？"

郝山春苦笑："是小纪。"

失联人员中竟有小纪，纪英勇。纪英勇不是厂保安吗？怎么成了操作部的操作工？郝山春解释，小纪已经给调整到生产车间去，接受培训后上岗工作，目前还在实习期，是辅助工。小纪在保安队时，配有一只专用对讲机，离开后没有马上交还，还带在身上。今天小纪跟着一位蔡师傅在现场巡查，遇上爆炸，人给炸晕。苏醒后他找到对讲机，求救于郝山春。

"蔡师傅也还活着，就在他旁边，气喘不上，像是快不行了。"郝山春说。

欧阳听罢，一声不吭。

"欧阳助理！怎么办？"郝山春问。

"去报告你们周总。"欧阳说。

郝山春拿出对讲机呼叫。

这里有谁知道小纪同欧阳的瓜葛？郝山春不知道，小纪不清楚，只有欧阳自己心里有数。作为当年那起伤医大案被害者的儿子，欧阳没找小纪算老账已经是极度宽宏，没有谁可以要求他押上自己的生命去救这个早有前科且劣迹斑斑的家伙。这个人还让欧阳想起纪惠，以及难以忘却的许多事情，感觉到心脏深处的尖锐疼痛。

但是这个人也是一条生命，而且还有另一条垂危生命。

郝山春呼叫周平和，没有收到回应。估计此刻周全神贯注于配合总攻，无暇他顾。中间罐区那边刻不容缓，装置区这边也一样，不能再耽误拖延。

欧阳说："郝队长，不要叫了。"

郝山春放下对讲机。

欧阳对消防队长说："咱们上。救人，关阀门。"

"恐怕，恐怕……"

两个陷在火场里的人不仅是待救伤员，还是事故最直接的见证者。根据郝山春转述，爆炸发生时，小纪与蔡师傅的位置在裂解装置加热炉南侧一条通道上，他们发现装置先着火，瞬间停电，然后再来电，

"轰隆"地动山摇，气浪扑来，小纪便人事不省。根据他的描述，两人所在部位比阀门处还要深入，所幸距离不算太远。

看到消防队长面有难色，欧阳说："你负责指挥掩护吧。"

郝山春自告奋勇："我算一个。"

欧阳挑选了两位消防员，加上他自己，一共四人组成救援队。现场有防护服，包括防毒面具，欧阳命大家换上，自己也全副武装。

"跟着我，听我招呼。"欧阳安排，"咱们以生命为重，冒险不冒失。有把握就前进，不行就先稳住。"

根据现场情况，欧阳决定先设法关闭阀门，再深入进去救人。为了提供足够掩护，消防车必须靠前，把阵地前推至岔道口处，以便让车上水炮控制住活动通道。由于事涉救人，且欧阳亲自打头，消防队长没再提出异议。几个消防队员于现场商量诶划，三辆消防车互相掩护，交错前进，直至占据岔道口，其间屡现惊险，却也基本顺利。

欧阳刚要前闯岔道，手上对讲机响了，是陈福泉，直接呼叫。

"欧阳彬，你们在干什么？"

显然陈福泉得到消息了，不知道是从哪个方面传递的。此刻中间罐区应当已经开始总攻，至少是总攻前最紧张阶段，难得他依然还盯着欧阳。

欧阳报告说："装置区发现两名伤员。准备救援。"

陈福泉直截了当喝止："停下！待命！"

"什么？什么？"

"停止！"

"什么？"

欧阳做没听见状。随即把对讲机关闭，不听，也不发声。

"走。两条人命等不及了。"他说。

靠着强大消防水炮打火，他们在烟气水汽中缓缓前进。夜幕中，凭借熊熊火光照明，他们找到了那个阀门，果然就在周平和圈定的位置。阀门看上去没有损坏。欧阳手动关闭阀门，感觉咬得很紧，戴着厚手套的手使不上劲儿，用力扭，阀圈纹丝不动。欧阳招呼助手过来，两人站好位置，一起使劲儿，阀门动了，一点一点，直至完全闭合。

也不知是心理作用，还是确切无误，他们感觉前头的火焰顿显低落，灼人的辐射开始降低。从他们身后扑上来的消防水柱则威力大增。

郝山春和另一个救援队员从后边赶上，越过欧阳成为前锋，继续向深处行进。欧阳这一小组随后跟上。热气蒸腾，几乎令人窒息，沿途遍地杂碎，难以下脚，他们还是一步一步接近搜寻区域。

翻过一片装置破烂，他们找到了两个伤员。也算万幸，这两人被爆炸气浪甩到通道另一侧，后边恰好有一根大烟囱倒塌，砸倒装置一侧的管道、设备，形成一道墙体隔板，阻隔于他们侧边，挡住了火头。伤员藏身位置满地淌水，可能是上边有水箱破裂。如果不是如此侥幸，两人不给烧焦，也早给烟熏死。但是侧后方火场辐射依然很厉害，灼人。倒塌的设备、模板很不稳定，随时有可能把人压在里边。

救援小队把伤员抬出废墟，这时有一辆救护车冒险开进岔道，是消防队长呼叫过来的。伤员和救援小队迅速上了救护车，在岔道口消防车的掩护下退出岔道。救援过程中没再遇到大火和爆炸，关断阀门起了明显作用。

上车前欧阳回望废墟，察看那根倒塌的烟囱，问一句："谁手机能用？"

欧阳的手机没电了，他借了救护车司机的手机，趁救护车倒车之机，于车头副驾位子上拍下了几张现场照片。此刻救人避险为要，必须尽快脱离危险区域，时间不允许多拍，却还是得想办法拍几张，为日后事故调查提供现场第一手实证。手机镜头对准现场之际，欧阳只觉得心脏一阵紧缩。眼前是火焰、浓烟、倒塌的烟囱、破碎的管线、残缺的装置，遍地狼藉，恐怖之至。从进入现场起，遍地灾景几乎已经让人麻木，视若无睹了，此刻一眼看去，忽然觉得特别触目惊心，只有一个字可以形容：惨。

几分钟后他们回到岔道口，欧阳等人下车，救护车运送伤员迅速离开。前方火焰明显减弱，消防车不再退回原先位置，岔道口被辟为最新阵地，消防队员们忙碌布防。

天色已亮。陈福泉呼叫欧阳。

"我在。"欧阳说。

"你胆大包天！"

"人救出来了。两个，都活着。"

"你怎么没死？"

"我得死吗？"

"你怎么能死呢！"陈福泉在那边大笑，"好样的！立大功！"

原来中间罐区总攻亦圆满成功。经数十部泡沫灭火炮集中轰击，806号储罐大火被扑灭，危险引信拔除，事故抢救主场宣告获胜。装置区虽不算主场，却因失联人员找到并救出而让陈福泉兴奋不已。作为本地主官，生命为重于陈福泉绝对不是一句口号，任何事故中，最让人不能接受的都是生命的失去。

但是欧阳没有丝毫兴奋。两个伤员虽已送院，能否救活还属未知，特别是蔡姓伤员情况严重，只怕挺不过来。现场惨不忍睹之状让欧阳难以忘却，极度震撼让他不禁自责：如此骇人场面是不可避免的吗？如果一年前那起事故调查能够搞准，情况会不会是另一个样子？面对这场突如其来的灾难，有谁可以心安？

他感觉沉重，分外疲倦。只问："陈主任，我可以离开了吧？"

陈福泉略停片刻，回答："赶紧走。先回去收拾收拾，别像个丧魂落魄火烧鬼。他们父女都在第一医院特护病房，应当还能再撑一阵。"

4

厂子爆炸时，纪惠与那团火光紧邻，近在咫尺。不仅一个人，她的身边还有三卡车村民，事后统计，共一百零五名。

没有人知道灾难即将降临。村民们已经习惯了矗立于昔日田野的那些高塔与管道，也习惯了工厂烟囱冒出的火焰和乒乒乓乓的各种怪声，以及空气中捉摸不定的化学品气味。田园、山林、滩涂和村庄都不复存在，一户户村民被分割在高楼的不同单元不同套房里，他们渐渐也都习惯了。

那天的事本地人称"化浑"，其意大体相当于"唤魂"，是一种民俗事项，列为迷信也不为过。从小到大，纪惠见识过多次村民"化浑"，只看热闹，从不参与。原因很简单：她是个读书女孩，上过大学，去过大地方，见过大世面，懂得很多她的上一辈或者同辈乡亲了解不多的知识与道理。但是她生于双弦，长于岭下，这里的一切，包括"化浑"，于她有一种天然的认同。她知道自己的乡亲需要什么，特别在巨变之中，失去了身边很多东西之后，他们需要一些能够支撑他们，让他们感觉自身存在的东西，包括习俗。作为新一辈人，纪惠有自己的生活与观点，这不妨碍对乡亲习俗的理解与尊重。

那天的"化浑"她必须参加，因为与她老爸相关。纪蚝壳进入重病监护室，生命垂危。村中老人前来探望，认为需要想点办法。以习俗理解，老村长躺在病床上，身上插着各种管子，那颗心在胸膛里怦怦乱跳，其实都不要紧，他的灾祸出在脑袋里，魂魄没有待在它应该待的地方，只要把那个魂找回来，他就能够苏醒，从病床上坐起来，恢复健康。这就需要"化浑"。到哪里去找那个走失的魂魄？东西掉在哪里，要在掉落的地方寻找，魂魄也一样，在哪里丢失，就到那里去找。纪蚝壳的魂魄能丢在哪里？就在岭下老村子，那是岭下人世世代代生活之所，纪蚝壳当过数十年村长的地方。岭下人魂魄如果不跑回老村子，难道飘荡在双弦新城的电梯间？纪蚝壳在村里管了那么长时间的事，他的魂魄比别人更有理由往那里去。旧村子已经全部拆光成了一片瓦砾场，不要多久，又有新的管道和高塔立在那片土地上，那时魂魄想回老村就困难了，不在钢铁管道间迷失，也会让气味呛得不敢靠近，因此要去也得赶紧，趁着新厂房还在纸上，老村子还在瓦砾上。纪蚝壳的魂魄跑回老村，"化浑"当然也得到那里。这种事有讲究，靠几个人拿嗓子在那里喊叫，只会把走失的魂魄吓得到处跑，藏进谁也找不着的地方，所以必须借助神明。哪一个神明有用呢？岭下村最灵验的是三公爷庙，这三兄弟保佑了村子千百年，即便村子不存在了，它们还在，只是换了个地方，移驾文华公园，继续保佑岭下村民及其后代。此刻必须把三公爷请出来，抬到旧村去巡游，众人辅之呼唤，以召唤纪蚝壳的魂魄。以往庙在村子中，类似抬神巡游活动比较方便，如今情况变了，从文华公园到旧村有三四十里路，抬神不易，必须借助车辆。也恰好，由于首届文化节举办，岭下村三公爷以"宋代三忠臣"之名上了彩车，在热闹辉煌参加完节庆后，三公爷必定更其灵验，这个时候"化浑"最好。

用纪惠熟悉的术语分析，岭下乡亲的"化浑"理论有一种自洽性，既坚持了传统核心，又与时俱进，适应了当下的环境。这或许是一种生命力的显现，一个习俗能够传承千百年，需要这种内生的适应与变化能力。纪惠还可以用其他术语去描述这场活动，用一种他者的观察眼光。但是这一次她不是观察者，她必须参与，因为是去呼唤老爸的魂魄归来。纪家已经没有儿子，现在纪惠就是儿子，责无旁贷。无论所谓"21克"是否伪科学，无论如此招魂与重症监护室里的呼吸机能否兼容，是否只具有徒劳无益的仪式感，纪惠必须参加，为了父亲和她的乡亲。

那天下午"化浑"队伍于文华公园新三公爷庙集中。此前纪惠到重症监护室看过父亲，时父亲双眼紧闭，呼吸机在一旁呼呼响，情况平稳，看样子可容纪惠离开片刻，去参与为他招唤魂魄。纪惠匆匆离开医院，有一位族亲用他的车把纪惠送到文华公园的新三公爷庙集中地。现在它的正式称谓为"三公爷园区"，岭下村民还是以庙称之，不是不愿从新，是习惯使然。纪惠赶到时，庙前已经汇集了不少村民，以老人和妇女居多，都是自愿参与。纪家在村里是大姓，纪蚝壳在村民中有影响，人们愿意为他"化浑"，如果不是组织者以位置少为由，通知各家最多来一位，今天聚集在这里的人还会多得多。由于类似活动有迷信之嫌，村两委不便出面组织，事情委托给几个老人，以"三公爷园区理事会"为名召集。他们找来了三辆卡车，是村民中跑运输者的私有车辆，自愿无偿提供给理事会载运村民前往旧村，并力争把纪蚝壳的魂魄从那边载运回家。三卡车村民跟随三公爷彩车离开公园，向南行进，直奔旧地，时为下午四点来钟，一般认为这个时候到傍晚，魂魄比较不会乱跑，是"化浑"的最佳时段。

纪惠坐在彩车副驾驶位上，这是组织者给她指定的位子，她是事主，必须处于最容易被魂魄看到并认出的部位。她随身携带老爸的一顶帽子，也是出于同样的目的。纪惠对所有这些安排均无异议，认真配合，表示充分尊重。

他们到达目的地，"化浑"车队在路旁一块小空地停下，众人相帮着从卡车上下来，沿道路散开。岭下村已经全部拆平，遍地瓦砾，高高低低。村民们却能够凭着某一条土垅，某一棵树，在满目破烂中找到昔日的痕迹，确定哪里是村部，哪里是祠堂，哪里是自家旧宅。几个老人在旧村部前烧起一炉香，此起彼伏的呼唤声传响在瓦砾堆上："蚝壳！蚝壳！来啊！"声响发自四面八方。有的妇人还带了银纸也就是冥币，在自家门口废墟点着。那不是烧给蚝壳，是趁重返旧村机会，顺便烧给自家先人用的。蚝壳还活着，他的魂魄还有待招回，眼下用不着这种钱。

纪惠站在路旁，看着眼前的大片瓦砾和散布在瓦砾堆中的人们，恍然如梦。

爆炸就在那时"轰隆"骤起。那声巨响就像一个炸雷，直接砸到人们头上，场上所有人都被砸得晕头转向，无不呆若木鸡。然后火光冲天，就在他们身边，刺鼻气味像大雾一般把人们都裹挟进去。原本还显得明亮的天地眨眼间暗淡下来，被黑烟和从黑烟中窜出的火焰笼罩。

好一阵工夫，瓦砾场上没有其他响动，只有爆炸的余波在翻滚。

纪惠最先反应过来，大喊："大家快来！"

没有人响应。

纪惠转身冲到彩车边，爬上驾驶室。这里有一只手提扩音器，是彩车参加开幕式排练时配备的。纪惠把扩音器抓下来，马上又往回，跑到路旁，对着远远近近散布一地的人们大喊："出事了！快回来！"

没有谁让纪惠出面招呼，今天的活动原本也不是她组织，她只是所谓"事主",好比导演安排的演员,根据脚本参与地方民俗表演。但是意外突发,此刻已经没有演员,没有脚本,只剩下一件事就是逃离。"理事会"那几位都是老人,巨雷轰顶之后,没有坐地不起已属不易,指望他们出来指挥应对突发灾祸实在勉为其难。这时怎么办?谁来照料这些老人妇女?纪惠只能自己上,因为她是"事主",所有这些人包括她自己都是为她父亲纪蚝壳而来。

她用扩音器呼喊,让大家不要慌,无论在做什么,全部先放下,立刻离开瓦砾场,回到这块小空地,原车返回。

瓦砾场上突然传出哭声,有人害怕了,尖声叫唤。纪惠用扩音器再次呼喊,让大家不要怕,不要在瓦砾场里停留,不要死死坐在地上,不要找地方躲,统统起来,马上离开。用袖子捂住口鼻,赶紧往回走。在她呼叫声中,瓦砾场上人影晃动,大家开始往回跑,有人慌不择路被破砖烂瓦绊倒于地,痛叫不止。有人大叫救命,一片混乱。

纪惠听到了身后的马达声:近处一批先逃回的村民爬上卡车,司机迅速把车发动起来。纪惠转身,喇叭对准卡车,大声命令车不要动,等人上齐才走,不要落下任何一个。不料那卡车司机性急,一心想把车先开出小空地,没听纪惠招呼,慌乱中启动车子往前冲,竟然一头撞上路旁一棵树。司机赶紧把车往回倒,紧张中动作太大,车屁股突然撞到车另一辆卡车车身,那辆车受力后倾,于周边人们的惊呼中侧翻于地,幸好卡车还没上人,驾驶员也不在车上。肇事这辆车司机大惊,跳下车跑到后边看看,已经回天无力。他跑回车头,爬上驾驶室发动车子,想再往前挪一点,发动机居然转不起来,抛锚于小空地。

眨眼之间,面对紧逼大火,三辆卡车坏了三分之二。

村民们惊惶失措。纪惠喊道:"不要慌!听我安排!我保证大家安全!"

纪惠命肇事司机赶紧检查车辆。她自己跑到唯一完好的那辆卡车下边，指挥村民有序上车。她先直接点名，在村民中叫出有数的几个年轻男女，吩咐他们帮助她维持上车秩序。由于一部卡车已经没法开，另一部还在检查，原车返回已经不行，必须重新编组。纪惠先安排老人上车，命几位协助人员帮助老人，年轻人有的在车上拉，有的在车下扶，将现场老人一一弄上车。纪惠特地安排两个人负责计数。六十以上的老者上毕，计三十八人，一车差不多塞满了。纪惠即命司机立刻出发，把老人们先送走，回头再来载人。三公爷彩车也不要待在这里，跟着离开，那辆车没法多载人，车头、车斗还是分别塞了几个老人。

　　这时"轰隆"一声，旁边那辆卡车马达响起。

　　"修好了！"人们大叫。

　　这辆卡车毛病大，马达响几声又突然中止，驾驶员跑下车掀开车头盖继续修理。那一声马达已经让人看到希望，开始有人往车上爬，纪惠立刻跑到车后。

　　"听我的，不要乱，乱了谁也走不了。"她高声喊。

　　村民愿意服从她。这一车安排妇女，由于"化浑"队伍妇女为多，已经翻了一部卡车，剩下的一车不可能全部装下，纪惠临时对现场妇女做了分类，不以姓氏房头亲疏为据，纯以家庭考虑，先上有孩子的妇人，然后是肚子里有孩子的，再是已经结婚的。那些人一一上车，马达却一直没有修好。

　　那时巨力乙烯厂区又在爆炸，轰隆巨响再起，队伍中有妇人尖叫。

　　"大家放心。我在这里。"纪惠喊。

　　"熏死人了！"

　　"吓死人啊！"

纪惠把身边三位男子叫到一旁，指着前边渐渐暗下来的瓦砾场，请求他们相助。眼下车还开不动，即便开得动也没法都上，剩下的人必须另想办法。这种时候最怕落下哪一个。队伍出发时并没有统计人数，此刻再来核对非常困难，耗费时间，也无法弄准确。只有一个办法就是到瓦砾场再去搜索，看看是不是有人没有出来，需要不需要帮助。纪惠自己很想亲自去找一找，却怕离开了这边乱起来，只能请求几位男子汉去走一趟，请他们把手机打亮，把扩音喇叭带上，到那边转一圈，喊一喊，确保没有谁落在里边。此刻厂区大火，瓦砾场这边气味很重，但是以她观察，暂时应当不会有大的变化，还能忍受，争取用一点时间，紧急找一下，确保全体乡亲安全。

"我会一直在这里，不等你们回来我不会走。"纪惠说。

三个男子没有推辞，即带上扩音器，离队返回瓦砾场。

就在这时，一个电话打到纪惠的手机上。纪惠一看，是他们学校校长打来。她感觉诧异，由于父亲病危，她向学校请过假，校长还会有什么事？

她接了电话。校长开门见山："纪老师，陈主任跟你说。"

竟是陈福泉找她。

"你是老蚝壳家那女孩？"陈问。

"我叫纪惠。"

"你们在哪里？旧村？"

纪惠告诉他，此刻有百来人在岭下村旧址，包括她。巨力乙烯刚刚发生爆炸，大火就在他们身边燃烧。

陈福泉大怒："搞什么名堂！赶紧离开！不要害死人！"

纪惠说："陈主任，是你害死人。"

陈福泉不禁语塞："说什么？"

乡亲们在自己村子里生活得好好的,谁让他们离开?谁把工厂建在他们的土地滩涂上?谁口口声声说厂子安全,然后就"轰隆""轰隆"?

"你还是中学老师呢!国家建设、发展的道理不知道吗?搞什么'化浑'?不知道那是封建迷信?"陈福泉训斥。

"陈主任在公园里建三公爷庙,那不是迷信。"

"莫非我把它拆光才好?"

"陈主任不必急着拆庙,现在请帮助我们。"

她报告了情况。陈福泉一听说三车人只走了一车,顿时大叫:"要是死一个人,你要负责任!"

"陈主任要负责任。"纪惠立刻回敬,"我已经求助了。管不管随便。"

她把电话关上。抛锚卡车马达再起,这一次坚持住了,轰隆轰隆没再中断。

纪惠下令:"马上离开,快走!"

此刻最重要的是离开危险地带,哪怕跑出去一里路,走得越远越安全。

第二辆车离开后,场地上还有二十多人,多为年轻妇女,还有几个中年男子。纪惠请那几位中年男子带头,率队徒步离开。她说,此刻不能待在这里等车来接,这里离厂子太近,非常危险,宁可一步步走,也得尽量离开一点。

"阿惠一起走吗?"有人关心。

她还不能走。有三个人到瓦砾场找人,她得在这里等他们回来。

纪惠交代徒步离开的这队人员务必注意安全,要远离爆炸现场,也要防备其他灾祸。估计前边这条大通道马上会有大批车辆涌入,消防车、救护车,还有各种救援车辆,这个时候会是最乱的时候,天已经暗下,一路要打亮手机,走安全线,彼此照应,不要落下一个人。务必全体安全返回。

那一队人走了。纪惠站在路边观察前方瓦砾场。她派出去的三人搜索队正在分头快速搜索场地,可以从他们的手机电筒光看出。他们的前方是大火熊熊,巨力乙烯正在燃烧。

她感觉到一种疼痛,心情非常沉重。无论有多抗拒,她不想看到这场大火,听到这些爆炸。灾难会伤害这个厂子,也会伤害这座岛屿。它伤害生命、财产,也会伤害生活。无论如何,它不应该发生。

瓦砾场那边传出喊叫:"来啊!来啊!这里!"

他们竟然有发现,一个老人!坐在瓦砾堆中,对爆炸和火焰似乎无感,或者说,他已经蒙了。对搜索者的招呼也充耳不闻。

纪惠跑下瓦砾场,一脚高一脚低朝前跑,与那三位会合。一起扶起老人撤离现场。

这老人是纪惠的远房叔叔,七十多了,人很木讷。他在瓦砾场找自己的家,没有找到,厂子那边就炸了。爆炸让他跌了一跤,脚脖子扭伤,一动就疼,他便坐在瓦砾上直瞪瞪看那场大火,脑子里什么都没有,不知道人们已经撤离,也不知道有人回来搜索。如果不是纪惠细心,安排人到现场寻找,他肯定会给落在瓦砾场上。

十几分钟后,他们走到开发区大道。老人脚伤了,难以点地,四个人几乎是抬着他,速度很难加快。纪惠一路安抚老人,也安慰大家,有如辅导找她求助的心理障碍孩子。她说不要怕,不必慌,咱们没有问题,这一关马上可以过去,老的可以安享晚年,年轻的都有大好前程,美好新生活。

到达大道,纪惠回望巨力乙烯厂区,说了声:"停下。"

有一对强光从身后射来,是一辆从南往北,从巨力乙烯厂往后方急行的车辆。强光晃眼,看不清冲过来的是什么车。纪惠不管,命那三位扶着老人在路旁闪避,自己一步跨到路中,向快速扑来的车灯举起双手摇晃。

她决意拦车。老人受伤了,无法走动。这老人身体一向很弱,受了这场惊吓更显得情况异常,只怕撑不了太久,必须立刻送去医院,此刻只能拦车,拦到什么是什么。不料纪惠拦的那辆车竟然不减速。司机不可能没看到站在强光中的纪惠,以及路旁的几个人影。他丝毫没有顾忌,开足马力直冲过来。

路旁的人一起大叫:"阿惠!快躲开!"

纪惠咬紧牙关,一动不动。眨眼间那辆车扑到她面前,"吱吱"急刹声中,车头拱到了纪惠的衣襟,气浪前冲,把她往后一推,跌坐于地。

那是一辆越野车,车上跳下一个男子,大骂:"他妈的!疯子!找死啊!"

路旁三个男子一起冲过去大叫:"找打啊!"

纪惠坐在地上不起来。只是喊:"我没事,把大伯扶上去。"

司机叫唤:"都给我滚开!"

这时接连两辆轿车从另一方向飞驰而至,相继停在路旁。

第一个下车的竟是陈福泉。

大约二十分钟前,陈福泉刚与纪惠通过电话,估计他是一放下电话就驱车赶来。爆炸初起之际,除巨力乙烯灾情,岭下村百余村民身处危境无疑是最严重事态。陈福泉接获纪惠消息后即命调用大巴、救护车施救,不待救援车辆赶到,他自己带着人先行扑至,刚好目睹纪惠差点让车撞死。那时几个村民已经把纪惠从地上扶起,对方司机嘴硬气噪，还在大喊大叫，称纪惠阻拦交通，耽误大事。

陈福泉眼睛一瞪，对那司机喝道："别叫！好好说。"

"你什么鸡巴！"

一旁随员大喝："嘴巴干净点。这是陈福泉主任。"

越野车上跑下个人，却是肖琴。她叫住司机，对陈福泉说："陈主任，他不认识你，别见怪。"

"肖工程师啊。"陈福泉说，"告诉我是什么大事？"

肖琴说，巨力乙烯发生意外事故，戴总出差不在现场，周平和副总命她马上到管委会报告情况。情况紧急，不料车被拦下。

纪惠说："肖琴，别扯那么多，让老人上，放你们马上走。"

肖琴不干："纪惠，我们不是救护车，万一老人出事是谁的责任？"

陈福泉说："都住嘴。"

他命令自己的司机掉头，让老人上车，还有纪惠和身边这几个村民，挤一辆车，送走。肖琴的车也掉头，不必去管委会，回厂去。告诉周平和，市长康子东已经在路上，很快就将进岛，直接到巨力乙烯指挥救火，让周平和立刻考虑一个合适地点设立抢救指挥部。陈福泉要先到岭下村旧地察看村民撤退情况，然后到指挥部会合。

纪惠掉过头，招呼那几个人把老人扶上陈福泉的车。

陈福泉查问："还有多少人没出来？"

纪惠称全部出来了。主要是老人妇女，一共一百零五名。

陈福泉喜出望外："一个不剩吗？"

纪惠说："还剩一个。"

"是谁！"

是纪蚝壳。由于急于抢救村民，纪惠跑上跑下，此刻才发现父亲的那顶帽子不在手上，不知掉到哪里了。"化浑"被爆炸打断，纪蚝壳的魂魄可能还在那片瓦砾场游荡。

"没事，我叫人替你找。"陈福泉说。

纪惠上了车。轿车飞速驶离。途中，一辆辆消防车呼啸而来，与纪惠他们交错而过。巨力乙烯上空那团黑烟和火光迅速离她远去。

几个电话相继打到纪惠手机。三公爷顺和回到文华公园，两车乡亲都安全到达双弦新城，徒步离开的那二十几人于途中搭上管委会派的救急车返回，所有乡亲安然无恙，包括纪惠身边的这位老人。他被直接送到开发区第一医院，途中纪惠给老人的家人打了电话。老人送达医院时，其家人恰好赶到。轿车把其他三位村民送回双弦新城。纪惠告别众乡亲，回到了重症监护室。

父亲情况如旧。他的魂魄是否真的还在旧日岭下村游荡？不知道。

纪蚝壳在火焰与尖锐的消防警报声中平稳渡过那一夜，看来即便他的魂魄跑到故地瓦砾场游荡，近在咫尺的爆炸和火光、黑烟对他没有恶劣影响，如同纪惠在现场救援时对它们视而不见。凌晨时分，他在昏迷中突然咳嗽一声，情况急转而下。医生实施抢救，打了急救针，调整了输氧量，情况有所好转，再次稳定下来，直到当天下午。从黑夜直到白天，纪惠寸步不离，守在重症监护室外，没吃一口饭，只喝了一点水。父亲抢救过程中，有各种消息不断传到她的手机上。她知道有大批消防车赶到现场，打火指挥部就设在他们昨天傍晚遇险的那片瓦砾场附近的小山包上。经过一夜扑救，大火在凌晨给打灭了。消息在医院里、走廊上，前来探视问候的亲友间流传，没有谁不关心它们，于纪惠却显得相当疏远。爆炸发生时她几乎就在现场，她咬紧牙关冲出来，设法在乱哄哄一团中把百余惊惶失措的乡亲带出险境。但是此刻爆炸、火焰、黑烟和气味于她似乎已经不存在，她已经麻木，再也不想听到那些事了。

有一个意外消息突然传到她耳朵里：纪英勇于爆炸中差点丧生，终被救出，送到她所在的第一医院。有人告诉她，这家伙命不该绝，让欧阳从火堆里扒了出来。

她猛然一惊："是谁？"

"就是那个工程师。欧阳。"

"他怎么会在那儿！"

"就是他在那里。"

纪惠备受冲击。

下午四点半，纪蚝壳再度濒死，医生再次抢救，回天无力。十分钟后逝于病床。纪惠被带进重症室，看着父亲的生命一点一点消失，直至监控屏幕上的心跳显示成为一条直线。纪惠在医生给的一份文件上签了字，静静地与护工一起把父亲遗体抬到推车上，推出了重症室。重症室外有一张铁制长椅，供守候病人的家人、亲友所用。近些日子，纪惠在那张长椅上不知坐过多少个小时。推着父亲的遗体走出监护室时，有一个人从那条长椅站起来，不经意间纪惠抬头看了一眼，不禁一愣。

是欧阳。

她顿了一下脚。推车暂停行进。

"你不该在这里。"她努力让自己显得平静、冷淡。

"请节哀。"

纪惠没有吭声。

旁边突然有一个声音插进来："欧阳助理！"

一个中年人从后边大步走过来喊欧阳，一看推车上盖着白被单的纪蚝壳遗体，脸上一惊，忽然住嘴。

纪惠认识这个人，是郝山春。

"郝队长找谁?"只听欧阳发问。

"小纪在里边。"那人小声,"重症。"

纪惠知道他们说的是什么。她向护工示意,手上轻轻一推,推车继续前行,把欧阳他们俩丢在一旁。纪惠立刻感觉到后边有个轻轻的脚步声:他跟上来了。

纪蚝壳的遗体被送往太平间,要在那里一直待到葬礼举行。早在他进入重症监护室时,葬礼已经在悄悄准备,由几位有经验的族亲帮助操办,与"化浑"并行。如果纪蚝壳的魂魄叫不回来,按照岭下村习俗,要在他过世三天后举行葬礼。

纪惠在太平间签了另一张单子,办理了父亲遗体的暂住手续。推车被工作人员推进房间里,纪惠站在门边目送。她听到后边有一点轻微动静,扭头去看:身后空空荡荡,没有谁在那里。

她立刻转身,快步追出门去。

"欧阳!停下。"她喊。

欧阳正在快步离开,听到呼唤后停下脚,转过头来。

"你叫我?"他问。

"是。"纪惠说,"等我。"

她转身回到太平间,跟工作人员交代了几件事情,而后离开。欧阳站在路边静静等候。纪惠什么也没说,领欧阳去了停车场。他们上了车,驶离医院。十分钟后到达上弦月。由于照料父亲,纪惠已经有数周没有进入这个工作室。

她保持平静,先给欧阳倒了杯矿泉水。

欧阳点点头,说了句:"很专业。"

"你也很专业。"纪惠说。

都说得比较沉重,没有调侃感。也许因为刚刚从太平间出来。

半年前的那个傍晚，纪惠接到陶本南从医院打来的电话，得知欧阳被刺，她在第一时间赶到医院。当时欧阳已经在手术室里，急救手术已经开始。守在手术室外的陶本南告诉她，由于找不到亲属签字，他直接请胡亮给医院打电话，确定欧阳身份并指令立刻进行手术，需要什么手续另行补办。此刻需要补办的主要是亲属签字。手术这种事不能听凭单位领导下令，警察说话也不算数，得有亲属认可，因此需要纪惠帮助，救人要紧。纪惠没有多话，当即在医院的几份文件上以家属名义签了字，文件里包含已经知晓手术风险，仍然同意接受手术治疗并愿意承担相应后果等条款。欧阳如果没能挺过手术，给送去见阎王，纪惠便是为他签署通行证的那个人。当时陶本南并不知道欧阳与纪惠因为小纪那件事发生了什么，纪惠自己有充足的理由拒绝签署通行证，她算什么亲属？什么都不是。但是她签了，不惜承受可能的风险，因为是救命。为了帮助欧阳脱离险境，她愿意做一切可以做的事情。

欧阳给救活了。他昏迷不醒的那些时候，纪惠一直守在医院，她的手机号成了紧急联络号，直到欧阳的大姨和姨父到达。那以后纪惠不再到医院露面，只是通过电话密切关注欧阳安否。欧阳离开双弦转院省城后日渐好转，纪惠却陷于痛苦：小纪谋取巨尾桉补偿款未遂，一怒之下向上级监察部门举报，引发一场审查，纪蛎壳首当其冲，事情越滚越大。欧阳在省立医院以及回家养伤期间，数次打电话给纪惠，纪都拒不接听，而后干脆把他的电话直接拉进了黑名单，从此中断联系。欧阳已经过了鬼门关，却轮到纪蛎壳的一只脚踩了进去，纪惠怨气难平，越发心灰意冷。有一次纪惠意外接到陶本南电话，她以为陶又要来"警察与小偷"，拿弟弟、戳种、毒品那些事追问她，接电话才知道不是。陶自称在省城，有一个人要跟她说话。纪惠一听电话里传来欧阳的声音,不吭一声,直接把电话挂断了。

从此他们没有任何联系,直到此刻。

纪惠问欧阳:"听说小纪是你从火堆里扒出来的?"

欧阳称那么说言过其实了。

"我宁愿他给烧成灰。"

"我理解。"

"我不理解。想想你父母,你心理平衡吗?"

欧阳称,他的父母都从医,治病救人。他认为生命高于恩怨。

"你大器,不像我小心眼。"

"我没那么说。"

纪惠自称是心里话。她注意到欧阳不仅仅理工牛,素质高,最主要的是有一种很强的是非感,什么是对的,什么是错的,怎么做才是对的,怎么做是不对的,很明确,很坚持。这当然是一种优秀品质,不可多得,但是也容易因此受到伤害,难得的是欧阳在受了伤害后还一如既往。相比起来她做不到,尽管不是没有是非,却更在意自己的归属感。比如说,她父亲那些事对吗?她不想评判,只认一条,他是她老爸。作为女儿,伤害她父亲就是伤害她。双弦岛变成石化基地好不好?她从自己的归属来认知。她是双弦岭下村人,她的归属感在那里。

欧阳说:"我得承认自己归属感很弱。"

他为什么一再想走,离开双弦?显然跟归属感有关。他记得纪惠早就说过,他不属于双弦,确实一针见血。他到双弦因为有特殊契机,来了后一直摇摆于留下与走人之间。实际上他是自视过高,偏偏水土不服,格格不入,又不愿意去适应,所以才会想走,像一棵浮萍随水漂动。

"想不到第一牛还有这种自我认识。"

"偶尔吧。"欧阳说,"更多时候自以为是。"

"这就是咱们的问题。"纪惠说,"彼此心明如镜。"

欧阳清楚因为小纪那些事,纪惠对他有意见,不能接受,但是今天还是决定到医院看看纪惠和她父亲。陈福泉告诉他,纪蚝壳病危,纪惠差点让车撞了,让他感觉很沉重,不来看看,心里过意不去,只怕以后很难再见了。他知道自己被刺后纪惠为他做的事,心里始终有一种感激,不能一句道谢都没有,一走了之。实话说,今天到医院也是想告个别,最后看一眼吧。

"马上远走高飞了?"纪惠问。

欧阳已经不去英国了,因为一再拖延,他不得不辞去导师给的那个研究职位。养伤期间,他向中科院一家研究所投了简历,已经通知他面试。过几天就去北京。

"还搞量子化学?"

"差不多。"

"真羡慕。"

欧阳笑笑:"其实就那回事。"

"既然要走了,干嘛还大老远跑来往火堆里钻?"

"觉得跟上回事故有关联,我有责任。"

"是非感就是这么强。"

"挖苦我?"

"我配吗?"纪惠说,"我心眼小,欠你一个道歉,给你鞠个躬好不好?"

没等欧阳回答,她就站起身给欧阳鞠了一躬。欧阳也站起身回了一鞠躬。两人表情都很严肃,没有丝毫开玩笑的意思。

"那么说清楚了,结束。我走了?"欧阳问。

"走好。"

欧阳起身,说了句:"真漂亮。"

"什么?"

"桃金娘。多尼。"

纪惠扭头回望,窗台上,她种的那盆多尼已经开了几朵花。

"我会想念的。"欧阳说。

他离开了工作室。

纪惠把自己关在屋里,直挺挺坐在办公桌后边。她一声不响,两行泪水从眼眶中扑簌扑簌滚落下来,止都止不住。从父亲离开后,直到此刻,她才忍不住哭泣。

她知道自己失去了什么,此生再也没有了。这是命运。

黄昏将临,纪惠离开工作室,到楼下停车场。上车之前,她朝南边天空看了看,想起昨天。差不多也是这个时段,在岭下村故地,"化浑"之际,突然一声巨响。

简直有如呼应,巨响轰然再起:轰隆隆!

她看到一朵黑色蘑菇云突然腾起于南边天空,伴随着刺眼的火光。巨大响声竟然还像昨日那般震耳欲聋,还像昨日那般紧邻。

她心里一颤:坏了!比昨天还要厉害!

幸而她身边已经没有那百余乡亲,也已经远离现场。此刻那边炸得再厉害,烧得再起劲儿,与她已经没有太大关系。

但是她依然感觉沉重、疼痛。无论如何,这不是她愿意看到的。

她开车回家。虽然已如隔岸观火,她还是难以释怀。从傍晚到深夜,她不时会到前阳台向南张望,那团火一直在天边熊熊燃烧。消防警笛声远远传来,不绝于耳。手机里涌入无数信息,都在说那场大火:

复燃！爆炸！三个油罐起火！

在老爸离世之际，火焰又在旧日村庄土地上爆燃。她不知道两者间是否有所关联。

午夜，她刚刚睡下，一个电话挂到她手机上，竟是陈福泉。

"听说你父亲走了？"陈福泉问。

纪惠很惊讶。此刻陈福泉应该正被大火烧得焦头烂额，难得他还在关心纪蚝壳的生死，在这种时候还会想到给她打电话。

"下午。"纪惠说。

"节哀顺变吧。"他说，"打算什么时候办事？"

"大后天。"

"可能得往后推了。"

"为什么？"

陈福泉让她马上起床，穿好衣服，到管委会来参加一个紧急会议。他已经派了一辆轿车到小区接纪惠与会，几分钟后就将到达。

"不会吧。"纪惠吃惊，"我父亲的葬礼有那么重要吗？"

"当然。"

陈福泉说，岭下村民去旧村子给纪蚝壳"化浑"，巨力乙烯装置就爆炸了。纪蚝壳刚刚离世，巨力乙烯储罐马上复燃。纪蚝壳这是怎么搞的！

"这不是胡扯吗！"

"当然是胡扯。"陈福泉说，"快来。"

纪惠在床上发愣片刻，匆匆起身。她决定听命去走一趟，除了因为陈福泉那些话，还因为她确实想知道究竟出了什么事。另外，她心里还有一种不安，突如其来。

纪惠下楼，楼下已经停着一辆轿车，车身上标有"公务用车"几字。纪惠对这辆车有印象。这是陈福泉工作用车,昨晚,是这辆车把她和最后一批乡亲送离险境。

管委会小会议室里聚集了数十人,果然是一个紧急会议。纪惠一看那些人就明白了:不可能跟她父亲的葬礼有关。陈福泉让她来干什么呢?

陈福泉宣布开会,直接讲话,称这是抢险指挥部召开的紧急会。昨晚巨力乙烯装置突发爆炸,他临时就任总指挥,在现场控制局面。然后市长康子东到达,他退居副总指挥。本来以为官小一次也就够了,没想到巨力乙烯这么给力,火灭了还会再起。现在副省长王诠和省消防总队长已经到达,省领导亲自指挥灭火,有大批消防车和消防官兵拥进了双弦,其中没有哪一辆陈福泉管得着。但是陈福泉还是副总指挥,作为本地管委会主任叨陪末座,从老一退到老九。

他像是在开玩笑,却一脸沉重,毫无笑意。关于大火为何灭而再起,他没多说,只讲情况危急,需要防备更严重危害。除了部署前方灭火,还要安排后方配合。他宣读了一份文件,为指挥部及所辖各组名单。纪惠意外发觉自己给编进"安置组",居然还是副组长。组长是管委会一位新任分管社会事务的副主任。

陈福泉念到纪惠名字时,往纪惠坐的地方一指,说这姑娘是中学老师,岭下村老村长纪蚝壳的千金,纪家煎匙。昨天巨力乙烯爆炸,她把岭下村百余村民带出险境。她父亲刚刚过世,为了应对紧急情况,要请她暂放悲伤,出来为大家服务。她是岭下人,也是双弦人,她解救过本村村民,现在需要来参加解救本岛居民。

陈福泉怎么会讲得如此严重?原来巨力乙烯本次复燃很凶险,来势汹汹。公安部消防局的专家已经赶到,提出必须按照最坏的可能做防备,这种可能就是风助火势,无法控制,整个储罐区起火燃烧。那样的话，岛北边生活区可能会让不完全燃烧造成的黑烟笼罩。为了保证人员安全，经省领导批准，指挥部决定立刻将全岛居民撤离双弦，安置到岛外周边地带。临时安置地点均已联络妥当，需要动员的车辆也已安排好，现在要做的是用各种方式，动员村民离开。

陈福泉说："连夜准备，清晨开始分批撤离。"

会后，陈福泉把纪惠留下个别谈话。

"陈主任太抬举我了。"纪惠说，"这个事我干不了。"

陈福泉问："昨天晚上你在公路上拦车，没想到会给撞死吗？"

"横下一条心，什么也没想。"

"这就行了。"陈福泉说，"为了你的乡亲，你会比谁都干得好。"

纪惠表示愿意为乡亲们做点事，只要求陈福泉把什么"副组长"给她拿掉。陈福泉称那个头衔什么都不是，没有工资，也没有待遇，纪惠无须为之不安。既然已经当众宣布，那就先认领吧，事一过去就没有了。

"我有一个要求，请陈主任务必答应。"

"我保证去送你父亲。但是葬礼时间要往后挪。"陈福泉说。

纪惠表示，她没想为父亲葬礼提什么要求。她要求的是另一件事。

"欧阳是不是又到了事故现场？"她问。

陈福泉点头。昨天清晨，两边火都打掉了，两个伤员也救出来了，那时候欧阳提出离开，陈福泉立刻批准。他心里有数，知道欧阳会到医院，见过纪蚝壳父女之后也就该打道回府。没料到巨力乙烯再次爆炸复燃，欧阳又回到了指挥部。

"请陈主任务必禁止欧阳彬参加救火。"纪惠请求。

"为什么？"

纪惠说："人都只有一条命。"

她为欧阳担心，很不安。一听说火又烧起来，她就特别担心。没有谁会一直侥幸。欧阳跟别人不一样。如果让他待在现场，他会情不自禁陷进去，直到给火烧死。

"可以让我去，我会活着回来。他会死的，然后陈主任要承担责任。"纪惠说。

"你给他看过病，是不是？"陈福泉问，"他是个神经病？"

"我辅导过。他的心理跟陈主任一样正常健康。"纪惠说。

"你的水平不够。"陈福泉直接批评，"他就是个神经病。"

陈福泉表示，只要做得到，他恨不得立刻命令警察把欧阳抓起来关进拘留所，直到火灾过去。他很高兴纪惠跟他所见略同。纪惠可以放心去，好好协助工作，撤退她的乡亲，不必担心欧阳。陈福泉保证会千方百计保住那一条小命。

"就当为你老爹了一件心事。"陈福泉说。

纪惠一声不吭。

5

黎明之前，陈福泉回到指挥部。这里繁忙异常，正全力以赴调兵遣将，协调组织，准备对罐区大火发起第二次总攻，时间确定在天亮时分。

副省长王诠下令："这一次必须一举成功。"

已经有大批力量汇集双弦，还有大批力量在源源而入。巨力乙烯事故引发的大火在扑灭之后，以更大规模复燃，引发了一轮更大规模的救灾行动。短短数小时内，副省长王诠到达现场，省应急、安全、公安、消防、交通、环保、卫生等部门众多负责官员相继赶到。格外引人注目的是公安部消防局派出的专家组迅速到达，为首的李同洲高级工程师是权威，参与处置过数起重大化工企业事故，经验极其丰富。巨力乙烯事故在第一次总攻未能奏效之后，迅速提升救援规格，启动了区域联动机制，周边数市的消防力量被迅速抽调增援，几乎半个省的消防主力要么已经进入双弦，要么就在增援途中。

根据李同洲高工分析，现场806储罐复燃有多方面因素，直接原因是第一次总攻未能彻底解决问题。当时主要依靠高发泡泡沫扑火，其灭火原理是在着火液体上空覆盖一层厚厚泡沫，阻断空气与物料的接触，燃烧物料失去氧气补充，火便灭掉。第一次总攻集中了当时的全部力量，扑灭了明火，但是储罐里的石脑油温度还是非常高。这时恰好遇到大风。这个季节双弦一带海风很大，覆盖物料的泡沫层太轻，经不起大风，被层层吹散，物料再次直接接触空气，导致再次燃烧。在扑灭806大火过程中，周边三个储罐靠消防车喷水一直控制住温度，罐里物料没有烧起来。806储罐大火扑灭后，引燃三个储罐的危险性降低，对它们的控制也有所放松，加之总攻强度大，一线消防人员人困马乏，设备需要休整，物资需要补充，控制力减弱，因此当806突然复燃爆炸后，周边807、808两个储罐里的物料温度迅速上升到超过临界点，消防车全力喷水降温，却已经迟了，两个储罐相继被引燃，火势大起。

根据专家们的意见，第二次总攻依然分主攻、副攻两手。与第一次总攻不同的是，这一次装置区已经不需要牵扯力量，因为该区域基本没有火情，偶有管道残余物料起火，不会再大面积蔓延，不形成大的威胁。本次总攻范围集中于罐区，包括中间罐区和储罐区。消防主力主攻复燃的 806 罐和被点着的 807、808 储罐，要竭尽全力把三个储罐大火扑灭。与此同时采取喷水降温等方式，控制住它们周边的相邻储罐，防止它们一个一个相随起火。重点是保住 805 储罐，这个巨大储罐已经在身旁大火中坚持了三四十个小时，靠着消防队员持续不绝顽强扑救，虽然一直没有起火垮掉，却早已岌岌可危。

陈福泉到达指挥部后，王诠问了一句："情况怎么样？"

陈福泉报告："已经开始转移。没有问题。"

康子东问："詹姆斯呢？"

陈福泉报告："已经安顿好了。"

此刻戴建没有消息。他在得知事故消息后曾与陈福泉联络，表示将立刻返回，其后便失去联系。起初大家以为他上了返程航班，飞行中不能使用手机而暂时失联，待落地省城机场后开机，自可联系上。不料这个戴建竟从那时起消失掉了，手机始终打不通，他也没有通过任何途径传递出任何一点消息，该情况极不正常。在指挥部追踪戴建的同时，他的老板刘小姐也在追踪他，某种程度上，老板比地方政府更急于找到人。由于戴建意外失联，加上事故愈演愈烈，刘小姐于省城匆匆赶到现场察看情况，她另有要务难以留下，特电令其集团的一大人物詹姆斯紧急赶来，全权负责相关事务。詹姆斯恰巧也在香港参加戴建原拟参加的行业会议，可以就近应急。詹姆斯的航班到达省城后，由陈福泉安排人员接回双弦，直接住进了香格里拉大酒店。

为确保总攻胜利，指挥部决定召集专家紧急碰头。恰国家应急管理部的电话到，该部一位副部长已经带队动身，赶赴双弦指导救援。王诠赶紧做相应安排，命康子东不要等，抓紧时间开会。专家和相关人员迅速集中过来，康子东问一旁陈福泉："你那个工程师呢？"

陈福泉指着后排聂伟："在那里。"

"年轻的那个？"

陈福泉装傻："别看聂伟老相，年纪其实很轻。"

"提意见的那个，他在哪里？"

"欧阳啊。"陈福泉说，"他不在。"

欧阳于爆炸复燃发生后回到指挥部，他说自己不是消防专家，打火帮不上忙，想去装置区拍些照片，留一点第一手材料，可供日后调查之用。陈福泉问他是否还准备再来参加调查，他摇头，哪怕陈福泉愿意他来，他也已经无意。毕竟参加过上次调查，知道取证的复杂与不易，为日后别人调查着想，留一些资料，是他能做到的。本次事故与上一次有关联，出事部位由同一家安装公司施工，问题可能还是出在焊接。可惜上一次调查匆忙结束，没有深挖下去。

陈福泉同意他重返装置区。那里已经基本平稳，不会再有燃烧爆炸的危险。留下现场第一手资料确实也有必要。只要一直让欧阳待在装置区就没有问题，所以陈福泉有把握向纪惠保证会保住欧阳一条命。

但是康子东不放过，偏偏就是认准了欧阳。他命令陈福泉给欧阳打电话，他要直接跟欧阳说。陈福泉无奈，打开对讲机找欧阳，在预定信道，一挂就通。

康子东接过对讲机，问欧阳此刻在哪里。欧阳报称在装置区。康子东说："马上到指挥部来，有事。"

十几分钟后欧阳到达。陈福泉看到他，拿手一指，示意欧阳在后排坐下。

那时候专家们正在争论。根据气象报告，今明两日是强对流天气，沿海风力普遍增强，阵风达到八级，这种天气对灭火不利。李同洲认为，如果能够再拖点时间，待紧急调用的低倍泡沫灭火剂更充足，可能更有把握。目前现场使用的中高倍的泡沫灭火剂含水量少，泡沫轻，不如低倍的对这种火更有效。但是由于外界高度关注，总攻时间挪后对现场指挥有压力，且火情严重，很难预料还会出现什么危急情况，多数专家倾向于尽快组织总攻。

康子东直接点名："欧阳工程师有什么建议？"

欧阳站起身："没有。"

"不敢说？"

欧阳称自己没有资格谈消防。如果说有什么想法，他觉得总攻要特别注意安全，第一位应当是人员安全。上一次总攻虽然没有如愿，所幸人员无恙。到目前为止，这次事故造成巨大财产损失，人员情况却属万幸，除了若干伤员，没有一例死亡。尽快灭火固然好，如果突破了零死亡，那就不能算成功。应当始终坚持以生命为重。

康子东眼睛一瞪："如果我们什么都不做，就坐在这里，看那些油罐一个接一个起火爆炸，是不是也能确保零死亡？"

"也是一个选择。"

"那还要我们这些人干什么？"

欧阳却不管领导生气，还要继续。他说，如果能把储罐损失控制在一定范围，避免一个接一个爆炸燃烧，效果是否比硬打好？有些大火靠人工很难打灭，只能靠自然力量，或者选择放弃部分。例如森林大火无法扑灭时，除了希望下大雨，就是开辟防火带，火带里的森林放弃，让火去烧，只要不烧到防火带外，保住外边这些就可以。类似办法在这里用得上吗？

坐在一边听意见的李同洲突然打断欧阳："企业呢？哪位是企业工程师？"

周平和站起身："我是。"

"你们有倒罐设置吗？"

"有的。"

"以往做过没有？或者演练过？"

"没有。"

"现在做，技术上有没有问题？"

周平和认为有困难。一些储罐虽然相邻，由于物料、管道等问题并不适合互相倒。加上设备损坏，一些环节需要人工操作，现有技术工人欠缺且都没有这方面操作经验。

所谓倒罐就是把某储罐里的物料导出来，存到另外的储罐里。通俗而言，如果能把与着火储罐紧挨的那些储罐中的可燃物料导空，引到位于较安全地带的储罐里，那么就相当于在着火森林外围设置一道防火带。已经着火的储罐让它去烧，物料烧光火也就灭了。倒空的罐没有东西可烧，即使有残余物料起火，其危险也是可控的，不会再牵连更多储罐，多米诺骨牌般连二连三爆炸起火的最坏情况便可避免。但是此刻来做倒罐，困难和危险也很大，如周平和所担心。

李同洲说："马上去现场看看。"

他建议专家紧急碰头到此为止，没有更多意见，可以按原定计划准备总攻。除了进攻方案，有必要明确发生意外时的人员撤退办法，以确保安全。生命为重是对的。此刻他要到现场，如果可行，即安排倒罐操作，作为灭火总攻的辅助措施。

欧阳被李同洲点名，与陈福泉、周平和等人一起去储罐区现场。一行人匆匆到达火场附近，这里火势格外凶猛。距离相当远，热辐射即非常强烈，几乎能隔着防护装置把人点着。前方三个储罐火光熊熊，黑烟直冲天际。每一个着火储罐都有大批消防车在够得着的位置竭尽全力协同灭火，如果不是一刻不停地扑救，火势早已失控。

周和平指着前边林立的储罐和蛛网般的管道，向李同洲介绍情况。

李同洲带着大家从着火储罐外围走过，朝下风方向，随着步步远去，热辐射渐渐减弱。

突然周和平惊叫："不好！204罐着火！"

一行人顿然紧张，一起朝他手指方向望去，前方一个储罐罐顶上正腾起一片火焰。陈福泉稍扭头，发现右侧另一个储罐罐顶也发现异常，有黑烟滚滚冒起。

陈福泉大叫："这火怎么来的！"

冒黑烟的是203罐，它与罐顶着火的204两个储罐位于火区另一侧，并未与爆炸起火的806等三个储罐相邻，彼此间距离有六十米，中间还隔着其他储罐，难以想象火焰居然跃过中间区域，从806那边跳到这里，直接点着了这两个储罐。

李同洲说："不急，镇定。"

他问周平和："这两个是什么罐？"

"常渣油罐。外浮顶的。"

"赶紧调力量。"李同洲说。

他判断，以目前火焰的状态看，是罐顶围堰着火，罐里的物料暂时没有问题。可能因为热辐射太强，罐顶橡胶密封圈顶不住，燃烧起来。火苗必须迅速扑灭，如果让它烧下去，蔓延到罐里的物料，那就糟糕。

陈福泉立刻用对讲机呼叫康子东。眨眼间两辆消防车赶到，几个消防员从车上跳下来。李同洲向他们喊了一声："爬上去。用移动泡沫枪。"

站在一旁的欧阳喊："从右边绕，脚手架在西南侧。"

"能带个路吗？"

欧阳抬腿要跑过去，被陈福泉一把抓住。

"周平和。"陈福泉说："你去。"

周平和身子往后缩，苦笑道："陈主任，我恐高。"

"没叫你往上爬。"

"倒罐不用我了？"

欧阳说："没事。我去。"

他拉掉陈福泉的手，拔腿往前跑，陈福泉没法再阻拦。此刻除了周平和，只有欧阳最熟悉巨力乙烯厂区。倒罐方案离了周平和不行，那么只有让欧阳去帮助打火。

陈福泉大喊："给我小心点！"

李同洲也大声喊叫，命灭火作业中注意观察，随时警惕。

几分钟后，204罐顶火焰开始晃动，有灭火泡沫从火焰上方飘下。从这边角度，看不到罐顶灭火细节，只能看到火焰一点一点小下去。而后他们看到两个消防人员拖着移动泡沫枪绕罐顶边沿位置转到这个方向。陈福泉一看就气坏了。

"妈的！找死！"他骂。

只有他自己知道骂的是什么：两个罐顶上的消防员服装有异。其中一位的防护服跟陈福泉他们穿的一样。不用说，肯定是欧阳。这个人不仅带路，他还跟着人家爬到罐顶上打火。那上边多一个人多一点力量，但是一旦发生意外，那就是多一个人丧生。

陈福泉立刻用对讲机呼叫欧阳，直接下命令，要欧阳从罐顶下来，另有任务。

李同洲说："咱们走。"

他们快步向前，紧张察看。根据现场储罐摆布和储存物料情况，确定倒罐细节。陈福泉一边密切跟踪204、203扑救情况，消息一一传来：204罐顶明火扑灭，还有黑烟冒出，消防队员继续扑救。203罐的黑烟打下去了，火终于没有烧起来。

"欧阳呢？"

欧阳已经从罐顶离开。

"命令他立刻回指挥部，在那里等我。"

十几分钟后，陈福泉与李同洲一行回到指挥部。根据李的意见，总指挥王诠迅速调整总攻安排，下令在控制火势的同时，由企业技术人员和消防人员一起，迅速启动相关储罐倒罐作业，作为总攻的一个重要辅助手段。

陈福泉一眼看见欧阳坐在一块石头上，即举手，招呼他过来。

"真是你的真身？"陈福泉问，"你没死？"

"陈主任开玩笑。"

"谁允许你爬到那个罐顶上？"陈福泉问，"还有上一次，谁允许你闯进装置区去救那两个人？"

欧阳问："陈主任要我补办批准手续吗？"

陈福泉伸出一只手："把你的对讲机交出来，还有工作牌。"

"陈主任……"

"不必多说。交出来。"

欧阳没再吭声，抬手把对讲机递给陈福泉。陈福泉接过来，手机忽然响铃。

"等我接电话再跟你说。"陈福泉交代。

他接听电话。是杜聪。

"陈主任，有一个情况赶紧向你报告。"杜聪语气异样，"我们有两个人失联，可能在巨力乙烯厂内。"

"什么！"

巨力乙烯发生爆炸事故后，双弦公安分局承担了保护现场、维持

357

秩序，指挥交通等繁重任务，动员了几乎全部警力。此刻二度总攻在即，杜聪的人全力配合，主要工作部位是在外围，处理诸如安排区域，引导进岛各消防队伍和车辆有序到达指定位置，准备进入总攻等任务。救火现场主力是消防队伍和相关技术人员，当地警察只处理辅助工作。因此一听说有警察在厂区失联，陈福泉大为吃惊。

"是陶本南，还有一个干警。"

"缉毒大队那个陶？"

就是他。近日陶本南因办案屡屡进入巨力乙烯厂区，包括油品码头。巨力乙烯装置爆炸之前，陶本南带着一个干警进入厂区，跟进相关线索，人刚到，爆炸就发生了。

"难道给炸在里边？"陈福泉一惊。

"当时没有事。"杜聪忙解释。

当时陶本南他们两人离爆炸起火区域很远，未曾被波及。爆炸发生后他们及时从厂区撤出来，回到了分局。陶本南回局之后曾经给杜聪打电话要求汇报案件，当时恰是救援之初，大家都特别紧张，也比较忙乱，杜聪顾不上陶本南这个事，命陶先参与应急，其他事等火打灭了再说。结果陶本南给派到场地组，在巨力乙烯厂区外围驻守。首次总攻，806罐大火打灭后，大家都以为事情了了。陶本南这个人特别"死绵"，一心都是案子，一看火灭了，没事了，带着一个手下干警就走。大约一个小时后，缉毒大队的卓副大队长有事找陶，打他手机，陶接了电话，明确告诉卓他又进入巨力乙烯了解情况。然后又过了将近一小时，卓有事再次找陶，意外发现陶的电话打不通了。与陶同行的那位干警也一样，忽然间都打不通。卓很纳闷，连挂几次都联系不上，开始有些担心，打算派人进厂看看，不料巨力乙烯再次复燃爆炸。从那时起直到现在，卓不断打电话联系，始终没有联系上。感觉很不正常,即向杜聪报告。

陈福泉问:"是在第二次爆炸后失联,还是之前?"

"肯定是之前。"

"那么就确定不是给炸掉的。是吧?"

"他们不太可能在爆炸现场。"杜聪说。

"你确定这两个人还在厂子里吗?"

"失联之前肯定在。"

"为什么会失去联系?"

最坏的可能是遇险。陶本南是干缉毒的,最近跟进的线索可能涉及重大贩毒团伙,这种团伙多有亡命之徒,危险性大。发现陶本南失联后,杜聪已经抽出人员进入侦查。由于巨力乙烯大火还在烧,救援是第一任务,暂时无法抽出更多力量找陶本南。这些情况杜聪必须及时向陈福泉报告。

陈福泉说:"好的,我知道了。"

"有新进展我会立刻报告。"

陈福泉感叹:"最好是两个警察不小心一起摔了一跤,把手机掉水里去了。"

"不太可能。"

"妈的,我这里一把火,你那里加两个人。"陈福泉说,"老天跟我们过不去啊。"

陈福泉把手机放下。他发觉欧阳在一旁目不转睛,听得一脸发黑。

"陈主任,是讲陶本南?"欧阳直截了当问。

"你认识?"

"我出事那回,是他把我送进医院。"

"救命恩人啊。"陈福泉问,"他怎么啦?"

"我有点担心。他一直联络不上。"

欧阳同样接连给陶本南打过几次电话,一直没通。储罐复燃之前,陶本南的手机还响铃,但是没接听。后来再挂,连铃都不响了:"你所呼叫的用户已关机。"

欧阳的情况与杜聪说的对上了,陈福泉更觉不安。但是他刻意淡化,不向欧阳证实任何情况,只是把手一伸:"没你的事,工作牌给我。"

欧阳把胸前的工作牌取下来交给陈福泉。

"现在你是无关人员,你必须立刻离开现场。"陈福泉说。

"连热闹也不让我看?"欧阳问。

"不行。"

欧阳让陈福泉放心,他会马上离开,自己找个地方继续看热闹。

"别急。事情还没说呢。"陈福泉道。

他讲了纪惠的交代,以及关于欧阳是否是个神经病的问题。欧阳听了,好一会儿不吭声,后来只回了两个字:"谢谢。"

陈福泉让欧阳好自为之,千万不要出事。记住纪惠是怎么说的,还有他陈福泉是怎么谆谆教导的。

"咱们日后大概很难见上面了。"陈福泉说,"就此别过吧。"

"至少我还得来向陈主任告别,办一下离职手续。"

陈福泉说,不需要等到那时再告别。这场火一烧完,他自己就该拍屁股走人了。

欧阳面露惊讶。

陈福泉本来已经在谋划下一步,可能留下,也可能离开。无论是留是走,都会是荣耀方式。巨力乙烯正式生产,一批新项目落地,文华公园落成,整个开发区气象万千,他本人功成名就,加上办一个文化节留下一段记载，可供热烈祝贺或者热烈欢送。谁想喜庆刚了，爆炸就来。自知没戏了，要不是引咎辞职，就是干脆撤职。

欧阳看着陈福泉，不知说什么好。

"其实也没什么大不了。"陈福泉笑笑，"比起林泰也还行。"

欧阳说："按我看，巨力乙烯这个事故对后续发展未必全是坏事。"

欧阳认为双弦石化基地有其特定区位优势，并不会因为一家企业出事就突然消失。事故本身并没有摧毁巨力乙烯，炸坏的装置以及管线、储罐都可修复，生产还能重启。事故损失巨大，后果惨痛，教训沉重，却肯定能引发上下左右对安全的加倍重视，从而杜绝类似事件在双弦再次发生，那就是正面效应。

"看来理工牛不只会算术。"陈福泉说。

根据陈福泉掌握的信息，巨力集团原本有意高价转让巨力乙烯，估计这次事故后可能会重新考虑，因为报价可能马上变化，以其蒙受巨大的利益与声誉损失，不如重振旗鼓。而有意进入双弦的那一家收购未果，有可能转而考虑投建其他大项目，例如对二甲苯。这也是好事。这一次事故肯定会轰动一时，但是有一个情况大家立刻就会注意到：炸得这么厉害，援救规模这般巨大，居然是零死亡，最大限度地保住了生命，比之一些惨痛先例，就会是一次有意义的救援，双弦也许将名满天下，因为以生命为重。归根到底，美好生活为谁给谁？人，生命，包括欧阳这条命。

欧阳自嘲："陈主任这一教育，我忽然有些存在感了。"

陈福泉称这场大火是不应该发生的，但是它就是发生了。此刻这么多人疲于奔命，大火扑灭后还会有很多麻烦事接踵而至，有一些人要倒大霉，例如陈主任。但是教训也会成为财富，无论对一个人，还是一座岛屿，记住它，石化岛依旧蒸蒸日上。这么想也就可以释然。

所谓天地自然，未来的事情让未来去操心，眼下最重要的是扑灭火焰，同时把所有生命保护住，只希望最终还是个零。

"陈主任不要假设，那些0和1不是数字，是人命。"

"所以你得赶紧给我走开。"

陈福泉还说了聂伟的事。聂早就通过省里一些部门领导找陈福泉，想调到双弦开发区任职，与老婆团聚。事情被陈福泉压了好久，最后才下决心。聂本人在学识、业务上比较弱，家庭也麻烦，管不住老婆又舍不得放手，调来后也没有改观。尽管业务上跟欧阳不能比，陈福泉认为还是有必要让聂来顶替，主要是希望促成欧阳离开。欧阳早说没有存在感，那东西可以在其他地方找到，为什么不赶紧走？如果欧阳当时离开，可能就避开了当胸一刀。欧阳确实很难得，不在第一牛，更在责任心，巨力乙烯起火已经没他什么事，他却自行从家里跑来，出入火场救人，存在感比谁都强。但是陈福泉不能允许欧阳继续了，这里大火熊熊，暗中也藏着危险，案子未破，刺客还躲在某个地方，不能不防。陈福泉自己已经到头了，不再需要考虑个人上升什么的，只需要考虑最重要的，就是把能够保住的保住，不要无谓丧失，例如欧阳这条命。

陈福泉招呼司机，命司机把欧阳送回宿舍。

"赶紧回省城去。"他交代，"双弦岛正在大撤退，所有无关人员暂时全部撤退到岛外，你也不能例外。"

欧阳回答："我不是无关人员。"

"你现在是了。"

陈福泉把欧阳弄走后，总攻准备进入最后阶段，倒罐作业加紧进行，增援力量进入各自位置，只等总指挥一声令下。陈福泉抽空联络安置组，传来的消息比较让人放心：居民有序撤离，大部分人员已经出岛，临时安置基本顺利。无论总攻是否得手，即便发生最坏结果，岛上居民已经不会有事。

安置组长报告："大家都很努力。纪惠很强。"

陈福泉说纪惠是个人才，可以好好培养。那个学校太小了，来日可考虑调到开发区管委会，让她管社会事务，重用，她能行。

天亮之后总攻开始。尽管也是在巨大压力下紧张组织行动，二次总攻的准备还是比上一次充分得多，力量几乎十倍于上次，王诠副省长亲自指挥，身边有一个强大专家组随时提供咨询。陈福泉跟随市长康子东协调地方人员，配合消防队伍行动。由于准备相对充分，总攻一发起便显现威力。806等三个储罐上的熊熊大火在四面八方一起打上来的泡沫和水柱的轰击下猛烈摇晃，泡沫如雪堆积，水流哗哗不绝中，大火气喘吁吁，渐现颓势。但是大风再起，火焰在风中一蹿一蹿，竭力重振。而无边无际的水柱顽强地扑打上来，撕扯啃咬，难解难分。那场面惊心动魄。所有人都捏着把汗，紧张于火焰、大风和灭火力量的顽强搏斗，等待着最后胜利的到来。

这时杜聪的电话再至：他们没有找到陶本南。根据技术部门紧急查核，陶本南等两人失去联系前，确切位置就在巨力乙烯厂区内，他们开了一部警车，曾经到达巨力乙烯保安队驻地。陶本南跟该厂保安队长郝山春熟悉，可能是去了解案情。杜聪已命人赶紧找郝山春核实。分局技术部门发现巨力乙烯油品码头附近停车场有一辆警车，好像是陶本南他们用的。

"他们到码头干什么？"

杜聪说，他们跟踪的案件与油轮有关系。

陈福泉心里有一种不祥预感，这两人只怕凶多吉少。

"杜局长，指望你们帮助救火，可不要往火里添两条人命。"陈福

363

泉伤感道。

杜聪感觉很不好。万一那两个人出事，他将难辞其咎。陶本南是个优秀警察，工作非常尽责，作为局长，杜聪没能更多关照陶，此刻想来特别不好受。杜聪已经调集所有能调集的力量，千方百计寻找，一旦有需要，还请陈福泉提供支援。

"一定要找到！想尽一切办法！"陈福泉下令。

"明白。"

没等收起手机，陈福泉目瞪口呆。

"轰隆！"

火焰高高升腾，巨响惊天动地。

眼见得大火被有效压制，灭火力量越战越勇，只待最后奋力一击就将奏效，总攻大捷之际，806罐另一侧的805罐突然爆炸起火。这个储罐是火灾中心四座储罐里，此前唯一一座一直被控制住未曾烧着的储罐，就在消防队伍对它身边三个着火储罐发起总攻，眼看即将成功之际，这个一直被消防水柱实行持续不绝降温控制的储罐没有经受住巨大压力，意外失去控制，爆炸起火。

现场所有人，从总指挥到联络员无不震惊不已。然后王诠大喝："报告情况！"

情况非常严重：805罐罐体在爆炸中炸开大口，燃烧的物料顺着罐体缺口迸涌而出，浩浩荡荡，猛烈凶险。

李同洲大叫："赶紧压住！"

王诠命身边的消防总队长立刻重新配置力量，从总攻队伍中抽出部分人员和装备，加强打压805大火。

李同洲喊："要特别注意流淌火！"

中间罐区设有一圈防火墙，也叫防火堤，质地为钢筋混凝土，墙体高近两米。防火墙必须在最坏的情况也就是诸罐爆裂物料流出燃烧时，能够把燃烧物料挡在防火围堰内。由于长时间扑救，此刻围堰内已经堆积起近一米深的油水混合物，上面覆盖着厚厚的泡沫，有如一层大雪掩盖着下边炽热的液体。现场观察人员紧急报告，称805罐着火物料大量涌入围堰，多道闪电般的火焰割开了围堰液体上方的泡沫层，流淌火迅速在围堰内蔓延。所幸消防力量均部署于围堰外。

但是不出几分钟，即有观察人员紧张呼叫"流淌火突破围堰！"

长时间的高温辐射降低了钢筋混凝土的强度，805储罐泄出的燃烧物料猛烈冲击防火墙，致墙体薄弱部位崩溃爆裂，有如钢质储罐于高温中顺焊缝爆开。燃烧的油水混合物借着火势、风势和水位差从裂缝中迸出防火墙，迅速在墙外弥漫。防火墙裂缝在火焰中迅速扩大，流淌火冲击越发猛烈。围堰外是消防队伍主阵地，实施总攻的人员、设备主力均集中于此。在总攻眼看得手之际，一场突如其来的新爆炸竟然抄了消防人马的后路，对消防主力形成直接威胁。

然后又一道流淌火突破防火墙，观察员在对讲机里大叫："流淌火猛烈穿透！"

指挥部刹时间一片寂静。

王诠喝问："有什么建议？"

陈福泉喊道："请立刻发布撤离警报！"

按照预先确定，撤离警报是最严峻的命令，警报拉响之后，位于危险位置的所有消防人员必须以最快速度撤离。这一条安全措施是专家紧急会上提出的，以生命为重。但是这一条措施后果格外沉重，以最快速度撤退即要求现场人员立刻徒步离开，也就是"快跑！"。这意味着前功尽弃，总攻将被迫中止，靠前阵地所有消防器械，包括消防车、水炮等将全部放弃。因为消防车启动需要时间，特别是灭火主力高喷消防车均有装置固定在阵地上，撤销固定没那么快，而流淌火就在眼前。消防设备价值不菲，在救灾中如此重要，让总指挥和许多人难以放弃。

但是陈福泉坚持："省长！人最要紧！"

王诠下了决心："发布警报。"

火灾现场顿时警报轰鸣，刺耳尖锐。

几分钟内，所有人员撤出了现场。流淌火在围堰内外肆意奔跑，袭击、吞噬它们遇到的一切。眨眼间，现场两辆消防指挥车轮胎着火，随即整个儿燃烧起来。此刻已经无能为力，只能眼睁睁看着它们被火焰吞没。

有人失声痛哭。一个年轻消防员看着朝夕相处的消防车起火，双泪长流。

陈福泉一动不动站在那里，面对奔涌而来完全失控的流淌火，听着满天地呼呼大火之声，只觉胸口板结沉重无比，有如凝结了一坨铅块。

6

郝山春在装置区封锁线得知二次总攻失败，805罐爆裂，流淌火奔袭围堰内外。他突然意识到可能是天赐良机，事情可能有救。他把现场交给副手，称自己有重要事情要处理，即开着巡逻车匆匆离开。对讲机手机全部关闭，保持无线电静默，有如即将发起行动的攻击团队。

眼下这场大火于郝山春生死攸关，事情说来话长。

那一年，一个深夜间，郝山春接到一个电话，一个女子在电话里哭泣，称郝山春为"大哥"，请郝救救她。当时女子在巨力乙烯厂区大门外，经值班保安同意，通过保安岗亭的通话机给郝山春打电话。郝山春马上开出巡逻车，到厂门口把那年轻女子接到附属楼保安队驻地。年轻女子姓熊，其哥哥跟郝在一个部队当过兵，曾经请郝关照她。却不料她不求则已，一求就是大事：有个叫作桑托斯的外国船员死在她身上，她逃出现场，不知如何是好。郝山春帮她分析了厉害，劝告她投案，为她找来缉毒警察陶本南，把她送去给办案警察。

当时她把几个关键信息告诉了郝山春：在她与嫖客桑托斯之间牵线的是一位平老板，"战功"。从她谈到的平战功身高体态、口音特点，以及与她相识的时间等等，郝山春心里有数了。所谓平战功不会是别人，就是张云鹏。那么桑托斯是干什么的就很清楚了，他肯定是张云鹏的人。为什么郝山春一下子就明白了？因为他自己也是张云鹏的人。郝山春曾经在广东珠海一家运动俱乐部待过，在那里认识了张云鹏，而后由张招募、安排到双弦岛，通过上层运作，进入巨力乙烯当了保安队长。张云鹏本人同样是通过上层运作插入巨力做安装工程，其实安装焊接那些事于张只属掩护，他的主要业务是实地考察和操作，开发双弦巨力的特殊利用价值。在张云鹏介入之后，巨力乙烯设计布局有若干轻微而特殊的变动，特别是一座水泵室悄悄挪动了位置，为日后行动预作安排，这当然同样需要通过上层。张云鹏做完他的业务后匆匆离开双弦，郝山春则一直留在厂里，在保安队长之外从事隐密兼职，听命于张云鹏。郝山春与张云鹏都属于某条长线，该长线有若干段，郝山春这个节点属于张云鹏段，张云鹏上边还有层级更高者，一层层直到最大那位老板，郝山春不知道那是谁，也无须知道。郝山春这个节点由郝与光头两人搭档，他们与上游、下游两侧节点人员互不相识，不发生关系，不知道谁是谁不是，只按照张云鹏的指令和预定规则行事，协同完成本段业务。这种方式最大限度保证安全，他们的业务具有极大隐密性，同时也极具风险。

由于一个年轻女子的求助，郝山春意外发现桑托斯有极大概率是自己这个节点的下游人员。桑托斯突然死亡与他无关，却让郝山春彻夜难眠。

桑托斯出事的前一天晚间，按照张云鹏的指令，郝山春和光头刚刚完成一单作业，随后光头迅速离开。在郝山春、光头以及安达里亚号油轮下游人员，也就是桑托斯三方各自向张云鹏传递信息之后，本节点业务已经顺利完成并得到共同确认，此后的业务是桑托斯的事，与郝山春、光头再无关系。不料桑托斯在作业完成的第二天意外死亡，这一单业务就此失去监管，它如果出现问题，或许要到安达里亚油轮回到欧洲某个港口时，桑托斯的下游人员以及张云鹏才会发现东西没了。这段漫长航程中的每一块礁岩、每一起风浪都可能涉嫌，追查便如大海捞针。

所以郝山春有机会下手，下手当然也有巨大风险，问题是难道不做就没有风险？保安队长郝山春的隐密兼职早已让他没有退路，他经手的每一单业务都足以让他被枪毙十回，风险于他已经是虱多不痒。他的兼职业务收入不菲，与风险相配套，但是他也清楚自己只是一个马仔，拿的钱与张云鹏没法比，与张云鹏之上的大老板更不可同日而语。最大的危险，包括败露与死刑却更多地需要他这样的下层人员去承担，这就难免不平。有机会于神不知鬼不觉间替自己干一单，坐拥巨额财富，何乐而不为？

郝山春总是该出手时就出手，不会有丝毫犹豫。那天深夜他去了，独自行动，费尽吃奶之力，终于完成。也因为那个时候本节点还在试运行，进出业务量比较小，"货"没太重，郝山春自己可以对付，不需要找帮手。

之后连续几天极度紧张。安达里亚号由于桑托斯猝死事件，没有按时启航离港。所幸那件事处理得比较快，数日后这艘油轮终于离去。那几天里郝山春提心吊胆。如果他的判断有错，桑托斯不是那位下游，那么"货"的丢失在出港前就会被发现，本线段立刻就会有所反应。结果直到安达里亚从海面上消失，始终风平浪静。近一个月后，光头才突然到来，查问安达里亚在本码头期间都发生过什么。郝山春心里有数：他们发现东西没有了，他需要被审查，光头就是来干这个。郝山春很镇定，他已经反复琢磨过如何应对，此刻按预定脚本对付就可以了。光头没有在他这里发现任何破绽。

此后郝山春这个节点暂停使用，张云鹏段赋闲。这是桑托斯事件后的常规反应。暂停意味着收入与风险的降低，郝山春没有在意，他为自己拿到的已经远超过他们可以给的。近半年后，"货物"进出得以恢复，桑托斯事件不了了之，估计已被列为意外。

但是郝山春感觉到压力，横财有时候也是麻烦。郝山春搞到手的并不是巨额资产，只是一些"货"。把货变成钱不是一件容易的事，需要有一个地下网络。作为某个线段上的节点，郝山春并不需要，也不应该与当地地下网络发生关联，那极具风险。且如果双弦岛出现大量"货"，必引发各种关注，张云鹏那些人马上会断定安达里亚上的东西不是丢失在海里，而是被截留于双弦，这有如郝山春把绳索套上自己的脖子。

他更换了这批烫手宝藏的包装，让它更适合收藏，同时谨慎地尝试少量出手，这种事必然得让一些人加入进来，例如小纪，通过小纪再扩散至戳种、纪志刚那里。偷来的东西毕竟不是自己的,"用"起来得格外小心。想不到窃取来的赃物终归还要遭遇窃取,为郝山春始料不及。

前些时候,郝山春悄悄为小纪做安排,让他离开保安队,转去当操作工。当时小纪很不高兴,抱怨称不想去吃毒气。郝山春保证说:"无论到哪里,你都是我的人。暂时避一避,不会让你一直待在那边。"

"为什么要我走?"

小纪那摊事弄大了。告了纪蚝壳,倒了胡亮,后边跟着还要倒一大串,小纪自己得到什么?多拿钱了没有?没有。得不偿失。为什么不跟郝山春先商量一下?至少郝会帮着出主意,让小纪多拿点钱,少惹点事。现在已经迟了,整个双弦岛都知道小纪,都拿眼睛看着保安队。这种时候让小纪避避风头对大家都好。

"我干脆辞职算了。"小纪不服,"做生意去。"

"现在不行。"郝山春警告,"你跟钱有仇吗?"

小纪不吭声了。

这小子不是个好东西,郝山春心里有数。如果真是个好东西,也不至于落到必须得听从郝山春调遣。小纪无家无室,手中或明或暗已经积累不少钱财,却从不满足,越发心大,总想搞个几百万,做些大买卖。这小子当年差点跟哥哥一起给毙掉,算是死过一回,一旦鬼迷心窍,胆子比天还大。小纪在保安队原本还兼着器材保管一职,那是郝山春特意安排的。小纪离开保安队时移交了保管钥匙,清点物资与账册记录完全对应,无一错漏,只有郝山春知道少了一个要紧东西:小纪自行带走了一个行李箱,除了郝与小纪,再没有其他人知道这个行李箱的存在。行李箱是大号,特制,表面看不太起眼,箱体却是钛合金,强度极高,里边装的就是当初郝山春神不知鬼不觉从安达里亚号弄下来的东西，分量不轻，小纪独自把它从器材库房弄走，说来也不容易，他一定私自动用了巡逻车。

郝山春把小纪叫到宿舍臭骂一顿，追问他把行李箱弄到哪里去了。小纪不明说，只讲放在一个安全地方。郝山春问他为什么拿这个箱子，他一声不吭。这个问题其实不必问，郝山春心里清楚，尽管小纪从没见过箱子里装着些什么，却能从众多迹象中猜出点底细，知道里边若不是大量的钱，就是特别值钱的东西。小纪对钱的痴迷如此利令智昏，或许还认定这个行李箱于郝山春非常重要，把它控制住，郝山春有苦难言，不敢对他怎么样，反得求着他。事实也确如其所想，一发觉箱子成了小纪的质押，郝山春在第一时间问自己："没救了吗？"他断定还没到那个程度，因此才把小纪叫来骂一顿，试图化解挽救。郝山春强调了安全，劝小纪把东西交还。小纪反要郝告知密码，需要从箱里取什么由他代劳。郝山春警告，不要试图去摆弄箱锁、损坏箱体。那个箱子是特制的，它有自毁功能，误操作会示警，再强行操作就会导致箱子自毁，箱里的东西以及折腾它的人会一起给炸成碎片。

"抱着一颗炸弹好玩吗？"郝山春说，"赶紧送回来。"

小纪不吭声。

当时郝山春没有逼太紧，以免适得其反。如果没有郝山春，那箱子对小纪只是一颗炸弹，没有一点变现价值，因此可以断定小纪最终还得听从郝山春。但是箱子被小纪控制，确实也把郝山春跟他捆在一起。

巨力乙烯装置爆炸那一天，郝山春听说事故中有两个操作工失联，却不知道其中有一个纪英勇，直到小纪求救。小纪在离队时已经上交了他的设备，他在装置区上班不可能总带着一只保安队的对讲机，之所以那么说，只因为欧阳难免有疑问，必须得有一个勉强还说得过去的解释。事实上小纪是用手表与郝山春联络的,他那只手表除了看时间,还可以挂电话。类似手表并不新鲜,小学生几乎人手一只,小纪那一只与"小天才电话手表"等等有所不同,它更精密更结实待机时间更长,且被设置为"点对点"方式,不可更改,该专线的另一端就是郝山春,平时只做普通手表用,特别时候才用于联络。小纪在爆炸后苏醒,为什么会给郝山春打电话?他知道郝一定会想办法救他。郝山春为什么会冒着生命危险,跟着欧阳冲进火阵?原因也一样:小纪这条人命后边还有一个箱子。如果小纪葬身火海,箱子连同里边的横财便与郝山春失之交臂。在确实无救之前,还应千方百计挽救,哪怕对方就是个窃贼。

小纪被成功解救后,直接送医院治疗,而后郝山春安排自己换班,开车前往医院,专程探望获救的旧日下属。他在重症室外偶遇欧阳和纪惠,而后便获准进入重症监护室探望,由一位副院长帮助安排。该副院长与郝山春相识,多有来往。郝提前打电话找他,提出有一些涉及安全的重要事项必须向小纪问询。毕竟人情在,熟人好说话,加上又是公事,副院长便让郝山春享受了警察办案的待遇,虽然他只是个保安队长。

那时候小纪已经出了手术室,他有几处骨折,比较厉害的是腰椎,严重的话可能此生依赖轮椅。另外就是烧伤,所幸多为轻度。郝山春见到他时,他神志清楚,也能说话,只是气短,口齿略含糊。

"戏戏。"他对郝山春说。

意为谢谢。这是需要说的,如果不是郝山春,他已经死在那堆破烂装置里。他肯定记得郝山春不仅仅是传递信息,还亲自施救,冒着生命危险深入火场,架着他的胳膊,把他拖出险地。

郝山春说:"你是我的人,我肯定要救你。"

"戏戏。"

郝山春还问他:"箱子在哪里?"

小纪眼光发直,像是没听见。

"告诉我。别犯傻。"

小纪回答,含糊不清:"马马。"

郝山春立刻回应:"我给你密码。你给我位置。"

他闭起眼睛,没回答。

"我跟你说过,很不安全。"

"会,会。"

"现在就告诉我。"

"别别。"

郝山春笑笑:"你要是死在装置区,箱子顶个屁?"

"戏戏。"

这小纪有病,贪婪超乎寻常,一旦鬼迷心窍,难以回心转意,哪怕放火烧了他。但是郝山春有足够耐心,他总是会碰到各种问题,小至"马马",大至爆炸,无论碰到什么问题,关键一条:"没救了吗?"需要判断是不是到了那个程度,如果不是,那就千方百计去救。所谓天无绝人之路,小纪终于绝处获生,让郝山春松了口气。人在箱子就在,无论小纪怎么"马马",总有足够时间从容行事,只待瓜熟蒂落。

不料突然又发生一个意外情况,于瞬间让小纪这件事变得小得不能再小,其意味则强似巨力乙烯装置区那一声巨响,于郝山春几乎就代表着彻底完蛋。

意外消息通过短信传到郝山春手机上,没有内容,只有一个表情符号。那时候郝山春还在医院里恩威并用逼迫小纪,忽然感觉到手机在裤口袋里振动,掏出来看一眼,即知道大事不好,必须立刻离开。

"好好养伤。"他交代小纪,"明白点,命最重要。"

他离开医院,赶回巨力乙烯,直接去了水泵室。水泵室位于海边,与附属楼隔了百余米距离,靠近储罐区,主体建筑是一座两层楼和一片场地。水泵室为厂里的习惯叫法,这里其实也是库房,分别为消防队和保安队使用。由于面积较大,存放位子多,两队有大量备用物资,包括油料、灭火材料以及各种配件存于水泵室库房。水泵室的抽水设施是消防队掌握的专用装备,功能是抽取海水通过消防管道供应厂区内设固定消防栓、消防水炮和储罐喷淋系统使用。设计为无人值守,自动运行,可通过附属楼的消防控制室控制。郝山春赶到时,水泵室里马达轰隆,正在抽水作业。由于厂区内大量固定消防装置在昨天的爆炸中损坏,一些消防栓无法关闭,大量消防用水满地流淌,得靠水泵持续抽水补充。

郝山春穿过走廊,走进右侧保安库房。库房门紧闭,里边却没上闩,郝山春进门时,门厅空无一人。郝山春站在门边不动,有个人影从一旁闪了出来。

是光头,没有戴帽子,尖尖头顶光溜溜,几乎寸草不生。额头上还包着纱布,有血迹从纱布渗出。光头把一根手指放在嘴唇上,示意不要出声。郝山春关库房门,上闩。光头指指一旁侧门,那是库房的工作间。郝山春走到紧锁的工作间门边,开锁推门,侧头往里看。屋里有两个警察,坐在地上,全身捆绑,用胶带纸捆扎固定于工作台柱脚。两人的眼睛嘴巴都被蒙住,头上身上都有血迹。

郝山春一眼认出了陶本南。

光头把右手伸出来给郝山春看,那手里握着支扳手。

郝山春把工作间的房门拉上,领光头走到外头,压低声音问:"人怎么样?"

"活着。"光头说,"留了点力气,没全使。"

这个光头要是把力气使足,那就用不着捆绑,里边会是两具尸体。

"怎么搞成这样?"郝山春问。

事情出于意外:光头到达库房时,发现门只是掩着,没有锁。起初感觉诧异,后来一想,可能是昨日厂区爆炸起火时,有人跑来取物资,匆忙离开,没顾上关门上锁。光头还多了个心眼,进库房即回身把门关好,上闩,然后才到工作间换衣服。没料未及把身上穿的脱下,一个年轻警察突然从他身后冒了出来。警察可能在光头之前已经进入库房检查,听到光头进门的动静,一直跟到工作间来。年轻警察显系新手,进门时忽然惊叫一声:"这啥?"光头一听心知不好,回头一看,年轻警察眼睛看着光头那身"皮",一脸疑惑。光头没有丝毫犹豫,顺手操起工作台上的一支扳手,朝脑袋就砸,眨眼间警察被砸倒于地。没料后边跟着第二个警察,是老手,很厉害,反应比光头还快,不吭声也不操家伙,猛然一个虎扑,于猝不及防间把光头扑倒于地。两人在工作间地板上翻滚厮打,光头穿那身"皮"不得劲儿,头也给撞伤了,没几下就被警察顶着背压在地上。警察揑过光头的胳膊上手铐,光头以为自己完蛋了,没料一脚踢到地上躺着的年轻警察,那警察醒了,大叫:"队长救我!"压在光头身上的警察可了句:"别慌,我在。"光头趁警察分神之际,拿脚掌用力顶住墙壁,使尽全身气力一拱,翻身把警察掀下,捡起扳手狠命砸,一扳手先砸中警察右膝盖。警察大叫,掏枪,光头再当头一扳手把他砸倒。

"妈的。"郝山春骂,"不分青红皂白?"

"让他们看到了,还分个屁?"

说的也是。光头换什么衣服?湿式潜水服。不要说警察,扫大街的看了都会有疑问。光头怎么解释?只能拿扳手解释,迅雷不及掩耳,先下手为强。

"先捆上，等你来商量。"光头说。

郝山春没吭声。

尽管没打死，难道还有退路？缉毒警察遭到袭击、拘禁，他们还发现了光头以及他的可疑物品。这还有救吗？难道还能容俩警察活着离开？

"我说，你给他们喂点水。"郝山春对光头说。

"需要吗？"

"也许还有办法。"郝山春说，"死了就没有了。"

光头开了一瓶矿泉水，分别揭开两个警察嘴上的胶带，让他们喝水。郝山春站在门外看，不出声。两个警察都渴坏了，先喝水的是陶本南，他灌了几大口水，突然问："你是谁？"光头一声不吭，直接胶带封嘴。

郝山春和光头把工作间门关紧，锁上，一起上二楼去，那里有一间休息室，两人到里边商量对策。光头告诉郝山春，袭击警察得手后，他跑到大门边察看，发觉门口停着辆警车，应当是两个警察开来的。警车目标太大，一直停在外头会引起注意，光头冒险出门，把警车开到油品码头停放。所幸神不知鬼不觉，没有遇到人。

郝山春说："所有人都累趴了。"

"火灭了？"光头问。

"灭了。这两位可比大火麻烦多了。"

郝山春告诉光头，为首的老手是陶本南，他跟光头有缘。上一次光头在游乐园门外拿刀捅了欧阳，后边追他的便衣就是陶。

"妈的。"光头骂，"这警察坏事。"

如果不是陶本南，欧阳不可能那么快得到救治，当时肯定得死。

欧阳还活着，光头算是失手一次，未能"做"清楚，所以耿耿于怀。

郝山春告诉光头，陶本南管缉毒，是缉毒大队的头头。

"难道你暴露了！"光头大惊。

至少在光头拿扳手把陶本南打倒之前，郝山春尚未暴露。也可以说，一直到现在这个时候，郝山春本人也还没有暴露。

"警察到库房这里干什么？"光头疑惑。

陶本南是个运气不怎么样的缉毒警。这个人脑子其实管用，会琢磨事，嗅觉很灵，能注意到别人注意不到的地方，好比头等缉毒犬。这个人最厉害的是有一股劲儿，不怕一碰再碰钉子，不到黄河心不死，跟郝山春可有一比。陶本南的毛病就是会受感情影响，比如一直没有注意郝山春，因为郝会下功夫跟他拉扯，让他觉得就是自己人。近些时陶本南才开始对郝山春和保安队有些注意，起因应当是怀疑小纪，连带着把郝山春也拖进来。陶本南不知道是通过哪个途径知道张云鹏，好像也发现郝山春跟张云鹏有牵扯，昨天他跑到厂里核实情况，恰好装置爆炸，两边大火，没办法谈下去，只好走人。现在火打灭，他又来了，肯定是急于把事情搞清楚，往下挖。郝山春并不担心，有办法对付，认识张云鹏不算什么，提供一个说法不困难。即便陶本南怀疑郝山春喝酒误事是伪装，他也无法搞清楚郝山春半夜三更到哪里，去干什么。前些时候格蕾丝蒂号进港，缉毒警察上船检查，似乎听到了什么风声，而后陶本南一直盯着海边一线，说来也挺厉害，摸着摸着居然就摸到了水泵室，让光头拿扳手砸倒在库房工作间。

"现在没救了？"光头问。

"我还想救。"

郝山春只管双弦这个点，却知道弄出这么长一条线不容易，张云鹏，还有上边那些人不知道费了多少脑筋，下了多少本钱。眼看着厂子进入正常生产，有大量物料进出，正是可以趁机倒货的时候，郝山春还指望能够多挣一点，忽然就这么完蛋了？大家当丧家之犬去？太可惜。

"不能留活口。搞成意外死亡怎么样？"光头问。

"有把握一点破绽不露吗？"郝山春反问。

光头承认已经反复琢磨过，难度很大。

"怎么突然又跑来，让警察撞个正着？"郝山春问光头。

光头前天晚上还在这里，与郝山春一起为阿玛拉号作业，然后连夜离开。他们的作业方式早在桑托斯那个时候就形成了，郝山春并不知道那条船有货没货，都是时间到了，光头突然到达，同时张云鹏的命令到达。事情办完之后，光头立刻离开。郝山春给张云鹏发一个符号，那就了事。光头与郝山春都听命于张云鹏，彼此只是协作，郝不指挥光头，光头也不指挥郝。但是明摆的光头介入的机密更多，张对光头更信任。这也难怪，光头是张的表亲，两人早在郝山春进入前就是一伙的。光头到双弦，除了执行船只任务，也"做人"，怎么做，做谁，郝山春一概不知，只管配合、掩护。光头曾两次"做"欧阳，一次是因为欧阳调查张云鹏焊接工程那些事，消息立刻传递到张云鹏那里，张迅速安排光头进岛，待欧阳赶到岭下村民闹事现场，趁乱狠打。当时只想把欧阳打蒙打怕，没想要命，因为人命案比较棘手。不料欧阳没有收手，查得更深，张感觉不安，只怕查来查去查出其他破绽，引起注意，搞砸现在运货这些事，这才下决心做掉。光头心狠手辣，功夫也好，通常不失手，碰上陶本南也算失了回手。没想到还会有陶本南落到光头手上的时候。只是光头干嘛去而复还回来招惹警察？郝山春得问明白。

"不会又是来'做'人吧？"他问。

光头不知道欧阳回到了双弦岛，张云鹏也没再决定"做"欧阳。眼下顾不上那个。光头重返巨力乙烯，是张云鹏命光头现场察看并找郝山春。一声"轰隆"四方震动，会不会影响既有路径和货物进出？另外就是得知前些天格蕾丝蒂号到港后被缉毒警察突击检查，虽然没查出什么，张云鹏还是不放心，让光头赶紧来了解一下，有情况需要尽快向大老板报告。

郝山春摇头："眼下油轮肯定不能进港卸货了。"

"炸得很厉害？"

"火倒是灭了。"

就在那时，"轰隆"一声巨响，惊天动地。

两人面面相觑，而后一起跑到窗前。前方储罐区那边，火光闪闪，黑烟升腾。

"坏了，复燃。"郝山春说。

郝山春必须马上回附属楼，带他的人到复燃现场。他让光头把两个警察，以及自己先藏好，不要急于行动，务必等他。他到现场看看情况，回头再商量怎么办。或许天无绝人之路，爆炸复燃反而有救？

两人匆匆分手。郝山春回到附属楼召集其保安队，开着他们的巡逻车迅速赶往中间罐区，那里一片大火，有三个储罐在熊熊燃烧，景象比昨日初次爆炸还要恐怖万分。途中郝山春用对讲机呼叫周平和，周平和在指挥部开紧急会，命郝山春带那些人到老地方，装置区外围布防。郝山春遵命，迅速到位。

他在装置区外围守了一整夜，注意力始终都在火场那边，通过各种途径了解火情，反复盘算自己还有哪些操作余地，可以拿两个警察怎么办，事情是否还有救。清晨，第二次总攻发起，上午九时许，805号储罐突然爆炸，大面积流淌火突破防护墙冲击各处，消防队伍被迫仓促撤退，郝山春下了最后决心。

他关闭对讲机和手机，开巡逻车匆匆离开装置区。从装置区到附属楼以及水泵室需要经过中间罐区，那边大火封锁，已经不能通行。郝山春却有办法。他绕了一个大圈，从厂大门出去，沿一条施工便道，穿过岭下村旧址瓦砾场，从另一侧一条村路绕到巨力乙烯厂区西南门，这个门是应急门，平日里紧闭，没有人可以从这里进出。郝山春例外，他是保安队长，拥有开启这个门的权限和密码。

但是他还是被电控铁门挡在厂外。由于长期没有使用，门外电控装置已经失灵，无论郝山春怎么按键，该装置毫无反应。

"没救了吗？"郝山春问自己，"认栽这个门？"

他站在门边朝上看，决定试一试运气。他把巡逻车开到门边，停好，从车头爬到驾驶室上方，站在车顶板上，双手抓紧铁门的上梁，引体向上，伸左腿侧勾，使尽吃奶之力，翻身骑到铁门上梁，再翻到门里侧，身子悬空，松手落地。虽然有一定高度，还好姿式控制尚可，一跤摔坐于地，没有伤到身子，也没有崴了脚。更万幸的是门内侧电控装置完好，按键反应正常。密码输入后，电控门开启。

郝山春把巡逻车开进大门，关好电控门，匆匆进入厂区。仗着路线熟悉，左拐右绕，十几分钟后到达保安队驻地附属楼。此刻这座楼空无一人，所有人都在救火现场值勤。郝山春没在附属楼停留，开着巡逻车顺大路下坡前冲，直奔水泵室。远远的，他看到一片大火在左前侧燃烧，火舌冲天。那里离火场中心中间罐区还有一段距离，居然也烧成这样，显然是流淌火扑过来了。以那片大火推测，不要多久，水泵室将淹没于火海。对巨力乙烯以及灭火指挥部而言，此刻流淌火是天大灾祸，对郝山春来说正相反，它是救星，事情的转机或许就在这片火焰中。

走进库房，光头闪出来："情况怎么样？"

"有救。"郝山春说。

他们站在门边，看着前方迅速逼近的大火，低声交谈。郝山春断定流淌火很快就要烧到水泵室，这里靠近海边，是一片低洼地，不可能被大火放过。郝山春安排光头即刻离开、撤退，务必不要遗留特殊装备，以防事后被查出底细。郝山春自己也将立刻返回，在大火到达之前离开这里，顺原路从厂西南门回装置区保安队设防地。两个警察不用管，交给大火灭迹。长时间大火会把遗骸烧个精光，残渣中不太可能检出被袭和捆绑痕迹。日后他们的死因只能归于意外，至少是没有线索可查。不可能怀疑到郝山春，毕竟陶本南他们进厂失联时，郝山春远在第一医院看病人，不在场证据充分。光头只管自己安全逃离即可。

光头说："把人先做掉，保险点。"

"随你。"郝山春说，"等我走了再做。"

"怎么啦？"

郝山春骂了一句"妈的"，说陶本南跟他还是有些交情。没办法，怪陶自己找死。

郝山春还交代小心处理警察的手枪和手机。手枪不要带走，丢在工作间就可以。警用手枪风险大，不拿反而安全。手机干脆丢到后边引水道，它们马上会给找到。要做得像是一个警察不小心落水，另一个去拉，人没事，手机全掉水里了。然后他们到工作间休息喝水，不经意间让火包围，没跑出去，烧死了。

"警察有这么笨吗？"

"就这么设计，给个可能就够。"

郝山春的裤口袋突然传出振动，他一怔，掏出手机看了一眼屏幕。

381

这是应急手机，非常用，常用手机已经关闭，无线电静默，无法联络也不会给定位。应急手机是特制的，连按键都没有，只有内设的几个特定联络号码，用于特殊联络。它有可能被跟踪定位，却无法确定是谁在使用。

　　光头问郝山春："那是谁？"

　　"戴建。怎么会呢？"郝山春惊讶。以往戴建从未使用过这个电话。

　　郝山春接听电话："戴总吗？"

　　听筒里竟传出一个女声："原来是你，郝队长。"

　　"肖工！怎么会有这个电话？"

　　"郝队长为什么手机关机，没人找得到？"

　　郝山春嘿嘿："肖工找我什么事？"

　　"我有要紧事找戴总，怎么找啊？"

　　郝山春没吭声。

　　"现在只有找郝队长了。"肖琴说，"别的人没办法告诉我。"

　　郝山春问："肖工在哪里？"

　　"我在香港。"

　　郝山春一惊，嘴上回答："肖工找不到他，我怎么能找到？"

　　"不要装。你们那些事我知道点。"

　　"我怎么不知道？"

　　当初"闪火"发生时，戴建当众宣布开除郝山春，那不是一出戏吗？让人以为两个不一路。那时候肖琴就觉得不对头，问过戴建，知道了一些情况。现在戴建在香港玩失踪，郝山春肯定有他的应急联络方式。单说这个手表，谁知道里边还安装一套特殊通话装置呢。还好她本人搞技术，居然弄通了。

郝山春一声不吭，直接把电话挂断。

光头在一旁听，问道："这女的怎么回事？"

郝山春不说话，紧张思忖。好一会儿，突然一笑："完了。"

"什么？"

"没救了。"

郝山春告诉光头，戴建失踪不要紧，这个女人把事情搅黄了。

以郝山春观察，戴建应当不算本线直接人员，也不参加本线具体业务，只是要听命于某个神通广大的人，是那个人安排的一粒棋子。戴建许可张云鹏修改水泵室，安排郝山春当保安队长，对郝的兼职业务睁一只眼闭一只眼暗中庇护，这就有钱拿，且肯定拿了很多，一定也能猜出是什么业务才有这么大的报酬。戴建需要这笔钱。听说他在美国跟老婆打离婚官司，几乎被律师剥光了裤子，为了逃避才应聘巨力乙烯。肯定有神通广大的人通过猎头公司为他运作，猎头的后边其实就是制造出眼下这条跨洋长线的老大，靠着巨大本钱，总能找到合适的人来确保业务营运。现在戴建搞砸了，厂子出了这么大的事，首当其冲要负责，雇主不会放过他，地方政府不会放过他，老大也不会放过他，只好一跑了之。即便戴建跑了，事情也还有救，因为追不到郝山春这里。总经理与保安队长隔得太远，戴建失踪，不妨碍郝山春继续当保安队长，等老大把篱笆上的破洞补上后，郝山春还能继续维持业务。不料出了这么个肖琴，居然控制了戴建那只手表，居然还拨弄成功，打了这么个电话。

"这女的跟戴建有一腿吗？"光头问。

该女工程师似乎有好几条腿，好比八爪章鱼。那些腿是她自己的事，讨厌的是她的嘴。她肯定知道些事，她急急忙忙往香港跑肯定有些缘故，她这一跑肯定会把注意力揽到身上，成了未来警察破案重点。

从电话里听来，她像是从香港给郝山春挂了多个未接电话，还找其他人问郝的去向，这些记录肯定会被警察查到，把警察招到郝山春身边，那时候所有的线索都会汇集在一起。事情至此已经无救。

光头问："那怎么办？"

"跑。咱们没有香港，只有'香肠'。"

两人匆匆进库房，去工作间，从一个密码柜里取出他们的服装，用他们的话那叫作"皮"，也就是潜水服，看似普通，实为特制。他们就在那工作间里，在两个被捆在工作台柱腿上的警察面前换"皮"，窸窸窣窣，运作敏捷，轻车熟路。两个警察眼睛看不见，只能听些动静。郝山春示意光头不说话，他自己当然更不吭声。

眨眼间换了"皮"。光头顺手抄起工具柜边的一支钢钎，在手里掂了掂，准备"做"人。郝山春看了一眼，对光头比了比墙角，那里摆着一排特制塑料桶。那是什么呢？油品、润滑油、柴油、酒精等等，都是易燃物。无须外边大火包围，仅仅这一排油桶就够了，它们一烧起来，里边这两个警察就变成了灰。走廊那一头还有消防队库房，那里的易燃品只多不少，一旦烧起来，整座楼就不存在了。因此这两条命不做也罢。

光头却不想放过："万一呢？"

郝山春终于结束哑剧交流，发了声："随你。我先去。"

他从工具间门走出，只听后边"当"的一声，光头扔掉钢钎，紧随而来。

"算了，一起走。"光头说，"咱们热爱警察。"

郝山春看了光头一眼，明白了：这家伙有所提防。此刻外边一片大火，逃生只靠"香肠"，如果郝山春趁着光头"做"人之际丢下同伴自己跑，光头还怎么逃？

他们通过库房大厅，从另一侧一扇门走出去，这里有一个后门，门外是一个平台，平台边有一个羽毛球场大小的停泊区，停泊区外就是连接水泵室和海面的引水道。

郝山春按了一个遥控装置，水下传出一阵电动马达的嗡嗡声响，很快，一艘蓝灰色长圆形装置从水下浮了上来。

这就是"香肠"，小潜水艇，模样有如一些用于游客海底观光的潜水装置，却经过特别加强、改造，以满足特殊任务需要。本水泵室的海岸设施当年由张云鹏秘密改造过，可以静悄悄藏下"香肠"并方便进出，不为任何人所知。光头的公开身份是一家海洋旅游开发公司的潜水教练，其公司在与双弦隔海相望的大陆一侧海岸租用了一片水面和海岸设施，与双弦海上距离也就几海里。每有任务，光头会驾着"香肠"于海底神不知鬼不觉来去于双弦。郝山春为他提供隐蔽处、掩护，并在深夜里一起驾驶"香肠"潜到海底作业，完成"货物"的卸、挂中转。

时水泵室的抽水马达已经停止运行，估计是停电了。外边火光满天，呼呼有声，无须出门观察，可知从罐区那边顺坡而下的流淌火正洪水般浩荡而来。

郝山春听到一个声音突然在外头响起。

"嘀！嘀！嘀！"

光头也听到了。两人面面相觑。

有人按了巡逻车的车喇叭。

"会是谁？"光头问。

"你去看看？"

"只会是找你。"

郝山春说："别管他。"

"两个警察呢？"

郝山春嘿嘿，随手从地上拾起一支木棍塞在光头手中："那么一起吧。"

7

扑救陷入最艰难阶段，指挥部状态无比紧张，气氛异常沉重。

王诠一再大喝："情况到底怎么样？""到底怎么样！"工作人员使尽吃奶力气，迅速联络、汇总情况，确认危险地带所有人员全部撤离，撤离中有几位消防队员轻伤。设备损失不计其数。

在人员全部安全撤出之后，需要重新调配力量控制流淌火，重新部署新一轮进攻。指挥部里一片繁忙，人们跑动不止。前方大火熊熊，流火四面奔袭，各部位消防队员穷于应付，于困局中顽强支撑。

陈福泉心急如焚，突然看到一个人影在外头晃过，他抬腿快步而出。

"小许，过来！"他叫唤。

小许是他的司机，被他派去送欧阳离开。看到小许回到指挥部，陈福泉便核实，问他把欧阳送到哪里。不料一下子问出问题：小许送欧阳出去时，在开发区大道遇到大堵车，大批消防车和增援物资车从北向南进入现场，往北走只剩一个车道，各种车挤在一起，通过困难。欧阳从车上下来，称自己步行反而快，让小许返回指挥部。

陈福泉张嘴就骂："你傻啊！怎么能听他的！"

陈福泉立刻打欧阳手机，该手机已关机。

陈福泉有直觉，欧阳不可能自己步行离开。他不会这么容易就打发掉。下车之后他会到哪里去？储罐区大火正旺，消防队员都得往后撤，欧阳这种业余人员那身防护服根本没有用武之地，他脑子很清楚，不会往这里凑。那么他会在哪里？

陈福泉用对讲机呼叫装置区，小王出来应答。小王在装置区警戒线负责联络，原安排配合欧阳，此刻独当一面充当联络员。

果然不出陈福泉所料。小王报告称，欧阳回到了装置区。

"什么时候到？"

在805罐爆炸，现场警报发布后不久。

"叫他来跟我说。"

欧阳不在，他到达后向小王了解了情况，即越过警戒线，到里边现场去了。是独自进去的，让别人不必跟。

"去干什么？"

"他一直在拍照片。"

"快去找他，让他给我电话。"

小王报告说，欧阳随身没有联络设备。说是对讲机已经上交，手机来不及充电。

"那个保安队长，郝什么？在那里吗？"陈福泉问。

巨力乙烯保安队长郝山春原本在，带着他的人在装置区这里布防。后来郝有事离开，不知去哪里了，有好几个人在找他。

陈福泉对这个郝并无兴趣，本来只是打算命郝山春领小王到装置区找人。保安队长地形熟悉，不像小王两眼一抹黑。眼下郝不在，其他保安，或者巨力乙烯员工总有几个在场吧？陈福泉命小王找出合适人员，请他们带路，立刻进入装置区找欧阳，找到后即把欧阳带出现场，同时马上给陈福泉来电话报告。

"明白。"

"注意安全。"

康子东在里边招呼:"陈主任,福泉!过来。"

陈福泉收了电话,跑过去。

康子东问:"两个警察现在怎么样?"

陈福泉在接到杜聪报告后,已经迅速将情况转报康子东。两个警察进入厂区是执行其他任务,与事故和抢险都没有关系,但是如果确实身在厂区未曾撤离,万一出事,肯定也要计入事故伤亡人员之中。康子东为此焦虑,指令陈福泉全力应对这个。

陈福泉立刻给杜聪打电话,追问有否进展。杜聪说:"我马上就到。"

他专程赶过来,不会是好消息。

果然,两个警察没有任何消息。经检查码头停车场,确定警车确实是陶本南开的,上边已空无一人。

陈福泉追问:"你的人怎么能进码头?"

不是人进去,是飞机进去的。分局技术部门有一架省厅配备的小型无人机。由于大火封锁,巨力乙烯进不去,杜聪决定动用无人机侦查。巨力乙烯上空气流复杂,无人机飞行干扰多,很危险。还好操作干警技术过硬,也非常细心,侦查还顺利。无人机在空中拍了照片,还冒险下降到靠近海平面,几乎贴着地面飞,直接拍到了警车的正面照片。警车位置因此最终确定,也确定车上没有人。

康子东追问:"那么人在哪里?"

"应当就在附近。"杜聪回答。

陈福泉的对讲机响铃。当着康子东的面,陈福泉按键接听。

是小王从装置区打来的。小王他们在爆炸现场仔细搜寻,没有发现欧阳踪迹。

"奇怪！他不见了！"小王说。

如果欧阳还在拍照，活动范围只需要在装置区的爆炸位置周边，无须到其他设备完好区域。但是他不在该在的地方。

陈福泉命令："再找。扩大范围。"

"明白。"

他把对讲机放下。康子东在他耳边大喝："到底怎么回事！"

陈福泉报告了欧阳的情况。康子东勃然大怒："你到底还藏了几个！"

陈福泉说，到目前为止一共三人。原以为只有两个警察失联，现在又多了一个。这个工程师不光会提意见，他还很会找麻烦。

"你让他到那边干什么！"

欧阳是擅自行动，自称是为日后的事故调查做准备。虽然自作主张、自以为是，他却是一个难得的优秀工程师。他要是出了事，损失太大了。如果他只是在准备日后调查，那么无须太担心，装置区那边的火焰早已扑灭，没有危险。陈福泉最担心的是他根本不在那里。

陈福泉把周平和叫过来，问他一个问题：从装置区到油品码头那个方向，除了通过眼前的厂区大路，是不是还有其他路可通？例如从西侧绕过去？

周平和否决："那边过不去。"

"那就好。"陈福泉松了口气，"那么没事。"

他立刻拿对讲机，命小王仔细搜查。欧阳哪里都不会去，就在装置区游荡。

哪想周平和一听欧阳便说："欧阳工程师过得去。"

陈福泉大怒："说什么你！"

周平和解释，所谓"过不去"指的是没有通道，没有路。但是如果是徒步，那就有了，可以走。装置区西侧尽头有一道防火墙，把装置区与旁边的辅助设施隔开。这墙有近两米高，没有通道，所以过不去。但是防火墙隔一段距离有一排脚手架，类似于储罐罐身上的金属脚手架，固定于钢筋混凝土墙体。这些脚手架主要用于遇险需要时从两侧观察对面情况，也用于防火墙本身的维护。通过它们可以爬到防火墙上，再从另一边脚手架下去，然后沿设施间的通道，从储罐区边缘绕过去，一直延伸到附属楼、水泵室和油品码头。这条路别人未必知道，欧阳却了解，上次事故调查期间欧阳把巨力乙烯走遍了，哪个旮旯里有什么，比厂里一些技术人员还要清楚。

　　"坏了。"陈福泉用力一拍手。

　　康子东眼睛一瞪："怎么回事？"

　　陈福泉说，不能排除一种可能，这个欧阳从那边翻墙，绕个圈进入了险地。如果没有猜错，欧阳应该是去找陶本南。如果是这样，事情便可并案处理。两个失联的警察，一个失联的工程师，两回事变成了一回事。

　　他提到了欧阳、陶本南两人的特殊交情，还有欧阳听到陶本南失联时的急切表现。这个欧阳有前科，曾经不听劝阻钻进装置区火场找两个失联操作工，其中有一个还是小纪。欧阳知道陶本南失联，肯定坐立不安，会千方百计设法施救。

　　"他怎么知道警察在那个方向？"康子东问。

　　这个无解。可知的只是如果欧阳确实是奔陶本南而去，那么危险便不只是大火。

　　"无论是什么，赶紧找！"康子东说，"你的人，你得把他们找到。"

　　"给我一顶钢盔。"陈福泉说，"我去火里把他们拎出来。"

"你说什么？"

"我需要支援。"陈福泉苦笑道，"给我消防车，给我水炮，给我人。"

远远的，欧阳看到那条火龙正在漫向水泵室，他抬起脚，吃力地往前跑。穿着防护服很难跑快，他却不敢脱下，因为大火就在眼前。他得竭尽全力比火龙跑得快一点，如果火龙在他到达前包围水泵室，他就再没有机会。

欧阳原本没想到水泵室，他的目标就是附属楼。陶本南失联让欧阳非常担忧，陶进入巨力乙烯会找谁？欧阳想到郝山春。欧阳曾向陶本南提供小纪情况，作为了解张云鹏的一条线索，陶本南查这个情况必定会找郝山春。巨力乙烯初次爆炸那会儿，郝山春在装置区与欧阳相逢时还提到陶本南。显然陶本南与郝山春间隐然有一条线相联，找郝山春问陶本南顺理成章。欧阳离开指挥部后，设法下车返回装置区，当时他已经不考虑继续拍照片存资料，一心只想找到陶本南，首先要找郝山春。保安队可能依然布防于装置区封锁带，所以欧阳直奔装置区。不料郝山春不在，没有谁说得清他去了哪里，手机、对讲机无一联系得上。欧阳更觉诧异，才决意翻过防火墙，绕行附属楼。到了附属楼，远远看到有辆巡逻车停在前方水泵室边，看不清牌号，欧阳却直觉很可能是郝山春的车。附属楼这边静悄悄似已空无一人，欧阳决定不进去了，越过附属楼直接往水泵室跑。陶本南近时曾多次打电话讨论油轮问题，可见注意点是在海边，水泵室恰在海边，说不定陶本南就在那里？附属楼的地势比较高，往水泵室是下坡路，跑起来相对轻松。如果是反过来从下往上，只怕没几步就跑不动了。

那时候不暇思索。陶本南是干什么的？陶本南的对手是些什么人？欧阳赤手空拳，靠一身防护服能干什么？除了让自己陷入险境，没有更多意义。解救警察不是欧阳可以做的事情，特别是可能要面对凶犯，那更是欧阳不可以做的。但是他什么都不想，只管往前跑，抢在火龙之前，早一步到达水泵室。

停在楼前的巡逻车果然是郝山春那辆。眼见得大门紧闭，欧阳不知道自己得怎么进去。急切中他拉开巡逻车门就按喇叭，想招呼人出来开门。他不会想到这么一按便暴露了自己，可能会有人藏在暗处，对他的威胁比迅速逼近的大火更要直接。

没有人应声而出，那扇大门无动于衷，紧闭不动。欧阳跳下车跑上前用力一推，竟一把推开，露出了大门后边的走廊、楼梯和两侧的库房。欧阳跑进走廊，喊声："有人吗？"没听到回应。眼睛一扫，左右两侧有两扇门，左边的拉闩闭合，扣着一枚大锁，右边那扇门虽也紧闭，闩却拉开，锁也挂在闩扣上。欧阳推开右边门走进去，里边是仓库，堆放着各种杂物。仓库后部有一扇门，门敞开着，里边似有动静。欧阳跑过去朝里看，一眼发现两个警察被绑在台脚柱上。

"陶本南？"欧阳大叫一声。

他抬腿进门，忽听后边"卡拉"一响，有动静。回头一看，有一个人推门闯进库房，光头，衣着古怪，像是某种潜水服，手上握着根棍子，气势汹汹。欧阳不禁发愣，一时不知所措，眼看着对方直扑上前，几乎就要冲到跟前，才突然意识到危险。急切中欧阳用力一拽工具间铁门，"砰"一声关上，把自己与两个警察关在里边。只听外边"砰砰"连声，对方用棍子砸门，然后听到拉闩上锁声响。欧阳知道坏了，人家进不来，他们也出不去，被锁死在工具间里。

那时顾不上其他，先解决陶本南。工作间柜子里有各种工具，欧阳拿了一把电工刀，把捆住陶本南的胶带割开，扯掉他眼睛上、嘴巴上蒙的胶带。

"怎么是你?"陶本南认出欧阳,吃惊之至。

"你还好吧?"

陶本南眼睛一闭便昏倒于地。

欧阳把另一个警察也放开,这个人年轻点,状态比陶本南好,放开后坐在地上活动手脚,扶着工作台就站了起来。

欧阳让年轻警察帮着,给陶本南灌了点水,拍打脸颊,把陶本南弄醒。

"赶紧想办法离开。"欧阳说,"外边大火。"

"两个家伙呢?"陶本南问。

欧阳只看到一个光头凶神恶煞。还好急切中拉上铁门,否则只怕此刻三个人全都直挺挺躺在地上了。外边没有动静,对方可能已经逃走。

陶本南扶着工作台站起来,刚一动脚就痛得大叫,右腿膝盖如同电钻打钻,可能是骨头给砸碎了。

欧阳道:"你先别动。"

陶本南不听,拖着右腿,拿左脚一跳一跳,在工具间跳了一圈,拉开工具间窗帘,只看一眼就喊:"糟糕!"

这个窗子朝着楼外,楼外已经一片火光。

此刻屋门被封,窗子是他们唯一的逃生通道。工具间这个窗户很大,有铁条栏。这种铁条通常很难对付,幸好这是工作间,里边总是有各种稀奇古怪的家伙。急切中顾不得细寻。欧阳和年轻警察两人找出一根钢钎,一起使劲儿,别弯了窗子上的铁条,取下两根,敞开了可容人出入的空间。欧阳让年轻警察先从窗子爬出去,欧阳自己去扶陶本南,帮助陶一跳一跳挪到窗子边,把他从窗洞里塞出去。年轻警察在外边接住,把人放到地上。然后欧阳也从窗洞里爬了出来。

外边就是大道，大道上一片火光，热气似乎马上要把人烤焦。陶本南对年轻警察下令："咱们进去。两个家伙可能还在，不能让他们跑了。"

欧阳即直接制止："本南，现在听我的。"

他指着前边巡逻车说，必须先上那个车，迅速离开。这里是低洼，大火马上就烧过来，首先必须逃命。只要陶本南不死，再几个光头都跑不掉。

"我说……"

"现在不说。"

欧阳向年轻警察一招手，两人扶起陶本南往巡逻车跑。只跑出几步就被迫止步：巡逻车车胎"忽"地在他们眼前着火。流淌火还在数十米外，热辐射已经足够点燃它。

此刻还有一条逃生道路，是返身往西，朝附属楼方向猛跑。火龙上不了坡，只要速度足够快，或许可以在大火席卷一切前逃出险地。但是陶本南自己肯定是跑不动。上坡路上，架着他肯定跑不快，也跑不远，无法逃脱火龙。

"你和欧阳工程师赶紧跑。"陶本南对年轻警察下令，"不要管我。"

欧阳对年轻警察喝道："不听他。"

欧阳不由陶本南分说，与年轻警察架起他往回跑，就近再入水泵室，如陶本南原本主张的那样。此刻已经不再是为了追赶、截住犯罪嫌疑人，只为逃生。以大火逼近的情况看，两个嫌疑人不太可能继续待在这里，应当已经逃之夭夭。

三人快步走到走廊尽头，上楼梯，直上二楼。

"这楼能行吗？"年轻警察问。

"应该能顶一阵子。"欧阳说。

陶本南说:"欧阳,恐怕不行。"

他注意到楼下库房里可燃物品很多。一旦大火卷进来,轮胎会着火,油桶会爆炸,整座楼都会烧起来。那时候这座楼就成了一个大烤炉,他们就成了三块烤肉。

"一定有个烤不熟的办法。"欧阳说。

"那个车不对啊。"陶本南疑惑。

哪个车呢?门外着火的巡逻车。陶本南他们明明把警车停在那里,怎么变成厂内巡逻车?警车去哪里了?

欧阳说:"外边巡逻车是郝山春的。我坐过。"

陶本南呆了,好一会儿,叫了声:"妈的!就是他!"

第二个家伙肯定是郝山春,他竟然是光头的同伙!他们把警车开走了,以防暴露目标。郝山春有问题,陶本南早该想到的!

欧阳说:"那个光头挥着棍子,似乎跟鸭舌帽有点像。"

陶本南一拍手,线索对上了。鸭舌帽是光头,张云鹏安排水泵室干私活什么的,原来不是赚私钱,是在这里预做手脚。

可惜为时已晚,楼前呼呼有声,大火封住了大门。

陈福泉骂娘:"为什么你们那个破飞机只能找警车,不能找警察?"

杜聪被问住了。

"车有屁用!我只要人,人到底在哪里?"

"照相机不认识人,无人机的活动范围受到空间限制,有的地方没办法进去拍。"杜聪尝试解释,"咱们的技术还到不了。"

"你得给我一个位置。"陈福泉不管,"别跟我说什么技术。"

杜聪立刻拿手机呼叫技术科。几分钟后,他向陈福泉报告:"可以试试。"

"你的照相机认识人了？"

无人机上有红外热成像仪，可以找人，好比在地震救援中可以在废墟下发现活物。但是技术人员担心该装置此刻用不上，因为到处都是火，辐射非常厉害，干扰特别大。

陈福泉说："让你的人和机器都把眼睛睁大点。"

他们居然发现那座楼里有人。可能因为火还没烧到，辐射还没那么强烈，机器没有受到太大干扰，而且技术人员功夫了得。

陈福泉听到报告，神情顿时振奋："在哪个位置？"

"他们管那个地方叫水泵室。"

"找到几个人？"

"初步判断是四个。两个固定，两个活动。"

陈福泉吃了一惊："不对，怎么会多出人来？"

"可能识别不够准确。"

按照已经掌握的情况，此刻陷于危险区域的失联人员共有三名，其中两名警察，一名工程师。但是无人机竟然在那座楼里发现了四个人，如果机器没有谎报军情，数据造假，那就是有四个人陷于险地，假如未能及时救出，本次事故将不是零死亡，而是四条人命。陈福泉焦虑间，无人机控制人员再次急报：现场又发现一个人，正沿着一条厂内通道向水泵室方向运动。由于是在室外，成像相当清晰。操作人员已经让无人机靠近，拍了一张照片。

"这是怎么啦！有完没完！"陈福泉骂。

照片迅速通过网络传递到杜聪手上。影像没那么清晰，但是可见一个身着防护服的男子。陈福泉一眼认出："这是欧阳。"

问题是又多了一个，五人。

杜聪报告说："我们分析，不排除楼里另两个是犯罪嫌疑人员。"

这个设想可以成立。两个警察不会无缘无故失去联系,他们有很大可能是被控制了,控制他们的肯定不是善良之辈。但是即使另两个是犯罪人员,只要他们在现场,那么也是两条人命。如果他们死于大火,同样要统计到本次事故的生命损失中。

"至少你的人和我的人都找到了,像是都还活着。"陈福泉说。

"可是怎么救呢?"杜聪焦虑。

经王诠同意,康子东从指挥部掌握的预备队里拨出五辆消防车及其配备队伍交给陈福泉,以解救陷于水泵室的人员。此刻扑火大局严峻,第二次总攻失败后,人员虽全体安全撤出,大量设备却毁于一线。需要对整体扑救做重新布置,人员和设备力量重新调配。这种情况下,把消防车和队伍抽出来实属不易。水泵室一带不是主攻方向,那里处于海边,地势较低,那里的大火不会延烧到危险区域,尽可令其自生自灭,哪怕整座楼烧成粉末也无碍大局。问题是里边有人,情况便为之改变。

陈福泉向康子东请求离开指挥部,带队转移到油品码头一带,就近指挥水泵室救援。康子东说:"不行,你得在这里。"

陈福泉是管委会主任,所谓"现管",管不了现场来自全省各地的消防力量,却承担有动员组织本地人力物力配合之责,这个时候不能离开。经过紧急磋商,决定陈福泉在指挥部遥控,杜聪被派到油品码头现场指挥,康子东把市消防支队一个副支队长也派过去加强,让警察和消防人员去救那五个人。

这时灭火现场出现一线曙光:尽管熊熊大火没有平息迹象,风势却有所转向,下风处最危险的几座相邻储罐爆炸起火的压力相对减轻。区域后侧几座储罐的倒罐作业始终没有放松,即使在流淌火四处狼突虎进之际,倒罐不止,几个关键储罐的物料已经迅速减少,着火爆炸并引发连锁灾难的危险大大减轻,导空罐组成的防火带正在逐渐形成。但是指挥部里没有谁敢掉以轻心。这场大火非常凶险,接连两次总攻受挫,此刻不能再有任何错失。

杜聪迅速赶往油品码头。由于流淌火切割,无法沿厂区道路前往,也无法从西侧附属楼方向迂回,杜聪率队从海边通道绕行,采取强硬措施,用一辆钩机破开一堵隔离墙,越墙后穿越一片工地,辗转进入码头区域。他们很快便止步不前:从大火区域源源而下的流淌火奔袭低地,在码头与水泵室间形成了一片宽阔火海。几部消防车全力喷水,只能让火焰稍减,打压水柱稍偏便又大火熊熊。而现场道路、场地受限,已经摆不下更多扑救设施。

陈福泉满心焦虑。

"那几个人情况怎么样?"他在对讲机里追问。

由于大火逼近水泵室,热辐射太强烈,无人机上的装置已经无法探测出他们。

陈福泉大骂:"破机器!"

纪惠说:"陈主任,他要是有事,我跟你没完。"

陈福泉大怒:"是我让他去死吗?"

纪惠寸步不让:"你答应我的。"

"你又答应他什么?"

纪惠给说愣了,站在那里一动不动。

纪惠不该出现在这里,有如欧阳不该在火中。按照安排,她应当在岛外,在安置居民现场安抚人心,稳定情绪。但是她跑回来了。她的理由是应撤人员已全部撤离,却有一个人无法撤离,就是她父亲。此刻她的父亲还在医院的太平间里。她得去照料他。于是她回到了双弦。进岛后却没有去医院太平间,而是凭借她在安置组的工作牌,直接闯到了指挥部。在到达指挥部之前,她并没有确切消息,只是本能地感觉不安,似有预感,到达后,确认欧阳果然陷身火海,她无法接受,揪着陈福泉不放,非找他要出个人来。

"别在这里添乱!"陈福泉责怪,"赶紧走人。"

她很冷静:"既然来了,我就不会离开。"

那时突然有新消息:水泵室被流淌火包围。随后杜聪从前方紧急报告:"火很大。那座楼烧起来了。"

众人面面相觑,没有人说话。

那座楼肯定得烧起来,因为是库房,里边库存有大量易燃物品。在团团火焰包围中,如果整座楼燃烧起来,里边的人都将葬身火海,没有谁可以幸免。

陈福泉对着对讲机大叫:"拿水龙打开一条路!冲过去!"

杜聪也在那边大喊:"试过了!压不住!"

纪惠抓住陈福泉的手臂说:"给我一条船。"

"什么?"

"我知道那个地方。我去。"

巨力乙烯的水泵室前身是一座土地庙,庙下边的海水曾经是网箱养殖场,排布着一个个渔排。纪惠家的渔排就在那个位置,于她再熟悉不过。

陈福泉即用对讲机呼叫,问杜聪能否设法从海上突进去救人。那地方不是靠海吗?前边给火封锁了,后头海水总不会也烧着吧?

杜聪回答:"海面上也是一片火。"

不是海水燃烧,是地面上流淌的油和水从水泵室附近流入海面,大火便从陆地延伸入海。水泵室已经四处着火,像烈火中孤零零一片树叶。

陈福泉大叫："赶紧想办法！不是让你在那里看火！"

杜聪语音沉痛："陈主任，没有办法了。"

陈福泉张着嘴说不出话。

这时"轰隆"又是一声巨响。

一片惊呼："804！ 804爆炸！"

王诠大吼："快报告情况！"

呼喊声起于陈福泉身边，就在中间罐区这里。与805罐相近的804罐罐体突然发生爆炸，一时巨响大火，场景骇人。

这是第二个突然炸开的巨罐，后果比此前805罐的突然爆炸更加严重。中间罐区几个大型储罐，从806开始着火，到周边几个储罐于复燃后相继起火，数十小时里，物料主要在罐体内燃烧，于燃烧中渐渐匮乏。805罐爆炸则如小行星撞击地球，其严重在于罐体直接炸开，满罐物料迸涌而出，以流淌火方式突袭防火墙内外，致二次总攻中止，消防队员徒手撤离，消防设施大量毁弃，局面失控。指挥部竭尽全力重组力量，千方百计挽回危局，后备消防队伍源源而上，重新开始对火焰的打击。随着时间推移，大火因物料燃烧殆尽而开始减弱，眼看着消防力量即将重新掌握扑火主动权，却不料轮到804罐炸开，巨量燃烧物料再次迸涌，处在挣扎中的流淌火突然得到强大补充，形势急转，火焰高腾，扑救再现危机。

陈福泉下意识说了两个字："完了。"

新爆炸添加的燃烧物料除了继续加强储罐区的大火，最终也将补充到处于低洼的水泵室方向。那里火焰将更显浩荡，那几个人本已无救，现在更是无救。也许早就无须费心，可以收手了。楼已经烧起来了，他们都已经完了。

对讲机里突然传出杜聪的大叫："他们还活着！"

"什么?"

"在屋顶上!他们爬到屋顶上!"

"几个人?"

"三个!"

是他们,两个警察和一个工程师。杜聪用望远镜看到了他们。但是此刻除了远远看着,杜聪还能做些什么?

纪惠冲到陈福泉身旁喊:"陈主任,你救救他!快!"

陈福泉无声,眼泪忽然落了下来。

还有比这场面更惨的吗?整座楼大火熊熊,楼顶上三个人被大火点着,变成三个火团,于挣扎中被烧成灰烬。这一切发生在无数人的关注下,在望远镜、无人机摄像镜头和现场警察、消防队员的目光里。大火封堵了所有施救之路,所有人只能眼睁睁看着三条生命在眼前消失,感受丧生者的灼痛,无力而为,一筹莫展,还有什么比这更让人感受到灾难中的无助与痛苦?

纪惠扭身朝指挥部里跑。

那一边,王诠和康子东正在调兵遣将,竭尽全力应对最新804罐爆炸巨大险情。

他们都感觉到楼板在迅速发烫,楼正在燃烧。

欧阳调侃说,刚才好比烤箱里的三块肉团,现在转到了煎锅锅面。

爬上天台是欧阳的主意,整座楼都烧起来了,天台是离火最远的地方,无论有解无解,此刻只有这一条路径可走。他们从走廊尽头一条窄梯爬上天台,陶本南膝盖有伤,爬得非常费劲儿,靠前边拉后边推,累得气喘吁吁才爬上去。

欧阳观察周边大火,看到了码头方向那几辆消防车在奋力喷水,艰难前进。

陶本南喊道:"是来救咱们!"

欧阳没吭声。与眼前的大火比较,那些水柱显得格外单薄。几辆消防车确实很可能是救援队,救援人员可能已经确定了目标。他们早在寻找失联的陶本南,他们可能也发现欧阳失踪。此刻大火猖獗,储罐区危急,他们却没有放弃水泵室,在灾难中最大限度保护生命已经成为共识。可惜的是有些时候有些事情非人力所能为。有些大火无法如愿迅速扑灭,却也没有哪一场火可以永远燃烧,当物料燃尽,火焰便自行熄灭。问题只在于这座楼能否在大火包围下坚持到那个时候。

欧阳让陶本南在楼板上坐下休息,让年轻警察照顾陶本南,自己在天台上快步巡查,试图找一个逃生点,以备最后关头之用。他选定的重点方向是楼的后部,那一侧靠海,如果可以从那里往海里跳,不失为一条出路。但是一到现场就发现不可能:天台与海面看似近在咫尺,实也有十数米之距,无法直接跳入海中,特别是陶本南伤得严重,不可能落地再跑,欧阳当然也绝对不会丢下他自己逃生。此刻大火已经蔓延到楼后与海面,那里也是一片熊熊,这一出路已经被距离与火焰封死。

欧阳回到陶本南身旁,坐在地板上。

"怎么样?"陶本南问。

"省心了。"他说,"无处可去。"

他调侃称这样也好,到此为止。不必再费心研究解题,可以就地打哈欠休息。

陶本南好一会儿不吭声。

"用化学教科书的说法,燃烧就是一个氧化-还原反应。"欧阳说,"别管火多大,不过就是氧化而已。"

"别跟我们理工牛。"陶本南说:"告诉我,你怎么回事?"

两人从见面起就在竭力逃生,没有一丝空闲。此刻终于无路可走,停下来了,陶本南自当问个明白。昨日巨力乙烯装置爆炸之前,陶本南还跟欧阳通电话探讨过油轮结构,当时欧阳还在省城家中,并无返回双弦的计划。怎么突然间从天上掉下来,竟然就掉在水泵室,把陶本南他们从工作台柱脚上解救下来?

欧阳简要说了原由。对这个世界来说,一个陶本南无足轻重,第一牛欧阳自己其实也一样。但是对欧阳来说,把陶本南救出来,这个世界才会显得更加美好。

"怪我大意。"陶本南叹气,"害理工牛一起氧化。"

此刻他恨不得长翅膀飞出大火,去把郝山春和光头缉捕到案。陶本南原本已经注意到郝山春履历中在广东珠海工作的记载,那个时段张云鹏恰好也在珠海一家运动俱乐部,据记录是个潜水教练。陶本能直觉这两人可能有关系,决定找郝山春核实,不料刚问就遇上巨力乙烯爆炸。现在清楚了:推测方向正确,这些家伙果然是在水下搞的鬼,使用特殊设备。他们利用双弦中转毒品,肯定是国际团伙,大手笔。此刻虽然人还没抓住,细节还待搞清,可以肯定这个中转点已经被捣毁,不复存在了。

欧阳说:"陶队长看似挺背,却抓住了一个大案。"

陶本南懊恼不已。如果他早一点怀疑郝山春,就不会把欧阳拖到煎锅。欧阳让他无须自责。陶本南执着于缉毒,欧阳执着于灰烬,他们都自命为解救生命,以为自己悲悯有加,成了南海观世音菩萨。所以此刻置于煎锅咎由自取,不怪别人。这个世界有郝山春和光头,有扳手、火焰和爆炸,真是不那么美好。但是总会有很多人像煎锅里的这几位,还有外边竭力扑火救援的那些人一样,想努力让它变得更美好。有意思的是此刻在煎锅上，在烈焰中，欧阳忽然有了一种存在感。人们正在找他们，救他们。他们会被记住的，在这个楼顶，以他们的生命。

"我的桃金娘开花了。"他告诉陶本南，"它不是公的。"

陶本南笑："你还真研究出来了。"

欧阳自嘲："人家自己开的，我贡献不大。"

那盆桃金娘前些天忽然开了两朵白花，鲜艳、漂亮。欧阳看着它一天天慢慢变成红色，真是美妙极了。生活和生命就是这么美好。

然后他们一起闭嘴，屏息静气。

他们身下的平台地板在剧烈晃动，有一股不祥的呜呜声响从下边传导上来。

欧阳对自己说："大限已到。"

如同陶本南，这一刻欧阳心里也有懊恼。他想起那两朵桃金娘，想起纪惠，想起陈福泉告知的纪惠之托，心里有一种悲凉。他知道谁会为他痛哭。如果事情可以重来，他还是会坚持走进火场，但是绝对不会在与纪惠的最后一次相见时装得那般潇洒，绝对不会鞠躬告别。相反，他要把她紧紧抓住。

"轰隆！"

身下传出一声巨响，他们被抛起来，再摔在天台上。整座楼在巨响中剧烈晃动，似乎立刻就要倒塌于火中。

陶本南大叫："欧阳！"

欧阳也大叫："你没事吧？"

三个人居然都没事，楼也没有在爆炸中倒塌。

这座楼比纽约毁于9·11的双子塔结实，看起来钢筋混凝土建筑比钢结构建筑抗烧抗炸。欧阳记得看过一些火灾照片，整座楼烧光了，全都氧化了，黑不溜秋的楼架子居然还在，或许这座楼可以期待。问题是即便它没有完全倒塌，上边的所有可燃物还是会烧个精光，包括三个小肉团，无论身处煎锅里外。

陶本南说，从今往后，他发誓绝对再不碰什么烤肉串、铁板烧。妈的，这烤起来真是不好受，比那两下扳手还不好受。

欧阳说："记住你的话，不要后悔。"

他们身边的年轻警察忽然跳起来，指着天空大叫："快看！"

是一架飞机，直升机，轰鸣着飞到了水泵室上空。旋翼飞快旋转，强劲的气流从上而下扫来，楼周边的大火被大风刮得火舌乱舞。

他们目瞪口呆。

如此绝处逢生，确实不可思议有如大片。有一条救生索从直升机上吊出来，在空中晃晃悠悠，一个救生员顺着救生索，迅速垂落到天台上。

救生员非常镇定，对周边大火视而不见，只问："有伤员吗？"

欧阳指着陶本南："他。"

陶本南叫："你们先！"

救生员不由分说，手脚麻利，把绳套套在陶本南身上。

救生员是把好手，动作果断、麻利，准备也充分，有两副救生绳套。欧阳指着年轻警察说，这个人也有伤，预期寿命选择优先。于是年轻警察与陶本南被套在一起。

"照顾好伤员。"救生员交代，"不要慌。镇定。"

他发了信号。两个警察被救生索吊了上云。

第二轮，救生员把自己与欧阳套在一起上升。欧阳眼睛一闭，对身边一切几乎麻木无感，包括迅速逼近的直升机轰鸣，以及脚下喷涌而上的火焰。

有人用力打他耳光,痛哭:"欧阳!欧阳!来啊!来啊!"

他立刻惊醒。竟是纪惠!

她在直升机上,穿着飞行服,戴着头盔,泪流满面。她在叫魂,情不自禁。

这架直升机属于本省驻军,在双弦发生重大灾害后被派来支援抗灾,停在巨力乙烯附近一处工地待命。在纪惠不顾一切闯进指挥中枢求助总指挥后,王诠决定应急出动这架飞机,并同意纪惠请求,让她以熟悉地形、人员情况为由登机引路,直接飞临水泵室,在最后关头救出了欧阳等三人。

直升机马达轰鸣,朝大海方向飞开。欧阳看着远去的大火,感觉如在梦境。他告诉自己这是真的,事情就是这么发生,这么结束。大火终将扑灭,生活依旧继续。欧阳不知道自己的轨道会不会因这场大火彻底改变,却知道有一个人将从此跟他在一起,他们会终生相守。这番经历会留在所有相关人物的生命里,与他们相伴终生。这一座石化岛也将浴焰重生,在未来展现新机。大火如此恐怖,灾害如此沉重,却没有什么能阻止生活越过灾难,再向美好。

尾声

　　若干年后，双弦开发区有关部门发起一次评选活动，发动各界人士用各种方式踊跃参与。经群众投票和专家评选等程序，多尼花脱颖而出，被评为本区区花。按照学名优先规则，评选公告将其表述为："桃金娘（多尼花）"。评选结果公布，不乏有人哑然失笑，说那什么土里巴唧的多尼，居然是它！幸亏"桃金娘"听起来还有点洋气。

　　那时候双弦岛进入了全盛期，遍布岛屿的工地已经变成烟囱林立，管道四通八达的生产基地，石化岛驰名远近。在管道和烟囱之间，小山坡旁、围墙边，很稀罕没有被钢筋混凝土覆盖到的若干地面，偶尔能看到多尼花在顽强生长。

　　有些事情在人们的记忆中渐渐远去，例如曾经有过的一场大火以及曾经备受关注的扑救。燃烧灰烬和事件痕迹一点一点消失于海风和时间中，渐渐只留在资料室、网络以及一处特意留下的遗迹里。这处遗迹在海边，是一座曾经的两层小楼，它在那场大火中被烧光，只剩下一副黑不溜秋的楼骨架，奇迹般没有塌毁，有如当初奇迹般从它屋顶上逃生的那些人。人们还管那座楼叫"水泵室"。在后来的修复中，由于一些技术性原因，水泵室易地重建，有人建议不妨保留这副楼骨架以为警示，好比医学院解剖室里挂一副人体骨骼，可供学生们学习借鉴。由于其位于边角，占地不多，养护成本不大，果真给保留下来，成为当地一景。只是专程前去观看者不多，不像医学院骨架前总有学生你来我往。有若干志愿者为该遗迹提供讲解，他们会提到消防车、热成像、直升机以及相关人员，提到这座石化岛遭受的重击和沉痛教训后的崛起。据称事件中的几位人物后来相继离开本岛，只留下他们的名字，存在于遗迹和那些故事里。故事中的爆炸和大火留下了伤痛与沉重，灾难及救援中凸显的意志也最终成就了这座石化岛。

亦有星星点点多尼丛与野草相伴生长于遗迹脚下的土壤中。曾经大火熊熊一片焦黑，烈焰过后，无须谁去播种，悄悄地它们就长了出来。所谓"野火烧不尽，春风吹又生"，有如这座岛屿越过灾难再现生机。每年夏秋时节多尼花悄然开放，红白相间，明丽鲜艳，以其存在诠释着身边的变迁，以及天地自然。虽然颜色喜庆，花期较长，长在钢铁巨龙和焦黑楼骨架身旁略显单薄，确有点土里巴唧。

但是有一处景观很强悍，在岛北端的文华公园。那里有一面山坡被称为"花海"，满山坡长的都是多尼，得到了细心照料。在盛花期，多尼花争相开放，果实累累，繁花似海，满山满坡一片绚丽。美好而自然，一眼望去令人感觉震撼，方知本区区花盛名不虚。